EL BARRACÓN DE LAS MUJERES

FERMINA CAÑAVERAS

EL BARRACÓN DE LAS MUJERES

ESPASA

Ravensbrück es la culminación de un proyecto basado en atentar contra los derechos de las mujeres: abortos forzados, esterilización, prostitución. Algunas de las prisioneras fueron obligadas a prostituirse; ninguna de ellas había ejercido como tal antes de llegar a este campo. Debían dar un servicio gratuito al Tercer Reich y la oposición estaba penada con la muerte.

© Fermina Cañaveras, 2024
© Editorial Planeta, S.A., 2024
Espasa, sello editorial de Editorial Planeta, S.A.
Avda. Diagonal, 662-664
08034 Barcelona

Primera edición: enero de 2024
Octava edición: mayo de 2024

Preimpresión: MT Color & Diseño, S. L.

Depósito legal: B. 21.826-2023
ISBN: 978-84-670-7176-4

Espasa, en su deseo de mejorar sus publicaciones, agradecerá cualquier sugerencia que los lectores hagan al departamento editorial por correo electrónico: sugerencias@espasa.es

www.espasa.com
www.planetadelibros.com

Impresión: Unigraf, S. L.
Impreso en España - *Printed in Spain*

A mi abuela, que también era mi madre.

Para la puta, para la madre y para la puta madre.

¿Será verdad?
¿Será verdad que un día yo regrese hacia ti
y a esos caminos conocidos?
¿Y que, a la vez, ferviente lo recuerde
y el ángelus suene en mis oídos?

Temblando reconoceré el camino,
iré directamente hacia la entrada.
A mi hijo y a mi hermana, ¿podré oírlos?
¿Y podré abrazar a mi madre amada?

¿Puede tal alegría ser humana?
¿Podrá mi corazón tanto gozar?
¡Oh, que el sueño me vuelva a la esperanza!
Y que puede muy pronto regresar.

FRANÇOISE BABILLOT,
último poema escrito en Ravensbrück

Así como Auschwitz fue la capital del crimen contra los judíos,
Ravensbrück fue la capital del crimen contra las mujeres.

SARAH HELM, superviviente de Ravensbrück

Despertando lejos de mi hogar

Madrid de 2008

El maldito teléfono no dejaba de sonar, el despertador de la mesilla marcaba las 6.30 de la mañana de un domingo que para mí aún no había comenzado, solo llevaba una hora intentando descansar de lo acontecido. Carla y yo habíamos discutido. De un tiempo a esta parte era lo único que hacíamos. Estaba cansada de que me reprochase absolutamente todo. Sus sermones siempre comenzaban con mi dependencia de la bebida y terminaba machacándome con el trabajo. Carla me quería, de eso no tenía dudas. Quien no se quería a sí misma era yo, y desde hacía un año, había decidido maltratarme con el alcohol porque nadie daba un duro por mis trabajos de investigación en el periódico, mi jefe estaba siempre recriminándome que había perdido el olfato, ese que le cautivó cuando me contrató recién salida de la Facultad de Historia. No era periodista, pero pronto conseguí convertirme en una gran comunicadora; me gustaba encontrar historias olvidadas, sobre todo de mujeres represaliadas a lo largo de la última mitad del siglo xx, y eso a mis lectores les encantaba, y yo conseguía cautivarlos con lo que siempre ha sido mi pasión. Desde niña escuchaba a mi abuela, militante del Partido Comunista de España y una gran defensora de las libertades de las mujeres, contar multitud de vivencias que había hecho mías y compartido con el gran público. Era una manera de hacerle mi pequeño homenaje. Pero la María inquieta y con ganas de hacer justicia desapareció cuando empecé a consolarme en la barra de cualquier bar, tomándome unas cuantas copas a mi salud, cada noche brindando por mi declive personal. Sí, había perdido el olfato, el deseo y el afán de seguir contando, y eso se notaba a la hora de escribir. Sabía que en cualquier momento aparecería la gran historia, esa que aún estaba por contar; mientras tanto había decidido esperarla a golpe de chupito.

Inmersa en mis pensamientos, intentaba conciliar el sueño, pero un zumbido en la cabeza no me dejaba dormir. La persona que llamaba no paraba de insistir, seguro que era Carla. No tenía ni fuerzas, los últimos restos de alcohol que quedaban en mí comenzaban a desintegrarse para dar paso a la resaca; una resaca dura, densa, de las que solo consigues deshacerte desayunando una copita de brandi. Cerré los ojos, puse la almohada sobre mi cabeza y decidí olvidarme de todo.

Mi retiro duró unos segundos: el teléfono sonó de nuevo.

—¡Joder, joder!, no te voy a responder, sabes que estoy borracha —balbuceé mientras le hacía una peineta al móvil. Podía ver, a lo lejos, al lado de la pata del armario, que se iluminaba la pantalla.

Al cabo de diez minutos, la tecnología consiguió ganar la batalla. Después de tres intentos, logré levantarme de la cama, aunque tan solo pude mantenerme en pie un instante. La borrachera era más grave de lo que imaginaba. Me arrastré hasta la luz, cada vez más cegadora, y conseguí llegar a mi objetivo... justo cuando dejaron de insistir. Y allí, tirada en el suelo, entre ropa, libros y zapatos, decidí ver qué persona quería joderme lo que quedaba del fin de semana. Mi sorpresa fue mayúscula cuando vi que Carla no era quien llamaba. Era mi madre. Mi lamentable estado impidió que me diera cuenta de que algo sucedía: tenía quince llamadas perdidas y otros tantos mensajes de ella. Un escalofrío me invadió, no sabía si devolver la llamada o esperar a que regresara la María que mi madre conocía, su hija buena, y no la que estaba muerta de miedo en la habitación. Me arme de valor, rescaté la poca dignidad que conservaba, recogí mis pedazos del suelo, me senté en la cama, pegue un sorbito de agua del vaso que había sobre la mesita de noche para aclararme un poco la voz—los borrachos sabemos de la importancia del agua en nuestro viaje hacia la realidad—, y me dispuse a llamar a mi madre. Marqué su número y esperé.

—Mamá, ¿qué te ocurre? Estaba durmiendo. —Conseguí decir toda la frase sin tartamudear.

—Por si te interesa, tu abuela ha muerto. Si estás en condiciones, deberías pasarte por el tanatorio, a ella le habría gustado que estuvieras hasta el final —dijo mi madre con un tono seco y cortante.

Al escuchar la palabra «muerte», el móvil se deslizó entre mis dedos y cayó al suelo. Podía escuchar a mi madre a lo lejos, y allí, en aquella habitación oscura, inundada por un fuerte olor a sudor y whisky, fui consciente de lo que acababa de perder. La muerte había venido a visitarnos y había decidido llevarse a mi abuela. Me sentía basura, no estaba a la altura de las circunstancias: una de las mujeres más importantes de mi vida acababa de desvanecerse para siempre. La muerte es así de traicionera, siempre llega cuando menos la esperas.

Me recompuse como pude, fui dando tumbos hasta el baño y, después de tres intentos debido a que las lágrimas no dejaban de brotar de mis inflamados ojos enrojecidos, conseguí meterme en la ducha. La fatiga y la debilidad eran viejas conocidas, al igual que la excesiva sequedad de boca, los dolores musculares y el de cabeza. El agua helada consiguió amortiguar el golpe. Bajo el intenso y desgarrador frío que sentía todo mi ser grité; grité por mi abuela y por no haber estado con ella en sus últimos momentos.

Salí de mi ducha reparadora y, al mirarme en el espejo del baño, la imagen que me devolvió no era agradable. La mujer que se reflejaba era una completa desconocida. No quedaba nada de lo que había sido: una mujer inquieta y con unas ganas enormes de transmitir, contar, rescatar del olvido tantas y tantas vidas. No quedaba nada de la jovencita de tez blanca como la nieve y mejillas sonrosadas y regordetas; su larga melena también había desaparecido, esa de la que mi abuela afirmaba que era tan rubia que cuando se reflejaban en ella los rayos del sol, podía dejar ciego a cualquiera. Solo quedaban esos grandes ojos verdes acompañados por unas enormes y oscuras ojeras. Estaba demacrada y no había sido consciente hasta aquel preciso momento. Lo intenté arreglar con un poco de corrector y maquillaje y el resultado no fue el deseado. Decidí lavarme la cara. Si alguien me veía al llegar al tanatorio, podría pensar que estaba hecha polvo. La verdad es que lo estaba, pero las heridas del alma no son visibles a los ojos de los demás. Nadie podría saber cómo me sentía realmente. Atrapada en una jaula de la que no podía ni quería salir, nadie había buceado en mis entrañas para ser consciente de lo que me estaba sucediendo. Cuando más necesitaba a mi abuela, ella decidió marcharse. Me vestí y llamé a un taxi para ir más rápido.

El viaje fue doloroso, se me hizo corto, habría deseado pasar algo más de tiempo en el coche que me llevaba a despedirme de la incansable Sole. Nada más entrar, pregunté a la joven que sujetaba el libro de condolencias cuál era la sala de Soledad Hidalgo. Entonces la vi. Antes de que a la amable chica le diera tiempo a decir una palabra, Carla estaba junto a mí.

Agradecí el gesto, ella era mi parapeto, mi salvadora, sabía lo que me esperaba y estaba segura de que, si me enfrentaba a mi madre y al duelo de la muerte de mi abuela sola, no sería capaz de soportarlo y probablemente terminaría brindando por la salud de mi difunta y sus camaradas en la barra del bar más cercano. Nos fundimos en un abrazo, no hizo falta decir nada. No era el momento. Me cogió de la mano, me beso y me acompañó hasta la sala donde estaban las dos mujeres más importantes de mi vida: mi madre y mi abuela, que también, en cierto modo lo había sido. Tampoco hubo palabras, el silencio se había apoderado de la sala; solo nos miramos y comenzamos a llorar, no hubo críticas, solo lágrimas. Se nos había ido, ya no había tiempo para nada más. Era imposible retenerla, y allí, abrazada a mi madre, fui consciente de que se había marchado para siempre. Se me hacía muy estresante mirar hacia delante sin ella. Cuando conseguimos soltar el abrazo, la vi: mi abuela estaba como siempre al otro lado del cristal que nos separaba, y comencé a llorar de nuevo. No conseguía dejar de hacerlo. Mis lágrimas eran mucho más rápidas que mis manos, que no daban abasto a limpiar ojos y mejillas.

Estaba segura de que todo lo tenía dispuesto antes de morirse. La habían amortajado con su bata negra, la que la acompañó durante toda su vida, y prendida en ella su bandera, la republicana. No había flores, solo un ejemplar de *Memoria de la melancolía*, de su adorada María Teresa León. Tenía el rostro sereno y tranquilo, despojado de todos sus malestares. Pasé un largo tiempo junto al cristal y, cuando las fuerzas comenzaron a flaquear, decidí sentarme al lado de mi madre. Me cogió de la mano como cuando era pequeña, se la llevó a los labios y la beso. Se lo agradecí.

—Mamá, ¿quién es esa mujer que no deja de mirarnos?

Obtuve el silencio por respuesta. A mi madre le incomodaba la presencia de aquella mujer, una anciana menuda, de pelo blanco recogido en un moño, con el rostro triste y los ojos clavados en nosotras. Volví a preguntar y el silencio fue de nuevo la respuesta.

El día se había complicado, la resaca no me abandonaba y necesitaba comer. No recuerdo cuánto llevaba sin ingerir algo sólido. Carla se ofreció a acompañarme. Mientras esperábamos en la cafetería del tanatorio de la M-30 a que el amable camarero me pusiera una tostada y un café bien cargado, pregunté a mi novia, daba por hecho que nos habíamos arreglado, si se había fijado en la mujer menuda y misteriosa que estaba sentada en un rincón de la sala donde reposaban los restos de mi abuela.

—Sí, la verdad es que me llamó la atención. Llegó de las primeras, pregunté a tu madre por ella y me contestó que no quería hablar de esa mujer. Que era una antipática y una amargada, que era la causante de muchos de los problemas que en el pasado tuvo tu abuela.

—Seguro que será compañera del partido, pero su cara no me resulta familiar. ¿No te parece extraño el comportamiento de mi madre?

—Sí, ahora que lo mencionas.

Cuando regresamos a la sala, la extraña mujer ya no estaba.

Mi madre y yo pasamos el día como pudimos, cada una amortiguando golpes, los de mi madre infinitamente más duros que los míos. No entendía por qué extraña razón había decidido dejar sola a la abuela en Madrid. En cuanto pudo, se casó y se fue a Burgos a vivir una vida de mierda con mi padre, un guardia civil al que no le gustaban las ideas de su suegra. Todo lo que soy se lo debo a ella, y a su afán de conocer lo que sucedió. Nos faltó tiempo.

A las 22.30, la encargada de la sala vino a decirnos que en breve cerrarían. Estábamos solas Carla, mi madre y yo. Papá no había venido a despedirse, la abuela era demasiado roja y demasiado vieja. Le dimos el último adiós y las luces se apagaron, cerraron las puertas y nos marchamos a casa. Carla se ofreció a llevarnos, durante el día habíamos decidido que pasaríamos la noche en la casa familiar, la pensión de la calle de Atocha que mi abuela regentó hasta que mi madre se marchó a Burgos. La soledad la fue apagando y un día decidió echar el cierre.

Cuando mi madre abrió la puerta, llegaron demasiados recuerdos: todo estaba tal y como lo recordaba. El largo pasillo oscuro que desembocaba en el amplio salón, iluminado por las luces de la calle. No pude evitar las lágrimas.

—Cariño, la abuela era muy mayor, estaba cansada —dijo mi madre mientras me abrazaba.

—Mamá, no he sido una buena hija, tampoco una buena nieta. Estoy perdida y no sé por dónde tirar. Agradezco que no me digas nada. Me da vergüenza haber llegado al tanatorio en las condiciones en que lo he hecho. Necesito ayuda, y creo que todo sería más fácil si me contaras qué os sucedió a ti y a la abuela.

—No sucedió nada...Tampoco quise saber. La abuela era una tumba y le estaré siempre enormemente agradecida por respetar mi decisión. Solo sé lo que te he contado multitud de veces: que alguien me dejó en la puerta de la pensión siendo un bebé y Soledad decidió hacerse cargo de mí. Nuestra familia se ha caracterizado siempre por no hablar demasiado y me daba tanto miedo preguntar que me acostumbré a vivir con la incertidumbre. Así era menos complicado.

—Y la mujer del tanatorio que no dejaba de mirarnos, ¿quién es?

—Una vieja conocida de la familia; cuando yo era pequeña, pasaba todo el día en la pensión. Después las visitas se fueron distanciando y un día dejó de venir. Siempre me incomodó su presencia, nunca me gustó. He sabido por Gema, la enfermera que cuidaba de tu abuela, que, desde que Soledad se rompió la cadera, su antigua amiga pasaba todas las tardes con ella. No me importa mucho lo que les pasara, no heredé las ganas de conocer. Creo que se llama Isadora, pero no me hagas mucho caso.

—Qué nombre más bonito y extraño.

—Dejemos el tema, estoy muy cansada.

Estaba claro que no me iba a contar nada sobre Isadora, tampoco era el momento, su madre acababa de morir y decidí no insistir.

—Mamá, ¿puedes dormir conmigo, como cuando era pequeña? —pregunté.

—Desde luego.

Las dos estábamos agotadas; dormimos en el cuarto de mi abuela, en su cama. Y allí, intentando descansar del día tan sumamente duro que habíamos tenido, comencé a pensar en la mujer menuda y de pelo blanco. Su nombre no era muy común, ¿quién en su sano juicio le pone a su hija Isadora?, ¿por qué no dejaba de mirarnos? ¿Y por qué mi abuela nunca me habló de ella? Demasiadas preguntas. Después de un tiempo buscando respuestas, me quedé dormida.

Mi madre me anunció con un beso en la frente que era la hora de despedir a la abuela, de darle el último adiós. Cuando me incorporé, pude darme cuenta de que la resaca aún seguía conmigo. Me levanté de la cama y, por un instante, una sonrisa se dibujó en mi rostro al ver la habitación. La luz que entraba por la ventana se había apoderado de ella. Parecía que el tiempo se había detenido, estaba todo tal y como lo recordaba. Cerré los ojos y respiré: miles de imágenes inundaron mi cabeza, y en ellas siempre estaban mi abuela y su sonrisa como protagonistas: cómo me esperaba cada domingo en el rellano de la escalera para darme un fuerte abrazo y me decía que se había pasado toda la semana preparando la casa, la comida y el arroz con leche que tanto me gustaba. Normalmente íbamos sin mi padre. Mi madre se ponía su mejor vestido, se pintaba, sacaba fuerzas de donde buenamente podía y cogíamos el autobús hasta Madrid para pasar los domingos con ella...

—Cuánto te voy a echar de menos, querida abuela.

—Hija, ¿con quién hablas? —El momento más mágico que estaba viviendo desde hacía mucho tiempo fue interrumpido por mi madre.

—Solo estaba pensando en voz alta, mamá.

—Prepárate, que no podemos llegar tarde al funeral, el cuerpo de tu abuela llegará al cementerio civil de la Almudena en dos horas. Me hubiera encantado darle una misa, pero seguramente que no me lo habría perdonado. He hecho todo tal y como ella lo dejó dispuesto.

—Mamá, voy a la ducha y enseguida estoy lista; debemos pasar por mi casa a coger algo de ropa.

—Yo puedo prestarte algo; al fin y al cabo, hay que ir de negro... ¿Sabes que el negro era el color de tu abuela? Con su madre cosida al corazón... Seguro que nos apañamos con lo que tenga ella y lo que te preste yo, no quiero llegar tarde.

Decidí no discutir e hice lo que me dijo mi madre.

Carla esperaba con su coche en la puerta. Me sorprendió. Ella y mi madre lo tenían todo organizado, yo simplemente me limitaba a obedecer.

Al llegar al cementerio, observé a todos los que nos esperaban, la mayoría camaradas del partido. Entre la gente estaba la misteriosa mujer menuda de pelo blanco; al menos ya conocía su nombre. También pude ver a Esteban, mi jefe. No sé cómo narices se había enterado.

La ceremonia civil fue muy emotiva, como a ella le gustaba, con cánticos y vivas a la República. Era como si el tiempo se hubiera detenido, como si estuviéramos en otra época, mucho más difícil y dura. Menos mal que mi padre había decidido no asistir, no lo habría soportado.

Nadie lloró, no hubo lágrimas, solo aplausos y lectura de poemas. El último lo leyó Isadora, aunque realmente no era un poema, sino una carta de agradecimiento. No podía dejar de mirarla mientras leía, sus palabras eran muy hermosas y duras a la vez, su voz se entrecortaba y tenía que parar a respirar profundamente para luego seguir. El final me heló la sangre: «Te estaré eternamente agradecida, gracias por respetarme y sobre todo por no juzgarme, te quiere tu sobrina, Isadora». ¿Desde cuándo mi abuela tenía una sobrina?, pensé. Imagino que sería de la familia que se elige, no en la que se nace. Aquella mujer despertó en mí lo que llevaba tantos meses invernando. Unas ganas inmensas de saber.

Al terminar el funeral, después de aguantar las condolencias de todos los amigos, la busqué, pero ya no estaba. Se me había escapado. Necesitaba hablar con ella, necesitaba conocerla.

UNA RESACA, UNA FOTO Y UN REGALO

Habían pasado cuatro días desde que enterramos a la abuela y mamá seguía en Madrid, ambas en el hogar que la vio crecer, la pensión de «la Sole». Ahora tocaba lo más difícil, recoger y organizar recuerdos. También debíamos pensar qué hacer con el piso. Mi madre lo tenía todo atado.

—Nena, ¿cuánto pagas por el piso donde vives?, bueno, si a eso se le puede llamar piso —preguntó mientras organizaba la ropa de su madre.

—Demasiado.

—¿Y por qué no os venís aquí Carla y tú? Dejas de hacer tonterías y te centras en la mujer que más te ha querido y en seguir escribiendo. ¿Sabes lo que creo?: que deberías escribir la historia de tu abuela. Ella estaría orgullosa de ti; en realidad, siempre lo estuvo.

—¿Eres consciente de lo que me estás pidiendo, mamá? No sabes de dónde vienes, solo que la abuela te recogió y ahora ¿quieres que cuente nuestra historia?

—No, hija. No he debido de explicarme bien. No quiero que cuentes nuestra historia, quiero que cuentes la suya. Ella te contó en multitud de ocasiones su papel en el partido, las células a las que perteneció, las personas a las que ayudó y cómo se jugaba la vida cada día. Eso es lo que quiero que cuentes. Que espabiles y le demuestres a tu jefe que eres una gran escritora.

—Creo que se me queda grande esa palabra. Pero lo pensaré, mamá —le contesté mientras las dos seguíamos a lo nuestro.

Lo que mi madre me acababa de proponer en realidad no era tan descabellado. La abuela tenía una fe ciega en mí, en mi «instinto reparador», como ella lo llamaba. Decía que era una «chatarrera de la historia», ya que recogía lo que nadie quiere recordar porque es demasiado doloroso y molesto. Y sí, me gustaba aliviar los dolores de la gente: dolores antiguos, olvidados, domesticados; dolores obedientes, resignados con todos los tratados firmados. Eran las historias trágicas, las más duras. La historia de los silencios eternos. La de los arrinconados, los vencidos... Lo de escritora me venía un poco grande y pensé que la mejor manera de contar esas historias olvidadas era conocerlas de primera mano; por eso decidí estudiar lo que amo desde pequeña, desde que mi abuela me contaba en la más estricta intimidad lo que le sucedió a sus camaradas, que también eran familia. Porque el franquismo le enseñó que nombrar a ciertas personas estaba prohibido. Franco no solo mató con las armas, la tortura o la venganza, también lo hizo con el silencio. Un silencio que dejó durante décadas a miles de mujeres marcadas, como mi abuela, sin que pudieran llorar su tragedia por el maldito miedo.

Recuerdo que la primera historia que me publicaron en el periódico fue una que me contó ella. Estaban buscando a alguien que se atreviera a sacar el polvo y los trapos sucios de este país, y cuando Esteban leyó «Los cinco del matadero» decidió contar conmigo como periodista de investigación en el área de memoria democrática de su periódico.

Los fusilaron una mañana de Miércoles Santo, justo un día después de terminar la guerra. Llegaron licenciados y se presentaron en el cuartel de la Guardia Civil para entregarse por defender en lo que siempre creyeron. Los asesinaron en la Semana de Pasión, y como estaban tan ocupados rindiéndole pleitesía al hijo de Dios, los dejaron cinco días a la puerta del camposanto, hasta que Jesús resucitó. Fue entonces cuando les concedieron el honor de ser enterrados en una fosa común en la parte civil del cementerio de la Almudena. Decidí contar esta historia por tantos familiares que sufrieron la represión. Por los bisabuelos, los abuelos e hijos de familias que vivían en silencio. También por las mujeres de los cinco del matadero, por las madres que fueron heroínas y nunca serán reconocidas, por las niñas que se convirtieron en abuelas como la mía y por las nietas que, como yo, no están dispuestas a callar.

El viernes que enterramos a la abuela se convirtió en el punto de partida de mi nueva vida. Nunca más volverían a ser los viernes el día oficial de la resaca.

En el último año de mi penosa existencia, las semanas pasaban sin más, salía los jueves con Carla y terminaba borracha, como si aún fuera una cría que estaba en la universidad. Mi amada Carla pronto dejó de salir conmigo y yo convertí las salidas de los jueves en un penoso ritual que se repetía una y otra vez: los mismos bares, la misma gente, las mismas conversaciones aburridas... Había entrado en una rutina muy preocupante. Carla me dejó en varias ocasiones porque me conoce demasiado y pensó que no tenerme cerca, por muy doloroso que le resultase, era lo mejor para las dos. Más tarde llegaron las reconciliaciones, las promesas por mi parte, y ya nada fue igual. De un tiempo a esta parte vivíamos cada una en su casa, era lo mejor. Pero no me desagradaba la idea de vivir juntas de nuevo en casa de mi abuela. Necesitaba un cambio radical, algo que me hiciera despertar de este largo letargo, de madrugadas eternas donde siempre se repetían las penosas borracheras y la sensación de estar quemando el tiempo. Estaba perdida, no tenía claro qué hacer con mi vida, necesitaba aire nuevo, fresco y diferente, precisaba con urgencia una bofetada de realidad.

Así que decidí irme a vivir en la pensión Soledad y proponerle a Carla que fuera mi compañera. Estaba cansada de que el silencio se hubiera apoderado de nuestra relación, un silencio lleno de impotencia que nos mataba lentamente. Nos habíamos vuelto distantes, habíamos dejado de compartir cosas tan cotidianas como un café, conversaciones estúpidas sobre cualquier tema, caricias, los besos robados cuando venía a verme al trabajo. No quedaba nada y no estaba dispuesta a perderla. La quería de nuevo en mi vida.

A Carla la conocí en la facultad, coincidimos en el primer curso. Al principio, no me caía demasiado bien. Era la típica chica perfecta, muy culta e inteligente, y nunca pensé que se fijaría en alguien como yo, una rata de biblioteca obsesionada con la Guerra Civil española y el exilio. Pero me confundí: teníamos la misma pasión desmesurada por la historia. Fuimos haciéndonos amigas a lo largo del primer año, y cuando llegó la primavera y los días eran más largos, ya estaba completamente loca por ella. La verdad es que creo que me enamoré desde el momento en que la vi entrar por la puerta de clase. Su pelo era tan largo y negro que parecía absorber toda la tristeza y el dolor del mundo, y su piel era tan blanca y perfecta que solo quería recorrerla durante horas. Me enganché y así sigo, loca perdida.

Ambas aspirábamos a dedicarnos a la investigación y éramos conscientes de lo complicado que era eso en este país: a lo máximo que podríamos llegar era a ser profesoras, de las buenas, y a colaborar con alguna asociación memorialista. Carla lo consiguió y yo me tuve que conformar con trabajar para Esteban en un periódico no demasiado conocido.

La noche del entierro salimos a cenar, mi madre se marchaba el sábado por la mañana a Burgos y habíamos decidido darnos un homenaje comiendo, ya que a la abuela era lo que más le gustaba. La pobre había pasado tanta hambre que cuando teníamos que celebrar cualquier cosa, siempre nos dábamos un festín. Cuando llegamos al restaurante, mi amor esperaba en la mesa. En cuanto nos vio, se levantó, saludó a mi madre con un fuerte abrazo y seguidamente me besó, me besó y me encantó. Desde luego era un buen comienzo. Tomamos asiento, elegimos un menú para compartir entre las tres y pedimos agua. Nada de alcohol.

—Me ha dicho Carmen que te mudas a la pensión, creo que es una gran idea —dijo Carla.

—Así es, pero no me gustaría estar sola... —no quería perder el tiempo—. ¿Quieres venirte conmigo?

—Lo pensaré.

No supe que decir, decidí seguir comiendo. Gracias a mamá, que me echó un cable, conseguimos salir de la situación tan incómoda que se había generado.

—Mañana me marcho, no quiero llevarme de recuerdo esas caras tan tristes, acabo de enterrar a mi madre, la única que he conocido, y ya hemos sufrido bastante. Soy más vieja que vosotras, el tiempo ahora es vuestro aliado, os queréis demasiado como para estar la una sin la otra. Así que mañana será otro día y tú, hija, no seas tan absorbente. En eso eres como tu padre; después de todo, Carla necesita pensarlo. ¿No es cierto? —le preguntó a la mujer de mi vida.

—Así es, Carmen.

La noche transcurrió tranquila, no me acordé de los vinos, los chupitos y las copas de whisky, estaba con las personas que más me querían y eso era lo único que necesitaba.

Regresamos a casa dando un agradable paseo, y cuando llegamos al portal, le propuse a Carla si quería subir. Asintió con la cabeza.

Al abrir los ojos, la habitación estaba oscura. El primer pensamiento, como siempre, fue para Carla y, cuando me di la vuelta para abrazarla y darle las gracias por aquella madrugada, me di cuenta de que no estaba. El miedo se apoderó de mí, decidí levantarme, busqué una bata en el armario de mi abuela y salí en su busca. Desde el pasillo pude escucharlas hablar de forma relajada en la cocina: el tema de conversación era nuestra relación, no quise interrumpir y decidí oír lo que decían, aunque estuviera muy feo espiar.

—Carmen, quiero a su hija demasiado como para dejarla, y no voy a volver con ella porque esté perdida y quiera rescatarla, ya es mayorcita para saber lo que debe o no debe hacer. Voy a darle otra oportunidad porque creo en ella y en el amor que sentimos la una por la otra.

No pude evitar interrumpir la conversación hecha un valle de lágrimas. Me acerqué a Carla y le di las gracias. Seguidamente me invitaron a acompañarlas a la mesa.

—Hija, en nuestra familia nadie te ha enseñado a escuchar las conversaciones de los demás —dijo mi madre mientras reía.

—Lo siento, mamá. No he podido evitarlo. Gracias por tanto. Por cierto, ¿a qué hora sale tu tren?

—En dos horas, pero no te preocupes, ya he pedido un taxi. Céntrate en tu vida, que yo ya me encargo de la mía. Ahora debes hacer la mudanza y ponerte a trabajar: estoy deseando comenzar a leer.

Terminamos el desayuno, la ayudé a hacer el equipaje y, sin apenas darnos cuenta, llegó la hora de que se marchara. Nos despedimos con un abrazo enorme.

Al cerrar la puerta y quedarnos solas, el miedo regresó; el miedo y las ganas de tomarme un chupito.

—¿Estás bien, María?

—No lo sé. Me da miedo fastidiarla, no quiero pasar por las peleas y no deseo hacerte sufrir. La bronca del sábado fue muy dolorosa, ahora soy consciente del daño que te he hecho.

—Las dos nos hemos hecho mucho daño. No le des más vueltas. Está olvidado. Bueno, ¿por dónde piensas empezar a investigar? —dijo para evitar más sufrimiento.

—Ni idea. He pensado en buscar documentos, fotos o cualquier cosa que podamos encontrar en la pensión. Esto fue un lugar de reunión y desde donde se organizaron muchas de las mujeres que combatieron contra el fascismo, durante y después de la Guerra Civil. Somos privilegiadas. Esta casa, al igual que la calle y su vecina farmacia El Globo, ha sido un testigo mudo, y ahora vamos a descubrir lo que se gestó en la pensión Soledad. La que resistió hasta el final, como su vecina plaza de Antón Martín y la farmacia.

No teníamos idea de por dónde empezar, el piso era muy grande: cinco habitaciones que daban a un patio de vecinos, baño, cocina y, al final del largo, angosto, estrecho y oscuro pasillo, el salón. Un salón inmenso y lleno de luz; desde sus balcones se podía disfrutar de la plaza de Antón Martín. Justo enfrente, el Monumental Cinema; y algunos vecinos ilustres, como Santiago Ramón y Cajal, que vivió durante algunos años en el número 46 de nuestra querida calle de Atocha. Estábamos en el Madrid del «No pasarán», en el Madrid que también fue Guernica, el que resistió hasta el final, como sus plazas y sus gentes, como la Sole y su pensión, que ahora era mi casa.

Empezamos revisando los cajones del aparador del salón; no hubo suerte. Después seguimos por la habitación de mi abuela: miramos cada cajón de la cómoda, del armario, de las mesitas de noche, y no encontramos más que sábanas con un intenso olor a naftalina, ropa y algunas fotos de la boda de mis padres, de mi nacimiento y de celebraciones familiares. Nada importante. En realidad, ninguna de las dos sabíamos qué esperábamos encontrar. Cualquier cosa nos servía: fotos, cartas, documentos... Desde luego, si había algo en la pensión de la Sole lo tenía bien guardado. Debía de estar a buen recaudo.

Carla me propuso hacer una lista de las personas vivas amigas de mi abuela y militantes del partido para hablar con ellas. Hice caso omiso a lo que me estaba diciendo y decidí ir en busca de las bebidas que había visto antes en el aparador: una botella de anís me esperaba para sobrellevar la búsqueda.

—¿Qué coño estás haciendo, María?

—Relajarme, esto no ha sido una buena idea. Si hubiera algo importante, mi abuela me lo habría contado. No vamos a encontrar nada.

—Si te bebes esa copa, me voy y no me vuelves a ver. Te quedas sola con tu investigación y con tu mierda de vida. Te ha faltado tiempo para empezar a beber, ¿de qué te han servido las conversaciones con tu madre? Soy estúpida, cómo he podido creer todas tus mentiras, cómo he podido volver a meterme en tu cama, amarte apasionadamente mientras me susurrabas al oído que todo iba a ser como al principio. Eres una cobarde, además de una puta alcohólica, que no se quiere, que no le importa la historia y que no le interesa nada su abuela ni lo que sucediera aquí. Todo es una mentira.

—No te consiento que me digas lo que tengo que hacer, que me faltes el respeto a mí y a mi familia en mi propia casa. Yo controlo, y no va a pasar nada si le pego un sorbito a la botella de anís. NADA, ¿te enteras?, gilipollas, sabihonda. No todas hemos tenido la suerte que tienes tú, no todas trabajamos en la universidad: nos tenemos que conformar con una mierda de trabajo mal pagado. Vete de mi casa, no te quiero volver a ver.

—Si eso es lo que quieres.

Carla recogió sus cosas y se marchó. El portazo me devolvió a la realidad, el anís había ganado la partida: alcohol 1, María 0.

Mientras refunfuñaba dando tragos a una vieja botella, tropecé con una baldosa que desde cría recordaba haberla visto levantada. Mamá siempre le decía a la abuela que debía llamar a un albañil y arreglarla. Me di de bruces contra el suelo y la botella se hizo añicos. Maldita loseta. Apoyé una mano sobre ella para levantarme, intentando no cortarme, y el peso de mi cuerpo la partió.

Allí estaba lo que buscaba, debajo de aquella baldosa había algo. No sabía el qué, pero comencé a entender la desidia de mi abuela. La quité con mucho cuidado y, al apartarla, me corté con un pedazo de cerámica. No importaba, me llevé el dedo a la boca y chupé para cortar el ligero sangrado. Un sobre amarillento debido al paso del tiempo esperaba a ser rescatado del olvido. Estaba pegado. Lo abrí temblando. En su interior había tres fotos: una de mi abuela con un grupo de mujeres con el puño en alto, otra de una mujer sujetando una jaula de latón y otra muy extraña, una foto sin rostro que me atrapó.

Era la foto que lo cambiaría todo. Era perturbadora; desde luego, a mí me lo parecía. En cuanto la vi, captó mi atención y ya no la soltaría. Un retrato sin rostro, en blanco y negro. La sensación fue muy extraña, no podía dejar de mirarla, aquella imagen me había enganchado, se había apoderado de mí. Una mujer ocultando su cara... Era como si quisiera dar a conocer al mundo entero lo que habían hecho con ella, pero guardando el anonimato. Llevaba un vestido negro como una mortaja, sin adornos ni florituras, muy sencillo, semejante a una bata de las que se solían poner las abuelas cuando guardaban luto. Sus manos sujetaban el escote, eran delgadas y estaban consumidas. Con ellas apartaba el delantero de aquella vestimenta.

Estaba claro lo que quería mostrar a todo el que contemplase la foto: gritaba en lo que la habían convertido. En su pecho, una inscripción:

FELD-HURE

Y debajo de esas palabras, un triángulo invertido diminuto de color negro. De repente, me acordé de un viejo profesor de la facultad que nos contaba historias de los campos de concentración. Las palabras en su pecho me resultaban familiares y los triángulos negros solo significaban una cosa: asociales, lesbianas y prostitutas. Lo que más me llamaba la atención es que no lo tuviera cosido en un pijama porque no iba vestida como el resto de los presos de los campos. Esto era, sin duda, peculiar. Debajo de aquellas palabras, que, aunque aún no tenía claro lo que significaban, parecían horribles porque el triángulo lo estaba gritando, había tatuado un número: el 45237. Los nazis establecieron una serie de símbolos para marcar a sus presos en todos sus campos. Necesitaban distinguir a cada uno por su raza, ideología, creencia religiosa... Decidieron que los triángulos y las estrellas fueran marcas de muerte y que sus colores apestaran a miedo, cenizas y silencio. Y los números eran la «matrícula» de cada individuo.

El negro era un triángulo de silencio, de vergüenza y de denigración. No me extrañaba que aquella desconocida de la foto ocultase su rostro.

Tenía más o menos claro lo que significaba, pero debía comprobarlo. Me levanté del suelo y, con la foto en la mano, sin poder dejar de mirar aquellas palabras, caminé hasta el final del pasillo y entré en mi cuarto. Estaba desorganizado y con pruebas evidentes de que no había sido una noche tranquila. Carla inundó mis pensamientos, pero su recuerdo no tardó en desvanecerse. Ahora era más importante lo que acababa de descubrir. Busqué entre las sábanas mi teléfono móvil. ¡Joder, cuando lo necesitas nunca aparece!... Por fin lo encontré. Allí estaba, entre el hueco de la pared y la cama. Al menos tenía batería. Tecleé desesperada en el buscador: traductor alemán-español, y escribí: «FELD-HURE». En la pantalla aparecieron solucionadas de un plumazo todas mis sospechas.

Un escalofrío me recorrió al ver la traducción. Lo había sospechado; no tenía ni idea de alemán, pero el triángulo negro la delataba. Si solo hubiera tenido el triángulo, podría ser una lesbiana, como yo, tan odiadas por los nazis como los judíos. Las lesbianas estaban en los escalafones más bajos, pero sin duda las putas estaban muy por debajo. No había duda de que era una «puta de campo», una mujer obligada a prestar servicios al Tercer Reich con su cuerpo. Los nazis la convirtieron en una puta de campo de concentración.

Ahora sí que necesitaba a Carla; ella era la experta en simbología y propaganda nazi. La foto era la prueba irrefutable de que existían documentos sobre los burdeles en los campos de concentración. Aquel testimonio gráfico de nuestra historia más reciente había estado escondido debajo de una baldosa del piso de mi abuela. ¿De dónde coño la habría sacado? Por mi cabeza solo rondaba esa pregunta.

Empecé a hacer memoria de todas y cada una de las historias de mi abuela. Me acordaba bien de don Modesto y su hija Milagros. Él y su mujer eran maestros de escuela, y a ella la detuvieron y se la llevaron presa a la cárcel de Ventas por pertenecer al sindicato de la enseñanza. La fusilaron en 1939, unos meses después de terminar la contienda, en septiembre, creo, pero no estoy muy segura. Y poco más: aunque me contó cientos de historias, no consigo recordarlas todas, es una de las consecuencias de beber demasiado, pero estaba segura de que nunca me habló de una puta de campo.

Por un momento estuve a punto de llamar a Carla, disculparme, y pedirle que viniera a ayudarme, pero mi orgullo estaba por encima de todo, y yo también era historiadora. Me puse manos a la obra, pero el ordenador aún estaba en mi casa, no me había dado tiempo a hacer la mudanza. Así que me calcé, cogí una vieja chaqueta del perchero que estaba detrás de la puerta de la entrada de mi nueva casa y me dispuse a ir en busca de mi portátil. En una mano llevaba la foto y en la otra las llaves de mi antiguo y minúsculo apartamento. Salí de casa y caminé desorientada hacia mi piso, no quedaba demasiado lejos. Durante el camino, le di la vuelta a la misteriosa fotografía. No podía creerme lo que estaba escrito en su reverso. Había un nombre y una fecha. Me quede inmóvil en medio de la calle, el sonido ensordecedor del claxon de un coche, anunciando que si no me apartaba estaba dispuesto a atropellarme, me hizo regresar a la realidad. Me aparte echándome a un lado sin dejar de mirar aquel nombre. Era imposible. La sensación era muy extraña, estaba muy nerviosa. Ahí estaba, escrito con una caligrafía muy grande y pulcra: Isadora Ramírez García, la mujer menuda y misteriosa, y junto a su nombre, una fecha: 14 de octubre de 1945. Empezaban a desvanecerse ciertas dudas, ahora entendía por qué la mujer sin rostro no vestía con un pijama o bata rayada: la foto se hizo unos meses después de terminar la Segunda Guerra Mundial. Me senté en la acera y decidí llamar a Carla. Esto no podía hacerlo sola. ¿Qué tenía que ver mi abuela en esta historia? Marque su número con dedos temblorosos y no tardó en contestar.

—¿Ya estás borracha? —me dijo.

—Carla, por favor, te necesito. No he bebido, te lo prometo, estoy cerca de casa, he salido a recoger mi ordenador y a por alguna que otra cosa, y no he sido capaz de seguir caminando por lo que me acaba de suceder. Ven, por favor. He encontrado algo muy gordo.

—Me estás asustando. ¿Dónde estás exactamente?

—En la calle Argumosa, al lado de mi antiguo apartamento. No tardes, por favor.

No fui consciente del tiempo, seguía sentada en la acera con la imagen entre mis manos cuando Carla apareció

—María, ¿qué sucede?

No pude responder, solo alargué la mano y le mostré la foto. Carla se sentó junto a mí, su reacción fue la esperada.

—¿Dónde la has encontrado?

—Eso no importa, dale la vuelta.

Carla me hizo caso y su rostro cambió en un instante: estaba blanco como la nieve.

—¿Es ella, la mujer del tanatorio? —preguntó.

—Eso creo.

Voy a ver si te encuentro

La casa de mi abuela se convirtió en un campo de batalla, en un centro de operaciones. La búsqueda no había hecho más que empezar. Isadora era nuestro objetivo, ¿en qué campo fue recluida y por qué?; ella, y conocer la relación que tenía con mi abuela y la pensión y, además, yo también necesitaba conocer la historia de las Feld-Hure.

Carla y yo dábamos por hecho que la mujer de la foto era ella, pero cuando se comienza un trabajo de investigación tan sumamente laborioso como el que teníamos entre manos, se deben barajar todas las hipótesis que se puedan ir planteando a lo largo del duro y escabroso camino que acaba de empezar. Siempre he comparado la investigación histórica con una jungla: vas quitando malas hierbas para poder andar el camino y cuando piensas que lo has conseguido, aparecen nuevos senderos que te llevan a otros lugares, a otras personas, pero que, al final, todas tienen relación entre sí.

Sobre una pared del salón de la pensión, comenzamos a colocar la información. En el centro, una fotocopia ampliada de la foto en cuestión, no queríamos estropear el original, y alrededor de la imagen del pecho de la misteriosa mujer, todas las preguntas que necesitaban respuesta: quién, qué, dónde, cuándo y por qué.

Decidimos empezar recopilando información sobre la prostitución en los campos de concentración, sobre los burdeles, cómo se gestionaban, qué se hacía, cuántas eran las elegidas...; y todas las respuestas a las Feld-Hure siempre nos llevaban al mismo campo: Ravensbrück, a noventa kilómetros de Berlín, fue el elegido para denigrar mujeres.

Dividimos la pared en dos partes: en la izquierda decidimos poner fotos y la información que íbamos rescatando sobre nuestro país y su época más siniestra. Allí estaban las dos fotos que acompañaban a la de la mujer sin rostro: la chica con la jaula de latón y la imagen de mi abuela y sus compañeras con el puño levantado; y, en la derecha, la documentación sobre las putas de los campos, los nazis y Ravensbrück.

Nos centramos en encontrar a Isadora, la necesitábamos para cerrar la cuadratura del círculo. Ella, según la imagen que presidía el *collage* de nuestro salón, era la protagonista y único testigo vivo de esta rocambolesca y compleja historia. Pero encontrarla no estaba siendo tarea fácil. Comenzamos por buscarla en el Registro Civil: siempre hay que comenzar por las partidas de nacimiento; seguidamente, averiguar las de sus padres y hermanos, y crear un árbol genealógico para ver si tiene descendientes... En este caso, no nos hacía falta. Estaba viva en algún lugar de Madrid.

El martes por la mañana le pedí a Esteban que me diera una semana libre. A regañadientes, me la concedió, diciéndome que iba muy retrasada en el trabajo y que tenía un pie en la calle. Le prometí que no lo defraudaría, que estaba metida en algo muy gordo.

—Necesito saber en qué, María. Es tu última oportunidad, quiero una buena historia de las que te enganchan y no las puedes soltar, necesito a la María de hace cinco años, al sabueso, no a la que tengo delante, ¿estamos? —Asentí con la cabeza.

—He vuelto, Esteban. No te voy a defraudar, reconozco que no he estado a la altura, pero esto es muy gordo y la gente merece saberlo. Nadie en este país ha hablado de lo que estoy investigando, no sé por qué demonios nadie lo ha hecho antes, quizás por desconocimiento o por miedo, no lo sé. El tiempo me irá dando respuestas a todas las preguntas que ahora me surgen. ¡GRACIAS por volver a confiar en mí!

No recordaba salir tan contenta y eufórica de la redacción del periódico. Me gustó esa sensación, hacía demasiado tiempo que no me sentía bien. Sin apenas darme cuenta, había sustituido los chupitos por los archivos, los libros, y horas y horas pegada a la pantalla de mi ordenador, buscando. La vida de un adicto es una montaña rusa, mi adicción había cambiado, ahora eran otras mis necesidades y, de momento, estaba consiguiendo esquivar al fantasma de la bebida. Muchas veces venía a visitarme, me ponía nerviosa y la boca me salivaba cuando veía a la gente tomarse una caña, un vinito, una copita. Llegaban los oscuros pensamientos y surgía la misma pregunta: ¿y si me tomo una? Intentaba no relacionarme con nadie, solo con las personas que en ese momento me eran necesarias: Carla, mi jefe, los viejos camaradas y nuestro antiguo profesor de la carrera, Alberto Márquez. Carla aún tenía relación con él, aunque llevaba jubilado un tiempo. Habían colaborado en algunos trabajos sobre mujeres. El jueves quedamos en su casa. Al abrir la puerta y ver mis grandes ojos verdes color esmeralda se alegró mucho.

—María, ¡qué sorpresa! —dijo un tanto emocionado mientras me daba un abrazo—. ¿Cómo estás?

—En este momento demasiado ocupada e intrigada.

Saludó a Carla y nos invitó a entrar, fuimos a su despacho, tomamos asiento y le mostramos lo que teníamos: las tres fotos, alguna información sobre el campo de investigación, un par de nombres que nos proporcionaron antiguos compañeros de mi abuela y lo que habíamos encontrado de la mujer de la foto en paradero desconocido: su partida de nacimiento —Madrid, 17 de abril de 1922—, la de un hermano llamado Ignacio y la de su padre. También el nombre de su madre, Carmen García Moreno, y una dirección en Lavapiés de una antigua corrala donde nadie sabía nada.

Mientras examinaba con cautela la poca documentación recabada y nos decía que no sería tarea fácil —eso ya lo sabíamos—, pensé que Alberto nos haría perder el tiempo. Fue mi profesor y creyó en mí desde el primer día de clase. Desde entonces me repetía lo mismo: «Tienes madera de investigadora, María», y ahora me molestaba estar frente a él sin ser lo que siempre había soñado. Todo lo que quise para mí lo consiguió Carla. Por eso ella necesitaba compartir con él mi hallazgo. No cabe duda de que era un erudito en la materia y la persona idónea para ayudarnos, un hombre comprometido con el pasado y, sobre todo, con que nada de lo sucedido cayera en saco roto. Le había escuchado decir cientos de veces, paseándose entre las mesas mientras nos impartía clase, que la historia la escriben los vencedores, y, por desgracia, casi en su totalidad son hombres. Una frase tan falsa como reduccionista para la que yo tenía, y tengo, una respuesta: la historia la hacen los pueblos: los hombres y las mujeres; desgraciadamente ellas suelen caer en el olvido.

Las mujeres también tienen mucho que decir y, casi siempre, su historia suele ser más dura.

Ahora, ya demasiado mayor, aunque solo tuviera veintisiete, para escuchar esos discursitos, el tiempo jugaba en nuestra contra y yo quería saber.

Alberto estaba sorprendido, llevaba años investigando sobre la trata de mujeres en la Segunda Guerra Mundial. En los años cuarenta los nazis habían creado una red de prostíbulos en todos los campos. Las primeras fueron prostitutas alemanas a las que los soldados de las SS convencieron con falsas promesas. Las pobres picaron el anzuelo y, cuando llegaron a los prostíbulos de los campos, se dieron cuenta de que bajo las lindas palabras del Tercer Reich solo había muerte, enfermedades y más miseria que en la calle. Después de las prostitutas alemanas, llegaron las presas políticas, las más jóvenes y aparentemente sanas, en su mayoría, alemanas y polacas, nunca judías. Y después de ellas llegaron las españolas.

—Tenéis un regalo delante de vuestras narices y hay que tratarlo con mucho cuidado —dijo Alberto—. Debéis encontrar a Isadora, ella es la que os dará todas las respuestas. En toda mi trayectoria como profesor e investigador nunca me he topado con una superviviente sometida a la máxima vejación. No solo perdieron la guerra, tuvieron que lidiar con otra y someter su cuerpo a las mayores atrocidades. Multiplicad por mil vuestros miedos y angustias y ni tan siquiera llegaréis a experimentar lo que ellas vivieron.

Estaba deseando marcharme. Alberto había hecho lo de siempre, soltarnos su maravilloso discurso, que no sirvió de nada. Es curioso cómo cambia la percepción de una persona con los años. Carla estaba entusiasmada y motivada; yo no saqué nada en claro. Debíamos seguir buscándola y creo que tenía una pista para dar con ella.

La noche anterior, buceando en la red cuando Carla dormía, había descubierto una asociación que estaba en Barcelona —no sabría cómo denominarla, no soy especialista en la Segunda Guerra Mundial— que se dedicaban a dignificar y a buscar a todas las mujeres que pasaron por Ravensbrück. Allí podría estar su nombre en la lista de las españolas, quizás una dirección que me llevase hasta ella. Había apuntado un número de teléfono para ponerme en contacto con la asociación. Creo que de lo poco que teníamos era lo más fiable. Antes de llamar a Sonia, que era el nombre de la persona que aparecía en Amical de Ravensbrück, me acordé de mi madre. Ella también era parte de la historia y conocía a Isadora desde pequeñita; igual sabía de su paradero. Cogí el teléfono y llamé.

La que me parió debía de estar muy aburrida, ya que contestó tras el primer tono.

—¡Hola, hija!, ¿cómo va todo?

Decidí ignorar su pregunta.

—Mamá, ¿tú sabes dónde vive Isadora?

—¿Por qué sigues con eso? —contestó con otra pregunta.

—Es importante, por favor.

—Isadora ha sido un problema para nuestra familia, el grano en el culo, nunca soporté a esa mujer. Una de las razones por las que me marché fue ella, no aguantaba que la abuela estuviera tan pendiente, a mí me ignoraba cada vez que llegaba ella con un problema. Cuchicheaban a mis espaldas, solo con su presencia hacía que no me sintiera segura. Yo necesitaba un refugio, mi niñez y mi adolescencia no fueron lo que se dice fáciles y nunca me sentí a salvo. La abuela lo sabía e intentó construir un lugar donde me sintiera protegida, pero no lo consiguió. ¿Quieres que te cuente una cosa, María? —No dejó que le contestara—: ni siquiera en Burgos pude librarme de Isadora, de sus mentiras, de sus ocurrencias, de su maldad. Me condenó a una pena eterna. No quiero que vayas a ver a esa mujer.

—Entonces, ¿sabes dónde puedo encontrarla?

—Sí —contestó.

—Madre, necesito que me des su dirección, ya soy mayor para tomar mis propias decisiones. No sé qué os pasó, ni por qué estás tan dolida. Me pediste en Madrid que contase la historia de la abuela y, te guste o no, Isadora forma parte de su historia y también de la tuya. Mamá, por favor, dame la dirección.

—Vive cerca, es prácticamente tu vecina —refunfuñó—. Apunta: Atocha, número 8, 3.º C.

—Madre, ¡pero si está aquí al lado!

—María, no quiero saber nada, no vas a salir bien parada. Cuídate, por favor.

Se despidió con un beso y lo que dijo se me clavó en la cabeza, y me provocó la necesidad de salir corriendo a ver a Isadora: ahora mi adicción era ella.

Decidí no contarle nada a Carla, estaba claro que aquella historia nos salpicaba, al menos a la madre que me parió. Aparqué mi nuevo descubrimiento. Haría la llamada que tenía pendiente a la mañana siguiente cuando estuviera sola.

Después de una hora al teléfono con Sonia, pude hacerme una ligera idea de lo que sucedió en aquel lugar. El Amical de Ravensbrück se había fundado solo tres años antes, en 2005, para recuperar la historia y la memoria de todas las mujeres y niñas españolas que pasaron por ese campo. Neus Català, fue una de las supervivientes y de las que pusieron en marcha este gran proyecto memorialista. Desde el final de la Segunda Guerra Mundial, había realizado una intensa actividad para que nunca se olvidasen los nombres de las que murieron y de las que sufrieron cautiverio en Ravensbrück. El Amical se constituyó con el objetivo de dar continuidad a la gran tarea realizada por Neus, y asumió el compromiso de trasmitirlo a las futuras generaciones. Lo peor de todo es que Neus había muerto en 2003. Tenía que tomar una decisión, las respuestas estaban muy cerca y no quería quedarme sin hacer nada.

Cuando Carla llegó a casa era demasiado tarde, le conté mis avances con el Amical, y que Sonia nos enviaría una lista de las reclusas españolas que estuvieron en el campo. No estaban todas, muchas fichas fueron destruidas, había que confiar en que el destino se pusiera de nuestra parte. Pero no le dije que ya sabía dónde encontrar a nuestro fantasma.

Sol de otoño

A las nueve en punto sonó el despertador. Gracias a las drogas que mi médico de cabecera me había recetado por mis problemas de insomnio y mi adicción, había conseguido dormir toda la noche de un tirón: era lo que más necesitaba.

Estuve dándole muchas vueltas al consejo que me dio mi madre, aunque más que como un consejo, lo sentí como una prohibición. Estoy segura de que sus palabras fueron las que me impulsaron a tomar la decisión. Por mi cuenta y riesgo había decidido ir a visitar a Isadora; no sabía qué iba a decirle. Pensé en infinidad de excusas estúpidas y sin base alguna, como cogidas con alfileres. Lo único con un poco de coherencia que se me ocurría era presentarme en su casa para agradecerle su presencia en el funeral de mi abuela, decirle que su carta me había desgarrado el corazón y que sentía la necesidad de conocerla. Después pensé en contarle que estaba investigando sobre el papel que jugó mi abuela en la lucha antifascista durante la represión franquista y, si la cosa iba bien, abordarla con lo que realmente me quitaba el sueño: la foto.

Carla y yo nos habíamos reconciliado y se había quedado a dormir, pero ya no estaba en la cama. Me levanté y recorrí mi antiguo y destartalado piso, el que era y sentía como mi hogar. Estaba sola. «Mejor —pensé—, no tengo fuerzas para explicarle lo que estoy a punto de hacer». Desde la conversación telefónica mantenida con mi madre, sabía que Isadora tenía mucho que ver con los silencios de mi progenitora y de mi abuela, al menos a mi madre la incomodaba. Siempre he tenido la sensación de que las mujeres de mi familia escondían algún secreto, algo tan duro y desagradable que las mantenía calladas y separadas. Era una simple intuición, pero debía llegar al fondo del asunto y era necesario que de momento lo hiciera sola.

Me duché, cogí el móvil, verifiqué que la batería estaba cargada y, antes de salir de casa, decidí comprobar si el correo que esperaba ya había llegado. Enchufé el ordenador a la toma de corriente y lo encendí. El cacharro en cuestión era muy viejo y yo últimamente no estaba muy sobrada de paciencia. Puse la contraseña y esperé que decidiera arrancar. Tuve suerte, no tardó mucho. Abrí mi correo y ¡sorpresa!: allí estaba lo que Sonia, la mujer encargada de los archivos del Amical, me prometió. La lista de reclusas españolas que estuvieron en Ravensbrück.

Antes de abrir el documento, leí las amables y aclaratorias palabras de la introducción de su correo:

Estimada María:

A continuación, envío lo que me has solicitado y espero que, desde el Amical de Ravensbrück, podamos ayudarte a encontrar lo que buscas.

Como ya te dije por teléfono, en la documentación no están todas las mujeres que pasaron por el campo. Muchas identidades permanecen en los Archivos de la Resistencia, en París; otras no se podrán recuperar nunca, y será una tarea ardua añadir más a la lista, pero llevamos poco tiempo trabajando en la recuperación de la memoria de estas mujeres y perseveraremos para seguir consiguiendo nombres.

Si necesitas algún dato, te esperamos en Barcelona para que conozcas nuestra labor que, ahora, es la misma que la tuya.

Un fuerte abrazo,

Sonia

Abrí el archivo con premura y comencé a comprobar uno por uno los nombres de la lista. Era numerosa y no estaba ordenada por orden alfabético; a mis ojos, no seguía ningún patrón, pero seguro que si los nombres estaban dispuestos de esa manera tendría una explicación que yo no conseguía entender. Mi especialidad siempre ha sido la Segunda

República, sus consecuencias, la Guerra Civil y la represión franquista. Seguro que Carla le encontraría sentido a esa lista de la vergüenza.

Neus Català, Braulia Cánovas, Secundina Barceló, Felisa Alonso, Pilar Prieto de Leza, Ángeles Álvarez, Concepción Ferrer, Carlota García, Rosita Silva, Carmen Serrano, Elisa Garrido, Constanza Martínez, Nieves Corvil, Paquita García, Ascensión Romero, María Pilar Vázquez... Comprobé la larga lista hasta tres veces y no había rastro de Isadora. Puede que no fuera ella la protagonista de la foto, quizás alguna de las mujeres de la interminable lista que consiguieron ser liberadas conocía a mi abuela y le pidió que la guardase... Las dudas eran infinitas. Pero ¿y por qué en el reverso está escrito su nombre y sus apellidos? No entendía nada, mi plan comenzaba a hacer aguas. Igual no tenía mucho sentido ir a visitarla. Lo mismo estuvo en otro campo y fue un error por nuestra parte pensar que, como Ravensbrück era de mujeres, Isadora estuvo allí. Esa teoría tenía bastantes agujeros, estaba claro que si no la visitaba nunca lo sabría. Además, ahora lo que más me llamaba la atención era descubrir por qué mi madre odiaba a la misteriosa mujer de rostro angelical. Esto no iba de guerras, era cosa de familia, estaba segura. Puede que el alcohol me hubiera machacado las neuronas como me recriminaba constantemente Carla, pero el instinto, ese estaba intacto. No lo pensé demasiado, reenvié el correo a mi chica para que hiciera una copia y lo uniera al mural que adornaba la pared del salón de nuestra casa.

Apagué el ordenador, me miré al espejo: estaba demacrada, los efectos de la bebida son bestiales, parecía una señora de cincuenta años, no una mujer que estaba terminando su veintena. Pellizqué un poco mis mejillas para darle color a mi rostro pálido y peiné mi escasa cabellera dorada. No era mi mejor versión, pero en cuestión de una semana había mejorado un poco.

Revisé el bolso para comprobar que estaba todo: móvil, carpeta con las fotos, copias de los pocos documentos encontrados, información sobre el campo, aunque después de lo que acababa de leer, dudé de si llevarla o no; lo pensé unos segundos más y decidí que se venía conmigo. Caminé por el largo pasillo hasta la salida y me marché, nerviosa. Bajando las escaleras decidí llamar a Carla para contarle una mentira. Me saltó el contestador, así sería más fácil: «Mi amor, tengo reunión con el grupo de alcohólicos, en cuanto termine, vuelvo a llamarte y te digo cómo ha ido». La reunión era el próximo miércoles, la primera y seguro que la más compleja, pero ella no tenía por qué saberlo. «El miércoles que viene le digo que ya es la segunda visita y listo», pensé. La mentira estaba justificada, me consolé con eso porque iba a conocer a la mujer que había puesto mi vida patas arriba. La desconocida responsable de que hubiera recuperado las ganas de seguir escribiendo, investigando y, sobre todo, conocería a una amiga de mi abuela, a esa que tanto echaba de menos.

Mis heridas estaban abiertas, todavía no había conseguido hablar de ella sin que las lágrimas vinieran a visitarme. La echaba tanto de menos... Seguro que se sentiría orgullosa de que dejara de beber, era muy mayor y sufría mucho con mi dependencia. No me porté bien, no fui buena con ella y eso me mataba lentamente. Espero que llegara a perdonarme, no tuve la oportunidad de preguntárselo, ya que estaba demasiado ocupada con mis amigos de barra. Pienso en ella a todas horas, sé que está tranquila con su madre y con la gente que la quiso. Y seguro que, si le pudiera preguntar por la muerte, me diría: «Vive, que eso es lo único que importa».

Al abrir la puerta el sol me cegó los ojos. Busqué en el bolso las viejas gafas de sol heredadas de mi madre y decidí dar un pequeño rodeo. Así que caminé por la calle de la Magdalena hasta llegar a la plaza de Tirso de Molina, antes llamada la plaza del Progreso, desde 1840 hasta el comienzo de la dictadura. El día invitaba a recorrer las calles tranquilamente, disfrutando de cada uno de los rincones que ofrecía esta zona de la ciudad. Cada vez estaba más cerca, pero decidí seguir disfrutando del Madrid que más amo y respeto. El cuerpo me pedía seguir hasta la calle Toledo y darme de bruces con el Arco de Cofreros. Por un instante imaginé el Madrid y las gentes del «No pasarán». En el que un día, uno que se perdió en el olvido, colgaba una pancarta que decía: ¡NO PASARÁN! EL FASCISMO QUIERE CONQUISTAR MADRID. MADRID SERÁ LA TUMBA DEL FASCISMO.

Mientras subía hacia el imponente arco, me imaginaba a Isadora y a mi abuela durante los difíciles años de la Guerra Civil. Sin apenas darme cuenta, cruce la plaza Mayor como una autómata que conoce su destino. Ya estaba muy cerca.

Me paré en seco, no era capaz de dejar de temblar. No sabía qué podría ocurrir y no controlar la situación me generaba ansiedad. Había llegado, me encontraba delante de la iglesia de Santa Cruz y justo al lado estaba la casa de Isadora. Respiré profundamente, estaba muy nerviosa, una sensación que no sabría explicar me vino a visitar, era lo más parecido a la que una tiene cuando va a encontrarse con la persona que le gusta. Esa sensación que todos conocemos, la de la primera cita. Sin darme cuenta, mi dedo se había pegado al botón del 3.º C; no tuve que insistir mucho. Una voz dulce y sosegada salió del minúsculo altavoz preguntando quién era.

—¡Buenos días, Isadora!, soy la nieta de Soledad, la dueña de la pensión.

No contestó, y después de un instante, la puerta se abrió. Subí aquellas desvencijadas escaleras de madera, cada paso que daba crujía un escalón. El edificio tenía ascensor, pero decidí darme un poco más de tiempo, necesitaba tranquilizarme. Tenía la boca seca como cuando estaba de resaca, lo que habría dado por un sorbito de whisky.

La mujer delgada y pequeñita de pelo plateado y recogido en un moño me esperaba en la puerta. Su rostro me resultó diferente, estaba seria, había perdido la dulzura que irradiaba el día del funeral; al menos, yo la recordaba así. Pero se notaba que la tristeza vivía en ella, supuraba por cada poro de su piel, se reflejaba en su semblante. Era una de esas tristezas infinitas y eternas que solo algunos elegidos cargan a sus espaldas.

—Buenos días, Isadora. Soy María, la nieta...

—Sé perfectamente quién eres. ¿Cómo sabes mi nombre? —me interrumpió.

—Me lo ha dicho mi madre.

—Me extraña que tu madre te haya hablado de mí, no me soporta. ¿Y a qué has venido?

—A darle las gracias. —La situación era tan desagradable que pensé que debía haber hecho caso a mi madre.

—Las gracias no las necesito. Imagino que ha sido ella la que te ha dado mi dirección.

—Así es. Estoy intentando reconstruir la vida de mi abuela, mi madre me ha contado que tenían muy buena relación.

—¿Eso dice Carmen? No me creo tus palabras, niña. Dile que la Sole y yo éramos familia, no de la sangre, pero como si lo fuéramos, y le dices que lo acepte de una vez.

—No sé qué ha sucedido entre ustedes ni pretendo que me lo cuente. Solo quiero saber de mi abuela, cómo se organizó en la pensión para esconder a tantos camaradas, como gestionó la lucha clandestina y el partido cuando no quedaba nadie en Madrid.

—Lo siento, niña, yo no te puedo ayudar. No estuve en Madrid en aquellos años.

—Y ¿dónde estuvo? ¿Quizás en un campo de concentración hasta que fue liberada? —solté de sopetón. La pregunta la incomodó. Estaba aún más tensa, pero era mi oportunidad de sacar el tema.

—Eso a ti no te importa.

—Como historiadora y como mujer le puedo asegurar que sí me importa, pero ya he captado que no voy a conseguir nada de usted. Mi madre tenía razón, no es lo que aparenta ser.

—Espera, ¿eso dice? Pues dile que Isadora está cansada y que ya es hora de que alguien la escuche. Le dices también que mañana vas a volver a verme le guste o no. Te espero a las doce.

Seguidamente, pegó un portazo en mis narices.

Bajé las escaleras si cabe más nerviosa de lo que las había subido; el primer contacto fue duro, difícil, pero lo conseguí. Volvería al día siguiente, no sabía si estaba preparada para lo que me venía encima. En el poco tiempo que me concedió se notaba que estaba dolida, no sé con quién ni porqué, pero mi madre era parte importante de la historia, tuve la sensación de que los recuerdos de ambas eran dolorosos. Tendría que esperar para saberlo. Un par de semanas atrás, lo habría hecho tomándome unas cuantas copas a mi salud. Me apetecía mucho beber, disfrutar de esa sensación, pero no quería dejarme llevar por el suave dulzor de una copa de whisky, así que me conformaría con un cigarro. No era la mejor opción, pero si la menos peligrosa. Llevaba mucho tiempo sin fumar, tanto que casi no recordaba el sabor del tabaco. Había tonteado con él en el instituto, como la mayoría de los de mi edad, pero en realidad nunca consiguió atraparme la nicotina. Antes de tomar la calle de Atocha para regresar a casa, busqué un bar, compré un paquete de Camel, un mechero, y me encendí mi primer pitillo después de mucho tiempo. Estaba asqueroso, pero me tranquilizó, amortiguó las ganas de beber. Siempre he escuchado decir que para solventar una adicción hay que engancharse a otra. La sensación era maravillosa y nauseabunda a la vez, necesitaba sentir el humo entrando en mis pulmones y el carraspeo en mi garganta. Cuando llegué a casa, no encontré a nadie, y agradecí que el sol de otoño se colase por los ventanales del salón. La luz era preciosa, me senté junto a la ventana, puse las piernas sobre una silla y esperé a Carla con otro pitillo.

CARA A CARA

Carla llegó muy tarde, yo estaba organizando las notas y buscando entre mis antiguos artículos de investigación alguna pista sobre mi abuela y sus camaradas. La mayoría de las historias que había publicado estaban relacionadas entre sí, y todas habían salido de la misma fuente: la Sole. Decidí releerlas por si conseguía cualquier pista que pudiera tener relación con los campos. Otro de los beneficios de no estar siempre ebria era que tenía más capacidad de concentración. Carla se sentó junto a mí, me besó y se puso a revisar la lista de mujeres del Amical; se la había reenviado para adjuntarla a nuestro *collage* de historias vacías. No tardó mucho en descubrir por qué el listado de las olvidadas estaba organizado de una manera que a mí me parecía caótica.

—María, ya tengo respuesta a tu pregunta: ¿te acuerdas de que esta mañana me has dicho que la lista no seguía un orden aparente?

—¿Cómo has conseguido averiguar eso?

—Me ha costado. Esta tarde tenía dos horas de tutoría y nadie viene a las tutorías a no ser que estemos en periodo de exámenes. He aprovechado para imprimir la lista y buscar el nombre de algunas de ellas en internet. No hay demasiada información, pero sí la necesaria: fecha y lugar de nacimiento, partido en el que militaban, si fueron resistentes y la fecha en que las enviaron a Ravensbrück. He ido leyendo y comparando algunas, no todas, y me he dado cuenta de que el Amical las tiene organizadas por fecha de entrada al campo.

—Eres tan inteligente... —le dije.

—¿Te burlas de mí? —preguntó Carla mientras comenzaba a acariciar mi pelo y a besarme la nuca.

—No me distraigas, cariño, estoy muy ocupada.

Decidí aparcar el trabajo y meterme en la cama con Carla. La noche fue maravillosa. Hacía demasiado tiempo que no me despertaba tan de buen humor. Carla seguía durmiendo, la abracé e intenté conciliar el sueño, pero la visita a Isadora no me dejaba dormir. Tenía que contarle a Carla lo que había planeado para esa mañana. No sé por qué extraña razón no quería hacerlo, era como si necesitara demostrarme a mí misma y a mi pareja que yo también era buena en nuestro campo. Sabía que era una estupidez, pero así lo sentía. Decidí seguir ocultándoselo de momento y volví a dormirme.

El despertador anunciaba que se había acabado la magia, había que levantarse. Carla no era nada perezosa, se levantó y se fue a la ducha. Yo decidí quedarme un rato más en la cama. Me quedé pensando otra vez en que debía contarle mi fatídico encuentro con Isadora, pero no sabía cómo. La situación me generaba ansiedad: mi forma de actuar con la mujer que me amaba, mi madre y sus prohibiciones, la reacción tan fría y distante de Isadora...

Mientras permanecía inmersa en mis pensamientos, Carla regresó a la habitación, la invité de nuevo a nuestra cama, se quitó la toalla y se pegó a mí; podía sentir su pelo mojado en mis mejillas. No hubo palabras, estar así lo solucionaba todo.

—María, me tengo que marchar.

Su frase destrozó el momento tan especial que se había generado. La observé mientras buscaba en el armario su ropa, me gustaba ver cómo se vestía. Primero se puso la ropa interior, unas bonitas bragas negras y un sujetador a juego; después cubrió su cuerpo con un vestido precioso de grandes dibujos étnicos. Buscó sus zapatillas preferidas y se sentó en la cama para calzarse. Me besó y me deseó un buen día. Antes de que saliera del dormitorio, pronuncié su nombre y le dije: «Te quiero». Al escucharlo, giró la cabeza, con su larga melena aún mojada, me guiñó un ojo y me mandó un beso.

Al cabo de un par de segundos, volví a quedarme sola. Miré la hora y todavía tenía tiempo. Me levanté y caminé desnuda por la casa enumerando todo lo que tenía que hacer antes de mi cita: preparar un borrador para Esteban con lo que quería mostrar, repasar mi cuaderno de anotaciones y escribir lo que me gustaría preguntar —la curiosidad es traicionera y me importaba más averiguar qué pasó entre ella y mi madre que su historia en los campos—. Tampoco sabía con seguridad si la mujer de la foto era ella, en la lista no aparecía.

Me estaba empezando a poner nerviosa y eso no era bueno para mí. Llegaban los pensamientos autodestructivos y las ganas de tomarme unas copas. Intenté apartar las ideas que aturullaban mi cabeza y me centré en mi abuela. Me senté en su desvencijada mecedora de mimbre, era su favorita, y observé las fotos y los documentos pegados en la pared. Estaba claro que algo se nos escapaba, que había una relación entre ambos lados, la parte española, y la alemana y el maldito campo de concentración. Intuía que el nexo era la pensión Soledad, pero ¿qué relación existía?, ¿por qué nunca se habló de ello?, ¿de qué me estaba protegiendo la abuela? Quizás de Isadora, ya que, según mi madre, aunque lo que dijo de ella fue breve, era una mujer peligrosa.

Demasiadas preguntas. Mientras intentaba resolverlas, pensé en el agraciado accidente con la botella de anís y se me ocurrió que debía de haber algo más. Seguro que en algún sitio inimaginable la Sole seguía guardando retales de la historia. Solo había que encontrarlo, pero ¿por dónde empezar? Recordé que en la universidad, en una asignatura llamada

Métodos y Técnicas de Investigación Histórica, Antonia, la profesora, nos contaba que muchas familias que habían sido víctimas de la represión franquista y tenían un pasado que no le gustaba al régimen, guardaban sus pertenencias o los recuerdos de sus familiares (cartas, libros prohibidos o marcados) en sitios recónditos e inimaginables, como detrás de un cuadro, pegados con cinta adhesiva debajo de los muebles, entre las baldosas e incluso en cajones con doble fondo.

Me levanté de la mecedora de la abuela y me puse manos a la obra; antes decidí cubrir mi cuerpo con algo de ropa. Comencé a poner en práctica todo lo aprendido en mis años de estudiante en el cuarto de mi abuela. Observé lo que tenía a mi alrededor: una cama, dos mesillas, una vieja cómoda con dos cajones estropeados por el paso del tiempo, un armario, un perchero y una mesa camilla con un sillón junto a la ventana, y sobre la cama, custodiando toda la habitación, un cuadro de san Antonio con un niño rechoncho. En un primer momento no presté demasiada atención al señor calvo y con cara de pocos amigos, decolorado por el tiempo y los rayos de sol que se colaban por la ventana. Pero ese cuadro era la clave: el resto ya lo habíamos registrado. Además, a mi abuela no le gustaba la iglesia, ni las imágenes, ni las mentiras que contaban los curas a sus más fervientes devotos. Me subí a la cama y, con mucho cuidado, lo descolgué: pesaba más de lo que imaginé. Lo puse en el suelo, le di la vuelta y a simple vista aquel hombre no escondía nada. Examiné con cuidado cada rincón de la pintura y, en un arrebato de desesperación, corrí hasta la cocina en busca de un cuchillo: debía retirar el cartón de la parte de atrás. A la desesperada, clavé el cuchillo tan bruscamente que me cargué la imagen del santo. Después de un rato, conseguir separar lo que quedaba del pobre hombre del cartón, que estaba cogido con clavos tan pequeños al marco que apenas se apreciaban: la Sole era muy cuidadosa. Allí, entre el cartón y el brillante papel, había otro sobre. Mi abuela se había propuesto que me diera un infarto antes de los treinta. Me senté en el suelo junto a mis dos acompañantes —el adulto tenía una mejilla rajada gracias a mi insistencia—, respiré y abrí el sobre. Solo contenía unas cuantas letras escritas en media cuartilla desgastada por el paso de los años. Me costaba entender lo que ponía, ni quién la había escrito, no estaba firmada. ¿Por qué la abuela se molestó en guardarla allí? A primera vista nada tenía que ver con el partido ni con la guerra. La Sole era una caja de sorpresas, nunca mejor dicho. La leí en voz alta, me funciona cuando necesito entender textos un tanto enrevesados, o las cartas escritas con claves o un lenguaje inventado para pasar información durante la contienda. Respiré profundamente y me dispuse a leer:

¿Cuántos años vive una imagen? ¿Quién es la encargada de guardar las fotografías de esta familia? ¿Qué ocurre cuando el recuerdo es tan peligroso, o tan doloroso, que puede hacer que se tambaleen los cimientos de una casa? No guardes esto en la caja de los feos recuerdos, puede ser peligroso.

¿Qué coño era eso de la caja de los feos recuerdos y qué peligro podría tener? El asunto era más complejo de lo que esperaba, cada vez tenía más claro que las mujeres de la familia guardaban un secreto a mis espaldas e Isadora formaba parte de él.

El chirriante sonido de la alarma del móvil anunció que tenía que parar; no quería hacerlo, debía encontrar la maldita caja a la que hacía referencia la nota. La habitación era un desastre: si la recogía, no llegaría a tiempo a mi cita, así que me calcé unas zapatillas, busqué el bolso y las llaves, y deseé llegar a casa antes que Carla para esconder la prueba del delito y mi encontronazo con san Antonio. Pensé en llevarme la nota, pero decidí dejarla sobre la mesilla de noche, custodiada por *El corto verano de la anarquía*, la obra de Hans Magnus Enzensberger sobre Buenaventura Durruti.

Esta vez no tenía tiempo para dar rodeos, no quería hacerla esperar y tenía demasiadas preguntas que seguramente no me respondería. Durante el corto trayecto que separaba su casa de la que ahora era la mía, pensé en preguntarle por su familia, sus padres y su hermano. Era lo único que tenía de momento, para no enfadarla evitaría el tema de mi madre, eso la incomodaba demasiado. Ante todo sería respetuosa, debía conseguir que se sintiera cómoda y empezase a confiar en la nieta de su amiga.

Llegué a la hora indicada, toqué al portero automático y no tardó mucho tiempo en contestar. Esta vez decidí tomar el ascensor, el viejo aparato me anunció que había llegado a la tercera planta y, al salir, ella estaba esperándome en la puerta. Su rostro parecía más relajado, al contrario que yo, hecha un manojo de nervios. Me acerqué para darle un beso en la mejilla y me tendió la mano. El saludo lo decía todo: la conversación sería cordial, pero guardando las distancias. Después de nuestro saludo, me invitó a entrar. Caminé detrás de ella por un pasillo infinito. Su aspecto era un poco desaliñado, como si la ropa que llevaba puesta no fuera suya; era ropa antigua, pero tratada con mucho mimo. Me llamó poderosamente la atención su vestimenta y sobre todo sus zapatos, unos zapatos verdes de tacón extremadamente ancho y muy bajo, como de unos cinco centímetros. Un verde desgastado por el paso de los años, no el color verde vivo y alegre que transmite esperanza. En su día debieron de ser muy bonitos, de esos que solo te pones los domingos para ir a pasear por el Retiro o para las grandes ocasiones. Por desgracia, el tiempo, al igual que con Isadora, no había jugado a su favor. Además, eran demasiado grandes para ser suyos. Sin embargo, caminaba muy segura, como si le sentaran como un guante.

Desde luego, aquella forma tan peculiar de recibirme no era mera casualidad: el estilismo estaba muy bien estudiado, como si quisiera mostrarme algo con sus ropas, como si me hablasen.

Recorrimos el pasillo en silencio y por fin llegamos a una sala, no muy grande, pero tremendamente acogedora, como si todos los recuerdos de la casa se concentrasen en ella. De las pareces colgaban fotografías antiguas de lugares emblemáticos de Madrid y en todas ellas había un hombre muy guapo, de esos que solo sale uno por generación. Era muy alto, con unos ojos diminutos pero chispeantes, una enorme boca y un pequeño y afilado bigote. En algunas de las fotos reconocí a la Sole, con su mandil y su melena recogida en una coleta. Por un instante me perdí en las fotografías, que lograban transportarte a una época de la que ya no quedaba casi nada.

—María, ¿quieres tomar asiento? —dijo Isadora.

—Sí, perdone —contesté mientras me sentaba en un cómodo sillón junto al mirador de cristales de colores—. He reconocido a mi abuela en alguna de las fotografías y no he podido dejar de curiosear un poco, lo siento.

—No importa, estas fotos estuvieron mucho tiempo en la pensión, seguro que las has visto alguna vez, pero no las recuerdas. ¿Te apetece tomar algo? —preguntó.

—Un vaso de agua, si es usted tan amable.

Se marchó por el pasillo y regresó con dos vasos y una botella de agua en una bandeja. La dejó sobre la mesa que separaba ambos sillones y me invitó a que me sirviera yo misma mientras se sentaba.

—¿A qué has venido? Me lo imagino, pero quiero que me lo confirmes.

—A que me cuente lo que sucedió. Creí que mi abuela me lo había contado todo, pero estaba equivocada. Desde que la vi en el tanatorio, no he podido dejar de pensar en usted; después encontré escondidas unas fotos y en una de ellas aparece su nombre. No consigo quitármela de la cabeza.

La estancia se llenó de un silencio inquietante, perturbador. Y después llegó la tormenta. Comenzó con un ligero aguacero para desembocar en un tremendo huracán.

—Antes de empezar, solo impondré una condición: no quiero una entrevista, te voy a contar mi historia desde el principio, que también es la de tu abuela; por lo tanto, a ti en parte te pertenece. Lo he pensado mucho desde ayer, cuando decidiste presentarte en mi casa, pero creo que ya es hora de poner las cosas en su sitio porque no hay historia muda, María, por mucho que intentemos olvidarla o guardarla en lo más recóndito de nuestro ser.

—Entonces, ¿estuvo en el campo de mujeres de Ravensbrück?

—Exacto, yo bajé a los infiernos y viví en ellos, creo que aún sigo conviviendo con mis demonios. María, lo que más me asusta es que hay personas que están dispuestas a olvidar el holocausto, también hay otras que lo niegan. Yo, desafortunadamente, no puedo olvidarlo. Para mí ocurrió ayer. Estuve allí, sí, la de la foto soy yo: me convirtieron en una Feld-Hure, una puta de campo de concentración.

—¿Cómo llegó a Ravensbrück?

—Es demasiado largo... ¿Qué piensas hacer con lo que te cuente? Me has dicho que pretendes conocer la historia de tu abuela, pero ¿cuál es el propósito?

—Perdone que no se lo haya contado aún: trabajo en un periódico investigando sobre las mujeres y el papel que desempeñaron durante y después de la Guerra Civil, y la violencia que se ejerció sobre ellas. Por eso cuando encontré su foto y vi su nombre en el reverso, no pude dejar pasar esta oportunidad. Conocía de oídas lo que los nazis hicieron con las mujeres en campos como Ravensbrück, pero no había tenido la oportunidad de encontrarme con alguien que sufrió tal denigración.

—Entonces, ¿pretendes dar a conocer mi historia y la de todas nosotras? —preguntó Isadora.

—Si obtengo su aprobación, me gustaría.

—La tienes; necesitarás tomar notas.

Asentí con la cabeza. Saqué de mi viejo bolso de cuero un cuaderno y un bolígrafo y comenzamos el viaje. No quise presionarla, el ambiente que se había generado en la minúscula habitación era sosegado y agradable. Puede que gracias a las fotos que adornaban la estancia: de alguna manera, los retratados eran testigos mudos de lo que estaba a punto de suceder. También nos acompañarían a lo largo del viaje.

—Soy Isadora Ramírez García. Hija, nieta, hermana y sobrina de republicanos, y estoy hecha de pedazos de los míos. Mis oídos oyen lo que los tuyos no pueden, mis ojos distinguen cosas pequeñas que para el resto no son visibles. Estos sentidos son el fruto de una vida de dolor y deseo. Deseo de ser rescatada, y en parte tú vas a ser quien me rescate. No puedes imaginar lo que se desarrollan los sentidos cuando vives en el infierno y respiras el olor a muerte constantemente. Ahora el olor de la muerte es mucho más dulce. En los años que estuve allí, la muerte olía a sangre, cenizas y humo. Necesito sentirme completa, necesito a los míos, a los vivos y a los muertos. Por eso estoy hecha de cosas que no son mías. Llevo el cinturón de mi padre ciñendo una falda de mi madre y unos zapatos de mi tía Teresa. Conservo muy poco de mi familia y en parte es gracias a la de mi querida e incansable Sole. Esta soy yo, María, una no es dueña de elegir donde nace. Las flores tampoco eligen su color. Una no es responsable de lo que acabamos siendo. Cuando conseguí entender eso, después de muchos años y mucho sufrimiento, conseguí la libertad y admitir lo que me tocó ser. Nadie se ocupó de nosotras. La historia, por desgracia, está contada en su mayoría por hombres; siempre se ha hablado de exilios, guerras, campos... desde el sufrimiento de los hombres, pero ¿qué pasa con el de las mujeres? ¿Por qué existe esta tendencia al olvido de la memoria de nuestro país y sobre todo de la de las mujeres? Cientos de compañeras han desafiado lo establecido, han participado en las dos guerras jugando papeles cruciales y, sin embargo, nos han olvidado. La historia nos lo debe a mí y a tantas que conocimos el dolor en primera persona. Ellos al menos no eran violados hasta la extenuación. Con esto no quiero decir que el sufrimiento fuera menor al nuestro, pero el reconocimiento no ha sido el mismo.

Al escuchar sus palabras, me acordé de Alberto Márquez, el viejo profesor, y sus discursos que no me decían nada. Atendiendo a Isadora entendí lo que nos intentaba decir a Carla y a mí el día que fuimos a visitarlo. El discurso era muy parecido, repleto de verdades enterradas sin banderas a media asta. No quería hacer demasiadas preguntas, prefería dejar que fuera ella la que llevase el peso de la conversación; al fin y al cabo, era la protagonista. Decidí dejar aparcados el cuaderno y el bolígrafo, le pregunté si podía encender la grabadora y accedió. Me limité a escucharla, podía apreciarse el dolor en cada una de sus palabras, de sus gestos; intentaba controlar los tiempos para que la voz no se quebrase, pero los recuerdos eran muy poderosos y dolorosos.

—Ha llegado la hora, toca reagrupar los pedazos de tantos años, debo ponerlos en su sitio. Después de llevar media vida pensando que una mentira duele menos que la verdad, voy a contar mi verdad, que es la de muchos que se quedaron en el camino. Son demasiadas guerras perdidas, María. La más dolorosa es la del olvido. ¿Puedo hacerte una pregunta?

—Por supuesto.

—¿Estás preparada para lo que quiero contarte?

—Sí, lo estoy —respondí de forma rotunda. Entonces me miró fijamente y me dijo:

—Cuando terminemos este viaje, ninguna de las dos seremos las mismas.

No supe qué decir, yo ya no era la misma desde que mi abuela falleciera, desde que encontré la foto, desde que decidí dejar el alcohol... Probablemente el viaje que estaba a punto de comenzar con la misteriosa mujer cambiaría el resto de mi vida. Había demasiadas preguntas por hacer, pero después de un discurso tan demoledor, preferí optar por las fotos que estaban junto a la suya en el sobre bajo la baldosa.

—Isadora, ¿puedo hacerte una pregunta? —No esperé a que asintiera, saqué las fotos del bolso y se las mostré—. ¿Sabe quiénes son las mujeres que acompañan a mi abuela?

—Mi tía Teresa, Milagros y yo. Antes de que empezara la guerra, cuando éramos felices. Y la foto, que aunque no me la has mostrado, sé cuál es: soy yo sujetando una jaula para un canario que me regaló tu abuela. Fue después de la guerra.

—¿De la Guerra Civil, Isadora?

—No. —Su respuesta fue tajante y ya no dijo nada más.

Ahora que conocía la identidad de todas las mujeres que acompañaban a mi abuela en la foto, Isadora no parecía la misma. La mujer que sujetaba la jaula de latón era un cadáver, una sombra de la jovencita que posaba orgullosa con el puño en alto junto a mi abuela. Podían apreciarse los daños sufridos entre ambas imágenes.

—María, creo que nuestro primer contacto acaba aquí. Soy vieja y estoy cansada, mi cabeza y mi corazón no están preparados para algo así. ¿Te importa dejarlo para otro día?

—Por supuesto, cuando quiera —le dije a la vez que me levantaba del mullido sillón. Al despedirme, y antes de salir de la sala, pregunté por el hombre tan atractivo de las fotos colgadas en las paredes.

—Ese es Ignacio, mi hermano, en parte es el culpable de todo lo que aconteció en mi vida desde 1937. Pero hoy no tengo fuerzas para hablar de él. Todavía no ha llegado su momento.

—¿Cuándo puedo volver a verla, Isadora?

—Pronto, no seas impaciente, que todavía no hemos empezado.

Me acompañó hasta la puerta y me despidió con otro apretón de manos.

Regresé a casa mirando la foto donde estaba mi abuela. Una sonrisa se dibujó en mi cara. Todas las mujeres que aparecían junto a ella irradiaban felicidad. Isadora era una niña, podía apreciarse que era la más joven de las cuatro. También que mi abuela era alguien muy importante en su vida, las miradas en muchas ocasiones cuentan más que las palabras. Pude comprobarlo por mí misma cuando llegué a casa y me encontré a Carla: su mirada lo decía todo. No hacían falta las palabras. La diferencia era que su mirada no era tan cariñosa, estaba preocupada por el desaguisado que se había encontrado.

—Hola, amor —dije a la vez que intentaba unir mis labios a los suyos. Solo recibí una retirada por su parte.

—¿Puedes contarme qué ha pasado?

—Estás enfadada y tienes motivos para estarlo. No pienses que nuestra habitación ha sufrido debido a una recaída. Tengo tantos frentes abiertos desde que nos hemos mudado a esta casa que no me acuerdo del alcohol. A veces, cuando viene a visitarme el mono, lo mandaría todo a la mierda y me bajaría al bar de la esquina a emborracharme. Pero consigo controlarlo.

—Y, entonces, ¿qué es lo que no has controlado? —preguntó Carla con su voz autoritaria y los brazos apoyados en la cadera.

—Tengo algo que confesarte.

Carla alucinó con todo lo que había pasado en poco más de un día y se enfadó por no haberla hecho partícipe. Recogimos el cuarto y decidimos guardar al pobre san Antonio en el armario. Ahora tocaba buscar esa caja de los feos recuerdos para ver qué contenía, y las dos teníamos claro que no sería solo una historia de abusos a mujeres y campos de concentración. Ya no había marcha atrás, debíamos seguir enlazando las piezas del rompecabezas.

Al menos había conseguido dos nombres más: Teresa y Milagros, además de Ignacio, al que ya conocíamos por la partida de nacimiento. Teníamos trabajo hasta que Isadora volviera a contactar conmigo.

Las paredes ladran

La mañana del sábado organizamos todo lo que teníamos hasta el momento antes de seguir buscando. Isadora no me había contado nada en concreto, desnudó su alma frente a mí para explicar cómo se sentía y el sufrimiento con el que cargaba a sus espaldas, pero nada más. Solo había conseguido averiguar que estuvo en Ravensbrück y que formo parte de las Feld-Hure. No dudaba de su testimonio, pero ¿por qué no aparecía su nombre en la lista de las mujeres españolas que estuvieron en el campo? Puede que su documentación estuviera entre las que los nazis consiguieron destruir, tal y como me contó Sonia, pero eran demasiadas casualidades: casi cuatrocientos nombres en lista y el suyo no estaba.

Carla sugirió que debíamos centrarnos en España, comenzar desde el principio, contactar con la archivera del Partido Comunista en Madrid y ver qué encontrábamos. Mi abuela era militante, Isadora no me había nombrado al partido, no hacía falta, debía de tener alguna relación directa o indirectamente con él. También teníamos a su tía, de quien no había mencionado el apellido; a Milagros, a quien yo creía conocer por las historias de mi abuela, y a su hermano Ignacio. Me llamó mucho la atención el comentario que hizo sobre él: «Todavía no es su momento».

—¿Piensas que su hermano tiene peso en su historia? —preguntó Carla.

—Estoy convencida, como también lo estoy de que mi madre sabe más de lo que me cuenta y de que yo no conocía a mi abuela. Creí que me lo había contado todo y decidió obviar este capítulo tan importante. No era su historia, pero ¿por qué me contó la de muchos otros y la de su amiga la guardó con recelo durante toda su vida? ¿Y las putas fotos escondidas bajo las baldosas, las notas misteriosas en cuadros de santos? Tenemos que buscar respuestas, Carla, y te aseguro que no las vamos a encontrar en el archivo del Partido Comunista, aún no ha llegado ese momento. Llegará y tendremos que ir a bucear en sus documentos. La clave está en esta casa. Escondida en algún lugar, debemos encontrar esa caja. Me quita el sueño, no dejo de pensar en ella desde que conocí su existencia.

—¿Y por dónde empezamos?

—No lo sé, si quieres que no me vuelva loca y piense en un delicioso chupito de tequila, déjame que me fume un cigarrillo.

Salimos al balcón, desde nuestro privilegiado hogar podía verse la calle Atocha, siempre animada y repleta de viandantes.

—¿Por dónde quieres empezar?

—Perdona, Carla, estaba distraída.

—Que por dónde comenzamos a buscar esa caja o lo que tu abuela escondiera en su pensión.

—No lo sé, en nuestro cuarto no hay nada. ¿Por el salón?

—Como quieras —dijo Carla con poca esperanza—. Te recuerdo que el día de nuestra discusión ya revisamos los muebles.

Sin pensarlo dos veces, apagué el cigarrillo, caminé hacia una de las esquinas del salón, me puse a cuatro patas y comencé a tocar con los nudillos en cada una de las baldosas. Era una forma de empezar. El primer sobre lo encontré por casualidad. La abuela era imprevisible y, probablemente, si la suerte estaba de nuestra parte, quizás encontráramos otra baldosa suelta. Carla se limitó a imitarme y empezó por otra esquina. Repetimos el ritual de la llamada a la baldosa en dos ocasiones; ninguna estaba suelta. A continuación, seguimos por los muebles. Había dos: un aparador repleto de fotos, adornos de cerámica y libros, con cuatro cajones en la parte de abajo, y una consola baja con un cajón donde estaba el televisor. Sacamos los libros, revisamos todas y cada una de sus páginas, y nada. Una vez que conseguimos vaciarlo, obviamos los cajones, ya los habíamos revisado con anterioridad. Repetimos la misma operación con el mueble de la tele. Quitamos el televisor, lo pusimos encima de la mesa y observamos aquel chisme de formica. Estaba limpio. Bajo las sillas y la mesa tampoco había nada.

Las fuerzas comenzaban a menguar cuando le propuse a Carla tocar las paredes por si alguna estaba hueca. Después de la Guerra Civil, sobre todo en barrios de trabajadores como lo era el nuestro, muchas familias optaron por construir pequeños zulos con falsos tabiques para esconder a los perseguidos por el régimen. Era una locura, pero de mi abuela me podía esperar cualquier cosa. Observamos con cuidado si la pintura en alguna de las paredes de la habitación cambiaba un poco de tonalidad: no se apreciaba nada a simple vista; lo siguiente fue comenzar a dar golpes como habíamos hecho con las baldosas. ¡BINGO! La pared del mural de nuestra investigación estaba hueca.

—¿Cómo se nos pudo pasar? Es de primero de Técnicas de Investigación—dijimos al unísono.

Rescatamos un viejo martillo de la caja de herramientas que estaba en la alacena de la cocina, quitamos las fotos y comencé a picar. No era un escondite para una persona, las dimensiones eran minúsculas, no se veía nada, corrí a por la linterna y allí, entre un montón de polvo y escombros, estaba la caja. Carla metió su pequeña mano con cuidado y la rescató. Era de madera y estaba invadida por la carcoma debido al paso del tiempo. Estaba convencida de que no era la que estábamos buscando, demasiado pequeña para contener feos recuerdos. Carla la puso sobre la mesa y la abrió. En su interior descansaba un precioso collar de perlas.

—¡¿Qué coño hacía mi abuela escondiendo un collar de perlas?! —repetía yo una y otra vez mientras Carla no me hacía caso y observaba cuidadosamente la pieza.

—Nena, ven. Fíjate en esto. Mira los nombres que están inscritos en el broche.

—¿Quién cojones son Antonio y Carmen? —No podía evitar soltar tacos cuando me ponía nerviosa y no tenía alcohol.

—Comprueba la partida de nacimiento de Isadora y dime cómo se llaman sus padres.

Hice lo que me pidió y los nombres coincidían. El collar era de Isadora. No entendía nada.

Un sonido ensordecedor y desconocido para nosotras surgió para despertar de nuestro asombro.

—Eso que suena es un teléfono fijo —dije asombrada mirando a Carla.

—Al parecer el aparato que está colgado en el pasillo funciona.

Corrí a contestar la llamada.

—¿Dígame?

—Soy Isadora, mañana te espero en mi casa a las doce.

No dijo nada más ni me dio tiempo a contestar: colgó.

La noche fue muy larga, seguimos buscando, pero ya no tuvimos suerte.

A la mañana siguiente, Isadora me esperaba en la puerta. Saludó según su costumbre y me condujo a la misma estancia, nos sentamos, encendí la grabadora y comenzó de nuevo su relato.

—Creo que casi toda mi vida he sido anciana y ahora, que es cuando realmente lo soy, no me siento así para nada, me siento más puta y revolucionaria que nunca. Hubo un tiempo en que me preguntaba cada día qué sentido tiene estar viva y con el paso de los años lo entendí todo: aunque tuviera que estar marcada, nunca me sentí tan orgullosa de mi tatuaje como ahora. —Me habría encantado verlo, pero no quise interrumpirla—. Soy una puta, una puta de campo de concentración, una puta libre, con una colección infinita de heridas y arañazos en el corazón, y hay algunas que duelen mucho más que estar horas y horas siendo violada por un oficial nazi.

»Esta es mi historia y la de tantas mujeres que conocí, valientes, decididas y, sobre todo, con ganas de vivir. Como te he dicho antes, ahora sé que mi lucha valió la pena y que simplemente tuvimos mala suerte. A estas alturas ya no guardo ningún rencor. Lo único que me da miedo es morirme antes de contarlo todo. La vida te ha puesto en mi camino para sanarme.

PRIMERA PARTE

DESCENSO A LOS INFIERNOS

I

Breve introducción al caos

«En el día de hoy, cautivo y desarmado el Ejército Rojo, han alcanzado las tropas nacionales sus últimos objetivos militares. La guerra ha terminado. El generalísimo Franco, 1.º de abril 1939». El locutor acababa de radiar el último parte de guerra.

—¡La guerra ha terminado! Solo tenemos que esperar a que venga Ignacio y podremos comenzar de nuevo —dije invadida por la emoción al escuchar el final. Justo en ese momento, no sabía lo que estaba diciendo. No era más que una cría a la que le faltaban dieciséis días para cumplir los diecisiete.

«La guerra ha terminado».

—¿Para quién, cacharro del demonio? —le gritó mi tía Teresa al aparato con un cigarro en la mano.

Yo no la entendía, debería ser el día más feliz de nuestras vidas y sin embargo ella no estaba contenta. Ahora, con el paso de los años, he comprendido lo que Teresa intentaba hacerme entender en la cocina, y recuerdo aquel primero de abril como uno de los días más tristes de nuestra vida.

Mis ilusiones se desvanecieron de un plumazo cuando mi tía me quitó todas las esperanzas que tenía. Allí estábamos las tres: mi madre, mi tía y yo, escuchando Radio Nacional de España. Eran las diez y media de la noche y Fernando Fernández de Córdoba anunciaba un nuevo comienzo, una oportunidad para todos: la guerra había terminado y nosotras podíamos pasar página.

—¡Por fin! —exclamé.

Estaba sentada en la mesa. Mis pies colgaban y se movían sin poder controlarlos, creo que era debido a la inmensa alegría que me producía escuchar aquellas palabras: «la guerra ha terminado». Mi hermano volvería a casa en cualquier momento. Se terminaban tres duros y largos años de miedo, penurias y bombardeos.

—¿Por fin? —me interpeló mi tía—. Niña, no tienes ni idea de lo que estás diciendo. La Nueva España ha llegado y nosotras no tenemos cabida en ella —repetía una y otra vez.

Mi madre intentaba tranquilizarla mientras cortaba las mondaduras de las patatas que la Sole le había dado para hacer un caldo. Era nuestra dieta desde que empezó la maldita contienda: piel de patata, de naranja, pan duro —en contadas ocasiones—, y agua, mucha agua.

Yo me limitaba a observarlas. Después de mi comentario, la tía Teresa estaba más enfadada, no paraba de ir de un lado a otro de la cocina, mordiéndose las uñas de una mano mientras que con la otra sujetaba su cigarrillo.

De repente, se paró en seco, cogió una silla y se sentó frente a mí, puso sus manos sobre mis rodillas y clavó sus ojos en los míos.

—Isadora, grábate esto que te voy a decir a fuego en tu cabeza —me dijo mientras ponía el dedo índice sobre mi frente—, quiero que te quede claro. Nosotras no somos nada, para ellos somos escoria roja que hay que aniquilar. Hijos de una revolución que nunca han querido y que no estaba en sus planes. La guerra lleva perdida meses, qué digo meses: la guerra se perdió cuando las Brigadas Internacionales se marcharon, allá por octubre del 38. Nos dejaron solos, desamparados y con mucho sueño. No había tiempo para descansar y, si no se descansa, una no puede pensar con claridad. Como te he dicho, lo peor de toda la maldita guerra es el sueño que hemos tenido siempre. Si hubiéramos podido dormir, te aseguro que habría sido diferente, pero cuando se tienen los ojos de cristal y los párpados pesan como el plomo, no se puede andar con contemplaciones, hay que pelear con sueño. Por eso, quiero que despiertes de una vez y te hagas a la idea de que lo vamos a perder todo, nunca nos van a dar una oportunidad; han ganado, y ten por seguro que nosotras no estamos en sus planes, y si encuentran a Ignacio, no les temblará el pulso a la hora de apretar el gatillo.

Mi madre se levantó tan bruscamente que la silla terminó en el suelo. En el fondo sabía que lo que Teresa escupía por la boca eran verdades, verdades de las que duelen, de las que te cortan el alma. Pero no quería escucharlas. Solo el pensar que podían fusilarlo, la mataba.

—Deja a la chiquilla. ¡No es más que una niña y me niego a que me digas que a mi hijo le van a pegar un tiro! ¡Bastante hemos *perdío* ya! No hay guerra, ha *terminao*. Así que déjate de pamplinas y de asustar a mi hija. ¿No lo has escuchado por la radio, hermana?, ¿no te ha quedado claro? Se acabó, y con la guerra se han ido los tiros, los fusilamientos y los bombardeos. Mejor o peor, saldremos adelante, como siempre se ha hecho en esta casa. Ignacio regresará en cualquier momento. Estoy segura. ¡Mira que eres *esagerá!* Pareces más hermana de la Sole que mía. Llevas meses diciendo que la guerra está perdida y que cualquier día vienen y nos sacan de la casa *pa* pegarnos un tiro. Eso no ha *pasao* y no va a pasar, ¡que te quede claro! Me niego a perder a mi hijo y a la gente que me queda. Bastante fue lo de Antonio. Te pido que te dejes de sermones políticos, que mira lo que nos ha traído la política a esta casa: dolor y sufrimiento.

—¿Cómo puedes decir que exagero, hermana?, ¿te tengo que recordar dónde está padre? —dijo Teresa muy enfadada.

A los diez días de comenzar la guerra, mi abuelo Fernando fue detenido por ser militante del Partido

Socialista Obrero Español. Estaban en zona nacional y un carnet de militante de un partido de izquierdas era motivo más que suficiente para detenerte. A mi pobre abuela la echaron de su casa y la tuvo que recoger su amiga Micaela: diez kilómetros recorría cada día para ir a ver a su marido.

—Un tiro sería lo mejor que nos puede pasar si nos detienen —dijo mi tía mientras encendía otro cigarro—. ¿Piensas que a padre no lo van a fusilar, después de casi tres años preso?

—¡Cállate, Teresa! A padre ni lo mientes, y no lo van a fusilar porque no hizo nada.

—El problema, querida hermana, es que a estos cabrones no les importa lo que has hecho o no, lo único que quieren es borrarnos de su nueva nación. Y ahora me voy a mi casa, que parece que os ha sentado mal la victoria. Cuando os deis cuenta de la que se nos viene encima, me mandas *recao* con la niña.

—Acompaña a tu tía hasta la puerta, a mí se me han *quitao* las ganas.

Tía Teresa puso sus manos sobre mis hombros, me miró con semblante serio y me dijo:

—Isadora, teníamos que haber ganado la guerra, aunque sea solo para poder dormir tranquilas, a pierna suelta. —Tras estas palabras, se marchó dando un portazo.

Regresé a la cocina con ganas de hacer muchas preguntas, pero, al observar el semblante de mi pobre madre, decidí guardármelas. Las dos nos quedamos calladas un instante, nadie podía con el genio de mi tía, aunque yo, en el fondo, pensaba que tenía razón. Pero me daba miedo decirlo en voz alta. No era sorda y tampoco una niña: aunque todos me vieran como a una jovencita inocente, el carácter se endurece en situaciones difíciles y la guerra espabila.

Mi madre siempre me ocultó mucha información para que no sufriera más de lo necesario. Era inevitable escuchar los rumores de escalera, las conversaciones entre vecinos y vivir el ambiente que se respiraba en Madrid desde hacía unos meses. La guerra estaba a punto de finalizar y no era necesario ser muy espabilada para hacerse una idea de lo que podría suceder. Todo el barrio pensaba como tía Teresa. La diferencia es que ella no sabía estar callada.

—No hagas caso a tu tía, Isadora —dijo mi madre para romper el silencio que nos incomodaba desde que Teresa se marchó—. Le pierde ese carácter suyo, igual que el de tu abuelo. En unos días se le pasará y buscaremos la manera de dar con tu hermano. Ahora, ayúdame a poner la mesa, que vamos a cenar: tengo unos cuantos mendrugos de pan, caliento un poco de agua y nos los comemos en sopas. Y mañana, *pa* celebrar que esto ha *terminao*, hago un caldo con unas hojas de col y las mondaduras de patatas que me ha dado la Sole.

La noche de la victoria dormí con la mujer que me parió, abrazadas, compartiendo la misma ilusión: volver a estar todos juntos.

A medida que iban pasando los días, mi madre y yo éramos más conscientes de que aquello no había hecho nada más que comenzar: no nos querían, molestábamos, y el miedo se hizo fuerte, apoderándose de todos y de todo. Paralizó los sueños de la calle. La Nueva España no contaba con nosotros, éramos los apestados, los vencidos, los marginados, los sin patria. No le servíamos para nada al régimen nacional católico. Los días eran cada vez más duros y un ambiente enrarecido inundó todo Madrid. Por un momento, la noche de la victoria, llegué a convencerme de que había un hueco para nosotras. Para tres mujeres solas. ¡Era joven y demasiado ingenua!

Los días pasaban y se iban tiñendo de rojo; el rojo de nuestros ideales. Todas las noches sacaban a algún conocido de su casa y, con un poco de suerte, se lo llevaban detenido. Lo mejor era estar callado, no hacer nada y responder con monosílabos a lo que te preguntaban. Había algunas madrugadas que la muerte pasaba de largo, pero otras fueron tremendas. No hacían preguntas, ni detención, ni juicio ni sentencia: solo un disparo en la nuca y un muerto más en la calle. En esas noches, las difíciles, era imposible conciliar el sueño por los disparos; había veces que llegaba a contar hasta nueve. Cuando los pistoleros se marchaban eufóricos por la limpia realizada, los nuestros salían a recoger a los compañeros que yacían inertes en el suelo. Los cuerpos los depositaban en los escombros de la farmacia El Globo, tampoco nos dejaban enterrarlos, ni llorar su pérdida, solo apilarlos para que, más tarde, un carro tirado por dos mulas se los llevase quién sabe adónde a descansar en una fosa común. Tu abuela era testigo desde su balcón, y muchas noches ayudaba a los compañeros a recoger los cadáveres de las calles más cercanas a la nuestra. Todos estábamos tan ocupados intentando sobrevivir que ni yo me acordé que hacía más de dos meses que había cumplido años.

El 21 de julio, Teresa, que venía a vernos cada día, llegó muy temprano, con la cara desencajada y una carta arrugada en la mano.

—Ahí tienes el perdón de los hijos de puta de los fascistas —exclamó mientras entregaba la carta a mi madre.

—¿Qué es esto?

—Es la crónica de una muerte anunciada —dijo tía Teresa.

La había enviado Micaela, una amiga de mi abuela, a casa de la Sole, no tenía otra dirección más que la de la pensión. Era donde siempre enviaban la correspondencia mis abuelos desde que las hermanas García, sus hijas, se mudaron a Madrid a labrarse un porvenir. Las lágrimas de mi madre comenzaron a brotar y yo pude imaginar lo que decía la maldita carta: la abuela se había quedado viuda. El 15 de abril del Año de la Victoria, mi abuelo fue fusilado junto a una treintena de compañeros, de amigos que tampoco habían hecho nada. Lo sacaron, esa madrugada, y le pegaron un tiro junto a la tapia del cementerio. Aquel día de julio en que nos enteramos que nos habían arrebatado a otro de los hombres de nuestra vida, no solo murió mi abuelo, también murió una parte de cada una de las mujeres de la familia: nos estaban dejando sin lo que más queríamos.

No sé la de veces que mataron a mi madre. La primera y más dolorosa fue el día que se enteró de que su marido había muerto en Brunete. Recuerdo que Fernando Plaza, un joven miliciano, vino a casa a contarnos que mi padre había muerto el 25 de julio de 1937. Fernando iba en un carro armado y pudo verlo todo. Yo, con apenas quince años, pensaba que Brunete era lo más parecido al infierno. Pobre de mí: el infierno me esperaba unos años después. Desde el día que mi madre se enteró de que era viuda se puso de luto, un luto demasiado doloroso, con su marido cosido al pecho, y ahora también su padre. No podían quitarle la única esperanza que nos quedaba: Ignacio.

II

LA FAMILIA. LA MÍA, LA DE «LA SANGRE»

Desde que empezó la guerra, he tenido innumerables familias. La más importante es la de «la sangre», como yo la llamo. Pero también es primordial la que vas creando a lo largo de la vida mientras haces camino, a veces porque la eliges; otras porque te las imponen. Personas que serán de por vida como hermanas o nuevas madres, tías, abuelas..., y te sientes agradecida por esa imposición, aunque venga de un soldado de las SS, de un miembro del partido o de la resistencia francesa.

Voy a empezar por la que peleé hasta el final y por la que aposté sin pensar en las consecuencias. Una no repara en esas cosas cuando te mueve el amor, ese amor puro, limpio y absoluto hacia los tuyos, los de la sangre.

Nací en Madrid, esta ciudad tan adorablemente caótica y desconocida ahora para mí, el 17 de abril de 1922. A ella también la considero parte de mi familia, de la sangre. Por ella murió uno de los pilares más importantes de mi vida, mi padre. Lo disfruté poco porque me lo arrebataron antes de tiempo. Si hubiera sobrevivido, no habría acabado donde acabé, de eso no me cabe duda. Era un soñador comprometido con la lucha obrera. Tal era su deber con la revolución y la lucha de clases que el nombre tan maravilloso y peculiar que llevo se lo debo a él. Era la niña de sus ojos. Desde siempre tuvo claro cómo me llamaría: Isadora, como la bailarina, la Duncan; le encantaba todo de aquella mujer. Tal era su pasión que decidió hacerle un homenaje a ella y a mi madre, que también fue bailarina, poniéndome su nombre.

De pequeña me contaba historias sobre Isadora Duncan, como la primera vez que actuó en San Petersburgo: cuando bajó del tren, nadie la estaba esperando en el andén. Mientras se dirigía a su hotel, vio una procesión de obreros. Cargaban cien ataúdes. Estaba asistiendo al entierro de los que fueron asesinados el famoso Domingo Sangriento. Se dice que desde el día que la Duncan se topó con la muerte, se colocó del lado de los más débiles, del lado de los nuestros, del lado del proletariado, o, al menos, así era como me lo contaba mi amado padre. Yo no sabía qué era lo que había sucedido en San Petersburgo, realmente no era consciente de la importancia de los acontecimientos que mi padre me narraba. Con el tiempo, cuando fui un poco más mayor, supe que aquel domingo más de doscientos mil obreros se habían acercado al Palacio de Invierno a pedir subidas salariales para poder dar de comer a sus hijos. Su petición no solo fue en vano, sino que ordenaron disparar contra ellos.

No sé de dónde sacaba mi padre toda esa información, puede que la leyera en los diarios de la época, seguro que noticias muy breves, porque a aquella España que estaba entrando en el siglo xx poco le importaban los domingos sangrientos.

Mi padre, cada vez que me contaba alguna noticia, me estaba dando una clase solemne de historia, y yo aprendía sin ser consciente de ello. Cuando me hablaba de la misteriosa bailarina, me la imaginaba danzando sobre los escenarios, cantando «La Marsellesa» al final de cada una de sus actuaciones. Un torrente de rebeldía, que bailaba y proclamaba a los cuatro vientos su hermandad con los movimientos obreros y la revolución bolchevique.

Cada tarde al llegar del trabajo, él le hacía su pequeño homenaje, era como una liturgia. Abría la puerta de casa y, para asegurarse de que nos enterábamos de su llegada, tocaba el timbre. Mi hermano y yo salíamos como locos a buscarlo, preparados para que comenzase la función de cada día, de la que nos hacía partícipes. Caminábamos por el pasillo cabrioleando al son de «La Marsellesa», que mi padre cantaba mientras nosotros saltábamos y danzábamos como dos chiquillos felices. Era lo mejor del día. Desde el pasillo se accedía a la cocina y allí nos esperaba mi madre, la primera bailarina de la casa. Nuestra cocina era el escenario de un gran teatro donde éramos muy felices, y cada tarde salíamos los cuatro a escena a danzar por la Duncan, por nosotros y por el amor que nos teníamos.

Mi padre era madrileño de casta y cepa, nacido en Lavapiés, en el seno de una familia humilde con fuertes convicciones políticas, sobre todo por influencia de su padre. De él adquirió la conciencia y los ideales feministas y comunistas que mantuvo hasta el fin de sus días. Era hijo único y desde muy joven tuvo que buscarse la vida, sus padres murieron cuando él era pequeño. Siempre vivió en Lavapiés hasta que se casó con mi madre, un barrio de obreros, la mayoría ferroviarios por su cercanía a la estación de Atocha, donde se intercalaban casas bajas y pequeñas con corralas en calles llenas de barro; allí todos se conocían, eran una gran familia. Los barrios de pobres tienen muchas virtudes y una de ellas es ser una piña; también tienen un ambiente especial.

Ferroviario como su progenitor, trabajaba en el taller de reparaciones y estaba afiliado al Partido Comunista de España. Muchos compañeros fueron reclutados para luchar en el frente, pero él lo tuvo claro desde el primer día del golpe de estado. Nadie nos iba a quitar los privilegios que habíamos ganado. La Segunda República había llegado para quedarse y no podíamos ponerla en peligro, teníamos que pelear con uñas y dientes. Recuerdo aquellas palabras en nuestro teatro improvisado mientras mi madre le suplicaba que no se fuera al frente.

Una mañana, a finales de julio del 36, mi hermano y él se marcharon a Buitrago del Lozoya, primera línea del frente. La Peña del Alemán, Buitrago y Somosierra eran un polvorín, llegaban cada día columnas de milicianos para defender Madrid de las tropas del general Mola.

Ya no volví a ver a mi padre. Mi pobre madre dejó de bailar el día que se fueron. Desde niña había soñado con ser bailarina, en el pueblo bailoteaba en las fiestas, era algo innato. El dinero en casa escaseaba y, de vez en cuando, a escondidas, mi abuelo Fernando la llevaba a clase de la señora Águeda. Decían en el pueblo que había sido segunda bailarina de una importante compañía de baile y que viajó por todo el mundo, que bailó junto a Anita Delgado en la boda del rey Alfonso XIII con la princesa Victoria Eugenia. Cuando mi madre cumplió veintidós años, decidió venir a Madrid a probar suerte, algo más tarde que mi tía Teresa.

Tía Teresa no tenía una idea tan romántica del mundo, ella era la práctica. Quería cambiarlo como fuera; si era necesario, a golpe de pistola, no le importaba. Todos en el pueblo decían que era el hijo que mi abuela, la María, siempre había deseado. Una mujer valiente y con las ideas muy claras. Mi tía y mi madre nacieron en un pueblo diminuto de

La Mancha. Mi madre era la soñadora y mi tía, la *echap'alante*. Con diecinueve años, se plantó una tarde delante de mis abuelos y les dijo que se iba a Madrid a trabajar de planchadora. Era lo que mejor sabía hacer desde chica. En un pueblo con pocos habitantes no había muchas oportunidades: planchar o servir en casa de los señoritos. Ella lo tenía claro: la plancha no era tan mala como quitarles la mierda. Mi tía era un torrente de sinceridad con una pizca de mala leche.

Con la decisión tomada, mi abuela, una mañana, se acercó a la casa de la señora doña Dolores Olmedo, una viuda venida a menos por la mala cabeza y los vicios de su marido, pero con muy buenos contactos. Su hermano, don Ramón, era abogado en Madrid y podía echarles una mano con tía Teresa. Y así fue cómo mi tía llegó a mi querida ciudad. Mi abuela la mandó con unos presentes para que se los llevase al señor Ramón: debían expresarle su gratitud, ya que le buscaría un buen trabajo. Pero mi tía nunca tuvo que agradecerle nada: en cuanto llegó, buscó una pensión muy barata en la calle de Atocha y con el poco dinero que había ahorrado planchando en el pueblo consiguió pagar una semana. Las viandas se las dio a la dueña, así que las dos decidieron pegarse un festín con los demás inquilinos. La Sole siempre nos contaba que, gracias a mi abuela, estuvieron una semana cenando tocino en salazón, chorizos, morcillas de la matanza y pan del pueblo.

Tan solo necesitó unos días para encontrar trabajo. Con ayuda de la Sole y media ristra de chorizos, se colocó en un taller de costura haciendo lo que mejor sabía, planchar. Siempre estaba trabajando, planchaba aquellos vestidos tan maravillosos. Un buen vestido necesita las manos de una gran costurera, pero si no tiene un buen acabado con la plancha, el resultado no es el mismo. En el fondo adoraba su trabajo, pero nunca lo reconoció. En un par de meses se había ganado a todo el taller y la confianza de la oficiala para entregar los encargos. Se pasaba la vida entrando y saliendo de las mejores casas del barrio más caro de Madrid. Casas que ni pensábamos que podían existir. Estaba contenta con su trabajo, aunque sus aspiraciones eran mucho más altas, lo tenía muy claro: su fin no era planchar, encontrar marido, retirarse a las labores de la casa y criar un montón de niños. Tía Teresa quería mucho más. Lo quería todo, necesitaba tomar las decisiones importantes de su vida, no estaba dispuesta a que nadie se la gestionara, y menos un marido.

El taller de costura, con el tiempo, se convirtió en un sitio de encuentro de mujeres que tenían los mismos ideales que mi tía. El día que se proclamó nuestra ansiada y añorada Segunda República nos contó cómo su compañera Marcelina y ella cosieron toda una tarde la bandera de la libertad, la que tantas oportunidades nos brindaría. Significaba muchos cambios y un aire nuevo y lleno de esperanza. Se ponía en marcha un proceso de visibilidad de las mujeres. No solo para nosotras: la Niña Bonita traía oportunidades para todos. Había llegado, como dijo el poeta Antonio Machado, «con las primeras hojas de los chopos y las últimas flores de los almendros». La bandera que cosió tía Teresa no era de simples retales unidos de los que sobraban de los encargos: era la oportunidad que todos estábamos esperando.

Teresa aprovechaba cada momento para abrirle los ojos a todas las chiquillas que dejaron sus pueblos, como ella, para irse a servir a Madrid. Cuando iba a las casas a llevar los encargos, les contaba a las mujeres encargadas del servicio las maravillas de la nueva situación: ahora tenían que cobrar por su trabajo y no conformarse con un plato de comida y un catre donde dormir a cambio de estar de sol a sol sirviendo todos los días sin descanso. Estábamos en plena revolución obrera y en esta también habían contado con las mujeres.

Con el tiempo pasó a formar parte de la Asociación de Mujeres Antifascistas. Trabajó desde la retaguardia reivindicando la defensa del poder legítimo de la República y los derechos que habíamos adquiridos durante la misma. Ayudó a escolarizar a multitud de niñas del barrio, porque para tía Teresa lo que había llegado no solo fue un mar de banderas recosidas, sino un mar de voces, de cantos y de entusiasmo que era la oportunidad de nuestras niñas. La oportunidad de nuestras sucesoras.

El taller se convirtió en una sede: para las que se fueron al frente y tuvieron que dejar a sus hijos a cargo de sus compañeras, para las compañeras que pelearon en la sombra, unas con su teatro de guerrilla y sus artículos en *El Mono Azul*, otras con las asociaciones de mujeres libres y otras, simplemente, negándose a las imposiciones. Allí cabíamos todas.

Mi tía nunca se casó, no creía en el matrimonio; siempre tuvo un compañero, su anarquista del alma, como lo llamaba cariñosamente. Amancio, su camarada, era mucho mayor que ella; lo conoció a principios del 37 en plena guerra. Era de Barcelona, pero se había venido a Madrid a luchar en la defensa de la capital.

En noviembre de 1936, Buenaventura Durruti fue llamado a colaborar en la defensa de Madrid, y Amancio era uno de los mil cuatrocientos milicianos que formaban parte de la columna Durruti. Mi tía, en cuanto lo vio, se enamoró perdidamente de él. A mi madre le molestaban sus discursos de mujer independiente y tía Teresa le recriminaba que no había entendido nada: «El amor no es estar al servicio del otro, Carmen; es otra cosa, hermana».

La mala suerte que tuvo es que se fue a enamorar en el peor momento de su vida, con una guerra por delante. Mi tía no solo fue la tía Teresa; fue mi maestra, mi confidente, mi amiga, mi compañera. Cabezota e impulsiva. Todo Madrid la conocía como «la roja del pelo rojo». Nadie se dirigía a ella por su nombre de pila. Su pelo era rojo como ella y como la sangre derramada de tantos compatriotas. Mi tía era una tormenta, siempre estaba tronando. Pero con un corazón limpio y puro, igual que ese aire que dejan los aguaceros después que pasan. A veces me pregunto por qué tomó aquella decisión; fue una mala decisión, sin duda, podía haber dejado a un lado sus valores y disfrutar en el silencio de su camarada Amancio, pero apostó por la familia, por la de la sangre.

Mi madre era la romántica, defensora del amor incondicional y de los valores de la familia. Las hermanas García eran polos completamente opuestos. Carmen era delicada como un pajarillo, pequeña y espigada, se movía con un aire de misterio, como si levitara, pero con los mismos sueños que mi tía, aunque cada una los consiguiera a su manera. A las dos las movía el amor, el amor más puro y verdadero. Mi madre había nacido bailarina. Cada año, unos días antes de que comenzaran las fiestas del pueblo, preparaba números de baile junto a mi abuelo, su cómplice. Llenaban el corral de sillas, taburetes, bancos y *posijos* que encontraban por la casa; algunas veces, incluso, se los pedían a las vecinas para su patio de butacas, y allí, entre paja, animales y la basura hecha abono para el huerto, eran felices. Era su pequeño cielo en la tierra, donde se sentía realizada. El escenario estaba formado por unos cuantos tablones de madera. Mi abuelo tocaba el organillo mientras mi madre bailaba y disfrutaban de aquellos momentos junto a la familia y a sus más fieles admiradoras: Micaela, la mejor y más leal amiga de mi abuela; Lourdes, la mujer del pastor; hasta Patricia, la señorita delicada de la casa de los Solís, se acercaba a verla bailar. Estuvo años repitiendo sus funciones, hasta que decidió irse a Madrid con Teresa porque esta en sus cartas contaba maravillas: vivía en una pensión, la dueña era como su hermana... «Ahora somos tres», le escribía en sus cartas a mi abuela.

Mi madre no era tan decidida como Teresa, aunque tenía igual de claro que en un pueblo tan pequeño como el suyo había pocas opciones. Le faltaba su fuerza, pero los sueños son más poderosos y decidió intentarlo un año después de que su hermana se hubiera ido. Se armó de valor y se presentó en la dirección que mi tía le había enviado en su última carta. La casa no tenía pérdida, estaba muy cerca de la estación. Siguió al dedillo las instrucciones de su hermana y, sin darse cuenta, estaba en la puerta de la pensión Soledad.

Se quedó un rato pensando en el nombre, resultaba peculiar, al menos para ella. Una pensión es todo lo contrario a la soledad, no invita a estar lo que se dice solo. Se dejó de tonterías y cruzó con premura el portón de la finca. Subió las escaleras y en el descansillo estaba la Sole, esperándola con los brazos abiertos. Sabía que llegaba por la mañana, como buena casera tenía controlados todos los horarios de los trenes.

—¿Estás *cansá?* —le preguntó su nueva y desconocida hermana mientras le daba un abrazo.

Mi madre asintió con la cabeza. Le faltaba la respiración, nunca le habían dado un abrazo tan sumamente intenso. Sole la invitó a entrar, le quitó la maleta de las manos y la condujo hasta la cocina. Sobre la mesa la esperaba un plato de sopa bien caliente.

—Toma asiento, come algo y en un rato tendrás aquí a tu hermana. Me ha dicho que quieres ser bailarina, que en tu pueblo bailabas en el patio de tu casa para los vecinos y que se te da muy bien. A ver qué podemos hacer. Puedo preguntar en el mercado si alguien conoce dónde se puede aprender baile por aquí. Seguro que de algo me entero. Tú déjamelo a mí, que por mis santas narices, si es eso lo que quieres, te harás bailarina.

Se acercó a Carmen y le plantó un beso en la mejilla. Mi pobre madre ni abrió la boca, era imposible hablar con su nueva hermana.

La Sole se había quedado desde muy pequeña sin su madre, era una superviviente nata; cuando se quedó huérfana, su tío Blas se la trajo a Madrid para que le ayudase con la casa y ella, que era muy espabilada, le propuso montar la pensión.

Desde aquel día, Carmen y la Sole se hicieron inseparables. En aquella caótica casa, encontró a una amiga y a una nueva hermana. La que siempre estaba dispuesta y la que nos ayudaría hasta el final.

—Los sueños no son gratis y para lograrlos necesitas dinero, y yo sé la manera más rápida de conseguirlo.

—Sole, no soy una cualquiera —dijo mi madre escandalizada.

—No, hija no —contestó la Sole entre carcajadas—, no vas a ser puta, vas a ser sirvienta, que casi viene a ser lo mismo. Conozco una buena casa, es de un médico. Hablaré con él y a ver si hay suerte.

A Teresa no le gustó nada la idea, pero aceptó la decisión de su hermana. Se puso a servir en la casa de un reputado urólogo, José Quintana Duque. Trabajaba en el Hospital del Buen Suceso, situado en la calle Princesa, en el solar que lindaba con la iglesia del mismo nombre. Era un hospital complementario al general de Carabanchel. Don José animaba a mi madre a perseguir sus sueños, era un hombre bueno y de los nuestros, como decía la roja del pelo rojo.

Con el tiempo, y después de muchas horas y mucho esfuerzo en la casa del doctor Quintana, consiguió el dinero para recibir clases de baile. Se apuntó a una de las mejores academias de toda la ciudad. Y así, bailando, conoció a mi padre en la verbena de la Paloma. Cuando lo vio, pensó que era el hombre más guapo que había visto en su vida. No era muy alto, pero tenía unos ojos de color miel sinceros y honrados. Y desde aquella noche, en que comenzaron su amor de la única manera que mi madre sabía, bailando, jamás se separaron. Se casaron muy rápido. Él siempre le decía: «Carmen, debes de estar loca, no sabes con quién te has casado», pero ella hacía caso omiso de sus comentarios. Supo desde el primer día que aquel muchacho sería el hombre de su vida y, puesto que estaba en Madrid y no quería perder el tiempo con peticiones por carta a la familia, le pidió permiso a la Sole, que era mayor que ella y la consideraba su hermana. Y así, una preciosa mañana de mayo de 1916, mis padres se casaron.

Ignacio, mi querido hermano, no tardó en llegar. Después de tanto tiempo, me sigue doliendo hablar de él; cada vez que pronuncio su nombre se me agarra un nudo en la garganta. Mi hermano era ferroviario, como mi padre, y con las mismas ideas que teníamos todos. Era un muchacho muy guapo, había heredado la elegancia de mi madre y los ojos de mi padre. Siempre estuvo en el frente de Madrid, nos mantenía informadas de la situación y de que padre estaba bien; «No hay fascista que pueda con él», nos decía.

El 8 de noviembre del 36, mi tía y yo fuimos a la Gran Vía. Cerca de dos mil brigadistas llegados de todos los puntos del mundo desfilaban bajo los vítores del ilusionado pueblo de Madrid. De repente, alguien me cogió en volandas en medio de la muchedumbre. Era Ignacio. Madrid era una fiesta, iba a resistir. En cada plaza, en cada calle, en cada rincón se respiraba esperanza. La guerra no iba a terminar con nosotros, el fascismo sería aplastado por todos los hombres y las mujeres que se dejaban la vida en ello. La ciudad estaba eufórica. Lo íbamos a conseguir.

Desgraciadamente, esa esperanza fue desvaneciéndose y el ambiente se enrareció, cada vez la victoria quedaba más lejos. Madrid, en cuestión de muy poco tiempo, se tiñó de sangre y oscuridad. Pero aquel día fue hermoso y muy esperanzador. Mi hermano no dejaba de repetirme una y otra vez que venceríamos, que la Niña Bonita saldría triunfante.

—Hermanita, esta Navidad nos comemos las peladillas en casa, la guerra está ganada. Nos vemos el viernes donde tú y yo sabemos.

Me dio un beso y se perdió entre la multitud con aquella sonrisa inagotable.

Ignacio era mucho más que mi hermano. Era el motor de la familia Ramírez García. Aunque no estuviera presente, siempre velaba por todos nosotros e intentaba paliar nuestro dolor desde la distancia. Se las arreglaba para encontrar la manera de tenernos informadas y eso nos tranquilizaba. Desde que empezó la guerra, el día que mi padre y mi hermano se marcharon, le hice prometer que vendría a verme. No necesitaba promesa alguna, Ignacio siempre estuvo y seguiría estando.

Preparamos con cuidado nuestro plan. Cada viernes quedaríamos en el Retiro; si él no podía acudir a nuestra cita, enviaría a algún camarada para darnos noticias, era una forma de saber que todo iba bien. Por desgracia, nuestro plan se truncó demasiado pronto. El 2 de abril del 37 lo vi por última vez. Esperaba sentado en un banco, fumándose un pitillo, con el semblante serio: quedaba muy poco de aquel Ignacio de juventud. Seguíamos siendo unos críos, pero la guerra estaba empezando a pasarnos factura. Estaba nervioso; más que nervioso, asustado. Caminé con miedo hasta nuestro banco, nuestro confidente. Las noticias que me aguardaban no eran nada alentadoras. Madrid, aquella tarde, comenzó a teñirse de gris para la familia Ramírez García.

—Ignacio, ¿qué pasa, le sucede algo a padre? —pregunté en un susurro.

—No, todo está bien. Hace un tiempo que no lo veo, pero los camaradas me tienen bien informado. Padre sigue vivo, díselo a madre, que todo está en orden y que se muere de ganas de abrazar a su Carmela. Sabes que a mamá le encanta que nuestro padre se dirija a ella como «su Carmela». Dile que la echa de menos y que cada noche desea volver a casa para seguir con nuestras funciones de las siete y media de la tarde en el gran teatro La Cocina. —Ignacio consiguió sacarme una sonrisa—. Tengo muchas ganas de volver a los escenarios, es lo que más deseo, que esa cocina vuelva a recobrar el esplendor que conseguíamos darle toda la familia.

—Hermano, ¿qué sucede? Te conozco: aunque tus palabras sean agradables, tu cara dice otra cosa, no me gusta. ¿Qué diablos pasa? —volví a preguntar.

—Nada, Isadora, estate tranquila. ¡Estás muy guapa! Te estas convirtiendo en toda una mujer.

—Ignacio, ¿qué pasa? Puedes contármelo, ya no soy una cría. No te andes con rodeos.

—De acuerdo, me conoces demasiado bien, igual que yo a ti. En nuestra casa no ha habido nunca secretos y, como dice padre, hablamos con la mirada. Hermanita, esta maldita guerra la vamos a perder; de hecho, está perdida. Cada día mueren cientos de compañeros, es muy doloroso ver cómo se quedan tirados en el frente sin poder hacer nada por ellos. Todas mis esperanzas han desaparecido. Isadora, no quiero pensar en qué será de nosotros y, sobre todo, de vosotras. Debo dejar Madrid por un tiempo, me marcho con unos camaradas al norte. No te preocupes, estaré bien.

—¿Padre también se marcha? —pregunté con voz temblorosa.

—No, padre se queda. Él piensa que la República puede salvarse, pero yo creo que esto está perdido. Madre siempre nos ha dicho que los que tienen los cuartos son los que ganan. Por desgracia, aunque me cueste reconocerlo y darle la razón, es así. La guerra está acabada y ahora es momento de luchar desde otra parte.

—¿Cuándo te vas? —conseguí preguntarle entre sollozos.

—No lo sé, pero estate tranquila, no es inmediato.

Terminó su cigarro, me besó y me susurró al oído:

—Te veo el próximo viernes. Te quiero, hermanita, y no sufras, que no me voy todavía. Aún nos quedan muchos viernes.

Nunca lo volví a ver.

No entendía cómo se podía luchar desde otra parte. Los obuses caían sobre nuestras cabezas, no sobre los franceses. Aún me cuesta entender por qué se tuvo que marchar, aunque era lógico tras lo que pasó en la Desbandá, uno de los episodios más sangriento y silenciados de la guerra.

Tras la entrada en Málaga de los sublevados, decenas de miles de personas huyeron hacia Almería. Miles de civiles perseguidos por el ejército franquista, el italiano y la aviación alemana perdieron la vida. Durante varios días, en los doscientos kilómetros que unían Málaga con Almería por la costa, los atacaron ininterrumpidamente por tierra, mar y aire. La Desbandá hizo plantearse la guerra de otra manera. Había que cambiar el rumbo ya que, sin apoyos internacionales, la República estaba sentenciada a la pena de muerte. Por eso, hombres como mi hermano decidieron cruzar a Francia para contactar con camaradas e intentar convencer de que el conflicto español no era una guerra civil, sino algo más grande, pues España no era sino el campo de pruebas de lo que vendría después, el prólogo de la Segunda Guerra Mundial.

III

A LA SOMBRA DEL MIEDO

Habían transcurrido unos meses desde que terminó la guerra, meses largos y caóticos. Madrid era un polvorín y de mi hermano no había noticias, nadie sabía nada. Y si alguien conocía su paradero, preferían estar callados. La gente no estaba dispuesta a arriesgar la vida. A veces no hablaban para proteger al vecino, al amigo..., pero cuando la muerte llamaba a su puerta, algunos no dudaban en denunciar a ese amigo, camarada o vecino. El miedo es lo que tiene, te lleva a cometer cosas mezquinas, y aquella parecía la única forma de sobrevivir. Aunque la vida no tenía demasiado sentido para los perdedores. En la capital reinaba la sed de venganza. El comandante del Primer Cuerpo del Ejército y primer gobernador militar de Madrid lo tenía claro. Las ejecuciones eran lo prioritario. Cualquier individuo que no abrazara el régimen de Franco sabía su destino. Todo el que tuviera un pasado durante la guerra, estaba sentenciado y, si no lo tenías, te lo inventaban. La limpia había comenzado y con ella la orgía de fusilamientos. Cada noche asesinaban a cientos de personas, mi tía tenía razón: los caminos y las cunetas se estaban llenando de rojos y en las cárceles no cabía ni un alfiler. A Franco no le temblaba el pulso al apretar el gatillo, la nueva España no nos quería.

Una calurosa noche a principios de agosto estaba en el balcón, justo en este mirador donde estamos nosotras ahora pues la casa no ha cambiado mucho en estos casi ochenta años. Yo tampoco, la verdad. La diferencia es que, la noche que comenzó todo, tenía menos traumas a mis espaldas, aunque probablemente las mismas preocupaciones que tengo ahora: mi familia, lo único que me ha obsesionado en la vida. El caso es que miraba por estos grandes ventanales esperando a Teresa. Me extrañaba que no hubiera llegado, ya era bastante tarde y no solía retrasarse. Mi madre aguardaba sentada en el salón, estaba aparentemente tranquila, a la espera de nuevas noticias que pudieran estar relacionadas con el paradero de Ignacio. Poco le importaba lo que su hermana nos relataba cada noche sobre los compañeros que habían conseguido cruzar, ella solo quería recuperar a su hijo.

Algo no iba bien y ninguna se atrevía a decirlo. El miedo que se nos había enganchado al cuerpo el día que terminó la guerra no solo nos paralizaba, también nos había concedido algunas virtudes como la intuición, que se agudiza, y aquella noche, mi madre y yo teníamos la misma corazonada. El rumbo de nuestras vidas se disponía a cambiar.

—Madre, ¿usted cree que le habrá *pasao* algo a la tía?

—No, tranquila, seguro que se habrá *entretenío* con alguna vecina, no te preocupes—contestó de manera poco creíble—. No te quedes en el balcón, por lo que más quieras, tu tía va a venir, no nos puede fallar ella también. Entra y siéntate conmigo. Ayúdame con estas lanas que encontré en el cajón de la cómoda, voy a empezar a tejer.

—Madre, ¿con este calor insoportable?

—El calor pasará y vendrá el frío y no quiero que me pille desprevenida. Tu hermano llegará en cualquier momento y quiero tejerle una bufanda para este invierno.

Pobre, me daba pena mi madre. Los hijos duelen demasiado. Ser madre y padre a la vez es un trabajo difícil; también ser hijo lo es, ninguno estamos absueltos de los errores y las equivocaciones, que lamentablemente pesan.

Hice caso omiso a las recomendaciones de mi madre y, de repente, en el silencio de la noche, escuché el taconeo de los zapatos preferidos de tía Teresa, sus zapatos verdes, los primeros que se compró antes de la guerra. La oí llamar a Justo, el sereno, para que le abriera. Pude verla hablar con él mientras el hombre metía la llave en el pesado portón. La cara de Teresa lo decía todo. Corrí hasta la puerta por este mismo pasillo.

—Tía, tía, ¿qué está pasando?

—Niña, ¿dónde está tu madre? —Mientras me preguntaba por ella caminó nerviosa hasta el salón, su voz temblaba y se entrecortaba—. Carmen, ¿tienes algo que nos pueda incriminar?

Mi pobre madre no daba crédito.

—¿Incriminar? —preguntó—. No te entiendo, Teresa.

—Hermana, contéstame, no te quedes como un pasmarote. No sé: papeles de Ignacio o de Antonio, alguna pista que los lleve hasta el partido, ¡piensa!, por nuestro padre, ¡piensa! Si encuentran algo, nos veremos como él, con un tiro entre las cejas. Hija, pareces tonta, tu hijo es comunista, tu hermana también y tu marido murió en el frente intentándose cargar a estos cabrones. ¿Te parece que no somos enemigas del régimen? —añadió mi tía con ironía.

Teresa no dejaba de abrir y cerrar cajones del aparador buscando cualquier indicio que nos delatara mientras se dirigía a mi madre. Estaba asustada. Nunca antes la había visto en ese estado, tan nerviosa y alterada; aunque intentaba disimular, le resultaba imposible.

—Tía, ¿qué ocurre?

—Están *ancá* la Sole.

— ¿Quiénes? —preguntó mi madre.

—Hermana, ¿quiénes van a ser?, ¿las monjas clarisas?¡Los de Gobernación, que no te enteras!¡Los fascistas! Han *detenío* al Benito, al Hortelano y a Milagros, la maestra, la mujer de don Modesto. No entiendo por qué a él no se lo han *llevao*. Imagino que ha sido un chivatazo de algún vecino, por salvar el pescuezo. La Sole está en la cocina con el ojo como un tomate por un culetazo que un niñato hijo de puta le ha *pegao* en la cara. Y no descarto que se pasen por aquí. He *salío* corriendo escaleras abajo mientras que molían a palos a todos los de la pensión. No os puedo asegurar que alguno no se haya puesto a cantar.

Antes de que la roja del pelo rojo terminara de contarnos el panorama que había dejado en casa de la Sole, ya estaban aporreando la puerta.

—Ya están aquí, madre. Seguro que son ellos.

—Tranquilidad, por favor, tranquilas y sentadas —dijo tía Teresa—. Isadora, coge un libro y empieza a leerlo en voz alta. Carmen, ve a abrir y tú, sigue leyendo. Aquí no pasa nada, estamos pasando una noche muy entretenida intentando mitigar el calor con el fresco que entra por las ventanas leyendo un rato. ¿Estamos?

—Estamos —le contesté, cogí el primer libro que encontré en la repisa del taquillón y comencé a leer: «Platero es pequeño, peludo, suave; tan blanco por fuera que se diría todo de algodón...».

Mientras yo leía intentando esconder mi nerviosismo, mi madre hizo lo que su hermana le había pedido. Se dirigió a la puerta y la abrió. Tres individuos con uniforme y fusil en mano entraron en nuestra casa, empujando a mi madre contra la pared.

—Buenas noches, señora. ¡Arriba España!

—¡Arriba España! ¡Viva Franco! —contestó mi madre con el brazo en alto, muy efusiva.

—Nos han dicho que aquí viven rojos y que algunos miembros de su familia son muy peligrosos —dijo uno de ellos, un crío que no tendría más de diecinueve años, cagado de miedo, como nosotras. En cierto modo lo entendía, solo estaba salvando el pellejo. En esta Nueva España imperaba la ley del más fuerte y se hacía lo que fuera por salvar la vida, aunque esta no valiera nada.

—Rojo era mi marido, que murió en la guerra, nosotras somos cristianas, comulgamos y confesamos cada día. Nada tenemos que ver con las ideas de mi marido y mi hijo.

—¿Su hijo?, ¿cómo se llama y dónde está? —intervino el de mayor rango, un sargento.

—A mi hijo no lo veo desde que empezó la guerra.

—¿Y cómo se llama el desgraciado de su hijo?

—Ignacio Ramírez García.

—Ustedes tienen la oportunidad de abrazar el régimen y a nuestro grandísimo caudillo, pues con la ayuda de Cristo Rey serán perdonadas. Eso sí, tiene el deber de avisarme si el grandísimo hijo de puta rojo cabronazo de su hijo aparece por aquí. Ahora, si no quiere que le arranque su bonita melena, me va a contar dónde está ese hijo de mil putas. No me creo que sea una devota, no veo ninguna imagen de nuestro Señor por aquí —dijo el maldito sargento agarrándola del pelo.

Tía Teresa sabía que mi madre la estaba fastidiando, se le había escapado mencionar a su hijo y ahora nos tendrían en el punto de mira. Mi tía y yo permanecimos sentadas en nuestras sillas mientras el bestia sujetaba a mi madre del pelo y la zarandeaba preguntando por Ignacio. La pobre mía no conseguía dejar de llorar. Entre lágrimas les decía que no sabía nada. Teresa respiraba profundamente para contener el impulso de enfrentarse a ellos, pero yo no pude soportarlo más, tiré el libro de Juan Ramón Jiménez al suelo y me levanté. Intentaba dar la sensación de no tener miedo.

—Señor, mi hermano dejó la capital en el 37, creo que fue al norte. No sé exactamente dónde se marchó, a Galicia, creo. De lo que sí estoy segura es de que mi madre no sabe *na*, se lo juro por Dios y por la Virgen santísima, madre de Jesús, que está en los cielos. —Aún me sorprendo de mis palabras. Nunca me importó nada la Virgen, Dios y todas esas mamandurrias. Era el miedo el que hablaba y las ganas de que dejasen en paz a mi madre.

—Sargento, la cría sabe más que la vieja —dijo el tercer soldado.

—Ven aquí, bonita. —El oficial soltó a mi madre y se dirigió a mí.

—¿Cuántos años tienes?

—Diecisiete.

—¿Sabes que si no me estás diciendo la verdad te puedo soltar una hostia y después pegarte un tiro aquí mismo? Ya no eres una niña, entiendes lo que quiero decir, ¿verdad? España no se merece a pequeñas rojas mentirosas como tú —dijo mientras me apuntaba con su fusil en la frente.

Al sentir el frío cañón entre mis ojos, me asusté tanto que, sin darme cuenta, me oriné. Notaba cómo corría el líquido por mis piernas hasta manchar las botas del fascista.

—¡Maldita puta, se ha *meao*! —exclamó el sargento y me arrojó contra la pared de un empujón—. ¡Ni te muevas! No te acerques a ella —le dijo a mi madre—. ¿Y esta zorra? ¡Tú, escoria roja! ¿Sabes algo? —añadió mirando a mi tía.

—Lo único que sé es que no tienes cojones, te metes con una mujer mayor y con una pobre cría —dijo Teresa con tono desafiante.

—Mi sargento, esta es la zorra de la pensión. Ese pelo rojo es difícil de olvidar —intervino el crío.

—¡Qué asco! —dijo el tercero—. Y el coño, ¿lo tienes rojo también? Estas tres no son trigo limpio.

—Mi sargento, ¿quiere usted comprobar si tiene el conejo pelirrojo?

—Buena idea, muchacho: vamos, desnúdate, asquerosa.

Tía Teresa comenzó a quitarse la ropa aguantando la mirada de los tres hombres.

—¡Más rápido! —gritó el sargento.

Teresa se quedó desnuda en medio de nuestro salón, mi madre no paraba de llorar. La obligaron a tumbarse en la mesa, la misma donde habíamos celebrado multitud de cumpleaños, Navidades y un sin fin de alegrías: en cuestión de minutos, se había convertido en una especie de mesa de tortura. La imagen era horrenda. Los soldados se pusieron alrededor para comprobar el color del vello púbico de mi tía.

—Tiene el coño rojo —repetían una y otra vez entre carcajadas.

El sargento se quitó el cinturón y la obligó a ponerse boca abajo. Comenzó a azotarla, como si aquella cincha con esa enorme hebilla fuera un látigo. Cada veinte latigazos, le preguntaban si quería más. Teresa ni se inmutaba, estaba callada, sin rechistar, aguantando la paliza dignamente.

Cuando se cansaron, la hicieron levantarse y le pidieron que se volviera a vestir. Mi tía, como pudo, con la espalda sangrando, hizo caso al sargento y se puso el vestido con la poca dignidad que le quedaba.

—Zorra, no has tenido suficiente, ¿por qué no has gritado?

Mi tía lo miro fijamente a los ojos, con una mirada dura y segura, como si de un duelo se tratase.

—Porque soy una mujer valiente y tan roja como mi coño.

Con su respuesta tan rotunda y contundente se llevó un par de hostias de regalo.

—Esta noche la pasas en el calabozo, a ver si te acuerdas de algo y me lo cuentas. ¡Tira *pa* la calle!

La sacaron a empujones. Mi madre y yo permanecíamos abrazadas, estábamos petrificadas, no podíamos asimilar lo que acababa de suceder en nuestra propia casa. Se llevaban a Teresa, miles de preguntas pasaban por mi cabeza mientras mi tía caminaba segura hacia la salida: ¿qué van hacer con ella?, ¿la matarán?, ¿volveremos a verla?

Antes de cerrar la puerta, el sargento volvió al salón y nos hizo ponernos de pie.

—De aquí no me voy hasta que no cantéis el *Cara al Sol*. ¡Vamos, zorras! —gritó—. ¡Cantad conmigo!: «Cara al sol con la camisa nueva, que tú bordaste rojo ayer...». ¡Esa voz y ese brazo más alto u os pego un tiro aquí mismo y no volvéis a ver a la puta roja que nos llevamos! ¡Vamos, quiero escuchar este hermoso himno!, ¡que no se diga! Hasta que no terminéis, de aquí no me muevo. Y la que no se lo sepa, la mato.

Nosotras cantábamos la letra odiada con más miedo que convicción, y él lo sabía y disfrutaba.

—Cuidadito, rameras, esto no ha terminado todavía. Tengo que encontrar al hijo de puta de su hijo. Y hasta que no dé con él, no pienso parar —dijo cuando terminamos el maldito himno—. Y ahora repetid conmigo: ESPAÑA, ¡UNA!; ESPAÑA, ¡GRANDE!; ESPAÑA, ¡LIBRE! —Antes de cerrar la puerta nos volvió a recordar que ya nos tenía fichadas—:

Mucho cuidadito, zorras. Buenas noches y ¡arriba España!

La casa tembló con el portazo. Entre lágrimas, nos recompusimos como pudimos.

—Isadora, ¿te ayudo a cambiarte, hija?

—No, gracias, madre.

—¿Qué le pasará a la tía Teresa?

—Tu tía es fuerte, no es la primera vez que la detienen, tranquila. En unos días la tendremos de vuelta.

Las palabras de mi madre eran de todo menos sinceras y reconfortantes. Fui al cuarto de baño, me bañé y me lavé la cabeza con el poco jabón casero que nos quedaba, y, mientras me peinaba frente al espejo, me di cuenta de que no era capaz de reconocer a la muchacha que tenía delante. La guerra perseveraba, para nosotros no había terminado, nunca terminaría.

Pensé en Teresa. Necesitaba saber adónde se la habían llevado. Regresé al salón, mi madre seguía inmóvil; no lloraba, estaba ausente, como si quisiera escapar de aquella maldita noche. La noche que lo cambió todo, la noche del principio y del fin.

—Necesitamos saber qué van a hacer con ella y dónde se la llevan. Me voy a acercar a la pensión. ¿Quiere venirse conmigo, madre?

—No tengo fuerzas, Isadora, ve tú. Estamos cerca, pero pídele a Justo que te acompañe. Hija, sabes lo que tenemos que hacer, ¿verdad?

—Me lo figuro, madre. Marcharnos a buscar a Ignacio.

Aquella noche nadie en Madrid durmió, al menos ninguno de los nuestros. Cuando llegué, don Modesto y su hija Milagros estaban en el rellano, parecían dos figuras de cera, inmóviles, frágiles... Milagros intentaba tranquilizar a su padre, que quería ir a buscar a su esposa.

Desde el pasillo podía escuchar a la Sole. Maldecía por su boca, soltaba sapos y culebras. Apenas veía, me reconoció por la voz. La pensión parecía un campo de batalla: libros, ropa y papeles tapaban las baldosas de colores de la casa de huéspedes con más gracia y más salero de todo Madrid. Cacerolas y enseres de cocina tirados por el suelo; se habían llevado la poca comida que guardaba en la alacena. Nos querían matar a palos o de hambre.

—Sole, se han llevado a mi tía. Y ahora saben de la existencia de mi hermano. Nos van a matar.

—No digas eso, tu tía es dura, no es la primera paliza que le dan. Lleva entrando y saliendo día sí y día no del centro de detención, la tienen molida a palos. Tiene suerte y la van a soltar, estoy segura. No teníais que haber mencionado a Ignacio, ahora lo pondrán en busca y captura y figurará como enemigo del régimen. No te preocupes, ya veremos cómo lo solucionamos. Mañana hablaré con los camaradas para que estén al tanto de lo sucedido.

Por la mañana desayunamos con la noticia de que cincuenta y seis compañeros habían sido fusilados aquella madrugada en la tapia del cementerio del Este, trece de ellos, mujeres. La historia las recordaría como las Trece Rosas. No tuvieron suficiente con las detenciones de mi tía, Benito, el Hortelano, Milagros y muchos más camaradas desconocidos. La noche del caos, una fosa más se llenó de gente que no servíamos para nada.

Pasaron cinco largos días hasta que volvimos a ver a la roja del pelo rojo. Nunca nos contó lo que le hicieron. El día que regresó solo dijo: «Tengo hambre y estoy cansada, no puedo con esta maldita hambre del demonio».

IV

UN SOPLO

¡Ignacio estaba vivo y en Francia! ¿Te imaginas, María, el día que tu abuela llegó contándonos esta noticia? Mi hermano estaba a salvo de la locura que era Madrid. Recuerdo ese día como uno de los más felices, dentro de lo limitada que estaba la felicidad en aquella época.

Normalmente, un soplo en el verano del 39 era sinónimo de tres cosas: Gobernación, la cárcel o un tiro. En este caso, el soplo venía de los nuestros, de la Sole. Como me prometió la noche de la barbarie, se tomó la molestia de volver a jugársela por mi familia. Tu abuela era una más. Formaba parte de la familia, no era de la sangre, pero yo la quería como si fuera mi tía carnal. Por eso le escribí esa carta de agradecimiento el día que enterramos a tu abuela.

Desde pequeña, tu abuela siempre estuvo *bregando*, como ella decía. Era madrileña de adopción, como las hermanas García. La diferencia es que llegó siendo una cría a Madrid y su mente había borrado los malos recuerdos de la niñez. Tenía cuatro años cuando se topó con la muerte por primera vez. Era excesivamente pequeña. Pero uno no elige encontrarse con la Parca cuando quiere. La muerte es caprichosa y ella es la que decide cuándo y cómo se presenta; normalmente, siempre es así, llega cuando menos te la esperas. Tu bisabuela Bernarda cada verano cogía el carro y a sus dos hijos y se marchaba a la finca donde trabajaba su marido, Isidro. Era pastor, cuidaba el ganado y las tierras de los señores Laín. Los inviernos en la vieja Castilla eran muy duros y los tenía que pasar sola. Una manera de mitigar esa ausencia era trasladarse los veranos con su familia al completo a la finca de los señores. Algo que acabó por convertirse en tradición. Siempre llegaban a finales de junio y regresaban en septiembre. Ese año Bernarda jamás regresó. Murió el 18 de julio. Casualidades de la vida, tan caprichosa como la muerte. Murió de madrugada, mientras dormía con su marido y su hija Soledad.

Isidro se despertó asustado por el llanto del bebé, extrañado de que Bernarda no se hubiera enterado. Se levantó de la cama, miró a su mujer, a su niña y contempló cómo dormían plácidamente la una abrazada a la otra. Caminó hasta la cuna y cogió a la criatura, el pobre se moría de hambre. Lo calmó y se lo acercó a Bernarda: el chiquillo demandaba el pecho de su madre. Intentó despertarla. Le dijo a su mujer que el niño tenía hambre. Asustado, la zarandeó.

—Bernarda, no me asustes. Por tu madre, no me asustes, mujer.

La Sole se despertó y le preguntó a su padre qué sucedía.

—*Na*, pequeña, no pasa *na* —le contestó entre sollozos.

Ya no dijo nada más, se había quedado mudo; permanecía quieto, sentado a los pies de su mujer, con el bebé llorando. No solo lloraba el angelito. La Sole, aterrada, saltó al cuello de su padre, lo abrazó lo más fuerte que pudo y se refugió un buen rato en él, muy quieta, sin saber qué hacer.

—Hija mía, tu madre no despierta. —Isidro dejó al pequeño en la cama—. Voy a buscar ayuda. Tienes que cuidar de tu hermano hasta que regrese.

Nicolás no dejaba de llorar. La Sole hizo caso a su padre. Intentó consolarlo como pudo. Dejó a su hermano junto al cuerpo inerte de su madre, corrió hasta la cocina y cogió un vaso de barro, puso en él un poco de leche de cabra que Bernarda había hervido para el desayuno de la mañana siguiente. No la calentó, el fuego ardía tímidamente y a Sole le daba mucho miedo acercarse a la chimenea. Sus padres se lo tenían prohibido.

Regresó a la cama donde el pequeño lloraba desconsoladamente, mojó su minúsculo dedo en leche y lo metió en la boca del niño. Consiguió que dejase de llorar. Cuando él se calmó, pudo darse cuenta de que Bernarda había muerto. Se acababa de quedar huérfana. Ya no se bañaría más con ella en el arroyo mientras su padre segaba. Ni se acurrucaría contra su pecho a la sombra de los árboles a escuchar los cuentos que le contaba. No volvería a sentarse cada tarde de invierno frente a ella a verla bordar, ni coger el bastidor que tanto pesaba; no enhebraría más agujas con aquellos hilos de alegres colores. Se acabaron las maravillosas flores bordabas en las toallas de las señoras del pueblo. ¿Quién la besaría cada día al despertarse? ¿Quién desenredaría su pelo y con cuidado le haría sus largas trenzas? ¿Quién les cantaría? Se dio cuenta de que todo había terminado demasiado pronto. De un plumazo se acabaron los abrazos eternos por las mañanas, los arrumacos, disfrutar del sonido de su corazón cuando apoyaba la cabeza en su pecho cada noche hasta que se quedaba dormida.

Entonces, fue ella la que lloró desconsoladamente porque fue consciente del luto por su madre. El tiempo la hizo dura, siendo una niña se convirtió en la madre de su hermano. Una madre de tan solo cuatro años. Isidro se volvió a casar. Su nueva esposa era viuda y aportaba una niña al matrimonio. Así que el pequeño Nicolás se quedó con su padre y Sole se marchó a Madrid a vivir con su tío. Fue allí donde la vida le brindó otra oportunidad cuidando de todos en su pensión, como siempre había hecho. Estaba en su ser, la Sole vino al mundo para ayudar y cuidar de su gente.

La noche de la barbarie prometió conseguir información de Ignacio y, jugándose la vida, como de costumbre, consiguió contactar con Juliana, una muchacha militante del Partido Comunista de España en Madrid. Una vieja camarada de mi hermano. Ella fue la que le contó a la Sole dónde estaba. El problema es que habían salido de Madrid un mes muy complicado, el plan era ir hasta Vigo y, por desgracia, Juliana y el resto de compañeros perdieron la comunicación por lo que sucedió el mismo mes de la partida de Ignacio: el 23 de abril, la aviación alemana bombardeó Guernica. Todo el mundo tenía los ojos puestos allí y no en que un grupo de comunistas se estaban jugando la vida para salir del país. Así que debieron coger un barco en el puerto de Vigo. Desde luego, aquella era la mejor noticia que la Sole nos podía dar. Ignacio estaba vivo y en Francia. El día que mi madre se enteró dejó de importarle todo. Ansiaba ver y abrazar a su hijo y si tenía que cruzarse todo un país, estaba dispuesta a hacerlo.

Yo pasaba los días intentando averiguar el paradero de mi hermano. Por lo que me contaban unos y otros, el país vecino era un hervidero de compatriotas y, por los chivatazos que le iban llegando a Sole, lo más probable era que Ignacio estuviera allí. Algunos camaradas exiliados habían conseguido crear una tupida red de españoles llegados desde todos los rincones, la mayoría en el verano del 38. Muchos salieron el largo verano de ese año y decidieron refugiarse en Francia. Las noticias llegaban con cuentagotas, las comunicaciones cada día se complicaban más y el único enlace que teníamos era nuestra Sole; por eso, mi madre estaba tan desesperada. La maldita espera la estaba matando.

Una noche, al regresar a casa, mi madre me esperaba en la cocina. Estaba inquieta y muy nerviosa, le pregunté si le sucedía algo. Pensé que su nerviosismo estaba justificado por mi tardanza, me había entretenido con tu abuela.

—Niña, ponte en contacto con el partido.

—Madre, ¿qué me está diciendo?

—Lo que has oído. La Sole sabrá la manera de que hables con la tal Juliana y que te diga cómo podemos salir de Madrid sin que nos peguen un tiro antes de ver a mi hijo. Los comunistas nos tienen que ayudar, bastante ha hecho esta familia por el partido de las narices. Me dejaron sin marido y me niego a que me dejen sin mi hijo. Es hora de que nos saquen de aquí. Necesito ver a tu hermano y estar todos juntos. No puedo morirme sin volver a abrazarlo. Como nos quedemos aquí, no lo conseguiré nunca, me terminará consumiendo el dolor.

—Tranquilícese, que le va a dar algo, madre. ¿Qué le ha sucedido?

—Esta tarde, al salir de la iglesia, he visto cómo mataban a una señora delante de mis narices. —Desde la visita de los soldados franquistas, había decidido ir a misa cada día, confesar y comulgar sin ser consciente del riesgo que suponía una confesión, aunque Teresa y yo le habíamos dicho que no se fiara de ellos, los siervos de Dios también lo eran de Franco y el secreto de confesión para una roja no tenía validez alguna. La pobre mujer caminaba con una cesta, creo que llevaba comida, solo pude ver unas hojas verdes que sobresalían. No le hicieron preguntas, solo se acercaron, uno de los soldados sacó su arma y disparó a bocajarro. La pobre señora cayó al suelo y nadie hizo nada, se quedó agonizando mientras que los dos soldados continuaron con su paseo y los viandantes siguieron caminado sin mirar siquiera si seguía viva o ya había muerto.

Mi madre había hecho lo mismo, aceleró el paso hasta llegar a nuestra casa. Y fue entonces cuando decidió que no saldría nunca más a la calle.

Entendí, pues, su premura y me limité a hacer caso de sus palabras. Tenía toda la razón: tía Teresa estaba jugándosela constantemente y de una de aquellas detenciones no saldría viva. Ya no solo era la vida de Teresa, era la de todas nosotras. No tenían obligación alguna de justificar nuestras muertes.

El miedo a veces nos lleva a tomar decisiones de las que nos arrepentiremos toda la vida. Ninguna de las tres podía imaginar lo que aquel soplo tan alentador nos depararía.

V

Ensayo para un exilio

La Sole no tardó en ponerme en contacto con Juliana. Ella era la encargada de lo nuestro, no hablaba mucho, solo lo necesario, era una buena camarada. Estaba enamorada de mi hermano, eso se notaba a la legua, probablemente fueron novios durante la guerra o incluso antes. No podía disimular el profundo amor que sentía por él. Estaba claro que por la familia de Ignacio haría lo que fuera.

Juliana nunca me engañó, siempre fue cristalina como el agua. Salir de España era más difícil que nunca. La comunicación con los compañeros catalanes se había complicado, ya que la mayoría se habían pasado a Francia cuando tomaron Tarragona y los que quedaron no estaban por la labor de jugársela por tres mujeres. Pero Juliana sabía que lo íbamos a conseguir. Yo tenía mis dudas. A veces pensaba que lo mejor era irnos al pueblo con mi abuela, una opción que descartaron inmediatamente mi madre y mi tía. Bastante tenía la abuela, recogida en casa de Micaela, como para que llegaran tres bocas más. Sabíamos que nuestro destino era París. Madrid era una ratonera y debíamos estar todos juntos.

Juliana y yo nos veíamos dos veces por semana en el Retiro. Me gustaba, me recordaba a los días en que quedaba con mi hermano. Juliana trabajaba de niñera en una casa de señoritos. Pasaba desapercibida, nadie podía imaginar que la dulce niñera de los Fernández de Sala había creado toda una red de contrabando de documentación falsa para ayudar a los compañeros a salir del país. Era impensable que la mujer menuda de largos cabellos rizados y negros como la noche, con las mejillas sonrosadas, pudiera llevar a cabo semejantes hazañas. Utilizaba el carrito del bebé para que le dejásemos por escrito lo que cada uno necesitaba.

Siempre era lo mismo: la encontrabas por casualidad caminando por el Retiro, te acercabas a hacerle carantoñas al niño y aprovechabas para esconder entre sus ropas y su sabanita de hilo bordada tus peticiones para el partido. Juliana se las hacía llegar a los dirigentes a través de Margarita, la cocinera de los señores Fernández de Sala. ¡Pobres señoritos! Su bebé era uno más de la red de niños y niñeras que militantes del Partido Comunista había tejido en el verano tan complicado del 39. Se habrían muerto de saberlo; y, lógicamente, antes de morirse del sofocón, habrían denunciado a Juliana. Su niño entre rojos, ¡qué horror!, y qué vergüenza para ellos. Afortunadamente, era muy lista y no despertaba sospechas. Lo tenía todo muy bien estudiado y nunca se la jugaba demasiado.

Aquella tarde en el Retiro, Juliana me dejó claro que no debía volver más por allí.

—Lo vuestro está en marcha, debes estar tranquila y actuar con normalidad. Cuando esté todo preparado, me pondré en contacto contigo o con la Sole. ¿De acuerdo?

—Perfecto, así lo hare.

Cuando llegué a mi casa, al abrir la puerta, me encontré a mi madre en el pasillo: cada vez que escuchaba la cerradura, salía corriendo para ver si ya estaba todo arreglado.

—¿Ya está, hija? ¿Cuándo nos vamos?

—Queda poco, madre.

Sabíamos que todo estaba en marcha, que llevaba su tiempo. Me limité a contarle lo que me había dicho Juliana. El partido nos estaba preparando cédulas de identificación falsas y permisos de viaje; hasta que no estuviera lista la documentación no podíamos irnos. La huida de Madrid sin ella era imposible. El dinero escaseaba y esperaban la financiación desde París. Un acaudalado camarada era el que se estaba encargando de financiar nuestra salida.

Yo no estaba fichada; mi madre, tampoco, pero después del incidente con los militares y la detención de la roja del pelo rojo, era peligroso levantar sospechas, debían encajar a la perfección las piezas del puzle. Teníamos que pasar desapercibidas y el pelo de tía Teresa no ayudaba demasiado.

—Madre, tenemos que seguir esperando, aunque sea duro, pero hágase a la idea de que ya queda menos. Esta tarde he entregado las fotografías que el partido nos pidió para hacernos los pasaportes.

Como cada semana acompañé a Milagros a la cárcel de Ventas, era viernes 18 de agosto, debía de ser una señal, siempre era viernes. Ella y su padre seguían en la pensión desde que a su madre se la llevaron presa por pertenecer al sindicato de la enseñanza, era maestra y vecina de escalera de Sole de toda la vida. Desde que la detuvieron, Milagros y su padre decidieron cruzar el rellano e irse a la pensión. Ambos conservaban la esperanza de que solo estaría un tiempo a la sombra, ya que, al no tener crímenes a sus espaldas, no la condenarían a la pena máxima; estaba a la espera de juicio y tenían la seguridad de que al final saldría. «Pobre ingenua», pensaba yo, pero me lo guardaba para mí, no quería quitarle la esperanza. Últimamente siempre la acompañaba a verla; su padre estaba muy delicado y preferían que fuera lo menos posible.

Subimos la calle de Atocha desde la estación que ahora lleva su nombre, en 1939 se la conocía como la estación del Mediodía. La cuesta se nos resistía en los calurosos días de agosto.

Llegando a la pensión, pude ver a Juliana, esperaba en la esquina de la calle del León. Al vernos se dio la vuelta y se marchó. En ese momento no logré entender qué sucedía. Milagros ni se percató de su presencia. Me invitó a subir a tomar un vaso de agua y decidí declinar la invitación. La presencia de Juliana y su repentina desaparición me preocupaba. Seguí calle arriba hasta casa: Juliana era como un fantasma, ni rastro de ella en ninguna esquina. Mi madre, como siempre, aguardaba en el pasillo; no salía mucho, estaba muy asustada y deseaba marcharse lo antes posible. La noté extraña y le pregunté si le sucedía algo.

—Madre, le he preguntado que si le ha pasado algo.

—No, hija. ¿Has visto a Juliana?

—No, madre, no la he visto—decidí mentirle.

— ¿Se sabe algo de lo nuestro, Isadora?

—Nada, madre. Seguro que falta poco, no desespere, por Dios; ahora no puede caer usted mala, a Ignacio no le gustará ver a su madre enferma. Anímese. ¿Ha comido?

—No, hija, esta espera me ha *cerrao* el estómago.

—Siéntese y le preparo una sopa de pan.

Decidí no contarle nada de lo que me acababa de suceder para no preocuparla; ella estaba deseando marcharse. Realmente, las dos vivíamos con el sueño de reencontrarnos en Francia con Ignacio. Creo que la decisión la tomamos de forma precipitada, nos dejamos envolver por esa ilusión descontrolada que invadía a mi madre. La espera nos asfixiaba tanto o más que el calor de agosto, estábamos desesperadas. La impaciencia empezaba a ser compañera habitual y el comportamiento de Juliana no ayudaba en absoluto a calmar esas ansias por salir del país. Madre estaba convencida de que, en cuanto llegásemos a París, encontraría a su hijo. Yo comenzaba a tener dudas, estaban preparando un exilio basado en un rumor entre camaradas. Cuando exponía mis dudas a tu abuela o a la propia Juliana, ambas me decían lo mismo. Estaba cansada de escuchar que era problema de los contactos, pero que Ignacio estaba perfectamente. Nadie se había parado a pensar que desde 1937 no se sabía nada de mi hermano. Imagino que era más fácil seguir manteniendo la esperanza. Al fin y al cabo era lo único que nos mantenía en pie. Las dudas las guardaba para mí; cuando intentaba hablar con mi madre sobre las escasas posibilidades que teníamos, me reprochaba lo poco que me importaba la familia. No soportaba esa maldita frase. Si no me hubiese importado, te aseguro, María, que no mantendríamos esta conversación.

Durante la cena estuvimos muy calladas, y después de comernos la sopa de mendrugos de pan, que era lo único que se comía en casa desde hacía mucho, nos acostamos. El calor no nos dejaba dormir, le pedí a mi madre que me contara cosas de cuando ella y padre eran novios, pero no obtuve respuesta. Me di la vuelta e intenté conciliar el sueño.

No sabía qué hora era cuando me despertó un fuerte ruido. Alguien estaba llamando a la puerta, me dio tiempo a mirar el reloj del salón cuando corría hacia ella. ¡Eran las dos de la madrugada! ¿Qué estaba pasando? ¿Quién aporreaba la puerta? Al llegar al pasillo me paré en seco. Temía que los fascistas estuvieran de vuelta. No sabía qué hacer. Me tranquilicé cuando escuché una voz familiar.

—Isadora, abre, soy Juliana. ¡Chica, abre, por favor! —susurraba desde el otro lado de la puerta. Quité el cerrojo tan rápido como pude.

—¿Quién narices te ha abierto el portón a estas horas?

—Justo —me contestó.

No entendía por qué Justo la dejaba pasar. Ya en el salón, me contó que lo conocía, no quiso decirme de qué. Juliana era un misterio para mí. Le pregunté también por lo sucedido por la tarde. Ignoró mi pregunta.

—Bueno, niña, no estoy aquí para que me interrogues. Estoy aquí para dejaros vuestra nueva documentación. Esta tarde quise avisarte de que todo estaba listo y de que me pasaría de madrugada para que no te asustaras, pero no me gustó el hombre con sombrero que me siguió desde que cogí la calle Atocha. Intenté despistarlo dando un rodeo por Cervantes, Huertas...; no lo logré. No sé si fue una suposición mía o ese individuo me seguía realmente. No quise estropear vuestra salida y por eso no os dije nada. Sabes perfectamente que hay que tener mil ojos y no lo vi seguro, probablemente me asusté sin razón, pero es mejor así.

Juliana se levantó de la silla, se subió la falda y se quitó la combinación. Allí cosida estaba nuestra nueva vida. Mientras se despojaba de la ropa interior me dijo:

—A partir de este momento, Isadora, Carmen y Teresa acaban de desaparecer. Lo que os pase es cosa vuestra. La situación está muy fea en Europa, se teme que empiece otra guerra. Antes de marcharos quemaréis la antigua documentación y todo lo que pueda relacionaros con vuestra vida. Partís el lunes. Justo está informado, subirá y os avisará para que no corráis ningún riesgo. Aquí están los billetes de tren hasta Barcelona. Cuando llegues, tienes que ir a la pensión de doña Petra, la dirección está *apuntá* en este papel, apréndetelo. Después te lo comes o lo quemas, no lo tires ni lo rajes. No te preocupes, está muy cerca de la estación, no tiene pérdida. Doña Petra te pondrá en contacto con quien os llevará a Francia. De momento no puedo decirte nada más. Sole está al tanto y te contará los detalles.

Me dio un beso y un profundo abrazo y se dirigió a la puerta. Antes de marcharse la abracé de nuevo con todas mis fuerzas y le di las gracias entre lágrimas. Ella me dio otro beso y tan solo me dijo que no llorase.

—Es una pena que hoy se pierda un nombre tan bonito como el tuyo, pero recuerda que no volverás a llamarte así por tu propio bien. Espero que algún día nos volvamos a ver. ¡Salud, compañera!, y buena suerte. Solo te pido una cosa: ve con mucho cuidado y, cuando lo veas, dile que su Juliana lo seguirá esperando.

—Eso está hecho. ¡Gracias!

No fui capaz de articular más palabras, las lágrimas me estaban ahogando.

Lo primero que hice cuando cerré la puerta fue sentarme en el suelo y apoyar la espalda en la pared. Aquel fin de semana era el último que pasaría en mi casa, en el hogar que me vio nacer, donde fui inmensamente feliz junto a los míos. Todo lo que había sido en mi corta vida terminaría el lunes. A partir de ese momento pasaría a ser Pilar Prieto de Leza. Isadora moriría el domingo y junto a ella Carmen y Teresa.

Después de un buen rato, no sabría decir cuánto, me levanté del suelo y recorrí cada rincón de la que siempre había sido nuestra casa, quería que mi mente guardara todos los recuerdos de ella, había sido muy feliz, inmensamente feliz. Tuve una maravillosa familia, todo lo que admiro, amo y respeto en esta vida lo aprendí de ellos, y eso en breve desaparecería. En cuestión de horas teníamos que empezar de cero. Como dijo Juliana, no podía llevarme nada. Ni una foto de mi padre ni de mi hermano. Aquello me partió el alma. Las lágrimas no paraban de brotar de mis ojos. Había llegado el momento y ya no se podía dar marcha atrás. Al llegar a la cocina tuve que volver a sentarme, me faltaban las fuerzas. Me acordé de mi pobre abuela, tampoco la volvería a ver, moriría sola, por desgracia, como la mayoría. No iría más al pueblo, que también era un poco mío. Ya no disfrutaría más de los eternos veranos, de las tardes bañándonos en el río mientras ella y las vecinas lavaban. De las noches en la plaza contemplando las obras de teatro que representaban en las escaleras de la iglesia los mozos del pueblo. Del olor a tabaco que desprendía mi abuelo cuando venía de la tasca, de sus añorados abrazos, de los bailes de las fiestas que se encargaba de amenizar la banda de música, y de los caramelos de menta que me regalaba a escondidas de mi madre. Eran verdes, envueltos en papel transparente. Los chupaba una sola vez y los envolvía de nuevo. Así me duraban más, con esta estrategia conseguía tener caramelos hasta el siguiente verano. Una sonrisa se dibujó en mi cara, una sonrisa que duró un instante cuando me acordé de mi querida Agustina, mi mejor amiga del pueblo, la hija de Basilio, el alcalde e íntimo de mi abuelo. Él también había muerto. Micaela, en la carta que nos envió, no solo nos contó que habían fusilado a mi abuelo: el día que lo asesinaron el padre de la Agustina salió en la misma saca.

Sin duda alguna, lo que más me dolía es que no podría seguir buscando el cadáver de mi padre. Nunca se lo había contado a nadie, pero era mi mayor deseo poder recuperarlo y enterrarlo. Era complicado, aunque nos quedásemos en Madrid: nuestros muertos, los que defendieron nuestra añorada y querida República, carecían de ese derecho, solo los dignos salvadores de España tenían tal privilegio.

Pasado un rato me levanté de la silla de la cocina, bebí un vaso de agua y me puse a pensar en la manera de decírselo a mi madre. Para mí no era fácil, pero para ella sería mucho peor; y también estaba tía Teresa. Carmen y Teresa debían morir junto a Isadora.

No sé el tiempo que pasé seleccionando recuerdos. Estaba tan agotada que decidí volver a la cama. Mi madre dormía, me abracé a ella y la besé, mi beso la despertó de un profundo sueño. Hacía noches que no dormía tan plácidamente.

—Hija, ¿qué te pasa?

—Madre, ya está. El lunes dejamos Madrid. Seguro que en Francia Ignacio estará esperándonos y al menos volveremos a estar todos juntos.

Me abrazó y se puso a llorar.

En el fondo sabía que lo que le acababa de decir sobre mi hermano era casi imposible, las madres lo saben, lo sienten. Ambas nos aferramos a esa ilusión, que era la única que la mantenía viva. La ilusión de empezar una nueva vida en otro país juntos y sin miedo.

—Madre, ahora ya nunca volverás a llamarte Carmen, la Carmen que todos conocen se queda aquí. El lunes saldrán de la ciudad otras mujeres, que se llaman Pilar, Concha y Manuela.

—¿Quiénes son, Isadora?

—Somos nosotras.

—¿Nosotras?

—Sí. Juliana estuvo aquí mientras usted dormía y trajo toda la documentación para que no tengamos problemas. Ahora poseemos una nueva identidad, es lo que quería, lo que queríamos todas. Madre, hay otra cosa que no sé cómo decírsela, a mí me ha costado asimilar lo que nos pide el partido, es un precio muy alto el que tenemos que pagar por nuestra seguridad y por la de los que se quedan en Madrid.

— ¿Qué cosa, hija mía? Me estás asustando.

—Tenemos que destruir la antigua documentación y no podemos llevarnos nada que nos relacione con quienes somos ahora, sería muy peligroso.

—Isadora, hija, si nosotros no hemos hecho nada malo, la guerra terminó.

—Lo sé, pero para ellos somos comunistas. Eso es lo que ellos dicen. Si nos pillan con nuestra nueva identidad, nos fusilan.

Mi madre, llorando, me dijo que lo entendía, que la decisión estaba tomada, pero que ya se nos ocurriría algo para guardar los recuerdos de nuestra vida en algún sitio. Al menos las pocas fotos de la familia.

Cuando empezaron a salir los primeros rayos de sol, la primera bailarina de la casa se levantó de la cama, se agachó, y de debajo de una baldosa suelta del suelo sacó una pequeña caja de lata negra con unas grandes letras chinas rojas: no la había visto en toda mi existencia. Estaba claro que madre también sabía guardar secretos. La abrió y sacó un saquito de terciopelo verde con el collar de perlas que mi padre le regaló el día que se casaron. Su valor era incalculable, no solo económico, también sentimental: había sido de mi abuela Ignacia, la madre de mi padre. Valía una fortuna y mi madre se lo ponía muy poco por miedo a perderlo, ya que el broche de oro estaba desgastado y se abría con mucha facilidad. Lo metió en una pequeña bolsa que estaba en la caja y me pidió que lo custodiara.

Después se dirigió al salón. Yo me limitaba a seguir sus pasos en silencio con la bolsa entre las manos. De un viejo libro de la taca, sacó un par de fotos de mi padre que le había dado cuando aún eran novios y otra de los cuatro antes de empezar la guerra. Parecíamos otros. Cuando las vi, no pude evitar volver a llorar. Mi madre me dijo que no era el momento, metió las fotos en un sobre y se armó de valor.

—Lleva esto a casa de la Sole, ella sabrá dónde esconderlo. Le dices que el collar lo venda, necesitaremos dinero para comenzar nuestra nueva vida. Es lo único que nos queda de valor. Si alguna vez acaba esta maldita locura y podemos volver a Madrid, al menos tendremos un recuerdo de lo que fuimos. En cuanto termines de hacer el *recao* de la Sole, *tira* sin entretenerte *ancá* tu tía y le dices que se venga *p'acá* lo antes posible. Mientras tanto, quemaré nuestra antigua documentación. ¿Dónde tienes tu pasaporte? —dijo una completa desconocida que decía ser mi madre.

—En el cajón de mi mesita, junto al libro que me regaló padre por el último cumpleaños que pasamos con él. Madre, está dedicado. Ya sé que no me lo puedo llevar, soy consciente de ello. ¿Usted cree que la Sole me lo guardará?

—Desde luego. Si tú se lo pides, no lo dudes: nuestra Sole te esconde a ti lo que quieras.

En cuanto terminamos de hacer la mudanza de nuestros recuerdos, me puse la primera falda que cogí y la blusa de lunares que me cosió Teresa, saqué de la mesita lo más valioso que me quedaba de mi padre, su regalo, lo apreté contra mi pecho, abrí el libro y allí, en la primera página, estaba la dedicatoria de la persona que más he amado y más me ha enseñado en la vida.

Para mi Isadora querida:

Te quiero con un amor incansable y sin horizontes. Tú, junto con tu hermano y tu madre, habéis convertido mi mundo en un lugar maravilloso en el que vale la pena habitar solo por estar a vuestro lado. Sin vosotros nunca habría descubierto la inmensidad del amor. Ser tu padre me permite enriquecerme cada día de mi vida. Por ello: inmensamente gracias.

Felicidades, mi niña, recuerda que eres infinita.

Tu padre que te adora,

Antonio Ramírez

En ese instante sentí a mi padre más vivo que nunca, no paraba de besar la primera página del libro que tanto significaba para mí, y fue en ese momento cuando me juré a mí misma que algún día volvería a Madrid, cuando todo hubiera terminado, y no pararía hasta encontrarlo y enterrarlo junto a sus padres. Estaba tan ensimismada buceando en mis recuerdos vividos junto a él que cuando mi madre llamó a la puerta de mi cuarto, me asusté.

—Isadora. —Me sequé las lágrimas, cerré mi adorado libro y la invité a entrar.

—Pase, madre, estoy terminando de arreglarme. En un momento estoy lista.

—Mi niña, ¿quieres que te peine como cuando eras pequeña?

—Sí, por favor. —Me senté en mi cama y sacó del bolsillo de su bata un peine, acarició mi pelo y comenzó a peinarme. Volví a llorar.

—Hija, ¿por qué lloras? Por fin termina nuestro sufrimiento y seguro que encontramos a tu hermano.

—Seguro que sí. Pero no puedo evitarlo, me da mucha pena irme de nuestra casa y, aunque no se lo crea, tengo miedo.

—¿Miedo? No te permito que tengas miedo de la oportunidad que se nos avecina, el miedo se queda aquí, a partir de ahora ya no tendremos que vivir con la angustia y ese temblor de piernas cada vez que salgo a la calle por si alguien me denuncia. Vamos a salir de esta ratonera en la que se ha convertido Madrid y, por muy malo que sea lo que nos depare el futuro, te puedo asegurar que no tendrá nada que ver con lo que ya hemos pasado. La vida nos dará otra oportunidad; sabes que lo único que me mantiene en pie es la esperanza de encontrar a tu hermano. Es complicado, soy plenamente consciente. Pero me niego a perder a ningún miembro más de mi familia. Por eso te vas a secar las lágrimas y te vas a marchar *ancá* la Sole —me dio un beso y un azote en el culo—. Arreando, mi niña.

Como una bala bajé las escaleras hacia la calle con lo poco que nos quedaba de vida bajo el brazo. Allí estaba todo: unas cuantas fotos, un collar y el libro con la dedicatoria de mi padre. De repente, por un momento, todo el miedo de los últimos meses se esfumó; ahora, como decía mi adorada madre, la vida nos daba otra oportunidad. La vida y el partido. Ese día no solo estaba nerviosa, también contenta. Mi madre había recuperado la esperanza y la ilusión por volver a ver a su hijo. Estaba dispuesta a dejar en Madrid los recuerdos de toda una vida por empezar otra nueva al lado de nuestro Ignacio.

La Sole regaba las plantas en el balcón. Le di una voz.

—¡Sole!

—Muchacha, ¿qué haces tan temprano ya por las calles? Si aún están *cerrás* —vociferó desde el balcón.

—Traigo un *recao* de mi madre.

—¿Y qué es eso tan importante? Sube *pa'rriba* y me lo cuentas.

Subí las escaleras tan rápido como pude; la Sole esperaba en la puerta.

—Ya hay noticias, el lunes nos vamos —le dije con voz fatigada.

—Estoy enterada, pasa *pa'dentro*.

—Necesito que me hagas un favor, bueno, a madre y a mí. Es poca cosa, es fácil de esconder.

—Muchacha, relájate, que pareces una metralleta.

—Lo siento —contesté—. Pensé que nunca llegaría este momento y estoy nerviosa, contenta, asustada...

Nos sentamos en la cocina, saqué el sobre de mi bolso y lo puse encima de la mesa.

—Como bien dices, es poca cosa. Dile a tu madre que esté tranquila, que ningún fascista se va a llevar lo que contenga este sobre, antes me lo como.

Seguidamente, cogí la pequeña bolsa donde estaba el collar, lo saqué y se lo mostré.

—Ya sabes qué tienes que hacer con esto.

—Sí, se lo que tengo que hacer, devolvérselo a tu madre y echarle una regañina. Esto te lo llevas a tu casa y el lunes te lo pones al cuello, te dará suerte. Será más fácil venderlo en París. Aquí no hay nadie que tenga tantas perras. Por el dinero para la salida no hay problema, eso ya está *arreglao*, entre todos hemos hecho una pequeña colecta.

Sabía que el dinero venía desde París, de un misterioso camarada, un médico, me lo contó tu abuela en alguna ocasión. Lo que no me creía es que la Sole y los compañeros del partido hubieran hecho una colecta: éramos pobres como ratas, el dinero escaseaba y lo poco que tu abuela conseguía era trapicheando. Por un instante imaginé que el misterioso médico que pagó nuestra salida conocía a Ignacio y gracias a mi hermano contábamos con un poco de dinero hasta llegar a París. Me gustaba la idea de que estuviera ayudándonos para conseguir reunirse con nosotras.

—¡Muchas gracias!, mi madre no lo va a aceptar.

—Tu madre no está en condiciones de decidir nada, para eso tiene a su hermana mayor.

—Sole, hay otra cosa que quiero que me guardes. Esto es algo personal que te pido yo.

—Si está en mi mano, sabes que lo haré. —Abrí de nuevo el bolso y le di el libro—. No es solo un libro, ¿verdad, mi niña?

—No, Sole, no es solo un libro. Es lo único que me queda de mi padre, está dedicado. No sé cuál será nuestro paradero a partir del lunes y no me gustaría por nada del mundo perderlo.

—No te preocupes, cuando vuelvas, aquí seguirá tu gran tesoro. Puedes estar tranquila. Ya veré yo cómo me las apaño.

Se levantó, me abrazó fuertemente y, a continuación, me beso.

—Hala, niña, vete ya, que esto está a buen recaudo. Tendrás muchos capítulos que cerrar antes de marcharos. Si quieres un consejo, no le digas a nadie lo vuestro. Cuanto menos lo sepamos, mejor. No os busquéis problemas.

Me dio otro beso y me marché a la casa de mi tía. Estuve un rato aporreando la puerta y no obtuve respuesta, seguro que ya estaría en mi casa. Cada mañana lo primero que hacía era ir a vernos para preguntar si se sabía algo de lo nuestro.

Efectivamente, allí estaban las dos, esperándome para organizar nuestro exilio. La tía Teresa no paraba de hacer preguntas, yo me limité a contarle lo poco que sabía, que estábamos en manos de Justo, Juliana y la Sole. En mi vida pude imaginar que aquel señor bajito y tan agradable que nunca se metía en jaleos era una parte importante del plan que algunos colegas de mi padre habían diseñado para nosotras.

Después de comer, tía Teresa se fue a su casa un poco disgustada, no lograba entender la extraña fe que profesábamos hacia un puñado de desconocidos. Le asaltaron las dudas. Yo también las tenía, pero me las guardaba para mí. Se despidió de nosotras y nos dijo que allí estaría el domingo a las ocho de la tarde. Se fue sin más. Su comportamiento era comprensible, tenía que cerrar muchos capítulos de su vida en muy pocas horas y, sobre todo, despedirse de su gran amor.

VI

LOS FUNERALES

No supimos nada de tía Teresa hasta el domingo. A las ocho de la tarde se presentó en casa vestida de negro, con los ojos como puños de tanto llorar, una maleta y su documentación para destruirla. Mi madre le preguntó el porqué de aquellas vestiduras.

—Hermana, esta noche me entierran. Traigo la mortaja puesta, y todo muerto antes de su funeral necesita un velatorio. La Sole y Milagros nos acompañarán, ya está todo preparado, serán las únicas que nos velen y asistan a nuestro entierro. Sabes que a mí me gustan las cosas bien hechas y, ya que tengo la oportunidad de asistir a mi propio velorio, lo vamos a hacer al estilo de la roja del pelo rojo. Así que no me digas cómo me tengo que vestir ni qué tengo que hacer, al menos esta noche.

En realidad, la tía Teresa no estaba muy segura. Se pasó todo el fin de semana dudando, y casi estuvo a punto de abandonar, pero la sangre tumbó todas esas dudas.

Desconocía el plan por completo, no se fiaba demasiado de un sereno y de una joven que estaba enamorada de su sobrino. Al menos estaba la Sole: que formara parte de toda aquella locura la tranquilizaba un poco. La hermana que se encontró al llegar a Madrid era el único pilar que sujetaba ese descabezado plan. El miedo de Madrid, como ella decía, lo tenía controlado, pero el miedo a perder a la única familia que le quedaba, ese no era capaz de dominarlo. La decisión fue dura: tomó cartas por la familia. En Madrid dejaba a Amancio, su gran amor, su anarquista del alma. Por el que se había llevado cientos de palizas en aquellos caóticos meses. Amancio estaba escondido en su casa y nadie lo sabía, excepto nosotras. La policía lo buscaba y conocían de sobra su relación.

Solo pensar que, probablemente, no lo volvería a ver la aterraba; por eso, decidió dejar a su amante a merced de los acontecimientos. Los dos sabían que no podía quedarse mucho tiempo allí, pero él tampoco quiso que mi tía cargara con aquello. Amancio era un superviviente, estaba acostumbrado a engañar a la muerte y se las apañaría. En cuanto las aguas volvieran un poco a su cauce, se reunirían en París, la ciudad de los enamorados. Se lo prometieron.

Al rato de llegar Teresa, aparecieron Justo, Milagros y la Sole. Esperaba también a Juliana en mi funeral, pero no quiso arriesgarse.

—Señoras, buenas noches —dijo Justo—. Tomen asiento y presten atención a las instrucciones que os voy a dar. Tengo entendido que Sole y Milagros pasarán la noche con vosotras. Si algo no les queda claro, Sole está al tanto de todo.

»A las siete de la mañana sonará el timbre, yo aún andaré por las calles y estaré pendiente. Si percibo algo sospechoso, me acercaré a la puerta del edificio y os saludaré. Me dirigiré a vosotras por vuestros auténticos nombres. Esa será la señal de que debemos abortar el plan. Subiréis a casa y esconderéis la documentación falsa. Más tarde pasará un compañero a recoger los pasaportes. Si todo va como esperamos, el camarada Juan Pedro os llevará en su taxi a la estación. Primero dará un rodeo, para asegurarse. El trayecto es corto, pero así es más seguro. Cuantos más soldados, policías y falangistas os vean llegar a la estación en taxi, mucho mejor: este medio de transporte hoy en día solo pueden permitírselo los que tienen guita. Despertaréis menos sospechas.

»Sois dos hermanas y la hija de una de ellas, tres beatas podridas de dinero. El motivo de vuestro viaje es la visita a un familiar que reside en Barcelona. Después tenéis pensado ir a Francia, concretamente al santuario de la Virgen de Lourdes. Sois extremadamente devotas de la Virgen, os creéis todas esas mentiras que cuentan los curas cada domingo desde su púlpito. Tenéis que cumplir una promesa: peregrinar hasta el santuario para darle las gracias a la santísima madre de Dios por otorgarle la victoria a nuestro amado caudillo y librarnos de las hordas rojas. ¿Estamos?

Asentimos con la cabeza, estábamos sentadas en el sofá y ninguna de las tres dábamos crédito al plan de fuga que el partido había preparado para nosotras.

—Aquí están vuestros billetes. —Justo sacó del bolsillo de su bata azul de sereno un sobre marrón y se lo entregó a mi nueva y católica tía—. Son de primera clase, como las buenas señoritas adineradas se merecen. Al llegar a Barcelona os hospedaréis en la pensión de doña Petra, Isadora está al tanto de la dirección. Un coche pasará a recogeros y cruzareis la frontera. Una vez en Francia, estaréis a salvo. Al otro lado también están enterados de vuestra llegada. Dimitri el polaco, y el *Garçon* son los encargados de dejaros en París sanas y salvas. Allí nuestro enlace os estará esperando. Tranquilas, todos los nuestros hablan perfectamente castellano. La mayoría lucharon por nuestra noble y leal causa. Una vez lleguéis, como os he dicho anteriormente, otro enlace se pondrá en contacto con vosotras. Un consejo: debéis usar vuestra nueva identidad, los compañeros de París y vuestro enlace solo conocen a Pilar, Manuela y Concha. ¿Alguna pregunta? Si no tenéis dudas, yo me marcho. Buenas noches y buena suerte.

Mi madre se apresuró a levantarse y acompañó a Justo a la salida para despedirse. Le dio las gracias por enésima vez y cerró la puerta. Allí nos quedamos las tres difuntas y las dolientes. Las muertas gobernarían a las vivas que las iban a acompañar en su última noche de vida, porque para todas la muerte ya era como una amiga, una más. Era como un trabajador al que se conoce en el campo, en el taller o en cualquier otro lugar. Nadie se alborota cuando viene, por eso hay que querer a los amigos pero no importunarlos, se les debe dejar ir y venir como quieran. Por el amor que nos tenía, eso era exactamente lo que tu abuela había decidido hacer con nosotras. Dejarnos ir, no entrometerse.

Todo estaba preparado para comenzar el velatorio. Uno de los cadáveres, el de Teresa, ya estaba listo, se había amortajado previamente ella misma en su casa. Las otras dos difuntas lo haríamos en breve. Mi madre y yo nos ausentamos del salón, teníamos que prepararnos para una noche muy larga. Me pidió que la acompañase a su cuarto, asentí con la cabeza. La seguí por el pasillo, abrió la puerta de su dormitorio y me invitó a entrar. Se quitó la bata y se puso una falda y una camisa, ambas negras. Mientras se amortajaba, me pidió que abriera el tercer cajón de la cómoda y entre las sábanas buscase un saquito de terciopelo granate. No tardé mucho en encontrarlo, lo abrí y saqué una cruz; una medalla, según mi madre, con el Sagrado Corazón, y otra con la Virgen del Carmen.

—Ponte la que más te guste, dame a mí otra que me la cuelgue y le das la que quede a tu tía. Recuerda lo que ha dicho Justo: que somos muy religiosas —dijo mi madre mientras yo intentaba deshacer los nudos de las cadenas de oro—. La Virgen me la compró la abuela cuando hice la primera comunión en el pueblo; la cruz es de tu hermano, fue también un regalo de la abuela cuando nació, y la del Sagrado Corazón es tuya, también regalo por tu nacimiento.

Cogí la cruz y la puse en su mano.

—Esta para usted. Cuando lleguemos a París, podrá ponérsela a mi hermano.

Las dos sabíamos el significado que tenía para ella esa cruz. Se la abroché, la besé, y en silencio salí de la habitación de mis padres. Antes de cerrar la puerta, me acordé de algo que nos daría seguridad.

—Madre, no olvide el collar de perlas de la abuela Ignacia.

—No, hija, ahora lo pondré donde debe estar —me contestó.

No lo entendí. Confiaba en mi madre, ella mejor que nadie sabía lo que debía hacer con su collar.

Caminé hasta mi cuarto y saqué del armario un vestido negro de media manga que solía ponerme los domingos con una chaqueta verde preciosa; la chaqueta se quedaba en Madrid, como tantas cosas. Me cambié de ropa, me hice un moño bajo y me colgué mi correspondiente medalla. Mi cadáver estaba listo y amortajado. Isadora moriría al despuntar el alba. Mañana sería una nueva persona, me convertiría en Pilar, la señorita Pilar.

Cuando caminaba por el pasillo en dirección a la cocina, pude escuchar a los otros dos cadáveres discutir con la Sole. Al entrar, Milagros estaba callada, sentada en un rincón, era un mero espectador. El teatro que años antes fue la cocina regresó la noche de mi funeral. Se mascaba la tragedia.

—Mira, hermana, pase que me ponga de luto, que no se lo guardé a padre ni a mi *cuñao* Antonio. Pase que tenga que abandonar a su suerte a Amancio para ir a París persiguiendo un soplo, un rumor entre camaradas y compañeros que llegó hasta ti, y que no has *parao* hasta conseguir sacarnos a *toas* de Madrid. Pero no paso por lo de que me tiñáis el pelo. ¡Eso sí que no!

—Teresa, cálmate, que te vas a morir de verdad, que te va a dar un soponcio, leñe —la recriminaba la Sole—. Vamos a ver, entiende que todo Madrid sabe quién eres y por desgracia tienes pasado. Estas dos también, pero con la pinta de beatas que traen, pasan desapercibidas. En cuanto os vean llegar a la estación, levantarás sospechas. Recuerda que los cabrones de los nacionales te conocen como la puta roja del pelo rojo. Quieras o no, el pelo se queda en Madrid. ¿Sabes lo que me ha *costao* encontrar un tinte? Y como te pongas tonta, por mis santas narices y por la memoria de mi madre, te meto un tijeretazo en el pelo y problema solucionado, vaya que sí.

—Sole, si es que no va a salir bien. Nos van a pillar y mi pelo es lo único que puedo conservar. A partir de mañana me llamo Manuela, cojones, ¿es que no me entiendes? Esto no puede funcionar. Encima tengo que hacer el papel de buena cristiana y además colgarme del cuello a la madre de un cadáver, ¡menuda mierda!

—Calma, Manuela —le respondió mi madre—. Si es lo que tenemos que hacer, lo hacemos y ya está. ¡Qué más te da!

—Quieres que te pegue un sopapo, Carmen: por tu padre, que también es el mío, ¡no me llames así que aún no me he muerto!

—A callarse todo el mundo, ¡coño! No os tenéis respeto ni a vosotras mismas, leche, un poco de seriedad y cabeza que estáis de cuerpo presente —gritó la Sole a la vez que una tremenda carcajada se le escapaba.

Gracias a aquella extraña situación, la cosa se tranquilizó un poco y, entre chascarrillos y tabaco, la Sole consiguió teñir a mi tía de morena. Parecía que le habían puesto ya la losa encima: envejeció como veinte años.

Por fin los cadáveres estaban listos y preparados, caminamos en procesión hasta el salón. Los muertos delante y la pequeña comitiva detrás. En la cabecera del duelo, tu abuela, y a continuación Milagros. Por suerte, además del tinte, Sole consiguió una botella de anís y en sus planes estaba emborracharse. Las difuntas podían beber un poco, solo un par de copitas, pero las dolientes tenían claro que aquella noche era la última y tenían que mitigar el dolor de alguna manera. Para estos casos el alcohol era lo mejor.

Entre risas y lágrimas, recordando batallitas de toda una vida llegó la hora. La Sole fue la encargada de comunicarnos que el velorio había terminado y que era hora de cerrar los ataúdes. Cerramos puertas y ventanas, bajamos persianas y, antes de coger nuestras maletas, cantamos bajito. Cantamos por los vivos y los muertos, por las que se marchaban y por los que se quedaban, y por nuestra República. Y allí, con el puño en alto, las cinco comenzamos a entonar:

¡Arriba, parias de la tierra!
¡En pie, famélica legión!
Atruena la razón en marcha: es el fin de la opresión.
Del pasado hay que hacer añicos, legión esclava
*   en pie a vencer.*
El mundo va a cambiar de base, los nada de hoy
*   todo han de ser.*
¡Agrupémonos todos en la lucha final!
El género humano es «La Internacional».
¡Agrupemos todos en la lucha final!
El género humano es «La Internacional».

Al terminar, nos fundimos en un abrazo, ese abrazo fue lo más importante y lo mejor que me llevaba. Después cogimos nuestras maletas. Mi madre entregó toda su vida en una llave a tu abuela para que cuidase de nuestra casita. Para todo el barrio, nos marchábamos al pueblo con mi abuela una temporada. Estaba muy mayor y necesitaba los cuidados de la poca familia que le quedaba.

A la siete menos diez, se preparó para el último adiós. Había llegado el momento amargo y dulce a la vez. Amargo porque todo se quedaba en Madrid y dulce porque, aunque muy asustadas, salíamos con la esperanza de encontrar a Ignacio y regresar todos juntos algún día.

—Solo os pido que cuidéis las unas de las otras, que ninguna se quede en el camino. Quiero volver a veros pronto. Esto no puede durar mucho tiempo y, cuando todo termine, volveremos a ser las mismas de siempre. Y estaremos *toas* juntas, narices—dijo la Sole.

—Hermana mía, ya nunca volveremos a ser las mismas, por desgracia, pero lo que sí te prometo, y estas dos que están tan calladas también, es que seguro que nos volveremos a ver. Me dejo mucho hoy y tú eres una de las personas más importantes de mi vida. Aunque de pega, siempre serás mi hermana, la que tanto me ayudó cuando llegué a Madrid. ¿Te acuerdas de los chorizos? Aquellos que mi madre me dio para don Ramón. ¿Te acuerdas, Sole? —dijo Teresa.

—Calla, tonta, cómo no me voy a acordar, no me hagas reír, que ahora no es momento para eso, estoy enterrando a dos hermanas y a una sobrina.

Las tres hermanas se fundieron en un profundo abrazo, parecían una. Me extrañó que mi madre dejase caer la bolsita de terciopelo verde en el bolsillo de la Sole. No era momento de preguntar. Decidí no darle importancia.

Ahora sí que había llegado mi momento, el de despedirme de todas.

—Os quiero mucho. Milagros, espero que tu padre se ponga bueno pronto y pueda acompañarte a la cárcel, ahora tendrás que ir sola. Pero seguro que sueltan pronto a tu madre. Y a ti, Sole, qué te puedo decir: que te quiero con toda mi alma. Te pido que cuides de mi tesoro, que lo guardes, que voy a venir a por él. Cuida de nuestra casita, por favor.

—Y tú cuida de mis hermanas. ¡Marchaos tranquilas! Todo está bajo control.

Había llegado la hora del entierro, ya no quedaba ninguna posibilidad, Carmen, Teresa y yo dejamos de existir, hasta de hablar. Nadie podría detenernos.

No lloramos más, quiero decir, todas juntas, en la calle. Quizás deberíamos haberlo hecho arriba. No hubo ni misa, ni responso ni esquelas. Tampoco las necesitábamos.

El portón ya estaba abierto, no había rastro de Justo. Eso solo significaba que todo iba tal cual se había planeado. Me sequé las lágrimas con la manga de la chaqueta, debían de quedarme muy pocas. Los últimos días me los había pasado llorando.

El 21 de agosto, a las siete de la mañana, llovía. Al salir a la calle las gotas mojaron el rostro de las difuntas. Parecía que mi adorada ciudad también lloraba por nuestra marcha. Madrid también sentía que nos había perdido. También estaba de luto.

En ese momento se me vino a la cabeza que el día que nací también era lunes. Nací el mismo día en que fallecí.

El taxi estaba esperando en la puerta. Al vernos, un completo desconocido se acercó y saludó a mi madre como si la conociera de toda la vida.

— ¡Hola, Carmen! —le susurró al oído—. No nos hemos visto nunca, pero escuché hablar a Antonio tantas veces de usted que es como si la conociera de toda la vida. No se preocupe, es la última vez que la llamo por su nombre. Me parecía poco considerado saludarla como Concha. No se volverá a repetir, puede estar tranquila.

—Tanto gusto. Estas son mi hija y mi hermana.

—Lo sé, señora, Isadora y la Tere. Encantado de ponerles cara de una vez, siento que tenga que ser en estas circunstancias.

No había duda, Juan Pedro era otro gran amigo de mi padre, tampoco había que ser muy espabilada para darse cuenta. Mi padre era el único que a mi tía la llamaba «la Tere», a ella le sentaba fatal, pero él lo hacía con todo el cariño del mundo. Sabía que con ese genio que gastaba la sacaba de sus casillas cuando le decía: «¡Vamos, Tere, mujer, no te enfades!».

—Señoras, daremos un rodeo. Hay tiempo de sobra y por precaución es conveniente.

Agradecí aquel paseo por Madrid, mi ciudad, por la que tanto habíamos peleado. Toda la familia se había dejado la piel por mi querido Madrid, y lo volvería a hacer las veces que hiciese falta. Era horrible en lo que se había convertido, había perdido sus ganas de vivir, al igual que su gente, toda la ilusión y alegría que había en cada rincón y en cada calle.

«Tengo una deuda contigo, querido Madrid —dije para mí—; y no solo contigo, también con la gente que dejo y, sobre todo, con mi padre. Voy a volver, no sé cuándo, pero lo único que tengo claro es que tengo que volver, y cuando llegue ese día, deseo encontrarme con el Madrid que añoro en estos momentos. Al que quiero incansablemente, admiro y respeto y al que he defendido con el puño en alto y por el que he peleado dejándome el alma por ese lema: No pasarán».

Lo que más me entristecía es que, al final, sí que terminaron pasando. Al cruzar por la calle Toledo pude ver a Justo, uno de los nuestros: nunca en la vida lo habría imaginado. Fue la última cara conocida que vi aquel día. Levantó levemente el brazo y por un instante cerró el puño y pude entender: «¡Buena suerte!». Le respondí con un susurro que no sé si consiguió captar. De mis labios salió un «¡GRACIAS!». Y le envié un beso desde aquel cristal empañado por las lágrimas que Madrid también derramaba.

En el transcurso del planeado trayecto fui consciente de muchas cosas. Comprendí que mi padre no había muerto, permanecía en el corazón de muchos. Nunca nos había dejado solas. Nadie podía negar lo grande que era, todos sus camaradas se habían prestado a salvar a sus mujeres, como él siempre nos llamaba. Y eso era muy reconfortante, lo sentía más cerca que nunca, en cada palabra y cada gesto de sus grandes amigos.

Al llegar a la estación de Atocha me di cuenta de que acabábamos de enterrarnos y habíamos sido testigos vivos de nuestro propio entierro. Aquel guion comenzaba a tener sentido.

Otros nuevos miedos, completamente desconocidos, se apoderaron de nosotras, el silencio también lo hizo. Lo hizo hasta llegar a Barcelona.

Isadora estaba muy emocionada cuando terminó de contarme su entierro en Madrid. Yo también necesitaba descansar, revisar las grabaciones y las anotaciones que había hecho y contarle a Carla que Pilar Prieto de Leza, una de las mujeres de la lista del Amical, era Isadora. Por eso le propuse dejarlo para otro día, recuperarnos y descansar un poco. No puso impedimento alguno. No había querido interrumpirla mientras hablaba, pero, antes de marcharme quería contárselo. Muy brevemente, le hablé de mis averiguaciones antes de sacar la lista de Amical de mi bolso y señalar su nombre.

Al leerla, sus ojos se inundaron de lágrimas. No conseguía retenerlas. Yo tampoco pude evitar llorar y un impulso descontrolado hizo que la abrazara.

—¡Gracias, María, gracias por esta lista! Aquí no estamos todas, pero también son mi familia, la del campo. Al leer todos estos nombres, he conseguido recordar a muchas de las que fueron mis hermanas durante mi estancia en el campo. Ravensbrück fue el final de un proceso, todas estas mujeres acabamos allí, pero te aseguro que el holocausto no empezó en las cámaras de gas ni en los hornos crematorios. El odio se generó gradualmente a partir de las palabras, los estereotipos y los prejuicios, ese odio nos llevó a que nos deshumanizaran y a conocer en primera persona lo que es la violencia.

Ahora era yo la que no conseguía dejar de llorar. Tras recuperarnos, quedamos para vernos al día siguiente y nos despedimos con un reconfortante abrazo. En ese instante fui consciente de que los formalismos habían desaparecido.

Cuando la puerta del 3.º C se cerró, me senté en el escalón del rellano y lloré como nunca había llorado. Me estaba regalando su vida y la de mi abuela, estaba orgullosa de ser quien era. Cuando conseguí recomponerme, bajé las escaleras hasta la calle y regresé a casa intentando organizar mentalmente todo lo que Isadora me había contado. Carla y yo debíamos seguir investigando. Pensé en darme un homenaje, por mi abuela y por todas las mujeres con las que compartió su vida, por lo valiente que había sido, por lo que sufrió al quedarse sin madre. Una cerveza no suponía nada. Miré el reloj y aún era temprano, seguro que mi novia no habría llegado del trabajo. Así que decidí entrar en el primer bar que me encontré y, antes de pedir mi deseada cerveza, el teléfono comenzó a sonar. Era Carla, dudé en responder, respiré, pensé y descolgué.

—¡Hola, preciosa!, ¿dónde estás? —Agradecí el control al que estaba sometida por parte de mi novia. Decidí contarle la verdad.

—Acabo de salir de casa de Isadora y si no vienes a rescatarme, creo que voy a tomarme una cañita.

—Sabes que si bebes me largo. Sal del bar y camina a casa, intenta olvidarte de la cerveza, entra en alguna tienda, cómprate un libro o yo que sé, pero intenta alejar tus pensamientos del alcohol. Yo estoy a punto de llegar.

Seguí las indicaciones de Carla, que no me dejó un instante, se mantuvo en línea contándome lo orgullosa que estaba de mí hasta que por fin la vi esperándome en la plaza de Antón Martín. Colgué el teléfono y aceleré el paso para abrazarla. Había conseguido olvidarme de la maldita cerveza. María 1, alcohol 1. Yo también había conseguido enterrar mi pasado, al menos hoy.

—Estoy muy orgullosa de ti—dijo mientras subíamos a casa.

—Está siendo muy difícil y, con lo que he escuchado hoy, casi vuelvo a mi infierno particular.

—Estoy ansiosa por que me cuentes.

Entramos en casa, decidí tomarme un refresco y fumar un cigarro. Carla me acompañó, hasta le dio un par de caladas. Sentadas en nuestro balcón comencé a relatar lo que me había contado Isadora. Carla estaba tan emocionada como yo después de pasarse casi dos horas escuchando atentamente todo lo que Isadora, mi abuela y su familia habían pasado. Se centró en Teresa, le llamó poderosamente la atención el apodo: la roja del pelo rojo.

—¿Qué pasó con Teresa, también fue una Feld-Hure? —No paraba de preguntar por ella.

—Carla, no le he hecho preguntas, no he querido interrumpirla, ha comenzado a contarme su historia desde el principio, desde que comenzó la guerra. Me ha dado pequeños apuntes sobre el campo, pero nada en concreto. Ellas deciden dejar esta ciudad por un soplo sin sentido. Se fueron persiguiendo un rumor, un fantasma.

—Un soplo sin sentido... Me he perdido, María.

—Pues que era muy complicado salir de España en aquellos años y lo que más me llama la atención es que Ignacio lo hizo, según Isadora, por Vigo. ¿Quién cojones puede estar tan loco como para pasarse a zona sublevada y salir por allí? No lo entiendo. No tiene sentido. No creo que el hermano fuera hasta Vigo, imagino que cruzaría y acabaría en algún campo de refugiados, quizás en la guerrilla o, cuando, comenzó la Segunda Guerra Mundial, se alistó en el Ejército soviético. No lo sé, lo que si intuyo es que me oculta cosas. Deberíamos seguir investigando en paralelo sobre Ravensbrück y la prostitución.

—Estoy de acuerdo —dijo Carla.

—Tampoco debemos olvidarnos de seguir buscando en esta casa, intuyo que hay más cosas escondidas, no paro de pensar en esa maldita caja de los feos recuerdos. He estado a punto de preguntarle por ella y hablarle de la nota, aún no consigo entender a qué se refiere lo del «recuerdo peligroso» y lo de los cimientos de la casa.

Carla se levantó y recuperó la famosa nota que estaba pegada debajo de la fotocopia de la imagen de Isadora con el pecho tatuado, la despegó cuidadosamente y la leyó:

—«¿Cuántos años vive una imagen? ¿Quién es la encargada de guardar las fotografías de esta familia? ¿Qué ocurre cuando el recuerdo es tan peligroso, o tan doloroso, que puede hacer tambalear los cimientos de una casa? No guardes esto en la caja de los feos recuerdos, puede ser peligroso».

—No entiendo nada, Carla.

—Puede que se refiera a su hermano, que nunca lo encontrase, no lo sé, es demasiado complicado.

—Si al menos diéramos con esa caja, igual solucionábamos el enigma.

—No te obsesiones, te lo va a contar, solo tienes que tener paciencia.

—Eso espero, no perderla y cagarla. ¡Gracias de nuevo por lo que has hecho hoy! Por cierto, mientras me hablaba de la noche en que se marcharon de Madrid, vio que su madre metía una bolsa de terciopelo en el bolsillo de mi abuela. Esa bolsa seguro que contenía el collar que nosotras hemos encontrado.

Antes de meternos en la cama, organizamos todas las notas que había tomado, escuchamos la grabación e hicimos una lista de prioridades. En las investigaciones históricas son fundamentales. Para seguir por un lado u otro, casi siempre el camino que se suele escoger no es el correcto, pero siempre descubres algo nuevo y fascinante.

Nosotras optamos por seguir recabando información de Ravensbrück; hasta ese momento, tan solo la lista de prisioneras nos había dado resultados.

Estaba muy cansada. Carla no tardó en dormirse, y yo eché mano de un lorazepam para que me ayudase a descansar: en mi cabeza había mucha información y, si me ponía a repasar la conversación con Isadora, no conseguiría conciliar el sueño.

Al día siguiente, llegué puntual a mi cita, Isadora esperaba en la puerta. El saludo de bienvenida había cambiado de forma radical, esta vez me dio un par de besos en la mejilla y yo lo agradecí.

VII

Por mi madre, por mi hermano, por mi padre y por todos los hijos de España

—Pilar, niña, ¡ya hemos llegado! —Mi nueva, beata y acaudalada madre me anunciaba que estábamos en Barcelona.

Nadie nos molestó en aquel interminable viaje. Las señoras de alta alcurnia en las que nos convertimos de un plumazo estaban un poco más cerca de mi hermano.

Me arreglé el pelo, me quité las legañas con un pañuelo y, sin que nadie, se diera cuenta me sorbí los mocos. Debía empezar a interpretar de verdad el papel que había diseñado para mí el partido, ya no podía comportarme como antes.

Bajamos del tren. El calor, para estar a finales de agosto, era insoportable; un calor húmedo y sofocante que apenas dejaba respirar. No sabría decir con exactitud si era el calor o el nudo en el pecho que se me había enganchado aquella noche que ya quedaba tan lejana. Parecía que había pasado una eternidad.

La verdad es que debíamos de dar el pego: en la estación aguardaban infinidad de muchachos dispuestos a llevarnos las maletas por unas perras. Por desgracia, estábamos más tiesas que ellos.

Tomamos nosotras las maletas y, como bien me había dicho Juliana, la pensión de doña Petra estaba a tiro de piedra, simplemente bajando la calle. Las tres estábamos preparadas para nuestro nuevo nacimiento. Listas para que empezase la función. Respiré hondo antes de decir.

—Recordad que ahora somos otras personas.

Mi madre temblaba a pesar del calor. La puerta de entrada a la finca estaba abierta. Subimos al primer piso, cogí a mi madre fuertemente de la mano y llamé al timbre. Parecía que no había nadie; insistí. Teresa estaba empezando a impacientarse y no nos interesaba que le saliese ese genio suyo.

—Ya voy, ya voy.

Al escuchar aquellas palabras me tranquilicé. La puerta se abrió y tras ella apareció una señora bastante mayor, podría ser mi abuela, con el pelo blanco y vestida de negro, como todas. Se notaba que la guerra también había hecho estragos en el rostro de aquella mujer.

—¡Buenos días!

—¡Buenos días! ¿Tiene usted una habitación para tres? Somos la familia Prieto de Leza. Esta es mi madre, Concha Prieto de Silva, y esta, mi tía Manuela. Yo soy Pilar.

—Desde luego, señoras, pasen ustedes.

Petra nos metió en su pensión a empujones y cerró la puerta.

—¡Dejémonos de bobadas!, ya estáis aquí —dijo Petra mientras nos abrazaba—. La pensión es segura y esta noche vienen a por vosotras el polaco y el *Garçon*. Ahora vayamos a la cocina y repasemos el plan; en el pasillo no, mi vecina de enfrente no es de fiar. Siempre está con la oreja pegada a la puerta y el ojo en la mirilla. Hoy está pendiente todo el día, ya que esta noche se han pasado toda la madrugada matando a tiros y a culetazos los cabrones de los fascistas. Por el balcón podía ver cómo iba cayendo un camarada detrás de otro. Todavía están las manchas de sangre en la calle, la tierra aún palpita. Esta mañana, muy temprano, los han cargado en un camión y se los han llevado. Temí por vosotras, no tenía idea de la hora de vuestra llegada y pensé que no sería muy agradable que os dierais de bruces con semejante espectáculo. Mejor así, os han ahorrado el mal trago de ver a las pobres criaturas inertes. Como sigan asesinando, no quedará tierra alguna para meterlos a todos.

—En Madrid está sucediendo lo mismo—dijo Teresa mientras la señora Petra nos acomodaba en su cocina.

—Os puedo ofrecer un plato de sopa de fideos con garbanzos y un buen pedazo de pollo.

—¡Fideos, garbanzos y pollo! —dijo mi tía admirada—. En Madrid solo hay mondaduras de patata y corruscos de pan.

—Aquí también, esta semana tenemos suerte. Los compañeros están muy bien organizados y robaron al cura de la parroquia de la esquina. El padre Andrés es maricón perdido, y los nuestros lo saben. Más que un robo, fue un trato, un pacto entre caballeros. Todos mantenemos la boca cerrada por nuestros propios intereses y el cura sigue haciendo lo que más le gusta: encamarse con un muchacho de veinte años, hijo de un anarquista. Es su protegido y nuestro topo particular. En cuanto que le llevan comida a la parroquia, Fidel, nuestro camarada, nos lo sopla, y vamos a recordarle al curita lo maricón que es, y que como se enteren los falangistas, le pegan un tiro en las pelotas. El pobre muchacho está muy enamorado del sacerdote, pero ama más a su pueblo y conoce el hambre que estamos pasando.

—Buen trato —dijo la tía Teresa.

Después de zamparnos aquel simulacro de cocido, que era un manjar de los dioses, estuvimos repasando todo lo que Justo nos había dicho en Madrid. En cuanto terminamos, doña Petra nos acompañó hasta nuestra habitación. Debíamos descansar, ya que a las doce de la noche comenzaba, otra vez, nuestro particular teatrillo.

Mi tía parecía que se había quedado muda. Se tumbó en la cama, se puso los brazos sobre la cara y no quiso saber nada de nosotras por unas horas, ni del plan de huida. Estaba cansada de nuestro particular exilio, y eso que no había hecho más que empezar. Mi madre decidió hacer lo mismo, con la diferencia de que me pidió que me acostase con ella hasta que se durmiese, ¡parecía tan desamparada! Era como si desde que empezamos el viaje, yo fuese la madre y ellas estuviesen a merced de lo que yo les dijera. No me agradaba verlas tan dependientes.

Cuando mi madre y mi tía se quedaron dormidas me levanté, salí de nuestra habitación y caminé por la desconocida casa. Era enorme, con un montón de puertas en un pasillo inmenso que parecía no tener fin. Me recordaba un poco a mi hogar, pero el nuestro más pequeño y humilde. Al final del pasillo vi una luz, la seguí, y allí, en un salón muy espacioso con tres balcones a la calle, estaba Petra sentada con otras dos mujeres. Al verme, una de ellas hizo un gesto y se callaron. Yo era una completa desconocida para ellas y entendía que mi presencia les resultase incómoda.

—Señora Petra, ¿me da usted un vaso de agua?

—Sírvete tú misma, Pilar—me respondió.

—Sí, señora.

—¿Quieres sentarte con nosotras?

Una de aquellas mujeres le dijo a Petra que no era seguro que una cría escuchara sus conversaciones, que no me conocían y que no era de fiar. Hablaban de mí en mis propias narices, como si fuera un fantasma. Me limité a decir que no quería importunarlas y que ya me marchaba. Petra insistió.

—No te marches, *noieta*, no es necesario. Esta niña es de fiar—se dirigió a las otras—, podemos seguir hablando, tranquilas. Es hermana de Ignacio y ella, junto con su tía y su madre, cruzará esta noche.

En ningún momento Petra se dirigió a mí con mi verdadero nombre. Al escuchar el nombre de mi hermano, una gran sonrisa iluminó mi cara.

—Petra, ¿usted sabe algo del paradero de Ignacio?

—Sé lo que todos sabemos: que debe de estar en París con los que lograron salir antes de que terminara la guerra. Unos días antes de partir hacia tierras gallegas estuvo aquí, en la pensión.

—Entonces, ¿está vivo? —pregunté.

—Creemos que sí. Las comunicaciones son complicadas. Tu hermano, después de conseguir salir de Madrid, estuvo un tiempo en el monte, junto con algunos compañeros guerrilleros. Consiguieron bajar de la sierra y, antes de ir a Francia, estuvo aquí. Venía porque lo mandó mi hijo, pasó una noche y, al día siguiente, muy temprano, se marchó junto con otros cuatro camaradas. Es un buen muchacho y un superviviente nato. No me cabe duda de que estará en París dando guerra. Esa noche me contó muchas cosas sobre ti y su familia y lo mucho que os quiere. No he vuelto a saber nada de él. Se despidió por la mañana, me dio un achuchón y me dijo: «Petra, dejamos España, no la abandonamos. Nunca se me ocurriría abandonar mi país. Poco se puede hacer aquí. La guerra la vamos a perder, usted sabe que no me voy por cobarde, me voy para seguir peleando. Hay que intentar que Europa tome parte y luche por defender la República. Hay mucho que hacer. Seguimos desde otro sitio, habrá que devolverle a este país la dignidad». Me abrazó, se despidió con el puño en alto y se marchó.

—¿Y por qué no ha escrito a casa o ha enviado a alguien para decir que estaba vivo? No puede imaginarse el sufrimiento de mi madre pensando en su paradero.

—Hija, todo lo que ha hecho tu hermano lo ha hecho por vuestro bien, no quería meteros en líos: cualquier carta habría sido vuestra sentencia de muerte y él lo sabía. Por eso nunca tuvisteis noticias suyas. Tenía claro que debía sacrificar toda comunicación con su familia, no quería poneros en peligro. Apostó por defender la República para que los privilegios de las mujeres no les fueran arrebatados.

—¿Su hijo también está en Francia?

—No tuvo tanta suerte como tu hermano. Me lo mataron, Pilar.

—La acompaño en el sentimiento, señora Petra.

—Gracias, hija, siempre es agradable que te acompañen en tu dolor, aunque venga de una desconocida.

No quise preguntar más. Me senté en una butaca al lado de una de las grandes ventanas y me limité a escucharlas, aunque la verdad es que no conseguía entenderlas, hablaban en catalán, un idioma prohibido desde que terminó la guerra y su uso castigado con la pena de muerte. Debían de pensar como mi tía, que siempre decía que cada uno en su casa hace lo que le sale de las narices. Mi madre, al contrario, opinaba que las paredes oyen y que lo mejor es ser discreto hasta en casa. La verdad es que poco me importaba lo que tramaran. Ignacio estaba vivo y eso era lo único que me interesaba.

Decidí dejarlas, estaban muy ocupadas conspirando contra los fascistas. Eso es lo que imaginé. Corrí al cuarto donde descansaban las hermanas García. Lo más importante ahora era contarle a mi madre que Petra había estado con Ignacio. Entré en la habitación como un huracán.

—Madre, tengo buenas noticias sobre Ignacio, ¡está vivo!

—¿Quién te ha dicho eso?

—Petra. Ignacio estuvo aquí, en esta misma casa en la que está usted ahora. El hijo de doña Petra e Ignacio lucharon juntos, el pobre no tuvo tanta suerte y murió en una emboscada al bajar del monte. Nuestro Ignacio lo consiguió y logró llegar hasta aquí. También me ha dicho que se fue a Francia.

Mi madre se levantó y se dirigió a la puerta.

—¿Dónde está Petra? —preguntó.

—Es mejor que no la moleste, está ocupada con unas mujeres en el salón. No le va a decir nada más, la última vez que lo vio fue en 1937. Ahora hay que tener un poco de paciencia. Ya no queda mucho, lo más difícil está hecho. En pocas horas vendrán a por nosotras y estaremos cruzando, todo habrá terminado.

No me hizo caso, salió como un vendaval a buscarla. No tardó en dar con ella, seguía donde yo la había dejado. Petra despidió a las visitas y no dudó ni un segundo en atender a mi madre; se pasaron la tarde hablando.

Ahí estaban dos mujeres, dos madres, que lo único que tenían en común eran sus hijos y el amor que les tenían. Un amor sin límites, dispuesto a cruzarse todo un país ya confiar en cualquier desconocido que le diera un aliento de esperanza; mi madre solo quería volver a abrazar a su hijo antes de morir. Petra, sin embargo, no podría hacerlo nunca más.

Los acontecimientos se desarrollaron según el plan. Todo estaba atado y bien atado. El polaco y el *Garçon* nos esperaban en la puerta de la pensión de doña Petra. Las señoras ricachonas volvieron a lucir sus mejores galas para cumplir su promesa.

Petra se despidió de nosotras y entregó a mi madre una bolsa con pan y dos butifarras de huevo.

—Cortesía del cura—le dijo mientras le guiñaba un ojo.

Nuestros nuevos acompañantes eran hombres castigados, como todos, por la misma guerra. El francés vestía uniforme militar y el polaco iba disfrazado de chófer. Todo bien organizado para no despertar sospechas. Nos volvimos a despedir de Petra y emprendimos la segunda etapa del viaje. París nos esperaba.

Al cruzar la frontera, pude darme cuenta de que las cosas no estaban tan bien como yo me las había imaginado. La tristeza inundó todo mi ser. Las carreteras estaban repletas de hijos de España. Desechos y maltrechos. Sin lavar ni afeitar, sucios, cansados, destrozados y enfadados. Allí estaban los que se alzaron sin nada, solo con sus manos, frente al fascismo, a su manera, como buenamente pudo cada uno. Todos éramos perdedores.

Demasiado triste. Nadie se ocupaba de nadie. Mujeres, ancianos, jóvenes y niños con el corazón en la boca, mordiéndolo fuertemente para que no se les cayera al suelo. «¡Qué rara es la vida cuando se duda!», pensé. Con aquellas imágenes de caminos fangosos repletos de compatriotas, me vinieron a la cabeza mil dudas. No habíamos llegado a París y todo lo que giraba alrededor mío se empezaba a derrumbar. Una extraña sensación se apoderó de mi ser. Solo entonces fui consciente de que aquel plan tan bien estudiado y ejecutado había sido un error. Nunca encontraríamos a Ignacio. No quería desilusionar a mi madre, pero nada era como yo esperaba, cualquiera de las personas que deambulaban por los caminos podría haber sido mi hermano: ¿y si al cruzar murió de hambre? ¿O no lo consiguió y lo asesinaron? No era capaz de imaginármelo con vida y ese pensamiento se instaló en mi cabeza y no conseguía deshacerme de él. Ya no había marcha atrás, debíamos seguir: por mi madre, por mi hermano, por mi padre y por todos los hijos de España.

VIII

La muerte de un sueño: campo de Argelès-sur-Mer

El viaje se estaba haciendo interminable y muy duro. Durante el trayecto, tuvimos tiempo de intimar con nuestros nuevos compañeros. El polaco era un hombre muy callado, no le gustaba mucho conversar; sin embargo, el *Garçon* no dudó en hablarnos de la relación que había mantenido con mi hermano.

—Aterricé en el verano del 36, ese verano tan caluroso, caótico y esperanzador. Fui de los primeros en llegar a Albacete desde Toulouse para inscribirme como voluntario y unirme a la lucha de vuestro pueblo frente a la agresión franquista. En cuanto Largo Caballero firmó el decreto de aprobación de las Brigadas Internacionales, puse rumbo hacia la Peña del Alemán. Fue allí donde conocí a Ignacio, a tu padre también, pero no tuvimos mucha relación. Combatimos en el frente de Somosierra hasta que tu hermano y unos cuantos camaradas una noche tomaron la decisión: debían seguir en Francia. Yo le acompañé en el viaje hasta Barcelona. Pero una vez en la Ciudad Condal decidí quedarme, no estaba dispuesto a abandonar la lucha armada, no compartía las ideas de tu hermano. Vine a vuestro país para defender al gobierno de la República, y decidí quedarme hasta el final.

—¿Y cuándo te marchaste?

—Cuando vuestro Gobierno ordenó la evacuación de Barcelona.

El 28 de enero de 1938, el ministro republicano del Estado, Julio Álvarez del Vayo, consiguió que el Gobierno francés abriera la frontera para acoger a miles de refugiados civiles. En febrero, las autoridades francesas también aceptaron la entrada de los combatientes a cambio del desarme y el internamiento en campos de refugiados. Unos meses más tarde, el Gobierno de la República anunciaba la retirada de las Brigadas Internacionales.

—A las cinco de la tarde del 28 de octubre —continuó el *Garçon*—, seis mil combatientes tuvimos que abandonar vuestro país. Los altavoces desplegados por toda Barcelona anunciaron el inicio del desfile con tan solo veinte minutos de antelación. La prudencia impedía hacerlo antes. Franco estaba afianzado el otro lado del Ebro y utilizaba la aviación para bombardear Barcelona. Pero nada de esto impidió que más de doscientas mil personas salieran a la calle para brindarnos una cálida despedida. El recorrido comenzó en el palacio presidencial, atravesando la avenida 14 de abril hasta alcanzar el paseo de Gràcia y la plaza de Catalunya. Marchábamos sobre una alfombra de flores, la multitud nos daba las gracias y las madres nos hacían besar a sus bebés. Fue algo que no volveré a ver en mi vida, mis ojos estaban llenos de lágrimas, la despedida fue inolvidable. La ceremonia estuvo presidida por Azaña, Negrín, Martínez Barrios y Lluís Companys. El acto concluyó con el emotivo discurso de la Pasionaria, que me sé de memoria: «No os olvidaremos, y cuando el olvido de la paz florezca, entrelazado con los laureles de la victoria republicana, ¡volved! Aquí encontraréis patria, amigos, los que tenéis que vivir privados de amistad, y todos, todos, el cariño y el agradecimiento del pueblo español, que hoy y mañana gritará con entusiasmo: ¡VIVAN LOS HÉROES DE LAS BRIGADAS INTERNACIONALES!».

Con cada palabra que pronunciaba el *Garçon*, tía Teresa y yo nos ahogábamos en un mar de lágrimas. Así fue como terminó el sueño de nuestro nuevo camarada francés. Fue obligado a cruzar la frontera en Le Perthus. Todos los puestos fronterizos estaban colapsados. Aun siendo ciudadano francés, terminó en Argelès-sur-Mer.

Mi madre dormía mientras avanzábamos por carreteras oscuras y sin tráfico. El cansancio, la edad, la espera y la emoción habían hecho mella en ella. Sin embargo, tía Teresa y yo no dejamos ni un minuto de escuchar a aquel francés desgarbado, en realidad, un niño, tan solo tenía veinticuatro años, pero había vivido como si tuviera cien. Era flaco con la piel pegada a sus huesos y los ojos hundidos, nunca podré olvidar su mirada mientras nos contaba lo que le sucedió en aquel lugar desconocido para mí

—Argelès es un lugar infernal—dijo—, es un campo llamado de refugiados situado al sur de Francia, sobre la playa, sin más infraestructura que una alambrada para contener a todos los republicanos que, como vosotras, han decidido cruzar. Como si perder la guerra no fuera castigo suficiente. Mis compatriotas no saben qué hacer con vuestros compatriotas y los están encerrando en campos de concentración improvisados, pues eso y no otra cosa es Argelès. Están rigurosamente vigilados y realizan trabajos forzados para empresas francesas simpatizantes de los alemanes.

»Llegué en noviembre y, en las noches más apacibles, el termómetro marcaba menos dos grados. Todos los desgraciados que llegamos a finales del 38 dormíamos a la intemperie, en esa playa que mi gobierno había demarcado, donde no había ni un techo, ni un cobertizo, ni una palmera... No había más que arena que desembocaba en el mar Mediterráneo. Tampoco había mantas para taparse, ni madera para hacer fuego, y la comida que nos daban era insuficiente; a veces, un pan; otras, un potaje helado, otras un poco de café. Los cinco primeros días no se nos proporcionó agua ni alimentos. Escarbábamos agujeros en la arena, una especie de madriguera que no nos protegía del frío, pero sí de la tramontana, el viento helado que no paraba de soplar. En el campo de concentración de Argelès-sur-Mer no había letrinas, nos lavábamos en el agua congelada del mar y después nos secábamos tiritando al sol. Nadie podía salir porque el perímetro del campo estaba vigilado por soldados de las tropas coloniales francesas del norte de África, que tenían la orden de disparar si veían a alguien tratando de huir. No había servicio médico ni medicinas, ni nadie que nos ayudara. En Argelès-sur-Mer, cuando yo llegué, había hombres, mujeres y niños, pero unas semanas más tarde comenzaron a llevarse a las mujeres y a los niños a otros campos de concentración menos inhóspitos, con un poco de infraestructura y, más que nada, alejados del mar y de la arena, ya que, después de varias semanas, producía una dolencia que fue bautizada como «arenitis». La arenitis era el hartazgo de arena, la desesperación de estar continuamente atacado por ese elemento, y el picor y la resequedad y las llagas monstruosas que a la larga producía en la piel.

»Durante este año, el campo de concentración ha ido experimentando cambios. Hay prisioneros que han quedado libres, como yo, porque fueron reclamados por sus familias francesas. Ahora me dedico a cruzar a gente como vosotras para que no pasen por ese horror.

—Entonces, ¿todos los compatriotas que hemos visto al cruzar la frontera terminaran en campos de concentración como el de Argelès? ¿Puede que mi hermano estuviera allí? ¿Crees que ha podido fallecer en Argelès?

El *Garçon* no me contestó.

El silencio presidió nuestro viaje hasta París.

IX

La ciudad de la luz

Llegamos a París agotadas. Yo tenía la sensación de que nuestro exilio había sido en vano. Creo que la única que conservaba la esperanza era mi madre. Desde que el *Garçon* nos contó su historia, no dejaba de pensar: ¿y si mi hermano estaba en uno de esos campos?

Nos condujeron hasta la puerta de lo que sería nuestro nuevo hogar. Una mujer de mediana edad, con una impresionante cabellera negra y unos ojos enormes, también negros, nos esperaba. Se llamaba Danielle Casanova. Nos saludó de una forma muy correcta y poco amistosa, ya que tenía algo relevante que contarnos. Alemania había bombardeado el aeropuerto de Varsovia la madrugada del 1 de septiembre. No me podía creer lo que aquella mujer estaba diciendo en un español un poco deficiente, aunque al menos tenía la delicadeza de hablar en nuestro idioma al comprender nuestra situación:

—Varsovia disfrutaba de sus últimos días de verano, los inviernos en Polonia suelen ser muy duros —Dimitri puede corroborar lo que estoy diciendo—. El 31 de agosto fue un día muy caluroso. Nadie quería despedir al estío y tampoco intuyó lo que su vecina Alemania había planeado. Al caer la noche, la calma solo era aparente. El primero de septiembre, al amanecer, la Lutwaffe, las fuerzas aéreas alemanas, bombardearon no solo el aeropuerto, sino también los barrios de su alrededor. Las primeras víctimas de Hitler en Varsovia murieron mientras dormían, perdieron la vida sin saber que Alemania acababa de invadir su país.

El polaco no daba crédito a lo que su camarada estaba contando. Comenzaba otro tiempo. Un tiempo nuevo, otro conflicto bélico. Habíamos pasado de una guerra a otra sin apenas darnos cuenta, como quien va saltando casillas de un juego de mesa para niños. Lo más triste es que lo que se nos venía encima no era un juego. No sé si mi cabeza, mi cuerpo y mi alma estaban preparados para afrontar otras batallas en un lugar completamente desconocido para mí.

Con esta noticia, Danielle tenía cosas más importantes que hacer, estaba claro que no podía ponerse a buscar a Ignacio. Después de darnos la bienvenida con tan inesperados acontecimientos, nos entregó las llaves de nuestro nuevo hogar, nos dijo que debíamos compartir la casa con una compatriota y que pronto tendríamos noticias suyas. Se subió en el coche con el polaco y el *Garçon* y se marchó. Estábamos solas y en guerra. Subimos las escaleras hasta la buhardilla. Nuestra casa era una habitación minúscula con un catre y un colchón. Ni cocina ni baño. Un cuchitril que debíamos compartir con otra mujer española que no sabíamos cuándo llegaría. Al menos podríamos desahogarnos en nuestra lengua materna, pensé. Siempre es menos complicado contarle tus miserias a un desconocido, probablemente no te va a juzgar porque le importa muy poco lo que te suceda.

El partido no nos podía ofrecer grandes comodidades. Juliana dejó claro que, una vez que estuviéramos en nuestro destino, encontrar a Ignacio era cosa nuestra. También nos advirtió de que las cosas estaban poniéndose muy feas en Europa. Nunca nos mintió. La noche fue larga y difícil. Al día siguiente, alguien llamó a la puerta; no esperábamos a nadie. Sería nuestra compañera, la mujer española.

—Señoras, soy Danielle. —Tía Teresa no tardó en abrirle la puerta—. Buenos días, quería pedirles disculpas por mi comportamiento en el día de ayer, fue un día complicado. Tengo sus nombres por algún sitio apuntados. —Rebuscó en los bolsillos de su pantalón y sacó una nota con nuestra identidad falsa y el motivo de nuestra salida de España—. No puedo ayudarlas a buscar a su familiar. Pero intentaré ponerlas en contacto con algunos de sus compatriotas que llegaron el mismo año. Mientras tanto, pueden pasarse por el Petit Poison, un pequeño café regentado por un español, su nombre es Tomás y es allí donde se organiza la red clandestina que ayuda a cruzar los Pirineos. Puede que él sepa algo. No está muy lejos de aquí.

—¿Puede apuntarnos la dirección? —preguntó mi madre, entusiasmada.

—Desde luego, no tiene pérdida. —Volvió a meter la mano en el bolsillo del pantalón, sacó una pequeña libreta de notas y un lapicero y nos apuntó la dirección. También nos hizo un sencillo dibujo para no perdernos.

—Muchas gracias, para mí es importante encontrar a mi hijo.

—De nada, en unos días volveré a verlas. Les daré un poco de dinero, no es demasiado.

Sobre la mesa dejó un sobre y se marchó. Ninguna de las tres dijimos que no era necesario. Lo era, teníamos el poco que Sole nos entregó, pero era dinero español; igual en ese café el tal Tomás podría cambiarlo. Necesitábamos dinero, el partido no nos iba a mantener todo el tiempo y más con la que se estaba gestando. Tía Teresa abrió el sobre y había bastante: no sabíamos de francos franceses, pero el sobre tenía un buen puñado de billetes.

—¿Quién está dispuesto a mantenernos? —dije.

—Este dinero no es gratis, Isadora. Tiene condiciones, aún no sabemos cuáles, pero pronto nos enteraremos —me respondió Teresa.

Por la tarde decidimos ir al café y buscar a Tomás. No tuvimos que caminar demasiado: tal y como Danielle nos había dicho, estaba muy cerca.

El café era diminuto, apenas tres mesas y una minúscula barra que regentaba un señor de pelo escaso y corpulento. El local estaba lleno y el idioma oficial era el nuestro. Nos acercamos a la barra y tía Teresa preguntó por Tomás.

—¿Quién pregunta por él?

—Mi nombre es Manuela, Danielle Casanova nos ha dicho que preguntásemos por Tomás, estamos buscando a un familiar.

—Soy yo. ¿Cómo se llama la persona que buscan?

—Ignacio Ramírez García, debió de llegar a finales de abril o mayo de 1937.

—No me suena, pero hay camaradas aquí desde ese año: pueden preguntar a la señora que está en esa mesa —dijo señalando a una mujer—, se llama Marina y ha ayudado a cruzar la frontera a muchos compatriotas.

Teresa agradeció la información, pidió tres cafés y, mientras nos los sirvieron, se dedicó a observar a la tal Marina. Era muy joven, vestía de forma muy elegante, con un sombrero con ala. Aparentaba tener mucho dinero. Nos acercamos a la mesa donde estaba y nos presentamos: seguro que ella tampoco se llamaba Marina. Le preguntamos por Ignacio y nos dijo que no sabía nada. No podíamos saber si nos estaba diciendo la verdad, pues nadie nos conocía y no se iba a jugar la vida. Tía Teresa comentó que teníamos que volver con Danielle o con alguien que llevase más tiempo en el país. Nos fuimos con mal sabor de boca del café.

Lo intentamos de nuevo al día siguiente y tampoco hubo suerte. Necesitábamos a nuestro contacto o a la mujer española que aún no había llegado a la casa.

Danielle vino a visitarnos por la tarde con la nueva inquilina. Se llamaba Constanza y era madrileña, de la calle Argumosa. Estaba de paso en París, esperaba a una compañera para viajar a su próximo destino, Nantes. Tras las presentaciones, Danielle nos pidió que la acompañásemos. Tenía algo que contarnos. A mi madre le sugirió que se quedase en casa por si alguien traía noticias de Ignacio. Estaba claro que nadie conocía nuestra existencia, no sabía por qué razón no podía acompañarnos, pero tía Teresa lo tenía claro. Mientras Danielle conversaba con mi madre y Constanza, la roja del pelo rojo me susurró al oído:

—¿Te acuerdas del dinero que nos ha dado? Creo que es hora de empezar a devolverlo...

Fuimos con Danielle al Petit Poison. Al llegar, Tomás la saludó con cariño. Tía Teresa nunca se equivocaba: Danielle era la clave. Tomás nos condujo hasta otra habitación, un habitáculo muy pequeño donde guardaba bebidas, retiró una pila de cajas de la pared y nos invitó a entrar:

—Señoras. Vicente os está esperando.

Bajamos unas escaleras oscuras que conducían al sótano de aquel pequeño café, un lugar que olía a rancio del que nadie se ocupaba. Allí había un hombre muy delgado y no muy alto. Danielle hizo las presentaciones. Teresa no dejaba de mirarlo, el antro no tenía mucha luz y no podíamos vernos con claridad.

—¿No te acuerdas de mí? —le preguntó mí tía—. Soy Teresa García, compañera de Amancio. Colaboraba en la Asociación Libre de Mujeres, nos conocimos en Madrid. Todos los compañeros en Madrid me conocían como... —Antes de que tía Teresa terminara su frase, Vicente y ella dijeron a la vez—: la roja del pelo rojo.

—¡Cómo no voy a acordarme? —continuó Vicente—. Te conoce todo Madrid y media España, y seguro que te terminará conociendo todo París y el mundo entero. La Sole, Elvirita y tú erais insuperables. Me ha despistado tu nombre nuevo y tu pelo está diferente. ¿Amancio está en París? ¿Qué ha sido de esas dos? Imagino que siguen por Madrid dando guerra.

—Amancio se ha quedado en Madrid, como la Sole, que sigue con su pensión, dando asilo a quien se queda en la calle; a él lo tengo escondido en mi casa. La mitad de los compañeros que no han conseguido exiliarse están en la sierra y la otra, tras las cómodas de las habitaciones. No puedes imaginar los agujeros que tienen los pisos. El plan es que, en cuanto se calmen las cosas un poco por allí, salga y venga aquí, como nosotras. Elvirita murió. La cogieron y la fusilaron el 7 de agosto junto a su hermana Casilda y su sobrina Pepita. Y el cambio de color de mi pelo se debe al plan organizado por el partido.

— ¡Lo siento! Elvirita era imparable. Bueno, vamos a dejar de contarnos las penas, que se nos remueve el alma y, por desgracia, volvemos a estar en guerra. Tenemos que mantenernos enteros. Por cierto, vosotras ¿qué estáis haciendo aquí?

Danielle intervino en la conversación, no estaban allí para recordar batallas de una guerra pasada y perdida. Contestó a la pregunta que Vicente le había formulado a mi tía.

—El partido las ha sacado de Madrid y las trajo a París. Buscan a un familiar, Ignacio Ramírez García. Pasó en 1937.

—Seguro que tarde o temprano dais con él. Aquí la mayoría utilizamos nombres que no son los nuestros y puede que esté en cualquier otro grupo organizado con una identidad falsa. Intentaré enterarme de algo, no os preocupéis —dijo Vicente—. Y tú, jovencita, seguro que no te llamas Pilar. ¿Cuál es tu verdadero nombre?

—Isadora Ramírez, soy la hermana de Ignacio.

—Menudo nombre. ¿Y también eres bailarina y revolucionaria?

—No, señor, yo solo quiero encontrar a mi hermano.

Vicente López Tovar era republicano, comunista y madrileño, miembro del partido e íntimo amigo del amante de la roja del pelo rojo. Había participado en la defensa de Madrid y en la batalla del Ebro. Había huido a Francia dos veces, la primera en febrero del 39 —ocho días más tarde, regresó a España bajo las órdenes de Juan Negrín—; la segunda, el 7 de marzo. Volvió con un objetivo: organizar a los maquis y fundar, en aquella primavera que queda tan lejana, la Agrupación de Guerrilleros Españoles, la AGE. Todo esto nos lo contó esa misma tarde. Era común entre españoles, nos caracterizaba esa camaradería: incluso estando el mundo patas arriba, se necesitaba un rato con los compatriotas, era la única manera de sentirnos un poco más cerca de nuestra España. Sin embargo, Danielle estaba hecha de otra pasta. Era metódica y muy eficiente, no le gustaba perder el tiempo hablando del pasado, estaba demasiado ocupada con el presente, intentando arreglarlo, para conseguir un futuro libre de fascismos. No tardó en interrumpir la conversación.

—Vicente, cuéntanos las novedades.

—Compañeras, imagino que estáis enteradas. Tres días después del bombardeo de Varsovia, los alemanes han entrado en la ciudad, la han conquistado y esta ha capitulado sin condiciones. La gente ha salido a la calle a ver desfilar las tropas. La URSS no se estará quieta, intentará invadir lo invadido por Alemania, estoy casi seguro. Nos espera una guerra más dura y complicada que la que acabamos de vivir. Espero que estéis dispuestas a colaborar en la lucha. Danielle os dará indicaciones.

No lo dudamos ni un segundo, menos aún tía Teresa, por sus fuertes convicciones y por recordar viejos tiempos. A ella, como se suele decir, le iba la marcha, no podía estar allí de brazos cruzados, sin hacer nada. Pero, sobre todo, lo hacía por su querido anarquista: cuanto antes se derrocara a los nazis, antes caería el caudillo. Constanza, desde que abandonó primero Madrid y después Barcelona, no había dejado ni un segundo de pelear: lo suyo, como en Teresa, era innato. La vida le ofrecía una segunda oportunidad para derrocar al régimen franquista y tenía claro que no la iba a dejar pasar. Yo, sin embargo, tenía otros motivos: encontrar a mi hermano, por mí, por él y, sobre todo, por mi madre. La Guerra Civil me pilló muy joven; tres años después era toda una mujer, había madurado más en los últimos meses que en los años de contienda. Era hora de hacer algo por mí y por los demás. En Madrid apenas salía de casa, solo para correr a refugiarme de los bombardeos, y después de la guerra no había tenido tiempo de plantearme qué quería hacer con mi caótica vida. Así que decidí unirme a la causa.

Con el tiempo, Danielle se convirtió en alguien imprescindible en nuestra nueva vida, era una versión francesa de nuestra Sole. Había nacido en Córcega, pero llevaba en la Ciudad de la Luz desde 1927. Se había trasladado a la capital a estudiar Odontología. Estaba casada y trabajaba en un periódico; y era un pilar fundamental no solo para nosotras, sino también para lo que se estaba gestando a la sombra y en los tugurios de París, por los que nadie se preocupaba. Aquella era nuestra ventaja. Podíamos movernos como pez en el agua, nadie sospechaba de las mujeres y menos de una cría de diecisiete años con cara y cuerpo de niña, pero con alma de vieja, desgastada por todas las vivencias. Danielle era comunista, como todos, y con fuertes convicciones feministas. Había creado la Unión de Jóvenes Francesas en 1936. Aquel movimiento antifascista consiguió enviar suministros de socorro a las fuerzas republicanas españolas, y logró alimentar a cientos de niños que estaban hambrientos e indefensos. Era una mujer increíble, como todas las de mi vida. Trabajábamos bajo sus órdenes, nuestras labores consistían en reclutar españoles llegados a París, pasar información de un comando a otro y guardar armas en nuestra pequeña cochiquera llamada hogar. Puede sonarte raro, pero, hasta que los alemanes invadieron París, fueron los mejores días de mi vida.

Así, con el tiempo, mientras la sombra de mi hermano comenzaba a diluirse, yo estaba inmersa en la trasmisión de mensajes, en reuniones clandestinas en casas de reputados periodistas franceses, médicos, ingenieros...Allí no había estatus ni clases, todos estábamos en el mismo barco. Me sentía yo misma, por primera vez era libre para tomar mis propias decisiones, aunque pudieran costarme la vida. Nunca me había sentido tan libre, tan mujer. Era joven y comunista, mi destino estaba en la Ciudad de la Luz, que cada día se iluminaba un poco más para mí. Ya no era una ciudad enrarecida y oscura, formaba parte de la Resistencia. París era Madrid y Madrid era París. Distinto escenario, pero la misma lucha por la misma causa. París consiguió hacerme libre, podía hacer lo que quisiera con mi vida. Hasta morir, si era necesario.

X

EL PRINCIPIO DEL FIN

Inglaterra y Francia terminaron declarando la guerra a Alemania. En 1940, toda Europa estaba en guerra. Los países europeos solo tenían dos opciones: rendirse a los alemanes y colaborar, o huir a un país libre y animar a la Resistencia. A París llegaba gente cada día: belgas, noruegos, daneses... Sus gobiernos se habían rendido y ellos no estaban dispuestos a someterse a los nazis.

Con los nuevos habitantes, llegaron también los familiares bombardeos. No vinieron solos, sino cargados de recuerdos de días oscuros y dolorosos. La sensación era la misma: la angustia se apoderaba del cuerpo y te paralizaba. «¿Cómo es posible no volverse loca?», me preguntaba una y otra vez. El corazón se te encogía cuando escuchabas el ruido de las sirenas, había que correr hasta el refugio y empezar a notar de nuevo la falta de aire. Con cada proyectil que caía sobre la ciudad, los recuerdos más duros inundaban mi cabeza y las lágrimas brotaban sin apenas darme cuenta. Lo único que me reconfortaba contra aquel sonido ensordecedor era mi madre: abrazada a ella, me acurrucaba como cuando era niña y me asustaban los truenos y los relámpagos que iluminaban mi cuarto. El 3 de junio fue el primer bombardeo. Las bombas de la Luftwaffe esta vez no caían sobre Varsovia, lo hacían sobre nosotras. La ciudad quedó herida de muerte, estaba irreconocible.

A partir de junio tuvimos constantes alertas que duraban hasta dos horas. Una vez pasado el peligro, debíamos permanecer en el refugio más de media hora para estar seguras de que todo había terminado. Para matar el tiempo, la gente escribía en las paredes, estaban llenas de inscripciones, muchas de ellas en español, como:

Cuando a un lugar como este vengo, sea para soñar que todo ha terminado, me acuerdo de ti, maldito Adolfo, con tu larga cara alocada.

Hitler es estúpido y un miedoso. Sabes muy bien que quien la hace la paga.

Noche de domingo. Otra semana ha terminado.
Se acaba, como todas, siempre vacía, pesada y sin flores. ¿Hasta cuándo?

Después de los primeros ataques aéreos, muchos no lo soportaron y no se lo pensaron dos veces. Tomaron la decisión de salir de la capital francesa. Los alemanes no tardarían en llegar. El problema es que nosotras ya habíamos huido de una guerra y no teníamos la oportunidad de regresar. Era imposible exiliarse del propio exilio. Estábamos atrapadas y aferradas al fantasma de Ignacio, y la idea de no encontrarlo nos machacaba por dentro. Además, era demasiado peligroso. Isadora, Teresa y Carmen habían muerto una madrugada a finales de agosto de 1939. Los muertos, por desgracia, no regresan de las tumbas.

En los días posteriores a los bombardeos, siempre sucedía lo mismo: se producía un verdadero exilio. Las calles de París se abarrotaban de gente. Gente desesperada. Cada uno escapaba como podía: se marchaban en bicicleta, con carros atados a ellas y con su vida cargada a la espalda; a pie, en coche o en autobús. Formando grandes atascos. Colas interminables de vehículos conducidos por chiquillos o mujeres que, muchas veces, terminaban chocando entre sí. Era el fruto de la poca práctica de conducir y de la desesperación por escapar antes de que llegasen los nazis.

Lo que más me preocupaba era mi madre. No sabía si podría soportarlo. La guerra estaba encima e Ignacio seguía sin aparecer.

Danielle apareció un día en casa sin avisar, traía un mensaje urgente de Vicente para mí: necesitaba verme en el Petit Poison lo antes posible. No era raro, cada semana mandaban recado para Teresa o para mí, se había convertido en una rutina. Recogíamos mensajes en el café y los entregábamos a las afueras de París a un enlace de las brigadas de guerrilleros. Constanza nos había dejado hacía un par de días. Se había marchado a Nantes.

Al llegar saludé a Tomás como de costumbre; estaba serio, no me gustó su gesto. No quise hacer preguntas, sabía dónde me esperaba Vicente. Al llegar al tugurio del sótano, me invitó a tomar asiento.

—¿Hay algún problema?

—No. Tengo que contarte algo y no tengo ni idea de cómo empezar.

—¿Es sobre mi hermano?

—Me temo que sí

—Dispara, creo que me vas a matar con lo que estás a punto de contarme. Estoy en lo cierto, ¿verdad?

—Sí —respondió con un monosílabo—. Era una mala señal.

A Vicente le encantaba hablar, solo se quedaba sin palabras si la cosa era muy fea. Comencé a llorar. No conseguía dejar de hacerlo. Lo que llevaba un tiempo esperando estaba a punto de pasar.

—¿Está muerto? —pregunté cuando la voz me lo permitió.

—Sí, lo siento en el alma.

—¿Dónde está?

—No lo sé.

—No entiendo, sabes que ha muerto, ¿pero no dónde podemos ir a llorarle?

—No está en París, Isadora —dijo Vicente hecho un mar de lágrimas como yo. Nunca lo había visto llorar y eso hizo que me hundiera todavía más—. Siéntate y tranquilízate, por favor. Necesito que estés tranquila para poder contártelo todo.

Como pude, me senté en una de las cajas de aquel oscuro sótano y escuché lo que Vicente tenía que contarme.

—Isadora, tu hermano no salió nunca de España, murió en 1937, en Vigo. Desde que te conozco no he parado de preguntar por si alguien lo conocía o había oído hablar de él. Ayer coincidí con Ernesto Ríos, un vigués que perteneció a la Tercera Brigada Mixta de guerrilleros. Recordé lo que me contaste y le pregunté. Su asombró fue máximo cuando descubrió que yo no sabía lo que había pasado en su ciudad, ya que era un secreto a voces: desde que sucedió, no se hablaba más que del suicidio masivo. Ignacio fue uno de los camaradas que se suicidaron en el muelle de O Berbés. Se quitó la vida junto a diez compañeros cuando trataban de huir a Francia escondidos en la bodega de un buque. Los pillaron y decidieron poner fin a su existencia antes de que los fusilaran.

—Y, ¿por qué me tengo que enterar de esto ahora, Vicente? Todo lo que hemos hecho por él no ha servido para nada. ¡Maldito cobarde, maldito cobarde, maldito! —gritaba yo una y otra vez.

Vicente me abrazó e intentó consolarme, pero era imposible.

—Tranquila, Isadora, no fue un cobarde; al contrario, fue un valiente, un héroe.

—No, Vicente, una heroína es mi madre, no él, que decidió quitarse la vida para no sufrir. Y nosotras ¿qué? ¿Cómo le cuento esto a mi madre?

—No lo sé; de momento es mejor que no le digas nada. Es imposible volver a Madrid con la que está cayendo, debes ahorrarle ese sufrimiento.

—¿Y yo no merecía lo mismo?

—Eres fuerte y me parecía injusto que siguieras viviendo con la pesada carga de tener que encontrar a un fantasma, a alguien que nos dejó hace demasiado tiempo.

—Necesito salir de aquí, Vicente. Me falta el aire, creo que me voy a desmayar como no me saques de aquí.

Subí las escaleras con su ayuda. Al llegar al café, Tomás me esperaba para abrazarme. No conseguía controlar el llanto. Estaba triste, derrotada y muy enfadada con mi hermano. Salimos y caminamos por las calles de París. Necesitaba asimilarlo para que, al llegar a casa, nadie notase nada. Era tarea casi imposible: los ojos hinchados y rojos no pasarían desapercibidos.

Cuando llegué a casa, mi madre y tía Teresa dormían plácidamente; lo agradecí. Me metí en la cama junto a mi madre e intenté dormir. Fue imposible.

A mediados del mes de junio, el mundo se estremeció. París se rindió a los nazis. Nada podía sorprenderme, nada me afectaba. Andaba demasiado ocupada escondiendo a compañeros, ayudándolos a cruzar, pasando documentación escondida entre mi ropa interior; en definitiva, jugándome la vida. Mi colaboración con la Resistencia se había intensificado a petición propia, necesitaba tener la cabeza ocupada para no pensar, seguía enfadada con mi hermano. Así que decidí convertirme en una kamikaze y transportaba en la cesta de mi bicicleta toda clase de explosivos. Siempre llevaba falda, una mujer con falda en una bicicleta no pasaba desapercibida, pero era para bien: no se fijaban si mi moño era demasiado abultado debido a que en él escondía pequeñas pistolas, o si mi cesta iba o no vacía. Solo se fijaban en que, al pedalear, se me veían las piernas y, si la falda era un poco corta, hasta las bragas.

Hitler hizo temblar al mundo un 14 de junio con su exhibición de poder. Teresa, Danielle y yo veíamos pasar a los soldados del Wehrmacht, las fuerzas armadas alemanas, desfilando por los Campos Elíseos con actitud altiva. Eran los dueños del mundo y aquel día dejaron constancia de ello. El desfile parecía que no terminaría jamás. Miles de nazis vestidos de gris con el brazo en alto se regodeaban por las calles de París. Las lágrimas no dejaban de correr por mis mejillas. Aprovechaba cualquier situación en la que se pudiera llorar sin disimulo para hacerlo por mi hermano. La carga que llevaba sobre mis hombros era demasiado pesada. Todos contemplamos horrorizados cómo se desvanecían de un plumazo los sueños y las esperanzas del mundo entero. En las caras se podía ver el miedo y la desconfianza. Europa enmudeció.

La ciudad del amor, de la luz, de las esperanzas hacía aguas. Estaba rota, resquebrajada y en silencio. París lloraba. Tan solo se escuchaba el paso firme de la infantería alemana y el taconeo de los cascos de los caballos cuando chocaban una y otra vez contra el suelo, el rugir de los carros de combate y los camiones. Banderas y esvásticas pasaban gloriosas bajo el Arco de Triunfo, danzando al son de la marcha de San Lorenzo, qué paradoja: una marcha que en su día se compuso para conmemorar la liberación de un pueblo sonaba en una sangrienta ocupación. ¿Se podía ser más retorcido? Desde luego que no. Pero, cuando pensaba que Hitler no podía ser más cínico, Danielle, entre lágrimas, me confesó que el trayecto era el mismo que los soldados franceses hicieron para conmemorar la derrota alemana en la Primera Guerra Mundial. Estaban copiando el día de la victoria.

No sería la única humillación. A Francia, aún le quedaba otra.

Unos días después, fuimos convocados en la casa del doctor Guillén, un acaudalado médico catalán que había luchado por la Segunda República y se exilió en agosto del 38. El doctor era nuestro mecenas, el dinero para seguir ayudando a los camaradas salía de su bolsillo. Había conseguido sumar una cantidad importante de dinero y se trasladó a París junto a su mujer y sus dos hijas. Carlota debía de tener quince años y Julia, un par más. Se paseaban por todo París en bicicleta, con sus maravillosas melenas doradas recogidas en un moño que su madre les hacía cada día. Entre sus elaborados cardados llevaban salvoconductos y documentación falsa para ayudar a muchos compañeros que esperaban en Barcelona para pasar al otro lado y ponerse al servicio de la Resistencia.

La reunión tenía un objetivo claro: debíamos reorganizarnos. Las circunstancias habían cambiado. El juego era más complicado y peligroso. Los nazis estaban en casa y uno de sus objetivos era acabar con la Resistencia. Éramos una amenaza. Nos movíamos en silencio, sin montar alboroto, y eso los desconcertaba.

Los ánimos estaban por los suelos, pero, esa noche, un acontecimiento cambió el rumbo de la historia y fue un torrente de esperanza. El general De Gaulle había hecho un llamamiento a los franceses a través de la BBC, la radio gubernamental británica. Era un llamamiento a la resistencia del pueblo francés: «Pase lo que pase, la llama de la resistencia francesa no debe apagarse ni se apagará».

Las palabras del general fueron como una bocanada de aire fresco. La Resistencia tenía que seguir y sus acciones debían ser más contundentes que nunca. Aquel día, Charles de Gaulle no solo salvó a su pueblo, salvó a muchos, al mundo entero. A mí, no había quien me salvase...

El 22 de junio Francia capitulaba después de ser arrollada por los alemanes. La victoria decisiva del Eje se materializó con el humillante armisticio firmado por las dos potencias. Hitler decidió que el tratado de la vergüenza se firmase en el mismo vagón de tren en el que Francia había humillado al imperio alemán una vez finalizada la Primera Guerra Mundial. Poco nos importó el armisticio: la Resistencia estaba organizada y más viva que nunca gracias a nuestro general. Aquel día, mientras se firmaba la humillante derrota, París se llenó de carteles y octavillas con el discurso de De Gaulle. El mensaje era muy claro: «Francia ha perdido una batalla, pero no la guerra».

Nuestro general estaba con todos nosotros. Al llegar, nunca escuché a nadie hablar de Charles de Gaulle, pero las palabras que salieron de la radio del doctor Guillén fueron un aliento de esperanza y en mi interior resurgió el «No pasarán» por el que tanto habíamos luchado y tantas vidas de familiares, camaradas y amigos se habían perdido. Ahora no estaba dispuesta a claudicar y mucho menos a rendirme. Por un instante me olvidé de mi pesada losa y mi fantasma.

Danielle, Teresa, Carlota, Julia y yo, junto con un nutrido grupo de mujeres resistentes, nos encargamos de decirle al mundo, tirando aquellas octavillas, que no todo estaba perdido. Francia estaba dispuesta a seguir luchando, éramos un símbolo y ahora no nos podíamos rendir.

—Isadora, necesito parar, lo que me acabas de contar es demasiado duro. Lo siento en el alma.

—Yo también, pensaba que no me costaría tanto, pero cada vez que viene a visitarme el recuerdo de aquel día, no puedo soportarlo: no he conseguido perdonarlo. Sigo enfadada con él, María. Los años que estaban por llegar fueron los más difíciles de mi vida. Nada de lo que hicimos sirvió para salvarle, no pudimos salvarnos ni a nosotras mismas. ¿Te parece bien que nos veamos mañana? —sugirió entre lágrimas. Como pude le dije que de acuerdo—. Al salir, cierra la puerta, conoces el camino.

Lloré todo el trayecto, intenté contactar con Carla, pero su teléfono estaba apagado. Me acorde de mi jefe, necesitaba hablar con alguien y tenía claro que con la única persona que no quería hacerlo era mi madre. Imagino que se refería a esto cuando hablaba del daño que me podía hacer Isadora. Probablemente pensó que, si conocía su historia, podría tener una recaída. Marqué el teléfono de Esteban y no tardó demasiado en contestar.

—¡Qué sorpresa! ¿Tienes algo para mí?

—Tengo muchas cosas para ti, pero no puedo contártelas hasta que no esté completamente terminada la historia.

—¿Por qué me llamas, entonces?

—Porque quería hacerte una pregunta. Esteban, ¿qué motivos pueden llevarte al suicidio? No es por mí, no te asustes, me refiero a un suicidio colectivo que sucedió en 1937, en la ciudad de Vigo. Desde la base de datos de nuestro periódico, ¿podrías acceder a esa noticia?

—Estoy seguro. Te espero mañana en la redacción y lo miramos.

—Perfecto, no sé a qué hora voy a terminar, puede que tarde.

—Te espero, da gusto recuperarte. Un beso, María.

No me di cuenta de que había llegado a casa mientras hablaba por teléfono. Encontré a Carla haciendo la cena. Había dejado el móvil en el salón y no se enteró de mi llamada. La saludé con un par de arrumacos y le pedí que me abrazara; las lágrimas regresaron.

—Ignacio murió en España, nunca consiguió cruzar. He dejado a Isadora destrozada, aún no ha llegado a la parte del relato más dura, a la que nos interesa, no sé qué más le pudo pasar.

—¿Te parece poco ser obligada a ejercer la prostitución? —dijo Carla—. Me vas a contar qué ha pasado mientras cenamos. Venga, ve al salón y siéntate a la mesa, que ya está puesta.

Nos sentamos, empezamos a cenar y yo comencé a resumirle el relato de Isadora.

—Todo lo que consiguieron por encontrarlo: la documentación falsa, cruzarse un país, llegar a París, toparse con otra guerra... A todo eso tienes que sumarle la impotencia de no saber dónde está, si se ha alistado en el Ejército soviético, si en alguna guerrilla; si al llegar a Francia decidió dejar la lucha y cruzar el océano... Pues no, el tío tuvo los grandes cojones de pegarse un tiro. Alucinante.

Mientras me escuchaba, Carla buscó en internet el acontecimiento en cuestión y estaba lleno de referencias. La mayoría eran actuales, casi todas hacían referencia a una tal Conchita Nogueiras, la llamaban «la Nena del Bou». Por lo visto, era la hija de un matrimonio que se suicidó con su hermano. «Pobre niña», pensé.

—Carla, ¿y dices que la tal Conchita está viva? Deberíamos hablar con ella, por Isadora. Se supone que esa mujer estuvo con Ignacio.

—Relájate, y céntrate en las Feld-Hure, que es en lo que estamos. Sé profesional.

—¿Me estás diciendo que no llevo la investigación con profesionalidad? No me jodas...

—No te enfades, pero investigar, estás investigando más bien poco. Solo has enviado un correo al Amical y te has leído unos cuantos artículos sobre la prostitución en Ravensbrück. Lo que estás haciendo es escuchar la historia de la amiga de tu abuela. Cuando nosotros comenzamos una investigación, primero recabamos datos para comprobar que son reales, y después, una vez recogida toda la información, nos ponemos en contacto con los familiares o con la persona que fue testigo de la historia. Tú has empezado por el final, te has obsesionado con una nota, que seguro nada tiene que ver, y ahora estás hecha polvo por lo que hizo su hermano.

—Vete a la mierda, Carla. Esta noche duermes en el sofá.

A la mañana siguiente me levanté muy temprano para ir a la redacción en busca de la noticia del suicidio colectivo. Cuando llegué, Esteban se sorprendió por mi aspecto, casi no se notaban ya los efectos del alcohol. Le pedí que me dejase un minuto su despacho y accedió amablemente. Tardé poco más de media hora, la mala investigadora y pésima historiadora había encontrado lo que buscaba. No me podía entretener, Isadora me esperaba. Saqué una copia y salí pitando a coger un taxi. Durante el trayecto, pude leer con detenimiento la noticia. Apestaba a fascismo. El periodista era afín al «glorioso alzamiento» y el periódico que lo había publicado, mucho más:

El día 23 de abril de 1937, año de nuestro Señor,
once rojos se quitan la vida

En el muelle de O Berbés, en Vigo, nuestra grandiosa ciudad, once rojos se han suicidado: diez hombres y una mujer de diferentes facciones de la izquierda. Trataban de huir a Francia escondidos en la bodega del Bou Eva cuando un avispado marinero se dio cuenta de sus intenciones. El valiente, al percatarse poco antes de partir, salió raudo a pedir ayuda. Eran hombres muy peligrosos.

«¡El barco está lleno de rojos!¡El barco está lleno de rojos!», gritaba pidiendo ayuda.

Los salvadores de nuestra castigada patria no dudaron en asaltar la embarcación y la acercaron hasta un aljibe del puerto para hacerlos salir inundando el compartimento donde se encontraban. Primero echaron agua fría y más tarde, caliente, pero los tripulantes clandestinos no salían. Los cobardes se habían suicidado.

A un soldado que ama a su patria y lucha por España nunca se le hubiera ocurrido tal aberración. No entraría en el reino de los Cielos.

El encargado de cometer tales crímenes fue el vigués Anxo Nogueira, gerente de una fábrica de conservas y miembro de las Juventudes Comunistas. Se mató pegándose un tiro en la boca tras disparar a los otros nueve y a su propia mujer. Este extremo se conoció al encontrarse los cuerpos. Todos eran de Vigo, excepto dos madrileños: Francisco Arranz Delgado, un peligroso anarquista, e Ignacio Ramírez García, un joven comunista de veintidós años. Los cuerpos fueron reconocidos por tres reos condenados a pena de muerte. Gracias a su colaboración con España consiguieron salvar sus miserables vidas.

XI

Próximo destino: el infierno

El día que Alemania ocupó París, el mundo puso los ojos en la Ciudad de la Luz. Fue entonces cuando los nazis comenzaron las purgas en Polonia, al saber que el resto de potencias estaban demasiado ocupadas y no les prestarían atención. Hitler decidió empezar por su primer objetivo: el pueblo judío.

Los alemanes afincados en Polonia echaron a los judíos de sus negocios y de sus casas y los concentraron en barrios, convirtiéndolos en guetos. Primero delimitaron las calles; más tarde, construyeron muros para que no pudieran salir y, por último, tomaron la decisión final: llevarlos a los campos de concentración. Los marcaron como a ganado.

Lo llamaron «el plan de pacificación», una solución a la cuestión judía. A los nazis les encantaba camuflar la muerte bajo bellos nombres. La pacificación solo tenía un significado: la matanza de seres humanos. Comenzaba así el exterminio. Los primeros serían los judíos, posteriormente les llegaría el turno a los gitanos, a miles de españoles sin patria, a los presos políticos, a los homosexuales, a los testigos de Jehová, a los alemanes que no comulgaban con el Tercer Reich, a los artistas, a los científicos, a las lesbianas, a los negros, a las putas... Por desgracia, entre ese colectivo me encontraba yo. Pero aún me faltaba un poco para enterarme.

Siempre que mi vida daba un giro de 180 grados, llovía. La noche de nuestra detención, diluviaba.

En Madrid conseguimos librarnos de los chivatazos, pero en París fue imposible. El patrón era el mismo. Imagino que en todas las guerras debe de ser igual. El miedo a que te cojan te convierte en un ser mezquino y deplorable. Y eso es en lo que se había convertido Pierre, nuestro vecino del tercero. Un joyero de padre judío que, impulsado por el miedo, ese miedo a ser cazado, no dudó en denunciarnos a todas. Incluida Danielle. Pero aquella noche ella tuvo más suerte. No estaba en su casa, sino de misión, transportando armas de camino a la frontera con Bélgica junto a José, un comerciante anarquista burgalés, y Dimitri el polaco.

Pierre nos denunció a la Gestapo. Mi madre pasaba infinidad de tardes con aquel simpático hombrecillo con el pelo cubierto de canas y cuerpo diminuto. Desde que llegamos a París, se había convertido en su confidente. Le contaba todo: a qué nos dedicábamos, a quién buscábamos, lo que hacíamos Danielle y las demás... Lo único que se guardó fue nuestra verdadera identidad.

Nunca podré olvidar aquella noche. Pobre de mí, llegarían muchas más también inolvidables.

Era Nochebuena. Mi madre, dentro de nuestras posibilidades, estaba preparando una «cena de pobres», como decía tía Teresa. Pero a ella eso no le importaba. Seguía manteniendo viva la esperanza y le encantaba preparar las cenas de Navidad. Era su medicina, su bálsamo reparador. Unos días antes, con la ayuda de Danielle, había conseguido un pequeño hornillo para cocinar en nuestro cuchitril, en el que se mezclaban armas con comida y esperanza de encontrar a mi hermano, en el caso de mi madre, pues yo seguía guardando el terrible secreto, y de acabar con el fascismo, en mi caso y el de Teresa.

Siempre pasábamos las Pascuas en el pueblo, con mis abuelos. Mi madre, mi tía y la abuela preparaban con esmero la cena de Nochebuena, asaban en la hoguera los chorizos de la matanza que mi abuela tenía colgados en la chimenea: era su forma de ahumar aquel manjar y de secarlo para que no se pusiera malo. A los chorizos siempre los acompañaba una sopa de pan con trozos de jamón y huevo duro. El caldo se preparaba con los huesos salados del cerdo y las verduras de la huerta de mi abuelo Fernando. Todo estaba para chuparse los dedos. Mientras que las mujeres de mi casa se ponían al día, los hombres se iban a tomar chatos. Siempre declinaba su invitación, prefería quedarme sentada al lado del fuego y disfrutar de la estampa en la cocina. Era como si pudiera fotografiar los momentos y guardarlos en mi cabeza y en mi corazón. Disfrutaba de cada uno de ellos: mi padre hablándoles de las maravillas de la República, mi hermano tirando migas de pan a la tía Teresa y bebiéndose el culo de vino del vaso de mi abuelo; y, así, alrededor de una mesa con gente inmensamente feliz, pasaba el tiempo. Bebiendo y llenándome de los míos.

La verdad es que era agradable recordar esos momentos con la cena de pobres que estaba preparando mi madre. Nuestra pequeña habitación se inundó de un olor a madera quemada y a pan recién horneado. No sé de dónde había conseguido sacar todos los ingredientes, era más autosuficiente de lo que yo pensaba. Al fin y al cabo, era una madre, siempre pendiente de nosotras. Esa noche no cenaríamos solas, mi madre había invitado a unos vecinos, eran judíos y no celebraban la Navidad, pero cuando se está en guerra y se pasa hambre, da lo mismo. Consideramos que era una reunión entre amigos. Los Aussoulin se dedicaban a la música y tenían una criatura de cuatro años, un niño de grandes ojos negros y tez morena que mi madre cuidaba cuando sus padres trabajaban. Le estaba enseñando a hablar español. Martha Aussoulin pasó toda la tarde ayudando a mi madre con la comida. La cena, aunque fuera de pobres, debía ser perfecta. Nos sentamos a la mesa y comenzamos a comer, daba gusto estar con los amigos, el francés ya lo controlábamos y se podía conversar; mi madre era la que más cojeaba con el idioma, pero tenía al pequeño Aaron: el niño hablaba un español madrileño bastante bueno, parecía del barrio de La Latina.

En nuestro minúsculo habitáculo éramos felices, el ambiente era relajado. Martha cantaba canciones mientras tía Teresa y madre bailaban, yo intentaba ser también feliz, pero el recuerdo de Ignacio no me dejaba. Cuando terminamos el postre, mi tía sacó de debajo de la cama una botella de champán.

—¿De dónde la has sacado? —le pregunté.

—Se la he *robao* a Tomás —dijo entre risas—. Bebamos, que nos hace falta, olvidémonos al menos por esta noche de los nazis, de la puta guerra y de lo difícil que está siendo acabar con el jodido enano.

Un ruido que ya era viejo conocido nos puso en alerta. En cuestión de segundos, la puerta de nuestro cuchitril estaba en el suelo, y llegaron los llantos, las hostias y las detenciones. Esa noche estaban cazando judíos y nosotras cenábamos con una familia judía. Lo que no entendía es que a la Gestapo la acompañaba Pierre, que también era medio judío. Allí estaba, junto a seis sabuesos alemanes, señalando a los Aussoulin. No nos dejaron dar explicaciones, decidieron detenernos a todos. El pobre Aaron no dejaba de llorar; en sus grandes ojos se reflejaba el miedo. La Gestapo era la Inquisición alemana y hacía unos meses que se había instalado en París. Todos conocían las atrocidades de aquellas bestias.

Nos sacaron a empujones, era imposible defenderse de la agresividad que mostraban los enviados del *führer*. No les importaba nada. Tía Teresa rodó escaleras abajo de un empujón. Cuando consiguió levantarse, un soldado le pegó una patada en el estómago y volvió al suelo. Nosotras bajamos escoltadas por Pierre y dos soldados.

En la calle nos esperaba un camión cubierto con lonas. Nos hicieron esperar bajo la lluvia. Aaron lloraba abrazado a su madre. Martha intentaba tranquilizarlo, quería hacerle entender a un pequeño de cuatro años que esos soldados eran buenos, que no le harían daño. Trataba de explicar lo inexplicable: el pobre ya había visto en la escalera el comportamiento de los «buenos soldados». Yo también intentaba calmarlo. El niño no dejaba de temblar, fue testigo de los golpes que recibieron sus padres y del estado de la ceja de la tía Teresa, que no dejaba de sangrar, se la habían partido. Esperábamos a uno de los sabuesos que permanecía en el edificio registrando nuestra casa y la de la familia Aussoulin.

No sabría decir cuánto tiempo transcurrió, para mí fue una eternidad. Permanecíamos inmóviles bajo la lluvia mientras aguardábamos a que nos metieran en el camión. Por fin vimos al soldado salir del edificio: entre sus manos llevaba la documentación que el partido nos había proporcionado para salir de España. Se la dio a otro, y después de comprobarla, nos regalaron unos cuantos empujones, un par de golpes, algunos puñetazos en el pecho y el estómago, y otros cuantos culetazos en la espalda antes de invitarnos a subir.

—Padre nuestro, que estás en los cielos, santificado sea tu nombre, venga a nosotros tu reino... Señor, ayúdanos, te lo pido, Señor, que tu mano celestial nos guíe y nos ayude... Padre nuestro, que estás en los cielos...Padre nuestro, que estás en los cielos... Padre nuestro, que estás en los cielos...

Mi madre no conseguía terminar el maldito padrenuestro. Nunca la había visto rezar. Tampoco la había visto tan nerviosa. Estaba sentada con las manos cruzadas pegadas a su barbilla mientras su cuerpo se balanceaba de un lado a otro, de atrás hacia delante.

—¿Te puedes callar? Si sigues rezando, no respondo de mis actos —dijo Teresa—. No sirve de nada pedir a tu dios que se apiade de nosotras. ¡Ahora te vas a dar cuenta de que ese dios al que le rezas no existe! Y si de verdad existe, hace mucho que se olvidó de ti. ¡Lo mismo lo tienes enfadado por casarte con un comunista y no bautizar a tus hijos!

—Tía, ¡cállate la boca! ¡La estás asustando! Mi madre puede rezar o hacer lo que le dé la gana.

—Todo esto es culpa suya, Isadora. La Gestapo nos ha detenido porque tu madre, en vez de tirarse a las calles a buscar a su hijo, se ha pasado las horas muertas con el hijo puta del judío de Pierre contándoselo todo. ¡Es cierto o no! —gritaba dirigiéndose a mi madre mientras escupía sangre en el suelo de aquel camión—. ¿Por eso rezas, hermana? ¿Es tu particular forma de pedirnos perdón?

No paraba de rezar, una y otra vez repetía la misma frase, el principio del padrenuestro, mirando al suelo, no se atrevía a mirar a la cara ni a contestar a su hermana.

—Madre, ¿es verdad? —le pregunté—. Contésteme, por lo que más quiera, por padre, por Ignacio, contésteme. —No decía nada, solo repetía «Padre nuestro, Padre nuestro»—. Menos mal que padre está muerto. Es el único padre en el que podría confiar, no al que está usted rezando. Contésteme, ¿es cierto que ha hecho eso? ¿Cómo ha sido capaz? Ya puede ir olvidándose de Ignacio, nos llevan directas a la muerte. Lo mismo, con un poco de suerte, nos reunimos con él, porque mi hermano seguro que está muerto. —Estuve a punto de contarle la verdad, pero me faltó valor—. Mire, no hay mal que por bien no venga. Madre, ¿acaso no le importamos? ¡Acaba de firmar nuestra sentencia de muerte! Solo quiero que sepa que no me da miedo morir, me da lo mismo, ya me enterraron una vez. Al menos fue de una manera digna y con honores. Ahora a saber dónde terminamos, pregúntele a su dios, a ver si él sabe algo —le dije.

—Nos van a matar como a animales y nadie podrá reclamarnos —dijo Teresa—. Danielle está fuera de París y no se me ocurre ninguna manera de contactar con ella, no podemos poner en peligro a los demás. Nos van a interrogar y lo que nos han hecho en la calle no será nada comparado con lo que nos espera. Por tu dios, no abras la boca, hermana. Están en juego muchas vidas, la de mucha gente a la que quiero. Ellos han hecho más por encontrar a tu hijo que tú. Se lo debes. Aunque te maten a palos, cierra el pico.

No tardamos demasiado en llegar a las oficinas de la calle Lauriston, al temido número 93 de la *rue* Lauriston. La Gestapo se había instalado allí unos meses antes de nuestra detención, era todo un «honor» para nosotras ser de las primeras detenidas. El 24 de diciembre de 1941 terminó nuestra lucha. Todo lo que habíamos conseguido se esfumó aquella Nochebuena.

El trato al bajar del camión fue el mismo que al subir, «exquisito», para que no se nos olvidara. Antes de entrar, nos separaron: hombres y niños por un lado y mujeres y niñas por otro. En total, unas treinta personas, todas de origen judío menos nosotras tres. Al hacer el recuento antes de entrar a las oficinas de la temida Gestapo, un muchacho de unos diecinueve años salió corriendo, intentando huir: lo único que consiguió fue la muerte. Nadie se molestó en quitar su cuerpo inmóvil de la calle, lo mismo que en Madrid. Martha no era capaz de separarse de su pequeño. Se puso de rodillas y le dio un beso y un fuerte abrazo. Mientras se abrazaban, le dijo que debía ser fuerte y que cuidase de su padre. Le hizo creer a Aaron que en unas horas volverían a estar juntos. Todas intuíamos que estábamos siendo testigos de una despedida. Seguramente era la última vez que Martha vería a su hijo. Ella, en lo más profundo de su ser, también lo sabía. Cuando terminó con el pequeño, se dirigió a su esposo, le imploró que no se separase del niño y que, pasara lo que pasara, cuando aquello terminase, debían buscarse y no parar hasta volver a estar todos juntos. Los tres se fundieron en un abrazo, hasta que un soldado los separó.

Tía Teresa, aunque en Madrid había pasado por aquello, era incapaz de dejar de llorar ante la estampa de la familia Aussolin. No solo lloraba por ellos, también por lo que nos depararía la vida; la vida no, los nazis. Estábamos en sus manos, en manos de hombres que jugaban a ser dioses.

Los interrogatorios en Madrid eran largos y duros, ella estaba mentalizada, pero nosotras no. Me aterraba, no el hecho de lo que me pudieran hacer a mí, me aterraba mi madre, ella sí que me daba miedo; sabían que era la más débil.

Nos separaron. Teresa y yo en una habitación y ella en otra. «A incomunicados», gritaban en francés con un fuerte acento alemán. No paraban de repetirlo. A todos los que llegamos esa noche nos tenían preparada una celebración de Nochebuena «especial».

La sala era diminuta, oscura y fría. El mobiliario, escaso: una mesa y tres sillas. Sobre la mesa, unas pinzas para dar descargas eléctricas, dos cuchillos y una pequeña bomba para hinchar las ruedas de las bicicletas. Podía escuchar a mi madre rezar en la otra habitación. La habían dejado cerca, era su particular estrategia. Ella debía escuchar nuestros lamentos y terminaría confesando. Su maltrato no sería físico, sería psicológico.

El espectáculo estaba a punto de comenzar. Entraron tres hombres perfectamente vestidos con traje de chaqueta y corbata, impecables; junto a ellos, dos soldados fusil en mano. Desde luego, el festín que nos tenían preparado prometía. Eran enormes, muy altos y rubios, como la paja que recubría las tierras hasta donde alcanzaba la vista donde trabajaba mi abuelo Fernando en el pueblo. No sé por qué me acordé de él en aquel instante.

Se quitaron los tres la chaqueta y las colgaron en un perchero junto a la puerta. Después, cuidadosamente, se desabrocharon los puños de las camisas y se arremangaron. Comenzaba una Nochebuena inolvidable.

Empezaron con Teresa. No dejaban de gritarle en francés que se despojara de su ropa. No tenían el acento alemán tan marcado como los que vinieron a

233

detenernos. Hizo caso a sus peticiones. Cuando ya estaba como mi abuela la parió, la sentaron en una de las desvencijadas sillas de madera que formaban parte del decorado de la habitación de las torturas. Algo que no he conseguido olvidar, más que la misma habitación y su maltrecho mobiliario, es el olor y la oscuridad. Agradecí la poca luz que había, tan solo una bombilla que colgaba del techo.

Uno de los hombres separó sus piernas y ató cada una de ellas a las patas de la silla. El que estaba al mando de la operación, eso se notaba a simple vista, se sentó frente a ella y, sin decir una palabra, metió una pinza en su vagina y le dio una descarga. Había escuchado hablar de las descargas en los pezones que la brigada de detención española les daba a las presas. Se lo escuché decir a una reclusa de la cárcel de las Ventas una de las veces que acompañé a Milagros a ver a su madre. Pero nunca escuché a ninguna hablar de descargas en la vagina. Las descargas eran cada vez más intensas, se podía apreciar por los aullidos de dolor. Con cada una, Teresa se desmayaba. ¿Qué clase de bestias eran? Uno de los soldados le tiraba un cubo de agua helada para conseguir que recobrase el conocimiento y vuelta a empezar. No decía nada, era como si se hubiera tragado la lengua. Con cada pregunta, tomaba aire, cerraba los ojos y se agarraba fuertemente a la silla para intentar mitigar el dolor. Se dieron por vencidos, no consiguieron nada.

—¿Nos vas a contar para quién trabajas? Sabemos que formas parte de la Resistencia, que las octavillas que se tiraron por las calles de París fueron cosa tuya, zorra.

Pierre los había informado de todo; en parte, era culpa nuestra por contarle a mi madre en lo que andábamos metidas. Pero ¿quién podía pensar que un judío nos delataría?

Antes de empezar conmigo, decidieron seguir torturándola un rato más. Desataron sus piernas y las abrieron. Su vagina quedó expuesta. El que llevaba la voz cantante cogió la bomba de aire y se la introdujo con fuerza. La tía Teresa seguía sin decir una palabra. Solo les escupía cuando la cogían de su leonina melena para levantarle la cabeza, era entonces cuando aprovechaba.

—No me vais a sacar nada, hijos de puta, antes prefiero que me matéis —les gritaba—. ¡Mátame ya, cabrón! Prefiero la muerte que decirte una sola palabra. —Sonreía cada vez que los insultaba.

Aquellos hombres se ponían muy nerviosos. No tenían ni idea de lo que la roja del pelo rojo soltaba por su boca. Les hablaba en español, eso los desconcertaba y los enfadaba. Por eso habían decidido llenarla de aire. Yo podía ver como se inflaba su vientre. Me atreví a decir que la dejasen, que la iban a reventar. Me miraron con indiferencia y siguieron experimentando con el sexo de Teresa. Quería cerrar los ojos, pero no me dejaban, tenía una pistola pegada a la sien. No era la primera vez que notaba el frío del cañón de un arma sobre mi cuerpo, después vendrían muchas más. La sensación es muy extraña, la gente que la ha experimentado dice que nunca lo asimilas, pero cuando la notas por todo tu cuerpo, unas veces en la frente, otras en la sien, en la nuca, en el pecho, en el coño..., casi a diario, forma parte de la rutina. Se convierte en algo tan cotidiano como caminar o respirar. Pero la primera vez impresiona tener la muerte tan cerca. El soldado encargado de decidir si vivía o moría me recordaba con su pistola que no podía cerrar los ojos ni un solo instante. Si parpadeaba, mi vida acabaría en la oscura habitación de las torturas del 93 de la *rue* Lauriston. Debía contemplar todas las atrocidades para saber lo que harían conmigo cuando terminasen con mi tía. Cuando perdió el conocimiento, la dejaron en paz.

Llegó mi turno. Teresa estaba desnuda, medio muerta, tirada en el suelo. Sus manos seguían atadas al respaldo de la silla. De una patada, el endeble asiento de madera se había volcado. Al menos seguía viva. El impacto contra el suelo la había despertado.

Nuestros verdugos ya no estaban tan impolutos. Sus camisas no eran tan blancas, miles de gotas de sangre adornaban las pecheras como si de pequeños lunares rojos se tratasen. Repitieron el mismo ritual. Uno de ellos se sentó frente a mí; la diferencia es que yo no estaba atada y no me habían desnudado.

—¡Qué jovencita más encantadora! Seguro que vas a colaborar —me susurró al oído en francés.

Con la pistola en la sien, me preguntaron si estaba dispuesta a hablar. No abrí la boca. En mi cabeza, una imagen: mi padre y yo paseando por el Retiro. Necesitaba pensar en él para soportar lo que se me venía encima. Había oído a hablar a algunos compañeros de la Resistencia de las técnicas que utilizaban para evadirse, una de las más frecuentes era pensar en algo bueno, que te gustase mucho, o en recuerdos agradables de seres queridos. Esa noche fue la primera de muchas más para ponerlas en práctica. Si lo de tía Teresa fue malo, ni por un momento podía imaginar lo que planearon para mí.

A empujones, me levantaron de la silla y me pusieron de espaldas contra la pared. Me separaron las piernas, me rompieron las medias y me bajaron las bragas.

—No, por favor, no.—Intenté resistirme, pero su fuerza no era comparable a la mía.

—Esta putita acabará cediendo. A las españolas de la Resistencia que confraternizan con judíos les encanta follar y seguro que nos pide más.

Podía notar el aliento de los hombres pegado a mi nuca, cada gemido, cada jadeo era un dolor indescriptible para mí. Aquellos nazis se entregaron con frenesí al contacto con mi cuerpo.

En la sala de torturas solo se podían escuchar sus asquerosos gemidos y el sonido de mis rodillas golpeando contra los azulejos de la pared con cada empujón. No sé cuántos me penetraron aquella noche, estaba de espaldas y con una pistola en la sien. El dolor era insoportable, como si me rasgasen la vagina con cuchillas muy afiladas.

Cuando se cansaron, me cogieron del pelo y me tiraron encima de la mesa para que soportara el peso de uno de aquellos gorilas; mientras él me violaba, otro mordía sin miramientos mis pezones, pero ya no me importaba. Otros dos me sujetaban las piernas mientras el resto aguardaba su turno con el sexo al aire, y se masturbaban. Mientras se divertían con mi cuerpo, yo no podía dejar de mirar a mi tía. Ella permanecía en el suelo. Lloraba desconsoladamente. No era capaz de mirar semejante aberración. Uno de los soldados giraba su cara para que no perdiera detalle, pero ella cerraba los ojos. Cada vez que los cerraba, le arrancaban una uña del pie.

No sé el tiempo que estuvieron abusando de mí, ya no estaba en la habitación de la *rue* Lauriston. Estaba en mi casa, con mi padre, danzando en nuestro teatro. Empecé a susurrar una vieja canción. Llegó un momento en que el dolor era tan intenso que ni lo sentía, era como si me hubiera acostumbrado a él. Era un maniquí que giraban a su antojo, subían mis piernas, me tiraban al suelo obligándome a ponerme a cuatro patas... Aquello parecía que no terminaría jamás. Eran insaciables.

La Nochebuena de 1941 el dios de mi madre no se acordó de nosotras. Hacía mucho que se había olvidado de mí, quizás porque no estaba bautizada y era hija de un rojo que no creía en ningún ser supremo. Los rezos de mi madre no obraban por mí, yo no era hija de Dios, sino de la revolución.

Al fin, terminaron. Habían conseguido que me sintiera como basura, ya me habían usado y ahora no era más que un despojo para ellos, nada. En realidad, les importaba poco la información que pudiéramos darles sobre los panfletos, ellos ya habían disfrutado de la Nochebuena a su manera. A mí ni se molestaron en interrogarme. Me sentaron de nuevo en la silla, recogieron sus chaquetas del perchero y se marcharon como si nada hubiera pasado. Por mis piernas corría una mezcla de sangre, semen y mierda. Me habían penetrado a conciencia. Aquella noche me sentí puta por primera vez. Llegarían muchas más. Los nazis me dieron una pista de lo que terminaría siendo en Ravensbrück: una puta de campo. Solo fue un aperitivo lo que me hicieron, el prólogo de lo que me esperaba.

En cuanto se marcharon, Teresa se arrastró como pudo adonde estaba, aún permanecía sentada en la silla, inmóvil, sin decir una palabra. Se puso de rodillas y me pidió por favor que le dijera algo. No era capaz de articular palabra. El tiempo se había parado.

—Isadora, cariño, dime algo, por tus muertos.

Al escuchar la palabra muerte solo se me ocurrió mirarla a los ojos y decirle:

—Tía, Ignacio está muerto.

—Estás bien, cariño. No digas eso, que aún no sabemos nada y nosotras vamos a salir de aquí.

La pobre no sabía cómo consolarme, creía que estaba desvariando, que lo que acababa de vivir me había trastornado. Por supuesto que estaba trastornada, pero sabía lo que decía. Mi estado debía de ser dantesco, pero ella tampoco tenía buen aspecto. Tenía un pie en muy malas condiciones, le faltaban dos uñas, y su vientre estaba aún hinchado.

—Tía Teresa, lo que te he dicho sobre mi hermano es cierto, se pegó un tiro, nunca salió de España. Lo sé desde hace un tiempo, me lo contó Vicente, he aguantado sola el dolor. No puedo soportar tantos dolores, y este que acabo de sufrir me está matando. No ha servido de nada, nos van a matar por nada. —La roja del pelo rojo no daba crédito a lo que le estaba contando. Ahora era ella la que se había quedado muda—. ¿Te imaginas qué distinto habría sido todo si nos hubiéramos enterado a tiempo? Ahora estarías en tu casa de Madrid, ocupándote de tus asuntos y velando por la seguridad de tu anarquista, y no aquí, soportando las palizas de unos hijos de puta y viendo cómo violan a tu sobrina.

—¡Cállate! —grito mi tía.

—¿Te imaginas qué diferente habría sido todo?

Entendía cómo se sentía, era el mismo sentimiento que experimenté yo. No sé por qué le dije lo de Ignacio, necesitaba compartirlo con alguien y a mi madre no podía contárselo.

El tiempo que permanecimos encerradas no volvimos hablar de ello. Tía Teresa pasó aquellos interminables días preguntándome si estaba bien. No estaba bien, me habían violado tres, cuatro o quizá aquellos cinco depravados.

—No estoy bien —le repetía una y otra vez—. Lo único que te pido es que, si volvemos a ver a mi madre, no le digas nada de esto ni de lo de Ignacio.

—Soy una tumba.

La espera fue dura, intentaba curar con saliva el pie de mi tía, no tenía buena pinta. Una vez al día, la puerta se abría para dejarnos una sopa marrón asquerosa y un cubo con agua para que nos aseáramos e hiciéramos nuestras necesidades. El último día que pasamos en aquel cuarto alguien nos tiró un puñado de ropa, seguro que de alguna de las muchas mujeres que pasaron por allí y no salieron. Al menos nosotras teníamos otra oportunidad.

—Cinco minutos —dijo.

Nos vestimos y salimos, un guardia esperaba en la puerta para conducirnos al exterior. Al fin, una bofetada de aire en nuestros maltrechos y desfigurados rostros. Agradecí el frío en las mejillas, cortante como un cuchillo, pero esperanzador. Lo soporté, no sabíamos adónde nos llevaban, pero estábamos vivas. Tía Teresa caminaba descalza, no podía ponerse los zapatos, su pie izquierdo estaba muy hinchado, con los dedos cubiertos de sangre seca, mi saliva no había hecho nada. Al menos su vientre aparentaba estar menos inflamado.

Como pudo, se subió al camión que nos esperaba, mucho más grande que el anterior y repleto de mujeres, entre ellas mi madre y la señora Aussolin; no había ni rastro del niño. No quería ni imaginar lo que le habrían hecho al pobre Aaron. Estaban las dos juntas sentadas en el suelo, junto a la cabina.

Ya no rezaba, era como un pajarillo indefenso cuando se cae del nido y no puede volar. Estaba ausente, no se atrevía a mirarnos a la cara. No la habían tocado, su castigo fue otro. Nos sentamos junto a ellas y las abrazamos.

—Hija mía, perdóname. Lo he contado todo.

—No hay nada que perdonar —le dije mientras me acurrucaba entre sus brazos—. Abrázame y no me sueltes, madre.

—He visto lo que te han hecho... Me llevaron al cuarto contiguo al vuestro, en una esquina había una pequeña ventana, no se podía apreciar con la poca luz. Me obligaron a mirar. El guardia que me custodiaba me dijo que, si le contaba en que estábamos metidas, te dejarían tranquila. No os volverían a molestar durante el tiempo que nos quedaba en esa maldita prisión. Si no se lo contaba, me dijeron que volverían a violarte cada día.

Ahora entendía por qué no habían regresado. Tenían lo que buscaban y se habían divertido con una chiquilla de diecinueve años.

—Madre, estoy avergonzada, no debía haber sido testigo de tal aberración.

—¡Cuánto echo de menos a tu hermano! Si lo hubiéremos encontrado, nada de esto te habría sucedido.

Estuve a punto de confesarle mi secreto, pero la pobre ya tenía bastante con lo que había tenido que soportar.

Cuando el camión se puso a rugir y arrancó, las cuatro nos abrazamos: comenzaba un viaje con un destino incierto.

—¿Nos llevan a fusilarnos? —preguntó mi tía en voz alta y en francés.

Una rusa negó con la cabeza.

—Nos llevan a un sitio peor—dijo nuestra nueva compañera—. La muerte es demasiado dulce para que nos dejen saborearla tan pronto. Esto no ha hecho más que empezar.

De repente, el camión se paró en seco. En cuestión de segundos teníamos a dos soldados obligándonos a bajar. La imagen era horrenda: cientos de mujeres aguardaban su turno, llegaban en camiones como nosotras, la mayoría con la cara amoratada y algunas incluso con los ojos reventados. Un tren infinito esperaba en silencio a las elegidas, a las judías, a las hijas de la revolución, a sus madres y a sus nietas. El tren de la muerte. Esa muerte trepadora, como a mí me gusta llamarla. Nadie se ocupa de ella porque no se ve. Te atrapa y el tiempo sigue adelante, pero tú no lo vives. En el momento en que nos subimos a ese tren, la muerte se hizo con nosotras, nos atrapó. La vida se convirtió en cuestión de minutos en un no vivir. Una parálisis donde unos instantes pesan más que casi cinco años de contiendas.

Antes de recoger nuestro billete, debíamos pasar un control. Te preguntaban el nombre y comprobaban si eras una de las elegidas para realizar el viaje. El viaje de la vergüenza, de la desesperación, del dolor, tal vez el viaje de la muerte, pero esta se vendía caro, era un privilegio. Teníamos que ganárnosla a pulso y, antes de conseguirla, el Tercer Reich nos concedía unas vacaciones. ¿Quién quiere ir al cielo cuando puedes enviar mujeres al infierno? Para los nazis no había nada mejor, aquel era su cielo. Su plan pacificador a los ojos del mundo. Y nosotras teníamos billetes de primera.

Conseguí contar siete vagones de ganado antes de subir al que nos habían asignado. Todas éramos mujeres y niñas, ni un solo hombre. Los únicos, los soldados de las SS con sus perros dispuestos a devorarnos si nos negábamos a tomar el tren fantasma. Nos empujaban para que formásemos más rápido. Teresa no podía, pero intentaba disimular, pensaba que era mejor subir al tren a que le pegasen un tiro aquella mañana gélida de invierno. Nuestra salida de París no fue tan romántica como la de Madrid, esta olía a muerte. En cada puerta, un soldado con su perro y su fusil. Esperaban órdenes de un superior para abrirlas todas a la vez y dejarnos contemplar nuestro nauseabundo medio de transporte. No había más que paja en el suelo y unos cubos en el medio para hacer nuestras necesidades. Nada más. Ni agua ni comida.

Teresa estaba muy débil, apenas podía caminar, necesitaba ayuda y yo sola no podía, los soldados nos metían prisa dándonos culetazos en la espalda y pisándole los pies.

—Hijos de puta —le dije en español. Al escucharme, una mujer se acercó para ayudarnos.

—Soy Vicenta, apóyese en mi hombro, le será mucho más fácil —le dijo a mi tía.

—Muchas gracias. Yo soy Isadora y estas son mi madre, Carmen, y mi tía Teresa. Ella es nuestra vecina Martha, no es española ni habla una palabra de español, pero lo entiende todo.

Entre las cuatro conseguimos subirla al tren, su pie estaba muy mal. Una vez dentro, un soldado cerró la puerta con un golpe seco. Seguidamente se pudo escuchar el ruido de un cerrojo al cerrarse.

Con la ayuda de Vicenta, conseguimos acomodar a la roja del pelo rojo en un rincón. El tren se puso en marcha y la mayoría comenzaron a chillar, a gritar y a llorar. De repente, y sin esperarlo, se escuchó una voz potente que decía:

—Tranquilizaos, compañeras, para los de ahí fuera no somos más que ganado de camino al matadero. Pero no os dejéis engañar, somos abuelas, madres, esposas, hijas y hermanas, y, ante todo, somos mujeres de la Resistencia.

Se hizo el silencio, un silencio breve que apenas duró uno instantes, un silencio roto por los gritos de las abuelas, de las madres, de las hijas, de las esposas, de las tías, de las sobrinas y las hermanas. «¡Somos mujeres de la Resistencia, somos mujeres de la Resistencia!», gritábamos con furia y a viva voz. Y entre aquellos alaridos de rabia contenida desde hacía mucho tiempo, alguien entonó La Marsellesa, que tanto significado tenía para las que íbamos de camino al infierno. Mi mente se llenó de recuerdos, de una vida maravillosa junto a mi familia, se me vino a la cabeza mi padre cantándola mientras mi madre bailaba en la cocina y nosotros mirábamos embobados cómo se mecía entre cazuelas y sartenes. Me acordé de la Duncan, de lo que me decía mi padre sobre aquella misteriosa mujer; nunca la había visto, pero me la imaginaba tan bella como mi madre y tan revolucionaria como mi padre.

Todo el vagón se levantó, incluida Teresa, y allí, hacinadas como ganado, cantamos con el puño en alto. El coro llegó a todos los vagones, amplio y potente, cada estrofa, era todo un desafío.

—María, estoy cansada. Creo que debemos dejarlo por hoy, ha sido demasiado.

—Lo entiendo, si quieres puedo volver mañana, yo también necesito asimilar lo que has compartido conmigo.

—Necesito recuperarme, necesito al menos dos días. Fueron momentos muy duros de mi vida. Han pasado muchos años, pero es imposible olvidar la noche de mi detención. Siento haber llorado mientras lo contaba, sé que te dije que en esta casa estaba prohibido, pero los recuerdos duelen mucho como para no hacerlo. Tienes que disculparme, querida. Mi llanto ha ido cambiando con el tiempo. Cuando llegué al Ravensbrück, era amargo y doloroso; más tarde, se convirtió en rabia y ahora se ha tornado en impotencia.

Carla y yo habíamos estado todo el día sin hablar, ni un mensaje, ni una sola llamada para avisarla de que salía de casa de Isadora, nada. Al llegar a casa, estaba inmersa en sus indagaciones de gran investigadora de los campos de concentración, yo me senté en la mesa y comencé a transcribir lo que Isadora me acababa de contar.

—¿Me ayudas con esto? —le dije a Carla. Había decidido claudicar y lo que estaba mirando en el ordenador me interesaba bastante—. Voy a seguir tus indicaciones, aunque no las comparta. Isadora hoy me ha contado su detención y ha sido terrible. Tengo dos días para ponerme al tanto y familiarizarme con el campo.

—Pues vamos a ello—contestó mi adorada y cabezota Carla—. Acércate.

Tecleó «Ravensbrück» en el Portal de Archivos Españoles, el PARES, y ante nuestros ojos se abrió todo un mundo desconocido para mí. Hasta ahora mis únicos archivos habían sido los testimonios de mi abuela. Me fastidiaba tener que darle la razón.

Gracias a mi novia, tenía delante de las narices un listado de todas las mujeres que la Amical había conseguido identificar, así como su perfil identitario. El listado ya lo teníamos gracias a Sonia, pero sus perfiles no. Entre todos esos nombres, Pilar Prieto de Leza y Manuela Prieto de Silva, la roja del pelo rojo; también estaba la madrileña vecina de Lavapiés Constanza Martínez; y Olvido Fanjul, Elisa Garrido, Alfonsina Bueno, Neus Català, Braulia Cánovas, Mercedes Núñez, Conchita Grangé, Lola García, Elisa Ricol... Multitud de nombres, de fotos y de historias; todas, de momento, desconocidas para mí. Carla quería más y no se conformaba solo con lo que ya teníamos. Gracias a un enlace que proporcionaba PARES, llegó hasta el archivo del propio campo.

Por lo que pudimos leer, era un campo prohibido, un campo de olvido, el campo de la vergüenza. Sus archivos no se desclasificaron hasta 1978, estaba claro que la historia quería borrar a Ravensbrück y a sus mujeres. A pesar de todo, consiguió dar con la poca documentación disponible. Entre los documentos estaban las fichas de las reclusas, de las mujeres borradas, miles de historias vacías. Todas con sus batas o pijamas y «matrícula» cosida al pecho.

Isadora era bellísima, el tiempo y las heridas del corazón se reflejaban en su cara, habían hecho mella en su rostro. Allí estaba, sujetando una tablilla con su número de reclusa, con un pijama de rayas y el triángulo cosido al delantero. La foto era en blanco y negro, no se podía apreciar el color, pero ya sabíamos que su triángulo era negro, como las noches de invierno en aquel maldito campo. Negro como la mortaja que ella misma se puso cuando se marchó de Madrid. De pensarlo, me daban escalofríos. Sus ojos gritaban auxilio, no parecía una muchacha de diecinueve años. Junto a la foto estaba su expediente indicando los servicios que prestó al campo, su número de identificación y el barracón designado: la barraca veintiséis, la barraca de la denigración, la de la trata, la de la perversión. Por si teníamos alguna duda, el nombre las despejaba todas: «Barraca de las asociales».

Las primeras que habitaron esta barraca fueron las prostitutas alemanas que trabajaban en la calle o en los burdeles de Berlín antes de empezar la guerra. El Tercer Reich les brindó la oportunidad de que trabajasen para ellos en el campo. Trabajo remunerado y con duración determinada. Era como su peculiar plan de pacificación, pero para las putas. Sonaba muy bien, consiguieron engañar a muchas. Cuando llegaron, pudieron comprobar que todo era una vil mentira. Más tarde utilizaron a las prisioneras y ya no necesitaron engañar a más mujeres; las sometieron, eran verdaderos proxenetas. La patria daba lo mismo: rusas, polacas, checas, belgas, francesas... Un copioso número de nacionalidades pasaron por el burdel de Ravensbrück. Y las españolas no fueron una excepción. Gracias al testimonio de Isadora logramos encontrar muchos más nombres. La lista era interminable.

—Carla, ¿cómo se nos ha podido pasar esto? Cientos de compatriotas vejadas y olvidadas enterradas por el peso de la historia.

—No se nos ha pasado, es que estabas muy pesada con hacer el trabajo a tu manera y no me gusta discutir contigo. Mira, cariño, aún hay más. Mira este documento, está en alemán, pero gracias a la tecnología lo puedes traducir al español.

Comencé a leer con mucha atención. Hablaba de las Feld-Hure, la mayoría eran polacas y alguna rumana, estas se ofrecían voluntarias para recabar información, era una manera de seguir luchando.

Carla estaba tan alucinada como yo, se le notaba en la cara, sus ojos miraban con mucha atención cada documento y cada ficha que desplegaba.

—María, esto es muy gordo, cómo se me ha podido pasar... Gracias a que encontraste la foto nos hemos centrado en este campo. No tengo justificación alguna. Desde que terminamos la carrera, no he hecho otra cosa que investigar sobre este periodo y los campos de concentración. Centrada en exiliados españoles, por mis manos han pasado miles y miles de historias recogidas con mimo y cuidado, y nunca reparé en las mujeres. Siempre enfocada en la investigación de campos como Mauthausen, Gusen, Auschwitz. Sin embargo, Ravenbrück lo pasé por alto. Es como si estas mujeres hubieran decidido esperarte para terminar de una vez por todas con tantos años de silencio.

Le pedí a mi novia que buscase la ficha de la madre de Isadora y de Teresa, necesitaba ver sus rostros, conocerlas. Tardamos poco en encontrar a la roja del pelo rojo. Era una mujer guapísima, los nazis no consiguieron eclipsar su belleza. La imagen no era de gran calidad, pero se apreciaba su gesto desafiante. Sus profundos ojos negros lo decían todo, los retaba con la mirada, no era miedo lo que trasmitían, sino rabia e indignación.

Vimos alguna foto más; en cada una de ellas se apreciaba la tristeza y el miedo, estaban magulladas, aterrorizadas, sus rostros y sus delicados cuerpos no podían soportar más violencia.

No conseguimos encontrar el expediente de Carmen García. Aquello no era buena señal. Una presa sin ficha nunca ha sido tal; probablemente por su edad la gasearan nada más llegar, no le dieron la oportunidad de vivir en el campo. Carla seguía husmeando en el archivo de Ravensbrück, intentando dar con ella. Le pedí por favor que parase. No quería saber más.

—Creo que es injusto —le dije—. Voy a esperar a que Isadora me cuente qué le pasó a su madre. No se merece que hurguemos en su vida, se está abriendo en canal y por respeto a ella creo que no debo meter las narices. Al menos yo; tú puedes hacer lo que quieras.

Segunda parte

El infierno

XII

RAVENSBRÜCK: BIENVENIDAS AL PUENTE DE LOS CUERVOS

Tardamos cuatro largos e interminables días en llegar a nuestro destino, viajando sin parar metidas en aquellos vagones. Pasamos por muchas estaciones, nos cruzamos con otros trenes de prisioneros con los que tratábamos de comunicarnos. Hacíamos turnos para estar unos instantes en el tragaluz, necesitábamos respirar por unos segundos un aire menos viciado. El vagón apestaba, dadas las necesidades naturales de unas ochenta, noventa o casi cien mujeres atropellándose alrededor de dos cubos que no se vaciaron hasta llegar a nuestro destino. Cuatro días sin higiene, sin apenas ventilación ni agua, mucho menos comida, sin saber lo que sería de nosotras. Algunas reñían porque querían fumar, las más mayores se oponían. Eran conscientes del peligro real de tirar una colilla y que prendiera la paja del vagón sin ninguna posibilidad de salir de nuestra prisión rodante. Recuerdo que Yvonne Pagniez pasó todo el viaje despiojando a la que se prestaba. Estaba convencida de que, si llegábamos sin piojos, tendríamos más oportunidades de sobrevivir. En los bolsillos del abrigo guardaba dos peines con unas púas muy finitas. Cuando terminaba con una compañera, los limpiaba cuidadosamente con una esquirla de cristal. Yo ignoraba de dónde la había sacado; tampoco me importaba demasiado.

Gracias a Vicenta, la enfermera de Teruel que nos había ayudado a subir al tren a Teresa, mi tía consiguió no perder el pie. Utilizó la paja y el orín de Teresa para hacer un emplasto y colocarlo en los dedos a los que les faltaban las uñas; asqueroso, pero efectivo.

—Medicina de guerra, queridas —nos dijo.

Estuvo pendiente en todo momento de nosotras. Yo estaba dolorida y no había conseguido dejar de sangrar desde la noche de mi violación. Las pérdidas no eran intensas, Vicenta opinó que no eran preocupantes, pero que debía recuperar fuerzas cuanto antes, algo que no parecía fácil.

Por fin llegamos a Ravensbrück, «el puente de los cuervos». Se llama así porque parece ser que todos los cuervos de la región iban a morir a los bosques de abetos que están cerca del campo. Abetos extraños, de ramas retorcidas y troncos leprosos. Ravensbrück estaba cerca del pueblo de Fürstenberg, en la región de Mecklemburgo, un lugar pantanoso a noventa kilómetros de Berlín. Nos llevaron al mayor campo de mujeres en territorio alemán, el campo de mujeres que Alemania quería eliminar. Al gran desconocido, al olvido.

Nunca la mujer estuvo tan presente como en este campo: mujer vientre, mujer cosa, mujer objeto, mujer vencida, mujer amor, mujer madre, mujer esperanza, mujer sueño, mujer demonio, mujer agotada, cadáver, esqueleto; mujer ceniza ligera, volatilizada por las chimeneas; mujer cobaya, mujer moneda de cambio, mujer indiferente, vengadora...

Cuervos y más cuervos con trajes grises aguardaban la llegada de todos estos tipos de mujer, nuevas prisioneras para devorarlas. Llegamos en la madrugada del último día del año 1941; realmente, ya era 1 de enero de 1942: el viejo reloj del apeadero marcaba las cinco y media y el termómetro, veinte grados bajo cero. El mundo para nosotras se ponía un poco más patas arriba. La incertidumbre es más dolorosa que la muerte. Durante el trayecto, muchas cuchicheaban sobre lo que habían oído, cosas tan dispares como que a los judíos los estaban metiendo en grandes salas y los mataban con veneno. Yvonne Pagniez preguntó a estas mujeres.

—Y vosotras ¿cómo sabéis eso?

—Me lo ha contado una mujer que estuvo en un campo de concentración —dijo la desconocida.

—Te lo ha contado una que estuvo en un campo y ha salido —dijo Yvonne—. No asustes a las más jóvenes con esas habladurías. Nos van a utilizar para trabajar, somos su mano de obra gratuita, no nos van a envenenar. Deja de decir estupideces.

Un ruido ensordecedor anunció el fin del trayecto.

— ¿Hemos llegado? —preguntó Suzanne. Era ciega y todo el viaje estuvo con nosotras. Tendría la misma edad que yo, incluso menos.

—Hemos llegado al final del viaje; bueno, al final, sencillamente. Vosotras, con suerte, puede que consigáis resistir. Suzanne y yo estamos condenadas —dijo la vieja Paca. Era española y militante como nosotras. De cabello gris y escaso, había sido profesora y una ferviente defensora de las Misiones Pedagógicas.

Al abrir la puerta, la luz de numerosas linternas nos cegó los ojos. La comitiva nos esperaba ansiosa por darnos la bienvenida. Veinte soldados de las SS, con sus ametralladoras y sus perros sedientos de sangre. Entre gritos nos invitaron a bajar. Ninguna queríamos ser la primera, permanecíamos de pie, abrazadas las unas a las otras como un ovillo de lana. El vagón nauseabundo y mal oliente, con los cadáveres hacinados en un rincón de las veinte compañeras que no habían conseguido soportar el viaje, era infinitamente más acogedor que lo que aquellos anfitriones nos ofrecían. Ese vagón había sido mi hogar durante cuatro días y cuatro noches, un hogar que olía a orín y podredumbre, pero era mucho mejor que lo que nos esperaba. Llegamos como ganado, en un tren de ganado y como tal nos llevaron al matadero.

Un soldado de las SS subió al vagón, nos miró con cara de asco y empezó a dar patadas y empujones en la espalda, el estómago, el costado; daba igual. En el infierno todo está permitido. No nos dejó ayudar a Teresa, la echó fuera de una patada. Cayó de bruces sobre un suelo engañoso, con piedras afiladas como cuchillos cubiertas por la nieve. Cuando la roja del pelo rojo consiguió levantarse sin la ayuda de nadie —en el infierno no está permitido ayudar—, su rosto estaba ensangrentado: tenía un corte en la mejilla que no dejaba de sangrar. Se tapó la herida con la manga del jersey, pero la sangre se escapaba sin control. Los insultos y los ladridos no dejaban de atormentarla, los perros olían la sangre y estaban sedientos, al igual que sus dueños, los cuervos grises.

Una vez que consiguieron bajarnos a todas, entre llantos y algún que otro insulto, nos obligaron a formar. Para que sus órdenes a gritos fueran más efectivas, los cuervos no dudaban en disparar de forma aleatoria, daba igual ser vieja o joven, tener la cara llena de sangre y los pies reventados: asesinaban por diversión y para dejarnos claro que nuestra vida no valía nada. Debías estar agradecida por no ser la elegida. Te ponían la pistola en la nuca, notabas por un instante el frío cañón en el cuello y disparaban sin ningún pudor.

No seguían un patrón para asesinarnos, simplemente disparaban. Era su manera de demostrarnos su poder. No podría decir cuántas cayeron esa madrugada, que no fue más que la primera de muchas en las que se repitió la misma historia. Todos los días, trenes cargados de miedo llegaban a la estación y la nieve se teñía de rojo, un rojo oscuro, casi negro, el fruto de la suma de cientos de noches. La oscuridad no nos permitía verlo con claridad, pero allí estaban los cuervos, apuntando con sus linternas al suelo para que no se nos escapase detalle alguno. Todo estaba preparado, era su gran actuación, un papel que representaban cada noche. Cientos de mujeres, en la madrugada del primer día del año 1942, fueron asesinadas ante nosotras y sus ojos se cerraron para siempre. Incluso antes de cruzar las puertas del averno. Por las mañanas, un grupo de reclusas, elegidas también al azar, eran las encargadas de recoger los cadáveres. Yo fui una de esas elegidas en más de una ocasión. La luz del día era más dolorosa que la de una vieja linterna. Solo cuando arrastrabas hasta la carretilla el cuerpo de una mujer y agradecías no ser tú, te dabas cuenta de que no íbamos a salir vivas del puente de los cuervos. Tarde o temprano, aquel surco de sangre marcado en la nieve sería el tuyo.

Los gritos, los escupitajos y los golpes —siempre con el fusil, nunca con la mano— eran incesantes. Gritos y más gritos en alemán que se repetían una y otra vez y que la mayoría no entendíamos: «¡IN EINER REIHE AUFSTELLEN. IN EINER REIHE AUFSTELLEN!».

Martha Aussoulin nos dijo que formásemos una fila, era lo que los demonios grises estaban gritando, y empezamos a caminar: Vicenta, Teresa, Martha, mi madre, la vieja Paca, Suzanne y yo, una detrás de la otra, junto con cientos de prisioneras. Algunas de ellas se convertirían en mi nueva familia. Una procesión de muertas vivientes se dirigía a las puertas del abismo. Sin esperarlo, noté que una mano me cogía de la cinturilla, se aferraba a mi falda con todas sus fuerzas, era una manera de no sentirse sola. Yo hice lo mismo con mi madre, me agarré tan fuerte como pude, como cuando era pequeña. Necesitaba sentirme protegida, aunque fuera por el retal de una vieja saya. Podía sentir cómo temblada, una mezcla de frío y pavor la invadía.

El camino era oscuro y tétrico. Las únicas luces que nos guiaban, las de sus linternas. No había duda, las puertas estaban cerca. A lo lejos comenzaban a distinguirse otras luces mucho más intensas, y cuanto más nos acercábamos, más empezaba a notarse un olor a derrota, frustración e impotencia: el olor de la muerte. Olía a los cientos de mujeres, con sueños, esperanzas y familias, que acabaron gaseadas e incineradas, volatilizadas, borradas de un plumazo. Todas sus esperanzas metidas en una cámara de gas, transportadas en carretillas por sus compañeras para ser quemadas en los hornos. En cuestión de veinte minutos, desaparecían, convertidas en humo lanzado al cielo puro del invierno por sus altas chimeneas.

Así fue nuestra entrada al puente de los cuervos. Te aseguro que el infierno de Dante es una minucia en comparación con el horror de aquel lugar. A los nazis les encantaba alardear de todo su poder. Grandes torres de vigilancia nos esperaban. Aquel campo era inmenso, no podía distinguir hasta dónde llegaba el alambre de espino. Entramos, la barrera se cerró detrás de nosotras con un ruido sordo. Se acabó, pensé, nos tienen en sus manos, libradas a su merced, sin ninguna posibilidad de fuga. No podía pensar, me sentía vacía, aniquilada. El mundo exterior a partir de aquella noche estaba prohibido. Ya no me quedaba nada, salvo la vida.

En el centro del recinto se encontraba el patio, rodeado de barracones o barracas. Era como una especie de plaza donde se pasaba lista. Cada cincuenta metros había una garita con un centinela apuntando con una metralleta a los miles de mujeres que estábamos allí, de pie, inmóviles. Ante nosotros procesionaban otras mujeres de edad incierta, con vestidos o pijamas rayados azules y grises. Mis ojos todavía no estaban acostumbrados a ver tanta miseria física. Eran como personajes escapados de los cuadros del juicio final.

XIII

Puñalada trapera

Diez mujeres perfectamente peinadas y uniformadas nos esperaban; algunas no tenían ni veinte años. Nos desnudaron bajo el gélido frío en medio del patio.

—Tú allí, tú te quedas aquí, tú allá —gritaban en alemán.

Nos separaron en tres filas. Vicenta, mi madre, tía Teresa, Martha, Paca, Suzanne y yo nos cogimos de la mano, estábamos completamente desnudas, muertas de frío y de miedo. Otras reclusas se encargaron de recoger nuestra ropa y ponerla en carretillas para llevarla a quemar. A lo lejos podía distinguirse la hoguera y una procesión de muertas vivientes tirando de carretillas cargadas.

Fue entonces cuando empezó el caos. De nuevo, los empujones y los golpes en la espalda ahora con porras. ¡Plaf! ¡Plaf! Recibí un porrazo que me bloqueó la mandíbula. Mientras los golpes llovían a nuestro alrededor, una de las guardianas comenzó a tirar del brazo de mi madre y yo no estaba dispuesta a soltarla. Me golpeó la mano con la porra sin parar, pero el dolor era infinitamente más soportable que la idea de separarme de la mujer que me había dado la vida. Me resistí, cogí su mano y la apreté con todas mis fuerzas, sin darme cuenta de que se habían llevado también a Martha y a la tía Teresa. En aquel instante solo quería a mi madre. Me negaba a que me arrancaran de su lado. Pero una pistola en la frente dejó claro que no debía oponerme.

—Suéltala —dijo en un perfecto francés la joven rubia, con dos trenzas recogidas sobre la cabeza, que sujetaba la pistola. Su rostro lo decía todo: irradiaba felicidad, estaba disfrutando con mi dolor. Me miró fijamente a los ojos y me preguntó—: ¿Quién es?

—Mi madre —le dije.

—¿Quieres ir con ella? —añadió levantando las cejas al tiempo que mostraba una amplia sonrisa—. ¿Ves el humo que sale por las chimeneas?

—Sí—contesté mientras asentía con la cabeza.

—Tu querida madre va directa a la cámara de gas. Y si te opones, te vas con ella.

Mi madre no entendía mucho el francés, pero sabía lo que estaba pasando. Forcejeó para soltarse de mi mano y esperó a que se la llevasen.

—Tu madre es una mujer inteligente. No sufras por una vieja. En cuestión de horas podrás ver cómo vuela. —Se rio a carcajadas—. A ver, enséñame cómo vas a saludar a tu mamá cuando vuele.

Un nudo en la garganta me impedía hablar, las lágrimas comenzaron a brotar y, mientras lloraba, con una pistola en el entrecejo, una extraña me apretó la mano.

—No le des ese gusto. No llores delante de una nazi —me dijo en español.

—Tu madre morirá esta noche, no queremos a viejas en este lugar. No queremos a viejas en este lugar —repitió la pequeña nazi sin quitarme los ojos de encima y moviendo la cabeza de un lado a otro como una muñeca, como si fuera un juego.

Yo no conseguía controlar el llanto ni ella la risa. Reía a carcajadas sin apartar la mirada de mis ojos, repitiendo una y otra vez en un perfecto francés que mi madre saldría esa noche por la chimenea del horno crematorio. Me cogió la mano y la levantó por encima de mi cabeza.

—Vamos, di adiós a mamá —me dijo mientras se ponía a mi lado y me señalaba una de aquellas construcciones del averno—. ¡Hasta pronto! Seguro que en unos días te reunirás con ella en el cielo de las putas.

Mi madre se quedó inmóvil, plantada en la nieve, desnuda. Era consciente de que su final había llegado. Pero no lloró, la mujer delicada de la que me sentía orgullosa estaba a punto de marcharse con la cabeza alta, con dignidad, a reunirse con los hombres de su vida: su padre, su marido, y su amado hijo.

La miré por última vez; no solo la separaron de mí, también de Teresa y Martha. Era el final de la mayor de las hermanas García. Tía Teresa, desde lejos, no parecía la misma mujer, esa mujer tan poderosa de la que tanto había aprendido y a la que admiraba, dispuesta a dar la vida por su adorada República. Nada quedaba ya de la roja del pelo rojo. Estaba débil e indefensa, llena de cortes y heridas. No solo eran físicas, las llevaba por dentro, en el corazón y en el alma, y estas eran mucho más complicadas de sanar. Le estaban arrancando una parte de ella, su hermana, y no podía hacer nada. Aunque Teresa no lloraba: mantenía la cabeza bien alta, estaba desnuda, helada, sabía que no volvería a ver a mi madre... Pero seguía conservando su dignidad. No pudimos despedirnos de la hermana, de la amiga, de la confidente, de la bailarina, de la madre desesperada por encontrar a su hijo, de la viuda... Todas ellas estaban a punto de desvanecerse para siempre y nosotras no podíamos ayudarlas.

Mi madre no dejaba de mirar en mi dirección. La vi acercar una mano a los labios y me envió un beso eterno. La oí gritar «¡Isadora, Isadora, mi niña! Te quiero, no dejes de buscar a tu hermano si consigues sobrevivir. Te quiero, no lo olvides». Las lágrimas me impedían ver con nitidez a mi madre caminando desnuda por la nieve con el rostro alto y gritando mi nombre sin parar. Se marchaba sin saber que pronto se reuniría con la persona que llevaba buscando desesperadamente desde 1939. Junto a ella caminaban la vieja Paca y Suzanne. Paca lo sabía. Allí no había lugar para viejas y, mucho menos para ciegas como Suzanne. Las tres se cogieron de la mano y caminaron juntas hacia la libertad. Esa noche, ciento cincuenta y seis mujeres dejaron de combatir: siete austríacas, cincuenta y tres francesas, veinte italianas, una griega, quince polacas, dos españolas y cincuenta y ocho alemanas.

La perdí nada más llegar y no pude abrazarla ni despedirme, ni decirle que no le guardaba rencor y que la quería. Desde la noche de la detención, ya no era la misma, mis palabras en el camión de camino a las oficinas de la Gestapo la mataron. Fueron dagas afiladas que salieron de mi boca directas a su corazón.

Me acababa de quedar sin madre, así, sin más. Y ahora ¿qué? Está claro que nadie vive para siempre, que todos debemos morir tarde o temprano, que la muerte no tiene solución. Pero lo que acababa de suceder no era justo. Nada era justo. La guerra no la habíamos empezado nosotras. Solo me quedaba mi tía, a la que no podía abrazar, ni llorar con ella nuestra pérdida, ni siquiera podía velar a mi madre.

Aún puedo escuchar su voz en mi cabeza repitiendo desesperadamente mi nombre una y otra vez. Mi madre, la mujer Carmen García Moreno, se fue sin saber qué fue de su hijo.

María, en ese mismo instante fui consciente, indefensa y aterrada, de que el horror no había hecho más que empezar. Perdí lo más grande rodeada de mujeres desconocidas: unas, recién llegadas; otras, viejas residentes. Todas fueron testigos mudos de mi pérdida.

En cuanto se llevaron a las inservibles, comenzó el recuento de las que nos quedábamos a vivir en el infierno. Nos llevaron a las duchas de desinfección. Cuando el agua helada empezó a salir por los pequeños agujeros de la pared, me vino a la cabeza la conversación de las mujeres en el vagón: tenían razón. No solo nos iban a explotar, sino que, a las que no eran útiles para sabe Dios qué cometido, las mataban y quemaban.

La desconocida que me acompañó durante el duelo de mi madre no me había soltado la mano ni un segundo. Allí, entre muchas más con el mismo miedo que el mío metido en el cuerpo, la abracé bajo el agua y grité. Grité de rabia y de impotencia, grité por mi madre, por mi padre, por mi abuela María, por Ignacio y por todos. Maldije a los nazis y al Tercer Reich y me juré a mí misma que no iban a poder conmigo. Salimos mojadas de nuevo al patio, las gotas de agua que quedaban en nuestros cuerpos se congelaban por el frío, estaba amaneciendo y mi madre ya no estaba allí para verlo.

Nos llevaron a otra barraca y nos dieron un pijama y un triángulo para que lo cosiéramos a nuestro nuevo uniforme. A mí me dieron uno negro, no sé quién lo decidió ni en qué momento ni lo que significaba. Solo conocía el de color amarillo, con el que marcaban a los judíos. Los Aussolin lo llevaban sobre su ropa de calle: eran dos, uno de ellos invertido, y juntos formaban la estrella de David.

Esperando en la cola para recoger la aguja y el hilo, pregunté a una mujer de uniforme como el que me acababan de entregar, pero con una porra en la mano, que qué significaba cada color. Hizo caso omiso a mi pregunta y me ordenó que continuase. Cuando nos entregaron el hilo y la aguja, pasamos a otra sala donde nos sentamos en el suelo a coser la nueva insignia. Una mujer de mediana edad se acercó a mí y se presentó.

—Hola, soy Piedad. Me han dicho que te explique cómo coser correctamente el triángulo al pijama.

—Yo soy Isadora, se agradece escuchar a alguien hablar en tu idioma. Acabo de llegar y me acaban de quitar a mi madre —le dije hecha un mar de lágrimas.

—Lo siento mucho. No sé qué decir. Llegué solo hace dos meses y ya no soy la misma. El carácter se endurece en cuestión de días; tienes que ser dura; si no, no vas a soportarlo.

—¿Y cómo se consigue?

—Como puede cada una; es muy importante que hagas amigas lo antes posible. Ya tienes una —dijo Piedad, intentaba ser amable y era de agradecer, ya que a Teresa, Martha y Vicenta las habían colocado en alguno de los otros grupos de treinta mujeres en que nos habían separado para instalarnos en los barracones—. ¿Qué triángulo te han asignado?

—El negro.

—¡Uf! —Su semblante cambió.

—¿Qué significa?

—Es complicado. —Piedad comenzó a enumerar cada color y su significado—. El amarillo es el de los judíos. El verde, para los presos comunes: cacos, ladrones, asesinos... Suelen ser los chivatos de los guardianes. Dale a un preso una porra y olvidará dónde está; a veces son peores que los propios nazis, debes tener cuidado con ellos. El rojo, para los prisioneros políticos: comunistas, anarquistas, republicanos... Con él señalan a todos los antifascistas. Llevar ese triángulo es un honor dentro de la degradación que conllevaba este lugar. Marrón para gitanos o romaníes: los nazis persiguen a todo el que consideran de una raza inferior. El púrpura es el de los testigos de Jehová. El rosa está destinado a los «homosexuales habituales». Primero los meten en prisión; más tarde los traen aquí.

—¿También hay maricas en este lugar? Solo he visto a mujeres.

—Sí que hay, ya que este no solo es un campo de trabajo, sino también de aniquilación. Y ellos, para el Tercer Reich, deben ser aniquilados. Los consideran un obstáculo para la expansión alemana. Les encanta experimentar con ellos y someterlos a la disciplina de campo triplicada.

—¿Disciplina de campo triplicada?

—Significa menos comida, más trabajo y supervisión mucho más estricta. Se les puede hacer de todo, desde convertirlos en conejillos de Indias hasta torturarlos, castrarlos. Las guardianas utilizan sus huevos para jugar al tenis. Los animan a saltar la valla para dispararles con el pretexto de que intentan huir. A la guardiana que consiguen matar a más *schwuchtel*, como los llaman, le conceden tres días de permiso. Aunque a los que son arios los tratan de otra manera. Cuentan con las pobres niñas para reeducarlos sexualmente... En fin, sigo: el triángulo azul, que es el que yo llevo —dijo señalándolo— es para los olvidados, los inmigrantes, los sin tierra, los que luchamos primero en España y luego en Francia. Es el color de la mayoría de los españoles, nos llaman los apátridas. El fascismo no nos quiere y han encontrado la manera de deshacerse de nosotros.

—¿Y el negro? —insistí

—Es para las lesbianas, las feministas, para...

—¿Para qué?¡Suéltalo ya! Me has dado un discurso sobre colores y triángulos y no sé por qué extraña razón evitas decirme para quién es el negro.

—Para las putas, Isadora, para las putas. Lo siento.

—Yo no soy prostituta, debe de ser un error.

—Han decidido convertirte en su prostituta. No tiene nada que ver con si has ejercido o no la prostitución. No conozco el patrón para designar a las Feld-Hure.

—¿Qué es eso de *feljure*?

—Así se las llama a las putas de los campos de concentración—y deletreó—: F-e-l-d-h-u-r-e, la hache se pronuncia como una jota, ya lo aprenderás.

—Soy una basura, entonces; casi que habría preferido morir junto a mi madre.

—En cuanto pases la cuarentena y te lleven a tu barracón, busca a Maria Radu, dile que vas de parte de Piedad, la española. Ella te ayudará. Es polaca, pero habla nuestro idioma.

—Y es una puta, como yo.

—Sí, pregunta por ella. Te ayudará —insistió Piedad antes de marcharse. Debía continuar supervisando que los triángulos estuvieran bien cosidos y fueran visibles.

Cuando terminé de coser el mío, me puse mi nueva ropa y guardé la cola para pasar a otra denigración, todavía no sabía cuál sería la siguiente.

¿Por qué yo?

XIV

El día en que me convertí
en una puta de campo

Empezaba a amanecer y aún no habían terminado conmigo. Solo me habían dado un triángulo negro, que tuve que coser a mi ropa, para dejarme claro que me iban a convertir en una Feld-Hure y me habían hecho una foto. Después, los capos nos separaron en grupos según el color que se nos había asignado. Las elegidas para prostitutas éramos unas cuarenta mujeres. Nos condujeron a otra sala, estaba repleta de sillas. Nos obligaron a sentarnos y otras compañeras comenzaron a peinarnos con un peine de finísimas púas de alambre. Los piojos caían sobre nuestros hombros. Nos rociaron la cabeza de insecticida, esperaron unos segundos, y repitieron la operación. A las mujeres que tenían largas y frondosas melenas, se las cortaban, pero no nos raparon, aunque sí lo hacían con casi todo el resto. Piedad tampoco conservaba el pelo. No había que ser muy espabilada para darse cuenta de que a las que íbamos a servir al Tercer Reich con nuestro cuerpo el pelo nos hacía más atractivas.

Cuando terminaron de despiojarnos, nos hicieron formar otra fila. Estaba claro que nuestras vidas a partir de ahora, la mayoría del tiempo, iban a transcurrir así: formando filas, pasando listas, siendo utilizadas como mano de obra esclava, sentadas o de pie según lo que nos tocase hacer. A las putas nos había tocado lo peor: la mayor parte del tiempo lo pasaría tumbada, con las piernas abiertas y el sexo disponible para todo el que lo quisiera utilizar.

Mientras esperaba mi turno, escuché a una mujer que hablaba en español decir que ese trato era porque nos esperaba algo mejor, que seguro que nos llevarían a servir a las casas de los altos mandos de las SS. «¡Pobre ingenua!», pensé. Seguramente, si no me hubiera encontrado a Piedad, también habría pensado lo mismo. Me acerqué a ella y le pregunté su nombre.

—Me llamo Josefa Sánchez.

—Josefa, no nos quieren para servir, nos quieren para follarnos.

Una de las guardianas, de forma muy amable, nos pidió que la acompañásemos hasta una pequeña habitación. Nos dijo, en un óptimo francés, que nos desnudásemos y que esperásemos al doctor. Nos esperaba un humillante control ginecológico, efectuado en condiciones vergonzosas y antihigiénicas. De nuevo nos pidieron que formásemos una nueva fila, todas desnudas, una detrás de otra. Bajo el brazo, el nuevo uniforme. Allí estábamos, guardando nuestro turno.

Cuando llegó mi turno, me tumbé en la camilla, abrí mis piernas temblorosas y me tapé los ojos con las manos. No quise mirar. Noté algo frío en mi vagina, frío y duro. Llegaba a las entrañas y, al momento, un pinchazo. No tenía ni idea de lo que me acababan de inyectar. No sabía para qué era el líquido que pusieron dentro de mi sexo; por unos instantes pensé que era para matarme, pero no tenía mucho sentido. No me habían cortado el pelo como a las demás, los cuervos no tenían tantas contemplaciones con alguien que iba a morir, ya me lo habían demostrado con mi madre. No dejé de llorar durante el reconocimiento. Al doctor Ludwig Stumpfegger le daba lo mismo el motivo de mi llanto, estaba demasiado ocupado con mi vagina. Para él, lo primero era mi productividad, lo demás le importaba poco. Era el médico nazi del campo y teniente coronel de las Waffen-SS, la sección de combate de las SS. Con el mismo utensilio fuimos examinadas todas.

Concluida la primera humillación, la misma jovencita que nos había acompañado apareció de nuevo. Nos dio órdenes para que nos vistiéramos y nos condujo a otra habitación, la de los tatuajes. A las putas se les concedían «privilegios»: no te tatuaban el número de prisionera en el reverso del antebrazo, como al resto de las compañeras, sino en el pecho, bien visible si estabas desnuda y a la luz, más difícil de esconder que el del brazo, para que a nadie se le olvidase lo que éramos y en la basura en que nos había convertido el Tercer Reich. Aunque tampoco es que yo lo haya escondido nunca, no me avergüenza. Algunas decisiones que tomé más tarde me avergüenzan mucho más que estas letras en mi pecho, María.

De allí salimos marcadas como Feld-Hures, además del número y el triángulo negro invertido. Era lo bastante grande para que pudiera verse sin problema, de unos cinco centímetros aproximadamente. Estábamos listas, matriculadas. Ya éramos las putas de ese campo de concentración. Deseaba que terminase todo aquello. El pecho me ardía, era un dolor profundo e intenso, y no paraba de sangrar. Ya estaba lista para «la incorporación de las novatas», brutal y diseñada para imponernos la sumisión y la deshumanización. Tu abuela Sole, en parte no iba desencaminada: siempre me decía que ser puta y servir venía a ser lo mismo.

Éramos las elegidas, acabábamos de pasar a la historia como «las asociales», pues así se apellidaba el barracón en el que nos instalaron. Las putas del Tercer Reich íbamos a entregar nuestro cuerpo a los soldados para que lo disfrutaran una y otra vez.

Por fin llegamos a lo que sería nuestro nuevo hogar, «el pabellón de las asociales». Un barracón no demasiado grande con literas de madera. A las nuevas nos tocaba las de abajo, nuestro colchón era una lujosa tabla roída, llena de sangre y húmeda de orina.

En cada cama, tres reclusas. Yo me acomodé con Josefa y con Vicenta. Justo al lado de nuestro inmenso nuevo hogar estaba el barracón número 27, el prostíbulo.

—Oye, tú, ¿cómo te llamas? —me preguntó en español una mujer con un marcado acento similar al de Dimitri. No sabría decir qué edad tenía, estaba bendecida por el dios de los años bien llevados incluso en aquel lugar. Tenía un pelo negro como la noche en la que llegamos al campo y unos alegres ojos azules. Me resultó extraño y curioso a la vez que, en un lugar como aquel, que apestaba a orín, mierda, humedad y podredumbre, alguien pudiera regalarme una sonrisa y una mirada de consuelo y tranquilidad.

—Me llamo Isadora

—Yo soy Maria.

—¿Eres Maria Radu? —le pregunté.

—Exacto, ¿quién te ha hablado de mí?

—Piedad, me dijo que cuando llegase al barracón, preguntase por ti. Que necesitaba hacer amigas. Ella ha sido la única amable conmigo.

—Ya tienes otra amiga, pues.

Maria Radu, polaca y puta, hablaba muy bien el español, lo había aprendido de las compañeras del barracón. Le gustaba conversar con todas, era buena con los idiomas y no le costaba aprenderlos. Maria fue cristalina desde el principio. La Radu, como todas la conocían, no se andaba con rodeos.

—Eres una puta de campo de concentración —me dijo.

—Lo sé, Piedad me lo dijo. ¿Por qué yo?

—Porque ellos lo han decidido. No le des más vueltas. A partir de ahora te violarán entre veinte y treinta veces al día. Damos un servicio al Tercer Reich. Te has convertido de la noche a la mañana en una pieza imprescindible de la maquinaria nazi. No solo nos utilizan para follar, también para transportar muertos al crematorio. Pero no te preocupes, dentro de lo malo que puedes pensar que es, no tiene nada que ver con lo que les hacen a las que van a la enfermería. Intenta no ponerte mala y no quedarte preñada. Cómete toda la mierda que te den y acepta todos los presentes que te ofrezcan los soldados, eres muy guapa y alguno se encaprichará de ti. Y lo más importante: nunca llores delante de un nazi. Es lo único que te va a mantener viva en este sitio de mierda. —Era la segunda vez que me lo decían en muy poco tiempo—. Una vez que te acostumbras ni lo notas, dejas de sentir de cintura para abajo. Si eres lista, puedes sacar mucha información mientras te están follando, para que consigamos acabar con estos cabrones de una vez.

No entendía la frialdad con la que me hablaba, me estaba contando que me iban a violar veinte veces al día, como mínimo, con una tranquilidad pasmosa. Mientras Maria contaba con un desapego abrumador lo que se me venía encima, yo no dejaba de pensar en que me había quedado huérfana y en lo que sufriría mi padre si estuviera vivo y supiera dónde me hallaba. Él siempre luchó por miles de causas, pero, sobre todo, peleó por conseguir voz para las mujeres y por abolir la prostitución.

Una fría mañana de enero de 1932 llegó a casa con aquella sonrisa característica. Parece que lo estoy viendo, tan emocionado. Por fin había llegado el debate sobre la prostitución al Congreso de la mano de una mujer, Clara Campoamor. No fue hasta 1935 cuando se aprobaría por decreto la abolición de la prostitución como una forma de garantizar la igualdad entre hombres y mujeres. Mi padre nos recitó punto por punto las palabras de Carlos Martínez y Martínez: «La abolición debe ir acompañada de una nueva educación y dar a conocer al pueblo una noción nueva, clara y valiente de qué es la sexualidad». «Si mi padre me viera ahora», me decía a mí misma. Él, que siempre creyó en la felicidad y en la libertad de cada uno y nos hizo soñar con un mundo más justo, con poder darnos pan y estudios y derrotar a Franco. Y mira dónde habíamos terminado: en un campo de concentración en Alemania. En pocas horas me había convertido en todo lo que odió mi padre y por lo que peleó hasta dejarse la vida. Menos mal que estaba muerto.

Ravensbrück no era lo mismo para todas, no se ve ni se oye lo mismo, no se sienten ni se registran las mismas sensaciones. Los caminos que llevan al infierno son distintos... El estupor de la detención, el terror del interrogatorio, el frío, la angustia, la clasificación, incluso pasar por el trance de la pérdida era un descanso comparado con lo que estaba por llegar a las elegidas, a las inservibles, a las putas. Éramos la basura de la basura. Éramos las mujeres que no encajaban en el modelo de reproducción de la raza pura. No podíamos reproducirnos, pero sí podían divertirse con nosotras violándonos hasta la saciedad.

XV

La iniciación

Solo llevaba dos semanas allí y me parecían dos años. Aún no había visto a mi tía Teresa ni me habían llevado al prostíbulo. Hasta ahora solo cargaba cadáveres de las cámaras de gas hasta los hornos crematorios. Era horrible, pero mejor que ser violada por un nazi.

Era un hecho que nos querían aniquilar, borrarnos, para que cuando terminase la guerra no quedara nada. Ya era oficial, las salas para envenenar personas existían. Utilizaban un pesticida, al lado de cada cámara se apilaban multitud de latas de ese veneno. Se llamaba Zyklon B, era un compuesto de cianuro de hidrógeno. Maria Radu me había puesto al tanto de cómo lo hacían. Los nazis buscaban constantemente fórmulas de exterminio baratas y eficientes. Los gránulos de este pesticida se convierten en un gas mortal al entrar en contacto con el aire. Penetra por inhalación en los pulmones y bloquea la respiración celular. Ataca al corazón, la muerte por paro cardiaco está asegurada, es el veneno más rápido.

A los cuervos grises no les gustaba perder el tiempo y había muchos a los que aniquilar, las órdenes era asesinar a todos los deportados a Ravensbrück. Procedíamos de más de cuarenta países, el campo era una torre de Babel. Allí todos nos entendíamos a la perfección: la tristeza, el miedo y la desesperación hablan el mismo idioma. Todos sabíamos que tarde o temprano pasaríamos por las cámaras y probaríamos el temido Zyklon B.

El día que las nuevas estábamos esperando había llegado: «la iniciación o la incorporación de las novatas», así lo llamaban los soldados de las SS. La víspera de nuestro bautismo, Mirta Brandt, la celadora encargada de nosotras desde que nos seleccionaron, vino a recogernos al barracón y nos llevó al prostíbulo: el barracón 27. Tenía diez habitaciones, todas con una enorme mirilla en la puerta. Había soldados con el sexo al aire masturbándose mientras observaban por las mirillas, les gustaba mirar cómo follaban sus compañeros, les producía un enorme placer ver cómo abusaban de nosotras. Recorrimos el enorme corredor esquivando soldados que se masturbaban. Sus gemidos eran asquerosos, y no pude evitar ver cómo se acariciaban la polla con sus manos manchadas de semen. Al final del corredor, en una sala repleta de grandes ventanales, esperaban siete oficiales. «Parecen satisfechos —pensé—, ya habrán pasado por alguna de las habitaciones, terminará pronto». Mirta, entusiasmada, nos pidió amablemente que nos desnudásemos, el pijama no dejaba ver la mercancía.

—Señoritas, a formar. Estos señores —dijo aparentando gran seriedad— quieren que, al menos durante el servicio, estéis contentas con la labor que vais a desempeñar. Y han venido para daros el visto bueno. Es un privilegio para todas vosotras. Mañana estaréis listas para vuestra iniciación. A primera hora vendré a por vosotras, a por las nuevas. Vuestro lugar de trabajo os va a encantar. Todo está tan limpio que hasta podéis comer en el suelo... ¡Ah, que no tenéis comida! —dijo y se rio como una hiena.

Todavía oigo esas palabras engañosas y perversas en mi cabeza. Se acercaron uno a uno a cada una de nosotras y nos manosearon, nos olisquearon, nos metieron los dedos en los genitales para después llevárselos a la nariz, siempre con protección, llevaban guantes, para que no les pegáramos ninguna enfermedad, ya que aún no habíamos pasado la desinfección general, solo el despioje. A mi lado estaba Vicenta: a todos les llamó poderosamente la atención, era una mujer muy atractiva, podría decirse que tenía una belleza clásica, como si la hubiera heredado de las esculturas de mármol de la Antigüedad. Era como una Venus esculpida en el Renacimiento. Los asquerosos oficiales ya habían elegido. Las agraciadas fuimos veintiséis de las cuarenta mujeres a las que sobaron. El resto no pasaron la prueba y las llevarían a la cámara de gas en cuanto anocheciera. Era, pues, afortunada, tenía que agradecerle la vida a un puñado de cerdos.

No tenía opción de momento. Al día siguiente debería dejar por unas horas mi nuevo hogar para ser violada por los oficiales que nos habían visitado. Me pasé la noche sin dormir cogida de la mano de la Radu.

—Maria, tengo miedo —le dije.

—La primera vez siempre se tiene miedo. No pienses en nada. Intenta desconectar, cuesta, pero, una vez que lo consigues, no te afectará. Piensa en que, cuando termines, la Radu estará esperándote para cogerte de la mano hasta que consigas dormirte.

—¡Gracias!

En el campo corría el rumor de que Maria Radu era medio judía; solo era un rumor sin fundamento. Los alemanes no podían meterle la polla a una judía, eso era una aberración. En el campo no había muchas, la mayoría eran gaseadas. Maria llevaba allí un año. La detuvo la Gestapo por un chivatazo, como a casi todas las que estábamos allí. En Polonia era profesora y escondía a los hijos de sus vecinos, que eran judíos. Mataron a los padres delante de los gemelos, unos niños de doce años, y ella, sin pensarlo, se los había llevado a su casa. Le costó la detención y un viaje como el que habíamos hecho nosotras.

En el campo formaba parte de un grupo llamado «la Lucha», en homenaje a todos los que resistían fuera del campo. Su labor consistía en conseguir información de los soldados e intentar pasarla al exterior. Muchas prostitutas formaban parte de la Lucha. Lo tenían todo muy bien montado. La información se pasaba en los «pabellones de la mierda», así se llamaba a las letrinas, y que eran los únicos que no controlaban los nazis, ni se acercaban a ellos. Maria utilizaba las horas en que se prostituía para conseguir información de los soldados: nombres, operaciones, nuevos destinos, estrategias; en fin, todo lo que podía sonsacarles. Cualquier información era válida. La mayoría llegaban borrachos, apestando a brandy con ganas de sexo. La Radu era guapa y muy lista. Decía que su inteligencia le salvaría la vida y que, si lográbamos conquistar la libertad, nadie nos follaría mejor que ella. Lo más curioso es que, siendo polaca, terminara en Ravensbrück y no en Auschwitz. Pero tenía su explicación: cuando la detuvieron, le preguntaron qué sabía hacer y ella les mintió. Les hizo creer que era puta. La subieron a un tren y la trajeron a Alemania.

Gracias a ella, conseguí sobrevivir.

Había llegado mi hora. Mirta llegó muy temprano, despuntando el alba. Todo estaba previsto para imponernos la sumisión.

—En formación—gritó, con un tono tan contundente que parecía que estaba dictando sentencia de muerte.

Salimos rápidamente hacía la sala de desinfección. No tardamos mucho en llegar. El cortejo pasó al lado de la puerta de las alambradas custodiada por dos soldados. Estaba abierta, mala señal: acababan de dejar a otras compañeras. Yo creía que todas las que estábamos obligadas a ser putas residíamos en el mismo barracón. Más tarde me enteré de que había dos más.

Mirta abrió las puertas, nos ordenó desnudarnos y pasar a las duchas. Al entrar, nos dio una pastilla de jabón que olía de maravilla. Era uno de los privilegios de ser puta.

—Frotaos bien, chicas, hay que estar perfectas para vuestra iniciación.

Cuando terminamos, pasamos a otra habitación y nos dieron ropa limpia. Un camisón blanco e impoluto de algodón muy fino, semitransparente. Ya estábamos listas para ser folladas por siete viejos.

Mirta nos condujo a la habitación de la depravación; al abrir la puerta podía percibirse el olor humano, el olor a perversión, a violación. El comandante salió a recibirnos y nos invitó a entrar. Uno de los más viejos se acercó a mí, me pidió que le bajase el pantalón y le chupase su vieja y arrugada polla. Me obligó a succionar con mucho cuidado el supuesto manjar que me ofrecía, hasta que un líquido blanquecino y muy caliente salió de él. El cabrón se retorcía de placer. Sus testículos grandes y canosos me golpeaban la cara, podía percibir un aroma a almendras amargas. Fue repugnante.

Era tarde cuando regresamos a nuestro asqueroso hogar, donde el mal olor a orina se percibía desde fuera y apenas dejaba respirar. Por muy malo que fuera, era infinitamente mejor que el barracón 27. No regresamos solas, nos acompañaba un SS que tenía una cicatriz en la cara y su perro. Entró eructando y nos reprochó lo guarras que éramos. El olor irritaba al perro, que no dejaba de ladrar. Hicimos caso omiso a sus reproches, deseaba recostarme en el catre junto a Josefa y Vicenta, habíamos pasado la prueba. Oficialmente estábamos listas para trabajar en el burdel.

A la mañana siguiente, Mirta llegó muy temprano para solicitar mis servicios. Me sacó a empujones del barracón y me condujo de nuevo al burdel. Repetí el ritual de la ducha y el camisón blanco. Después, me dio unos zuecos y me llevó a la habitación número 3, podía sentir el frío penetrar en mis huesos. Allí me dijo que esperase. Por la mirilla, pude ver a mi agresor. Era un preso, un capo. Nada más abrir la puerta, se bajó los pantalones del pijama y comenzó acariciarse la polla para empalmarse. Del empujón que me pegó, caí directamente al catre, testigo mudo de tantas violaciones. Se puso sobre mí y comenzó a lamer mis mejillas, obligándome a abrir la boca para meter su lengua. Intenté resistirme, pero estaba tan agotada y hambrienta que finalmente me di por vencida. Casi había perdido el conocimiento de las hostias que me propinaba de vez en cuando. Me sabía la boca a sangre. Mientras pasaba su lengua por mis dientes, consiguió penetrarme. Después me obligó a ponerme a cuatro patas y me folló como a un animal. Fue igual de repugnante que el día anterior y que en las oficinas de la Gestapo. La diferencia es que terminó rápido. Se subió los pantalones y, sin decir una palabra, se marchó dando un portazo. En menos de diez minutos, Mirta me avisó de que ya tenía otro cuervo gris maloliente esperándome, debía asearme un poco con una palangana, agua fresca y el jabón que había en la habitación. El día de mi bautismo me violaron diecisiete veces.

XVI

Mi primera llamada a la lista

En cuestión de tres meses ya era una trabajadora sexual a tiempo completo, me violaban una media de diecinueve hijos de puta al día. Por fin habían pasado la adaptación, así era como lo llamaban los demonios. Una vez transcurridos los tres meses se nos otorgaba un nuevo derecho, relacionarnos con el resto de reclusas, antes estaba totalmente prohibido. Cuando Mirta consideraba que ya nos habíamos aclimatado al burdel y a las depravaciones, nos comunicaba que estábamos listas para nuestra primera llamada. Deseaba este momento, ansiaba ver a tía Teresa. Mientras tanto, contaba los pocos días que me quedaban, pasaba el tiempo en el prostíbulo como un maniquí desnudo con la Radu, Vicenta y Josefa, que era extremeña y también le había tocado ser puta en la guerra de España. Los nacionales campaban a sus anchas por su pueblo, un pequeño municipio fronterizo con Portugal, utilizado como vía de escape de muchos compatriotas; por esta razón, estaba tan vigilado por el glorioso Ejército español. Para mantener la motivación de los hombres, los mandos decidieron montar un lupanar para su entretenimiento y utilizar a las muchachas del lugar. A las que se negaban, las fusilaban en la plaza delante de todos sus vecinos, era su forma de decir que no se andaban con chiquitas.

Josefa resultó ser una de las «afortunadas». En cuanto pudo, cruzó España de punta a punta con un grupo de milicianos y llegó a la ciudad de la luz. A los seis meses la detuvieron mientras transportaba documentos para la Resistencia. Se pateaba todo París cargada de informes. Una mañana soleada, caminaba disfrutando del buen tiempo y, despistada, chocó con un capitán de las SS. Él no se lo pensó dos veces y la detuvo por aquel incidente. Cuando la registró, de debajo de su falda salió toda una conspiración para atentar en un café donde se reunían los altos mandos nazis destinados en la capital. Josefa fue enviada directamente a Ravensbrück.

La extremeña era, pues, puta desde los dieciséis años. Nos hicimos inseparables. Ella y Maria se convirtieron en mis hermanas, las que nunca tuve, y me enseñaron todo lo que debía saber para sobrevivir a un burdel. Sobre todo la Radu, que nunca se anduvo con rodeos ni con palabras bonitas para evitarme sufrimientos, era clara como el agua: «Las mujeres lo tenemos muy difícil y, si te quedas preñada, más. Y otra cosa muy importante: si puedes matar a un nazi, no lo dudes, aunque tengas que pagar con tu vida. Yo me he cargado a unos cuantos. Grábate esto en tu preciosa cabecita como tenemos grabado en el pecho lo que somos: cada nazi vivo matará a mujeres, niños y ancianos. Solo cuando mueran dejarán de ser un peligro. Recuerda, si matas a uno, estás salvando miles de vidas», me dijo un día. Maria tenía unos labios gruesos y carnosos de un color rojizo que ella misma resaltaba pinchándose un dedo con la aguja que llevaba siempre en el bolsillo, en cuanto la sangre brotaba de su índice se la pasaba por la boca, aparentando un estado de salud óptimo. Cuando la visitaba algún pez gordo borracho, hacía lo mismo con sus mejillas, para simular lozanía en el rostro.

—Isadora, soy una escoba —decía cada noche al mirarse al espejo antes de que comenzara la función. Bromeaba con su cuerpo y su extrema delgadez—. Las mujeres de estos cabrones deben de ser más frías que un invierno en Cracovia, sus perros vienen a follarnos a nosotras, que parecemos palos, y aun así les gustamos. Si me hubieran visto hace tres años... Con este cuerpecito les saco todo lo que quiero; imagínate antes de llegar al campo. Te aseguro que esta guerra ya estaría ganada. ¿Sabes una cosa, Isadora?

—No, pero seguro que me la vas a decir.

—Cuando me violan, fantaseo con que les quito la pistola y les pego un tiro en los huevos y les digo:

«¡Que te jodan! Ya no podrás violar a ninguna otra mujer». Me sale una carcajada y los cabrones piensan que disfruto con lo que me hacen. ¡Pobres miserables!

La Radu nunca se daba por vencida, deseaba ser follada por la libertad, decía a menudo. Ofrecía su cuerpo cada noche por la causa por la que todas luchábamos, cada una a su manera y todas igual de válidas.

La noche antes de mi primera llamada a la lista estaba nerviosa, necesitaba saber cómo estaba la roja del pelo rojo.

—Maria, ¿estás dormida? —le pregunté a mi nueva hermana.

—No. —En cuestión de un segundo estaba junto a mi catre, cogiéndome la mano—. ¿Qué te ocurre?

—Tengo miedo, me asusta pensar que mañana no veré a Teresa porque la han gaseado, como a mi madre.

—Nos habríamos enterado, sabes que las rusas son mis hermanas y que Ivanova controla todo lo que sucede dentro y fuera del campo. No te preocupes, Teresa está bien... Isadora, te voy a contar un secreto que sí que asusta...

—Dispara.

Acercó la boca a mi oído y susurró:

—Soy judía.

—No me lo creo...

—Follarse a una judía está penado con la horca, ya verás cuando se enteren. Sé que me matarán, pero conmigo se vendrán unos cuantos.

En ocasiones, cuando los soldados nazis estaban borrachos como cubas y se habían corrido dentro de ella, les susurraba al oído en polaco: «Acabas de follarte a una judía». La Radu continuó hablando:

—Isadora, desde tiempos inmemorables los judíos hemos vivido en el viejo continente. Todas las semanas, hombres y mujeres nos enfrentábamos a muchos peligros e infortunios y, aun así, cada sábado nuestros padres y abuelos se sentaban con nosotros alrededor de una mesa para cantar y reír. Nuestro mundo estaba lleno de sinagogas y casas de estudio, donde jóvenes y ancianos estudiaban la Ley a la luz de una vela hasta altas horas de la madrugada; de hogares donde madres y abuelas dormían a sus hijos con nanas llenas de esperanza y fe; la alegría de un vecino era la alegría de todo el pueblo y su dolor era un día de pena para todos. Era un mundo donde contaban todas las buenas acciones y la amistad no tenía requisitos. Era mi mundo.

»A los nazis no les gusta este mundo, para ellos es una amenaza. Había que acabar con nosotros. El deber de Alemania era levantarse y fomentar la repugnancia hacía los judíos hasta grados muy elevados. Había que limpiar primero Alemania y después Europa, debían restaurar la supremacía de la raza aria y rescatar al pueblo de especies cancerígenas como la nuestra. Había que aniquilarnos, reemplazarnos por la raza suprema. Hitler no tardó en poner en marcha su programa antisemita. A cualquiera con padres judíos o con un solo abuelo judío se lo consideraba un no ario. Cuando Alemania invadió Polonia, fui consciente de lo que se nos venía encima. Veinticuatro horas después de bombardear Varsovia comenzaron las atrocidades contra los judíos. Los profesores polacos fueron los primeros en ser asesinados. Heinrich Himmler, el líder de las terribles SS nazis, dio orden de cerrar todas las escuelas, dijo que «un polaco es un esclavo». Los judíos polacos solo teníamos derecho a saber escribir nuestro nombre y a contar hasta diez. En octubre de 1939, se estableció el primer gueto; después llegarían campos como el de Auschwitz.

»El destino fue caprichoso y, gracias a la muerte, conseguí salvar mi vida. El día que empezó la limpia de los profesores estaba enterrando a mi abuelo materno en Rumanía. Mi padre, Abraham Kirschenbaum, era judío. Un comando de las SS invadió nuestro pueblo y masacraron a muchos compatriotas. También saquearon y quemaron nuestros hogares. Después de aquello, me uní a la resistencia armada. El rescate de los gemelos fue mi billete al puente de los cuervos.

Pasamos la noche contándonos nuestros secretos más íntimos: lo que mi hermano había decidido hacer con su vida, mi primera violación... Así me enteré de que, meses antes de que Alemania invadiera Polonia, cuando Hitler comenzó la limpia en su propio país, Maria y sus padres decidieron desaparecer y cambiaron el apellido de su padre por el apellido de soltera de su madre. Nadie sospecharía de un apellido de origen rumano y tan común como Radu. Se las apañó para conseguir nueva documentación y pasar desapercibida. Ella también había muerto, como nosotras en Madrid. Era muy astuta y se inventó una nueva vida para no acabar en el temido Auschwitz: sería prostituta. Seguro que los soldados, solo por satisfacer sus necesidades más primarias, no la matarían.

El tiempo pasó muy rápido entre confidencias y sin apenas darnos cuenta, la sirena que nos llamaba para el recuento sonó, por fin me reencontraría con Teresa. Maria dijo que debíamos estar en media hora en el patio. Llegar tarde estaba penado con la muerte.

—Y, ahora que vas a ver a tu tía no querrás morirte.

Caminé detrás de la Radu y a lo lejos pude apreciar una columna rayada de presas listas para el recuento. Allí estaba.

—¡¡Tía Teresa!! —grité emocionada. Me saludó con una enorme sonrisa y un fuerte abrazo. Estaba distinta, ya no tenía la cara amoratada como cuando llegamos; eso sí, tenía una bonita herida de guerra en la mejilla.

—Ponte aquí, detrás de mí. ¿Cómo estás? —preguntó.

—¿Y tú? ¿Dónde te han llevado? Yo soy prostituta, he pasado de ser comunista a ser puta —le respondí con tanta frivolidad que parecía que quien hablaba era la Radu y no yo.

—Estoy en la fábrica de armamento, haciendo la munición para que acaben con los nuestros... Así que, Isadora, cada una tiene lo suyo... Y nunca dejaremos de ser comunistas ni de luchar contra el fascismo.

Desde los orígenes del campo, el trabajo forzado estuvo destinado principalmente a las labores agrícolas y a las fábricas textiles y de carbón, pero la necesidad de aumentar la producción bélica para los frentes abiertos hizo que Ravensbrück comenzara a crecer y con ello la fabricación de armamento.

—¿Sabes? —le dije—. Estoy harta de esta lucha, de encadenar guerras y de perder a mi familia. Ya no sé ni lo que soy, ni de qué ha servido todo lo que hemos hecho. Los fascistas siguen asesinando y yo tengo que ofrecer el coño a todos los soldados, a los oficiales nazis y a todos los prisioneros que sean eficientes en el trabajo o que hayan traicionado a uno de los nuestros por salvar su propia vida. No, Teresa, esto ya no merece la pena. Espero mantenerme con vida para cuando todo termine. Es de lo de único que estoy segura, de que algún día terminará, y yo contaré lo que hacían aquí con las mujeres. El mundo entero lo sabrá, conocerá nuestro horror.

—No te reconozco, Isadora.

—Tres meses en un prostíbulo es demasiado tiempo. No queda nada de la jovencita dulce y soñadora, tía.

—Cierra la boca, que viene Sylvaine —dijo mi tía.

Sylvaine Brun era la guardiana encargada de «la llamada». Era rubia, como la mayoría, de rasgos duros. Rondaba la treintena. Ese día pude descubrir que la llamada era una de las peores cosas del campo. Sin embargo, para las guardianas, era algo grande.

Se paseaban entre nosotras pegándonos con sus porras. Para los demonios éramos miserables criaturas encorvadas, aplastadas bajo el peso de la atmósfera opresiva de Ravensbrück. Ojos apagados en rostros huesudos, la boca entreabierta, la taza colgada al cuello. Tiritábamos de frío, no llevábamos más que nuestros pijamas rayados, sucios, deshilachados, con los pies metidos en zuecos destartalados o en sandalias. La llamada estaba llena de siniestras columnas de presas que las guardianas alineaban con injurias y golpes. Cuando estaba todo en orden, pasaba Sylvaine con su capa negra sobre su vestimenta gris. Un silencio espantoso se extendía por el campo, ninguna presa podía dirigirse a ella.

—La llamamos «la Domadora» —susurró Teresa sin mirarme.

Caminaba recta embutida en su traje gris, con falda por debajo de la rodilla y unas botas altas. Era una mujer horrible, como todas las guardianas.

Una vez hecho el recuento, Sylvaine gritó que era la hora del desayuno. Todo era nuevo para mí, me limité a hacer lo que el resto de mis compañeras. En el mismo patio, nos dieron café. En mi vida había probado el café, pero aquel sabía a rayos: ¿a qué podía saber estando allí? Era agua teñida. Nada que ver con lo que nos ofrecían al llegar al burdel. Debías llevar tu taza colgada al cuello. La que se olvidase no tomaba: te lo echaban por encima.

—No te lo bebas, Isadora, si no quieres cagarte —dijo Teresa—. Si te entran ganas, te lo tienes que hacer encima. No se te ocurra pedir ir al pabellón de la mierda. En el tiempo que llevo viniendo, he visto morir a multitud de mujeres por pedir ir a hacer sus necesidades.

Por cagarte, no te matan. Les encantaba vernos como a animales: sucias, malnutridas y muchas mutiladas. El aseo matutino estaba prohibido.

A partir de entonces, las putas tuvimos que acudir a la llamada cada día y pude disfrutar un rato de la compañía de Teresa. Sin que apenas nos diéramos cuenta, la nieve fue desapareciendo, para dar paso a un suelo teñido de verde y de nuevo llegaron las primeras nieves... El tiempo pasaba y seguíamos intentando sobrevivir a cada noche, noches eternas donde se oían los gritos de las recién llegadas.

Una de las mañanas me topé con Agnes, estaba muy enfadada. Después de la llamada, nos ordenó que permaneciéramos en el patio. Una prisionera llamada Hélène había escapado y la celadora estaba que trinaba: no pensaba parar hasta encontrarla. Fue la primera francesa que lo intentó, tuvo el valor de escaparse y demostrarnos a todas que la evasión del puente de los cuervos era posible. Preguntó a cada una de sus compañeras de barracón que quién la había ayudado, si había sido alguno de los capos. Nadie sabía nada, lo había hecho sola. Pero la pequeño demonio no creía nada de lo que contaban las reclusas. Mató una a una a todas las del barracón. Cuando terminó nos miró y gritó en alemán

—¿Alguna de vosotras sabe dónde está? Tengo todo el día y puedo seguir matando ratas.

No le tembló el pulso, esa mañana murieron casi cien mujeres.

La libertad de Hélène duró tres días, su intento de huida se llevó muchas vidas por delante. Cuando la encontraron y la llevaron al campo, el pequeño demonio nos volvió a convocar a todas en el patio principal. La obligó a desnudarse y le regaló cien latigazos en las nalgas. Mientras disfrutaba del dolor ajeno, le gritaba: «Si no te mueres, te llevaré desnuda y sin alimentos al calabozo, y espero que en diez días hayas muerto. Y si cuando pasen esos días aún respiras, te enviaré a la cámara de gas».

Hélène resistió y no gritó. Y caminó orgullosa hasta su final.

XVII

Una menos

Una mañana, mientras estábamos en el burdel, vinieron a buscar a Vicenta. Un soldado traía un mensaje del mismísimo doctor Loco para ella. Mirta comprobó en el registro en qué habitación estaba nuestra compañera y corrió en su busca. Estaba emocionada, el doctor Stumpfegger quería ver a una de sus chicas. No se molestó ni en tocar a la puerta: el cliente en cuestión era un capo, que disfrutaba de su regalo por asesinar a palos a seis rusas a las que habían pillado robando comida. El hambre no jugaba a nuestro favor y las pobres decidieron atacar el almacén donde los nazis guardaban patatas y coles para sus caballos. El maldito chivato las vio y corrió como un perro a contárselo a Agnes. Ella fue la que le regaló a Vicenta.

—Vicenta, el doctor Stumpfegger reclama tus servicios —dijo Mirta entusiasmada—. Debes asearte y estar lista en diez minutos, no puedes hacerle esperar.

Vicenta obedeció las órdenes, y caminó despacio, como si no quisiera que terminase aquel amplio corredor: cualquier cosa era más segura que la enfermería. No me enteré de que el doctor Loco la había reclamado hasta que acabó la jornada.

Cuando supe que iba a la enfermería fui de la misma opinión que el resto: no volveríamos a verla, experimentarían con ella y la matarían. Al llegar la noche, pregunté a Josefa si sabía algo de nuestra Vicenta, las compañeras comenzaron a extender el rumor de que estaba preñada. Yo estaba segura de que nos lo habría contado, no era posible. El doctor Loco estaba reclutando a las putas que estaban encinta y no podían ocultarlo para experimentar con ellas y sus criaturas; las bautizó como «las conejas». Los métodos anticonceptivos nazis no eran muy efectivos. Todas teníamos la inyección puesta y cada semana se quedaba alguna embarazada. A veces me pregunto si no sería para todo lo contrario. Stumpfegger era un perturbado que disfrutaba llevando a cabo todo tipo de pruebas a las futuras madres y sus bebés, enloquecía de placer cada vez que se enteraba de que alguna de nosotras estaba preñada. Gozaba viéndonos parir y retorcernos de dolor para luego poder quitarnos a nuestros hijos y asesinarlos. Contemplaba varias opciones para ellas: hacerles una cesárea antes de que concluyera el embarazo, sacar al feto y dejarlas abiertas, sin coserlas, para ver cuántos días tardaban en morir; inyectar la sífilis, pinchaba su vientre con grandes agujas para llegar a la placenta. Muchos bebés nacían muertos o los mataban dentro aún de la madre. Si alguna criatura corría la mala suerte de sobrevivir, su esperanza de vida era de un par de días, una semana como mucho.

A los bebés también les metía mierda en sus pequeños e indefensos cuerpecitos: inyectaba tintes azules en los ojos de las criaturas para volverlos de raza aria, extirpaba sus pequeños miembros para meterlos en formol, arrancaba su piel y se la daba de comer a la madre... Cuando estaban moribundos, los tiraban en medio del campo y les echaban un cubo de agua fría encima. Era su peculiar manera de dar por concluido el experimento. Muchas mañanas, cuando acudías a la llamada, caminabas por la nieve sorteando cadáveres de recién nacidos, eran el alimento de los perros.

No podía ser una de sus víctimas. Entrada la madrugada, alguien me despertó, era Vicenta. Antes de que dijera nada la abracé con todas mis fuerzas.

—Pensé que alguno de los cabrones que nos violan te había dejado embarazada.

—No, el doctor quiere que sea su ayudante —dijo, mientras recogía sus cosas—. Me voy de aquí, dejo el prostíbulo. Me trasladan al pabellón médico. Están desbordados, necesitaba personal sanitario y una de los capos ha dicho que en el prostíbulo había una enfermera española titulada.

—Me alegro por ti, Vicenta.

Decidieron dejar aparcada su belleza para trabajar bajo las órdenes de Stumpfegger. No era una mala noticia, por fin algo bueno en todo ese tiempo. Al menos teníamos a alguien que podía suministrarnos medicamentos si alguna los necesitaba.

Nuestro pequeño entusiasmo duró poco, un par de semanas. Una mañana, en la llamada, Vicenta nos contó para qué la quería el doctor. Estaba destrozada. Debía ensayar con sus compañeras, someterlas a las mayores aberraciones que podíamos imaginar: inyectarles semen de chimpancé, introducir roedores en sus vaginas... Las pocas judías que dejaban vivas y las gitanas, al igual que las embarazadas, eran las preferidas de Stumpfegger. Así, la amable enfermera de Teruel que había salvado el pie de mi tía y, de paso, su vida, pasó de ser puta a verdugo. Fue obligada a cortar con un delgado y oxidado bisturí las piernas y los pechos de sus compañeras, de sus hermanas. No podía curar esas heridas, tenía que echarles tierra y cristales. Una vez infectadas, retiraba la tierra superficial y los cristales más grandes y las cosía. La mayoría morían por la infección; las que conseguían sobrevivir quedaban mutiladas de por vida. Vicenta, cuando terminaba su trabajo en la sala de los horrores, y ahora que disfrutaba de una mayor libertad, pues se había convertido en una colaboradora muy a su pesar, con la excusa de comprobar el «experimento», robaba alcohol, gasas y antibióticos e iba a los barracones en busca de las torturadas para intentar curarlas. Algunas consiguieron salvar la vida. La enfermera que antes fue puta nos lo contaba entre lágrimas cuando podía acercarse a nosotras, éramos como su alivio, su manera de expiar sus culpas. Necesitaba descargar el terrible cargo de conciencia que llevaba sobre sus hombros: se había convertido en una asesina, había renunciado a todos sus ideales, aunque luego efectuara verdaderos milagros médicos salvando vidas sin apenas medicamentos, sin instrumentos quirúrgicos; únicamente a fuerza de voluntad y del poco ánimo que le quedaba.

—Eres la puta española con nombre de bailarina —preguntó Ivanova con un marcado acento ruso.

—Sí. ¿Le ha sucedido algo a Teresa?

—No, la roja del pelo rojo sigue dando guerra, es Vicenta quien nos necesita.

Me levanté del catre y salimos en silencio del barracón.

Un tren fantasma acababa de llegar y las guardianas estaban haciendo lo que más les gustaba, ejercer violencia. Aprovechamos para caminar entre las sombras y pasar desapercibidas, no sabía dónde me llevaba Ivanova, pregunté un par de veces.

—No seas impaciente, ya estamos llegando.

A lo lejos y a pesar de la oscuridad, pude reconocer una silueta familiar. Era Vicenta, estaba con un par de enfermeras húngaras y con Paulette Dontrè, resistente francesa que acababa de aterrizar en el puente de los cuervos.

Nos fundimos en un fuerte abrazo y me pidió ayuda, ellas solas no podían con lo que se traían entre manos.

—El recuento de las nuevas ha sido duro, Isadora, llegan en condiciones infrahumanas y los cuervos nos han pedido que las reconozcamos aquí, nada más bajar de los vagones. Han eliminado a muchas y toca cargar con los cuerpos.

—No hay problema, sabes que es lo que hago cuando no estoy en el burdel.

—No te he mandado llamar para eso, necesito que nos ayudes.

Debajo de una vieja sábana estaba escondida la salvación de muchas de nosotras. El tren procedente de la ciudad polaca de Prusków no solo transportaba mujeres, también medicamentos que Vicenta y sus compañeras consiguieron esconder mientras los cuervos aniquilaban compañeras. Había dos cajas enormes de madera repletas de medicinas: doscientas ampollas de cardiazol, ácido acetilsalicílico, media docena de botellas de fosfotonina, unas cuantas cajas de ampollas de extracto hepático y un fonendoscopio.

Entre todas decidimos trasladarlas al barracón 30, el de «las locas», así llamaban a las pobres mujeres que no aguantaban los abusos y perdían la cabeza. Las encerraban allí y se olvidaban de ellas. Nadie controlaba ese barracón. Las reclusas éramos las encargadas de llevarles la sopa con sabor a moho. Vicenta y Paulette pensaron que era el mejor sitio para ocultarlos. Los clasificaron y los metieron en grandes tarros que robaban de la enfermería, tarros que el doctor Loco utilizaba para conservar las extremidades de los bebés en formol. Para que las mujeres del treinta no cogieran las medicinas, las enterramos en un rincón, el suelo era de tierra y estaba cubierto de paja. Nadie los descubriría.

Desde aquella noche, Vicenta y Paulette, junto a unas cuantas compañeras entre las que me encontraba, repartíamos los medicamentos por los barracones que los necesitaban. Los metíamos en la parte interior de nuestros calcetines, por si alguna guardiana nos pillaba, poder pasar el cacheo. Allí nunca miraban. Nos hacían desnudarnos en medio de la fría noche, pero nunca nos tocaban los pies, les daba asco. Lo de que odiaran nuestros pies se lo debíamos a Marcelle, que había decidido caminar siempre descalza para que sus pies fueran repulsivos. Las guardianas pensaban que todas éramos como Marcelle y que se podían criar patatas entre nuestros dedos. Marcelle no era una mujer descuidada, era muy limpia y pulcra, pero con aquella táctica consiguió que nunca nos mirasen de rodilla para abajo. Así podíamos pasar las medicinas sin tanto riesgo. En los cacheos buscaban los tejidos de lana que sabían que algunas robaban de los talleres de confección del campo. En uno de ellos trabajaba

Leonor Rubiano, una asturiana que nos pasaba retales para que nos abrigáramos, que con mucha paciencia cosíamos entre sí por la noche para hacernos mantas que debíamos esconder.

Vicenta decidió administrar las ampollas de cardiazol a las compañeras edematosas: una ampolla de dos centímetros cúbicos para que pudiesen resistir la llamada de la mañana. Muchas camaradas edematosas, neumónicas, convalecientes del tifus, pudieron resistir gracias al milagroso hallazgo de nuestras compañeras.

El día que la enviaron al barracón donde llevaban a las mujeres operadas se sintió aliviada. En los hospitales convencionales, la sala de rehabilitación es una parte del hospital dedicada a la recuperación de los enfermos. Su sorpresa fue mayúscula cuando la nombraron encargada: debía custodiarlas. Se sintió agradecida, ya no seguiría infligiendo dolor, pero la alegría le duró poco. Allí llevaban a las mujeres que el doctor Loco y las enfermeras de la muerte habían operado no porque quisieran salvarles la vida o curarlas de sus enfermedades o de alguna rotura sufrida en los talleres; las operaban por la satisfacción de verlas sufrir. El sufrimiento era la felicidad en estado puro, su máximo éxtasis, el nirvana. Les hechizaba, sobre todo, operar piernas: cortaban tendones, músculos, rasgaban la piel hasta que se veía el hueso. Las operaciones se realizaban sin anestesia, la elegida debía estar consciente en todo momento.

Vicenta no tardó en darse cuenta de que no querían que las cuidara, sino que aumentara su agonía. Su superiora era Herta Oberheuser, la Enfermera de la Muerte. Disfrutaba del material humano que grandiosamente había puesto a su disposición el *führer*. Era la mejor extirpando y reimplantando partes del cuerpo de niños y mujeres para comprobar el grado de recuperación. Su sadismo era tal que la mayoría moría en la sala de operaciones. Oberheuser obligaba a Vicenta a verter sobre las heridas de sus compañeras productos químicos. Además, nuestra hermana era la encargada de transportar los esqueletos de ojos hundidos y mirada perdida a la sala de recuperación, y los cadáveres, a las carretillas que esperaban en la parte trasera del barracón del hospital, que siempre estaban repletas de cuerpos inertes mutilados.

Esto acabó por enloquecerla. No dormía, lloraba. Tenía los ojos vacíos y se movía como una autómata. Una noche, cuando regresaba de cometer las aberraciones, Teresa salió en su busca.

—Vicenta, te necesitamos en nuestro pabellón, es Elisa, está muriéndose.

La cogió de la mano y la arrastró hasta la enferma. Trabajaba en la fábrica de armamento con tía Teresa. Habían empezado a violar a mujeres que no eran Feld-Hure. Elisa fue una de las víctimas de los cuervos grises, el cabrón que abusó de ella la dejó preñada. Vicenta no había asistido en su parto, pero cuando llegó a la barraca y pudo ver las condiciones en que se encontraba la parturienta, sabía quién era la responsable de tal aberración. Tenía el sello de Herta Oberheuser. Había sacado al feto mediante una cesárea y decidió dejar la herida abierta, se estaba desangrando. El feto inerte aún colgaba del cordón umbilical de su madre.

—Necesito que vayas a buscar a tu sobrina, ella sabe dónde están las medicinas. —Vicenta apuntó en un papel todo lo que necesitaba y se lo dio a Teresa.

Mi tía no tardó en llegar, me contó lo sucedido y corrimos hasta la barraca de las locas a coger lo que Vicenta nos pedía.

Después de tres largas horas, Elisa estaba fuera de peligro, decidimos esconderla en la barraca 30 con las locas, nadie la echaría de menos. La trasladamos en una carretilla y allí permaneció dos meses hasta que se recuperó.

Vicenta estuvo cada noche con ella, hasta el final. Cuando comprobó que Elisa podía volver a la carga, le consiguió una nueva matrícula para pasar desapercibida, para Vicenta era muy fácil, solo tenía que cambiar el número del pijama de una de las muchas mujeres que se le morían cada día por el de Elisa.

Se despidió de Elisa, le deseó buena suerte, y al salir de la barraca respiró profundamente, caminó hasta la valla electrificada, se paró en seco, la observó por un instante y se arrojó contra ella.

XVIII

¿En qué piensan los demonios?

La primera vez que vi a Agnes, con su cara angelical y sus trenzas rubias recogidas en lo alto de la cabeza, me pareció una muchacha dulce y comprensiva. Las apariencias engañan. Pronto pude comprobar que disfrutaba asesinando, estaba diseñada para aniquilar; al fin y al cabo, no dejaba de ser un engranaje más, al igual que yo, de la maquinaria nazi: las dos estábamos cumpliendo un servicio; yo, como puta para que se divirtieran con mi cuerpo, y ella, como asesina sin misericordia. La única diferencia es que mi vida no valía tanto como la suya. Era más joven que yo, muy hermosa, y muy antipática. Autoritaria y tremendamente vulgar. Fanática, de alma oscura y simple, fácil de convencer para las mayores atrocidades, acorazada como estaba en su fe inamovible. Las reclusas pensaban que no era humana. Era la guardiana más temida por todas, era la pequeño demonio. Su sitio estaba en Ravensbrück, donde vivían las hordas de Lucifer. Una discípula aventajada de

Maria Mandel, apodada «la Bestia», a cuyo cargo estaban las Aufsherinnen, que así llamaban a las guardianas de los campos de concentración.

Mandel era como la madre de todas las guardianas, esos engendros. El único objetivo en la vida de su jefa era instruir a sus pupilas en el arte del abuso verbal y psicológico, para que maltrataran, humillaran y mataran a base de golpes y latigazos. Una vez instruidas, las destinaban a otros campos para que siguieran matando. A la Bestia la sufrimos hasta julio de 1942; la trasladaron a Auschwitz por sus logros y su fidelidad al Reich.

El día que nos enteramos de que se marchaba lo celebramos por todo lo alto. Pensamos que, si la Bestia se marchaba, sus discípulas bajarían un poco la mano. Por desgracia, nos equivocamos. Dejó una magnífica sucesora en Agnes, su legado de muerte y destrucción seguiría con su pequeño demonio. Agnes era una fiel sirviente de la Bestia, su aprendiz de asesina, su obra maestra. Su especialidad: cortar el cuello y ordenar a las reclusas despellejar la piel tatuada del pecho de las putas para hacer lámparas. Fría como el hielo y mala como un demonio; al fin y al cabo, estábamos en el infierno. Calculaba minuciosamente cómo asesinarnos y cómo hacernos daño, no solo físico, también psicológico, y este a veces era más intenso y duradero que una hostia o una paliza desnuda bajo la nieve. Nos obligaba a tener que aguantarle la mirada durante horas; en el momento en que apartabas los ojos, te cortaba el cuello. Disfrutaba con el sufrimiento humano, era una máquina de aniquilar. Primero, elegía a su presa; una vez elegida, pensaba detenidamente cómo terminaría con ella. No mataba por matar, como las otras, preparaba su plan con cautela y estudiaba las formas más inhumanas de sufrimiento para ponerlas en práctica. No las elegía al azar. Era tremendamente meticulosa. Eliminaba y anulaba a las que consideraba que podían ser un peligro para el Tercer Reich o para ella. Vi cómo arrastraba a compañeras cogiéndolas por el cabello para dejarlas tiradas en la nieve y matarlas a correazos. Todavía hoy me parece oír los gritos de dolor a causa de los bastonazos.

Un día, las reclusas de la barraca veintidós, en su mayoría rusas, hartas del maltrato de las guardianas, decidieron quitarse el número que llevaban cosido al uniforme. Agnes dio la orden de tenerlas en posición de firmes hasta que se sometieran. No cedieron. Estuvieron días. Las horas pasaban y apenas podían sostenerse sobre sus piernas hinchadas. Se me viene a la mente sus torsos inclinados hacia delante, sus frágiles cuerpos a punto de desfallecer de cansancio. Se mantuvieron de pie una semana hasta que Agnes y la prima de Hitler, así la llamábamos porque nadie sabía el nombre de aquella guardiana, acabaron con ellas de un tiro en la nuca. Corría el rumor de que la prima de Hitler había asesinado a una familia de judíos. Necesitaba una carta de presentación para ser una de las elegidas. Manejaba la porra con verdadero virtuosismo y sus bofetadas reventaban tímpanos. Romper orejas era su especialidad.

La Binz era solo la segunda jefa, no tenía tanto poder como otras guardianas, pero la temíamos como a Agnes. Cuando se declaró la guerra, Dorothe Binz tenía diecinueve años y medio y, gracias a la influencia de un amigo, consiguió entrar como voluntaria en las SS. Pronto convenció a sus superiores de que ella estaba plenamente capacitada para trabajar en el puente de los cuervos. Era una criatura brutal y sádica, trituraba a multitud de mujeres inocentes. Las guardianas y, en concreto, la Binz y Agnes eran peores que los hombres. Nos mataban a bastonazos, patadas en el vientre; sobre todo, a las putas que estaban preñadas. Aterrorizaban a todas las presas cuando aparecían las dos juntas, pavoneándose con sus botas altas negras de campaña y las fustas preparadas.

Una vez, la Binz pegó a una rusa hasta que se desplomó, luego la pateó y después le clavó un puñal en la nuca. Pegaba a todas, sus bofetadas eran como si nos golpease un hombre muy fuerte; pegaba tan fuerte que el ruido que producían sus hostias podía escucharse dos hileras más allá cuando estábamos formando para cualquier cosa que se les ocurría. Pero su especialidad y pasatiempo preferido era coger su bicicleta y lanzarse contra los grupos de mujeres que estaban paradas, tan débiles, que, por lo general, se caían. Entonces ella pasaba una y otra vez por encima de sus cuerpos tendidos en el suelo. También le gustaba mucho ir a ver a las más jóvenes, que estaban en la barraca número 10. Las pobres eran putas como yo. Estaban confiadas a la capo Carmen Mory, una portuguesa que era un bicho. La Binz las sacaba desnudas de la barraca y las exhibía ante todos los hombres del campo para que allí mismo las violasen. Le encantaba mirar.

Una mañana, de camino a la llamada, Maria Radu se topó con Agnes. Sin motivo alguno, esta comenzó a apalearla con su porra hasta que cayó al suelo. Cuando decidió que ya era suficiente, la obligó a ponerse de rodillas, sacó unas tijeras y le cortó el pelo. Después le ordenó que se desnudase y se pusiera frente a todas. Agnes quería demostrarnos su poder asesinando a Maria. La Radu sabía que su final había llegado. Fue allí, en ese patio, delante de todas las compañeras, cuando Maria ganó la guerra.

—Puedes matarme si es lo que quieres, Agnes, no me importa —le gritó—. Yo ya he ganado. ¿Sabes por qué? Porque os he engañado a todos. Quiero que sepas que, además de ser puta, también soy judía, hija de Abraham Kirschenbaum, un judío fabricante de licores. Has consentido que tus hombres metieran la polla en la vagina de una judía. ¡Seguid peleando, compañeras! ¡Merece la pena!

Agnes no pudo soportar las palabras de la Radu, sacó la pistola, la puso sobre su nuca y disparó. La mujer, la puta y la judía se desplomaron delante de todas sus hermanas. En un instante la nieve se tiño de rojo.

Maria nunca regresaría a Polonia, nunca enseñaría ni tendría niños, su familia probablemente también estaría muerta, pero esa mañana, la Radu ganó la guerra, al menos la suya. Pocas conocían su gran secreto.

Agnes no volvió a ser la misma desde el día que asesinó a Maria. Sobre ella cayó una pesada losa, había consentido que sus camaradas intimaran con una judía, esa que estaban prohibidas en los burdeles, esas que, si te acostabas con una, tu destino era la horca. Al enterarse de que la Radu era judía, decidió dejarla tres días tirada en la nieve para que los perros la devoraran. Nosotras, las putas, su familia, no consentimos que aquellos feroces animales se acercaran a ella. Guardamos turnos para custodiar su maltrecho cuerpo. Y una noche decidimos llevarla a los hornos crematorios. Había muchas esperando a ser incineradas, aún no había llegado su turno, por eso la tendimos sobre el suelo, le lavamos la cara y le pusimos la mejor ropa que encontramos. Cuando terminamos de arreglarla, la despedimos como manda la antigua tradición judía: con piedras. Los judíos dicen que las piedras son eternas; las flores, sin embargo, se marchitan, y con ellas se marchita también el alma. Las piedras significan la permanencia de la memoria y el legado. Así fue como honramos a Maria, con su cadáver cubierto de piedras. Yo iba cada día a visitarla. Al cabo de una semana, ya no estaba: en su lugar solo yacía el montón de piedras. Cogí una y me la guardé.

XIX

EL COMANDO DE LAS GANDULAS

Tía Teresa había conseguido montar su propia Resistencia en el campo. La pequeña Resistencia de la roja del pelo rojo. Estaba entusiasmada, decía que hasta en el mismísimo infierno se podía luchar contra los demonios.

Mi tía no tenía trato directo con ningún soldado, era imposible que les sonsacara información como hacía Maria Radu. Tampoco quería relacionarse con ellos, su plan era más sencillo: salvar vidas, no le importaba nada más.

Una noche, ya de madrugada, vino a visitarme a mi barracón. Estaba descansando de un duro día, había tocado visita de los dinosaurios, la odiaba más que el prostíbulo. Los asquerosos no eran del campo, solo venían a pasar un rato con las Feld-Hure. Desde mi primera vez, algunos generales que habían probado mis «servicios» corrieron la voz de mi habilidad para las felaciones. Era asqueroso notar sus pelotas calientes en mi barbilla.

—Niña, niña, ¡despierta!

—Tía, ¿qué haces aquí?

—He venido a verte, ¿no te alegras?

—Más que alegrarme, me preocupa. No sueles venir y, cuando lo haces, es porque sucede algo.

—Tengo que darte una buena noticia.

—En el infierno no hay buenas noticias,

Ignoró mi afirmación y continuó hablando.

—Tengo la solución para que no maten a los nuestros. Los que están ahí fuera luchando por acabar con la guerra y liberarnos no se merecen caer por una bala fabricada por sus aliadas, es decir, nosotras.

—¿Y qué vas a hacer? ¿Vas a robar toda la munición que fabricas o acaso vas a quitarles las armas? Porque no sé cómo lograrás que tu plan funcione.

—Mucho mejor, Isadora. Vamos a disminuir la producción y a averiguar la manera de que no sirva ninguna. Un grupo de compañeras me va a ayudar: Neus, Mercedes, Constanza..., ¿te acuerdas de ella? ¿Sabes de quiénes te hablo?

—¿Constanza está aquí? —pregunté. Mi tía estaba tan eufórica que no tuvo en cuenta mi pregunta. Como insistí, dejó la emoción aparcada por unos instantes y respondió.

—Perdona, Isadora: Constanza está aquí, sí, trabaja con nosotras y también cubre algunas horas de dos compañeras francesas que están en las oficinas haciendo listas y comprobando los recuentos. La semana pasada, Agnes, la pequeño demonio, decidió que las que no ven bien no son dignas de vivir en el infierno, las dio por inútiles. Así que buscó a todas las que llevaban gafas para asesinarlas. Constanza se libró de milagro. Las suyas se rompieron al bajar del vagón que la trajo hasta aquí. De un empujón, la varilla se partió. Pensó que podría arreglarlas, pero le fue imposible. La pobre no ve nada sin ellas, pero ha conseguido seguir viva.

—¿Y cómo se apaña? —pregunté. Ignoró de nuevo mi pregunta y volvió a llevar la conversación a su magnífico plan.

Yo, la verdad, veía un poco ingenuo lo de inutilizar balas, pero no dije nada, pobre de mí. Aquellas mujeres de las que me hablaba mi tía eran su familia, la que ella había construido en el campo; si no tenías hermanas, la vida era mucho más dura. Su familia dormía en el mismo barracón que ella y trabajaba en el mismo lugar, la fábrica de armamento. Entre todas idearon el plan. La noche que me lo contó a mi tía le volvían a brillar los ojos; era prácticamente lo único que quedaba de su hermosa cara de antaño, sus grandes ojos, hundidos en un rostro que era solo huesos, como el resto de su cuerpo. Estaba consumida; no era consciente, pero apenas comía ni la sopa agria que nos daban al final del día. Estaba demasiado ocupada planeando de nuevo la revolución. Había nacido para pelear y moriría peleando. Durante un tiempo, ese sentimiento de lucha que tanto la caracterizaba había estado dormido, pero no tardó en despertar en cuanto encontró a su propia familia, la familia de «las Gandulas». Los nazis eran tan tontos que las habían bautizado con ese nombre peculiar porque pensaban que eran vagas, nada más. Me habría gustado formar parte de su pequeña gran Resistencia; sin embargo, las bestias no dejaban de reclamar mis servicios.

Me encantaba escaparme de madrugada, cuando terminaba, para estar con mi tía. Había noches que me quedaba a dormir con ella, en el suelo, acurrucadas. Era lo único que me quedaba de la familia de la sangre. No me importaban los golpes que me daban sus compañeras de barracón. La hambruna hacía estragos y algunas pensaban que las putas teníamos beneficios: pelo largo y sin piojos, ración de comida extra, mejores barracones... Si no pasabas por los burdeles, no entendías lo que allí sucedía, así que era compresible la actitud de esas pocas. Me habría cambiado por cualquiera de aquellas mujeres que me pegaban cada vez que iba a ver a tía Teresa. Ellas no tenían que aguantar horas y horas a hombres encima apestando a alcohol, penetrándome uno tras otro. Tenía dos minutos para lavarme un poco y, mientras lo hacía podía ver que el siguiente ya esperaba en la puerta con el pantalón desabrochado. Habría preferido pasar hambre, como ellas, antes que soportar tantas vejaciones. Desde luego que ellas también las sufrían; sin embargo, el maltrato era de otro tipo: trabajos inhumanos de sol a sol, sin comida y sin agua la mayoría de los días, jornadas infinitas... Ellas no lo sabían, pero las envidiaba. Envidiaba todas las miserias de aquellas mujeres. Envidiaba su hambre desgarradora, el hambre que retuerce las entrañas y la deja a una sin fuerzas, sujeta a un constante vértigo. Envidiaba su hambre obsesiva, rabiosa, que nunca se calma y que se desencadenaba cada vez que veían a una inservible como yo. Mi menú no era como ellas imaginaban: comíamos cada día sopa de coles y nabos, los que no les daban a sus caballos. Sentía el moho en cada sorbo, era un agua sucia en la que nadaban los restos de aquellas legumbres podridas. Aun así, era infinitamente mejor que la que tomaban ellas.

En sus barracones de madera formaron familias de tres a cinco miembros para mitigar la soledad. Las mayores ejercían de madres: distribuían los alimentos que robaban las rusas, piezas de abrigo y, lo más importante, repartían afecto. En la oscura bruma de maldad que fue Ravensbrück, mi madre habría encontrado un pedacito de felicidad. Lo que mejor hacía en la vida era ser madre. Las caricias, los abrazos y los besos eran incluso más necesarios que comer. Eran una especie de alimento moral para poder sobrevivir. Cada mañana, antes de ir a la llamada, en la familia del campo de mi tía Teresa se contaban cómo les gustaría que fuese la jornada que estaba por llegar. Debían imaginar una jornada completa y procurar no hablar de comida. Describían paseos por el bosque, exposiciones de pintura, una buena película, una conferencia. Las maravillosas jornadas imaginarias las ayudaban a pasar muchas horas de pie en las fábricas y a olvidarse, por un instante, del frío, del olor y de la siniestra chimenea del crematorio.

La última vez que estuve en el barracón de la tía Teresa ya no hablaban de cine ni de exposiciones, sino de inhabilitar obuses, volar barracones repletos de armamento y adulterar balas. Sus planes iban como la seda. Por fin me contó lo que estaban haciendo, siempre hablaba en clave, y no era porque desconfiase de su sobrina, lo hacía de forma innata, le salía sin más, estaban metidas en algo muy gordo.

Cada noche, cuando se apagaban las luces, la pequeña Resistencia se ponía a trabajar. Yo las observaba en silencio y con entusiasmo. En las madrugadas, se estaba fraguando un plan que con el tiempo pasaría a la historia. Quince mujeres nada más, pero valían más que todo un ejército; un ejército tan organizado que no necesitaba armas para seguir haciendo la revolución. Con sus mentes privilegiadas y su valentía tenían más que suficiente.

Empezaron reduciendo adrede la producción. Pero cuando los nazis se dieron cuenta, alguna lo pagó con su vida. Eso no servía, seguían saliendo balas que mataban, menos, pero mataban, y el objetivo era inutilizar la munición. Y con tiempo y paciencia lograron descubrir la manera de que las balas no siguieran matando. Se organizaron, cada una tenía su tarea peculiar, desde cazar moscas para ponerlas en la zona que albergaba el detonador hasta poner aceite robado para reducir la carga de pólvora. Cuando no había ni moscas ni aceite, escupían dentro para mojar la pólvora. Incluso echaban escupitajos a la maquinaria que producía el armamento. Consiguieron sabotear todas las balas, ninguna era efectiva.

—¿Cuántas moscas has matado hoy? —se preguntaban.

Veinte, treinta, cincuenta...Cuantas más, mejor; cada mosca era una bala inservible, una bala que no acabaría con la vida de los compañeros. Cuando no estaban en la fábrica, se dedicaban a matar moscas. Las guardaban en los bolsillos del pijama. Teresa, siempre que conseguía estar un rato conmigo, me pedía que también las cazara y las llevara a su barracón. Las putas también aportamos nuestro granito de arena. Cuando no trabajábamos, nos acercábamos a los hornos crematorios a cazar las moscas que revoloteaban entre los cuerpos en descomposición de nuestras compañeras; ellas también colaboraban, aunque estuvieran muertas.

Todos los miércoles iban a la fábrica unos prisioneros de guerra franceses para trabajos de reparación. Mi tía y sus compañeras se dedicaban a romper cada semana las cortinas, los prisioneros venían a repararlas y, al mismo tiempo, ellas les pasaban información fresca sobre los avances en la inhabilitación del armamento. Aquellos franceses eran enlaces dentro del campo que trabajaban en el mantenimiento y tenían acceso a lugares a los que una simple reclusa no podía llegar. Escuchaban conversaciones de los altos mandos mientras arreglaban fusibles, enchufes, cortinas...; todo lo que previamente se habían encargado de estropear las sirvientas, que también eran reclusas y resistentes.

El día en que los compañeros franceses les confirmaron que el plan funcionaba, Elisa, la gandula que consiguió salvar la vida gracias a Vicenta, corrió a transmitir por Radio Letrina los avances conseguidos: «Noticias extraordinarias de los *franchutes*. Mañana las confirmaremos, pero podemos regocijarnos ya: las balas no matan a los nuestros». Nunca pensé que aquello fuera efectivo, pero lo fue. Y ellas sabían lo que se jugaban: si las pillaban, lo pagarían con la muerte, pero sus corazones seguían siendo libres, luchadores y resistentes.

Agnes se había fijado en mi tía, llevaba un tiempo observándola. Alguna prisionera obediente, productiva y servicial le había ido con el cuento, y yo creía saber quién había sido: Bluette, a la que llamábamos «el piojo volante», siempre con la oreja puesta. Era una voluntaria, hablaba perfectamente el alemán y por informar a las guardianas tenía ciertos privilegios. Era rubia oxigenada, conservaba su melena porque a las chivatas tampoco las rapaban, soñaba con ser alemana, se pavoneaba ante nosotras creyéndose mejor. Sabíamos que era una serpiente, que se arrastraba sigilosa a la espera de conseguir información para correr a contársela a los demonios. Seguro que, gracias al piojo volante, Agnes conocía perfectamente nuestra historia: la muerte de mi madre, mi parentesco con Teresa, y que yo tenía tatuado en el pecho lo que tanto le gustaba arrancar para hacer lámparas. Bluette habría vendido a su familia solo por una sonrisa de cualquier guardiana o de un oficial; por eso, decidió regalarnos más sufrimiento.

XX

EL SEGUNDO FUNERAL

Al llegar la noche, todo cambiaba, terminábamos de trabajar como putas, reclusas, prisioneras... para regresar a nuestros barracones y descansar en nuestra sucia cama. Excepto el comando de las Gandulas: ellas nunca paraban. Resultaba contradictorio que las llamasen así. Para el resto de inquilinas, la noche significaba descanso.

Las noches eran un pedacito de cielo en aquel infierno. Las madrugadas que no iba a dormir con Teresa recordaba los viejos tiempos, los buenos, los de estar todos juntos. Intentaba alimentarme de los míos, me mantenía viva. En definitiva, era como si la noche nos trajera una tregua, como si al apagar la luz, el peligro desapareciera.

Conocíamos a la perfección el funcionamiento del campo. Los trenes llegaban casi siempre de noche, impactaba mucho más. Por tanto, las cámaras de gas estaban muy ocupadas para las nuevas que no tenían la suerte entrar a formar parte del puente de los cuervos. Cuando te han pasado tantas cosas horribles, piensas que ya es imposible que pueda suceder nada peor; pero no, detrás de mí, siempre emergía de la nada una pared, y allí estaba, cada vez que me daba la vuelta.

La noche de la brutalidad estaba muy cansada, la jornada en el burdel había sido muy dura. Trabajé doce horas, pues tuve que cubrir el turno de Odette, una francesa de diecisiete años recién llegada. Solo tuve un descanso de un cuarto de hora para engullir la sopa. Cuando terminé, me dirigí a mi barracón. Por fin reinaba el silencio. El ruido de los zuecos de los equipos de noche se acababa de extinguir. Estaba muerta de fatiga y lo único que deseaba era un poco de calor bajo la delgada manta, insuficiente para contener el frío de los primeros días de 1944. El barracón no tenía medios para calentarnos y le faltaban muchos cristales. Estaba ansiosa por meterme en la cama, intentaba tratar de recuperar fuerzas para el combate por la vida que volvía a comenzar al apuntar el nuevo día. Dormía con Josefa, compartía cama con ella y con Floren, una de las prisioneras más antiguas del campo, desde la muerte de Vicenta y de la Radu, con quien Floren compartía litera. Desde mi llegada, en el campo no cabía un alfiler, y eran raros los camastros en que dormían solo dos presas. En todos los barracones había una norma tácita que cumplir establecida por nosotras, las prisioneras: a las más viejas, mejores camas. No era porque fueran mayores, sino por el tiempo que llevaban allí. El infierno hacía mella en ellas e intentábamos, dentro de nuestras pequeñas posibilidades, que estuvieran lo más cómodas posibles. Era como una especie de jerarquía estipulada, las más ancianas, las pocas que se salvaban, y las veteranas: mejores camas y más comida. Por tanto, las más antiguas ocupaban las literas de arriba, y aunque no parecía gran cosa, al menos allí no te caía encima la orina de las compañeras. Todo un privilegio.

Ya me había dormido pensando en los míos cuando la veterana Elsa Mornisten, una prostituta alemana que llevaba desde 1939 allí, me despertó. Me dijo que una mujer se había colado en nuestro barracón. Una que preguntaba por la española con nombre de bailarina. Era Martha Aussoulin. Estaba nerviosa, al ver su cara, supe que algo no iba bien.

—Martha, pensé que habías muerto. Me alegro de verte. ¿Qué haces aquí? ¿Qué pasa?

—Isadora, es tu tía. Agnes se la ha llevado. No puedo decirte con exactitud qué ha pasado ni cuándo ha ido a por ella. Cuando llegué a su barracón para verla, después de mi turno en los hornos crematorios, ya no estaba. Me lo ha dicho Pepita. Han ido a buscarla, la han sacado de la cama a golpes y se la han llevado.

—¿Quién ha sido? —pregunté—. Seguro que el piojo volador.

—No lo creo, Isadora. Se habrían llevado a las demás. Pepita me ha contado que Agnes ha entrado gritando, preguntando por la roja del pelo rojo. No entiendo cómo no os habéis enterado. Agnes ha estado rebuznando por todo el campo. Decía que quería que alguien avisara a la puta española de que tenía a su tía. No dejaba de repetir que quería a la puta española. Tienes que ir a ver qué quiere. Lo que le sucede tiene que ver contigo.

Salimos del barracón. Corrí detrás de Martha con la esperanza de encontrar viva a Teresa. Durante el trayecto, pude imaginar por qué la pequeño demonio había cogido a mi tía. Desde hacía un tiempo venía a visitarme un joven soldado de las SS y Mirta me había advertido de que tendría problemas: Agnes bebía los vientos por él. Y a él, que estaba demasiado ocupado follándome, no le interesaba la pequeño demonio.

Martha me condujo hasta la sala de torturas; nosotras la llamábamos «la sala de colgar personas» o «la sala de los ahorcados». En el trayecto que separaba mi barraca de aquella sala, las lágrimas fueron, junto con Martha, mis compañeras. Al llegar, antes de entrar, me sequé los ojos con la manga del pijama y respiré profundamente; necesitaba todo el aire de aquella noche gélida para no llorar delante de Agnes. No estaba permitido soltar una lágrima, había nazis delante y no iba a darles ese gusto.

La guardiana llevaba un rato esperando. Nada más entrar le cambió la cara, estaba encantada de verme allí, pletórica.

—Te estábamos esperando, puta española—dijo sonriendo.

—Aquí estoy —dije en alemán con fuerza y contundencia, como si no me diera miedo estar enfrente del mismísimo demonio.

—Buenas noches, puta.

Tampoco me alteré cuando me llamó puta; en realidad, que me llamase puta no me afectaba; para mí, aquella palabra había perdido todo su significado hacía mucho tiempo. Era puta, creo que todas las que estábamos en aquella habitación del pabellón número 3 lo éramos, de una manera u otra. Agnes desde luego que lo era, una verdadera puta de campo de concentración, una puta que odiaba con toda su alma y disfrutaba viendo sufrir.

Ni en mis peores pesadillas había imaginado lo que me encontré: Teresa estaba desnuda, era un saco de huesos. Estaba de pie y atada por las muñecas a una enorme barra de hierro, que parecía oxidado, que colgaba del techo. No era óxido, no; era una prueba más de salvajismo, era la sangre seca de los compañeros que habían pasado por allí antes que ella. Sus ojos estaban hinchados y ensangrentados, debía llevar horas sufriendo las palizas de ese animal irracional. Intenté acercarme a ella, pero Agnes me lo impidió. Tenía en una mano una barra de metal y en la otra, un látigo; las barras, los cuchillos, el látigo y las porras eran sus juguetes favoritos. Los prefería a las pistolas; de un tiro, en pocos segundos, el reo dejaba de sufrir, y esa clase de muerte piadosa no estaba para nada contemplada en su ideario. Tenía que estar muy desesperada para utilizar la pistola.

En ningún momento me dejó acercarme a mi tía. Me obligó a sentarme en la silla del espectador para que no me perdiera nada. La función no había hecho más que comenzar. Iba a ser una noche muy larga. Allí, justo en ese instante, fui consciente de que ni las noches daban ya tregua en un sitio como aquel.

Agnes se dirigió a mí y me susurró al oído:

—No pienso matarla hasta que me lo pidas, porque vas a ser tú quien mate a tu querida tía. Esta noche serás el verdugo. Suplicarás que la cuelgue. Ella está medio muerta, pero por verte sufrir creo que merecerá la pena. ¿Estás preparada? Ponte cómoda, que empezamos.

Primero la violó con la barra de metal. Su vagina no dejaba de sangrar; yo no podía ser testigo de semejante aberración y cerraba los ojos. En cuanto la pequeña bestia se daba cuenta de que no miraba, me daba un latigazo para que los abriera. Dejaba un instante a Teresa y me pegaba latigazos a mí.

—Abre los ojos, puta española. ¿Crees que a mí me gusta esto? —decía con su voz chillona y desagradable.

Yo no le contestaba, no estaba dispuesta a entrar en su juego, quería que dejase a mi tía y que terminara de una vez.

—En realidad sí que me gusta, me encanta, disfruto aniquilando basura como vosotras —me decía mientras daba vueltas alrededor de mi silla, riéndose como la perturbada que era.

Al menos conseguía tenerla entretenida y que dejase de maltratar a mi tía; estaba tan entusiasmada que no era consciente de que, a pesar de todo el dolor, estaba intentando distraerla y ganar tiempo. O eso creía yo. Pero Agnes no era tan tonta y enseguida se dio cuenta de mis intenciones.

—Putita, pretendes engañarme. No tengo prisa, tenemos todo el tiempo del mundo; cuanto más me entretengas, mejor: así tendré más tiempo para seguir reventando a esta escoria —dijo señalando a Teresa.

Después de su discurso, dio por concluido el primer acto. Teresa descansó, seguía desangrándose entre sus delgadas piernas, por ellas corría un reguero de sangre. Le había provocado una hemorragia severa, pero para la hija del mismísimo Lucifer no era bastante. Que muriera desangrada no estaba entre sus planes, así que decidió continuar.

Dio comienzo el segundo acto. El descanso fue muy breve. Empezó a darle golpes con la barra en las costillas, la compaginaba con el látigo: un golpe, un latigazo; un golpe, un latigazo.

—Vamos, no seas tímida. Cuenta conmigo, puta española: uno, dos, tres...; quince, dieciséis..., veintiuno, veintidós; ¡veintidós y medio, este ha sido

335

muy flojito! —Miró uno de los soldados que custo-
diaban a mi tía y ambos rieron como hienas—.
Treinta...

—¡Déjala!¡Te digo que la dejes! —grité.

—¿Tan poco quieres a tu tía? ¿Ya quieres que la
enviemos al infierno?

—No puedes enviarla allí, ya está en él, puta
loca—le respondí.

—¿Qué has dicho? —me preguntó mientras me
miraba de forma amenazante.

—Que eres una puta loca y que el día que todo
esto termine te buscaré y te mataré con mis propias
manos.

—No me hables en español, zorra, que no te entiendo. En alemán, debes hablar en alemán.

Había vuelto a conseguir que Agnes centrase
toda su atención en mí y así darle una nueva tregua
a Teresa. No paraba de soltar pestes en español por
la boca y ella se ponía más nerviosa y me daba más
latigazos.

—Agnes, la zorra de Ravensbrück, la puta que
no sabe español; te molesta que te hable en español.
Te da miedo pensar qué te voy hacer el día en que
termine la guerra —le dije—. La pequeña zorra rubia está asustada, ¡¡la pequeña zorra rubia está asustada!!

—¡Cállate! —gritó—. No tengo ningún problema
en mataros a las dos. No vuelvas a hablar en español; si lo haces, te juro que te arrancaré tu preciosa

piel bajo ese tatuaje que llevas y se la haré comer a tu tía. Así que será mejor que te calles y disfrutes del espectáculo.

Mientras me amenazaba, sacó una afilada navaja del bolsillo de su falda y sin dudarlo le cortó un pezón a Teresa, que ya hacía un rato que había perdido el conocimiento. No estaba muerta, podía ver cómo respiraba, sus costillas se hundían para tomar apenas un poco de aire.

De un impulso, me levanté de la silla y me puse de rodillas ante Agnes pidiéndole que la dejara en paz. Mi plan hacía aguas, no podía seguir viendo a mi tía así.

—Sabes que no la voy a dejar. Debes pedírmelo. Pídelo, pide que la mate. No es tan complicado. Repite conmigo: «Agnes, por favor, cuélgala ya». ¡Vamos, puta española!

—Termina, por favor, Agnes, cuélgala ya.

Mi súplica no le pareció demasiado sincera, estaba claro que la mataría cuando se cansase de jugar con ella y conmigo. Agnes disfrutaba como una niña con su regalo y no tenía intención de parar. Su cara estaba tan llena de sangre como la de mi tía y desprendía un halo de felicidad. Su sonrisa era tan amplia que casi no le cabía en su pequeña cara de sádica.

—Los sucios comunistas no entendéis lo que es el amor —dijo—. Si esta deshonesta rata roja fuera mi tía, ya te habría pedido que la mataras. No la quieres, eso está claro. No sabes lo que es el amor.

Cuando terminó de decir aquella palabra que tanto significaba para mi familia, comprendí que Agnes se había vuelto loca de amor. De amor a la muerte.

—Agnes, tú sí que no sabes lo que es el amor.

—¿Cómo tienes el valor de afirmar eso? —Me reprochó—. Yo, a diferencia de vosotras, sé de lo que hablo y sí conozco el verdadero amor. Amo Alemania, a mi *führer*, a toda su magistral obra y también amo al hombre con el que te encamas cada noche, puta española, y esto que te estoy mostrando es amor verdadero. La basura como vosotras nunca conseguirá disfrutar de este amor puro e incondicional. Amo tanto a mi patria que tengo que limpiarla de sabandijas. No lo entendéis y nunca lo entenderéis porque no sabéis amar. Te lo estoy mostrando para que, de una vez por todas, las ratas logréis entenderlo.

Cuando terminó su discurso, fui consciente de que era una víctima más; ella, con privilegios, látigos y pistolas, pero no era más que una pobre niña desgraciada, una cría a la que le habían lavado el cerebro. Y sentí pena por ella. Sabía que mi tía iba a morir y decidí suplicar a la pobre chica loca alemana que terminase, quería ver culminada su prueba de amor. Le supliqué que parase miles de veces, pero el amor se lo impedía. Su corazón era de hielo, como el lugar al que pertenecía. No puedes pedirle a un corazón helado que termine ya, estaba viviendo el romance más intenso desde que llegó a Ravensbrück, no tenía intención de parar.

—Agnes, por favor, te lo repito: mátala. Te lo suplico —insistí—. Te pido perdón por todo lo que te he dicho, quiero que acabes con su vida de una vez. Mis palabras son sinceras. Termina tu obra, por favor.

Estaba claro que el final de la roja del pelo rojo se acercaba. Mi tía, a diferencia de Agnes, sí estaba dispuesta a morir por amor. Por amor a su familia, no solo a la de la sangre, también la del campo, por sus nuevas hermanas, las camaradas de lucha; moría por amor a la República y todo lo que significaba. Iba a morir por la libertad, por mi madre, por sus padres, por Ignacio, por su querido y adorado Amancio, por la Sole y, sobre todo, por mí. Esa noche se desvanecería para siempre mi tía, mi amiga, mi compañera y una parte de la historia.

Le supliqué de nuevo a Agnes que la colgara y aceptó.

Dos soldados de las SS que habían permanecido inmóviles, como dos meros espectadores más disfrutando del espectáculo, entraron a escena. Desataron las manos de Teresa de la barra y arrastraron su cuerpo hasta un rincón, donde aguardaba la muerte. Agnes fue muy considerada y me permitió acercarme a ella; su pequeño corazón estaba repleto de amor y tuvo un atisbo de misericordia.

—Tía, ¿puedes oírme? —Afirmó con la cabeza—. Esta noche termina todo, vas a reunirte con mi madre. De nuevo las hermanas García volverán a estar juntas, juntas para siempre en la eternidad, ya nadie podrá hacerte daño ni te podrán arrebatar lo que tanto deseas y por lo que has peleado hasta el final: la adorada libertad.

Teresa, con un hilo de voz, la poca que le quedaba, me pidió que aguantase hasta la liberación.

Debía sobrevivir para contarle al mundo lo que nos habían hecho. Entre lágrimas, le juré que nadie iba a acabar conmigo: por ella, por mi madre y por todos los demás, le juré que mataría a Agnes.

—No, no quiero que la mates, no somos como ella —dijo Teresa.

Le di un beso y le dije que la quería. Me pidió que acercase mi cara a la suya. Todavía no consigo entender de dónde sacó las fuerzas para cantarme la canción que entonaba en Madrid al comenzar la Guerra Civil. Entre susurros empezó a canturrear:

—«Si te quieres casar con las chicas de aquí, tienes que ir a Madrid y empuñar el fusil...». ¿Te acuerdas, Isadora?

—Sí —le contesté—. Tía, te quiero mucho—. No sé las veces que se lo dije, quería que se marchara con todo el amor posible—. Te prometo que nadie olvidará lo que han hecho con nosotras y que seguiré viva hasta el final. Algún día llegará y yo estaré ahí para contarlo todo.

Agnes se acercó y me cogió del pelo, tiró de él y, mientras me separaba de mi tía, me repetía la misma condenada pregunta.

—Puta española, ¿la mato ya? Recuerda que antes tienes que pedirlo; mejor aún: suplicarlo.

Con el rostro sereno y la mirada desafiante, se lo pedí por favor.

—Sí, Agnes, mátala ya, por favor. Te lo suplico.

La levantaron del suelo donde yacía entre sangre. La muerte la esperaba ansiosa. La soga estaba preparada, atada a las vigas de madera de la sala de los ahorcados. La subieron como pudieron a un taburete y le pusieron la cuerda alrededor de su delgado cuello. Estaba irreconocible. La roja del pelo rojo levantó la cabeza como pudo, me miró y gritó con las pocas fuerzas que le quedaban:

—¡Viva la República!

Todavía no logro entender cómo pudo dar aquel grito que se escuchó en cada rincón del campo. No sé de dónde sacó la energía; era fruto de la rabia y la impotencia contenidas. Allí estaba la incansable Teresa, cara a cara con su verdugo, con los pies apoyados en un viejo banco esperando a que Agnes diera la orden. Unos segundos después se pudo escuchar el crujido de la muerte. Por fin todo había terminado.

A la tía Teresa la dejaron colgada tres largos días para que todas pudieran ver lo que les pasaría si seguían siendo unas «gandulas». Martha, Josefa y sus hermanas del campo fuimos a velar su cuerpo, a rendirle honores. Alguien nos había soplado que a la mañana siguiente la descolgarían y enterrarían en la fosa común. Decidimos improvisar un velatorio como a ella le hubiera gustado: con buena bebida y canciones. Richard Zacho, un criado de un alto mando de las SS, nos proporcionó una botella del mejor brandi que pudo robar y brindamos por última vez por la roja del pelo rojo. Esa noche solo se escuchó «La Internacional»; con cada nota que entonábamos se nos paraba la vida, se nos quedaba suspendida por instante y nos embriagaba la emoción; una emoción que nos oprimía el pecho. Con la última nota, se hizo el silencio durante unos segundos, roto por unas palabras susurradas para recordar a Teresa. Después llegó el estruendo infernal del llanto que acompañaba a las lágrimas.

Y así, entre lágrimas, tragos de brandi y cánticos por la libertad despedimos a Teresa para siempre. Su cuerpo se quedó en Ravensbrück, pero sus ideales seguirían vivos en cada una de nosotras.

XXI

Noches inolvidables

Desde que murió la tía Teresa, yo no era la misma: la rabia y el odio se apoderaron de mí. Todo lo que mi familia me había enseñado no servía para nada. Estaba sedienta de venganza y lo único que deseaba era acabar con Agnes. Nada me importaba ya lo más mínimo. Las violaciones se habían convertido en algo cotidiano y el prostíbulo era un lugar como cualquier otro. Ya no me parecía tan duro. No quedaba nada de la joven Isadora; por edad, seguía siendo joven, pero los años allí pesaban como losas. Llegamos al primer día de 1942 y, sin apenas darme cuenta, habían pasado casi tres largos años, y lo peor de todo era que me había quedado sola, mi familia, la de la sangre, estaba muerta y la esperanza de salir de Ravensbrück cada vez era más lejana, casi inalcanzable.

Fue a finales de 1944 cuando lo conocí. Era un hombre bueno que había llegado seis meses antes, pero yo no lo vi por primera vez hasta la noche del 22 de noviembre.

En su visita al lupanar, le tocó ser el segundo de la habitación 7, la mía. ¡Qué caprichosa era la vida conmigo! El número 7 siempre había sido mi preferido; desde niña, era mi número de la suerte. Mi hermano me decía que simbolizaba la seguridad y la protección, y que su equivalente astrológico era Neptuno, ese dios que en astrología se asocia con la ausencia de fronteras, el mundo de los sentimientos, el escape. Esperaba ansiosa que Neptuno algún día me ayudase a matar a la pequeño demonio. Tenía unas ganas locas de demostrarle mi amor, tal y como ella me había demostrado el suyo. No quería cumplir la promesa que le hice a mi tía unos minutos antes de que se enfrentara cara a cara con la muerte.

Aquel día de noviembre, el primer servicio era diferente. Estaba con un pez gordo de las SS, era muy extraño que alguien como él, con su estatus, se pasara por el burdel. Lo hacía desde hacía un mes; las compañeras comentaban que se había encaprichado de la puta española con nombre de bailarina.

Este indeseable, por desgracia, no tenía un tiempo estipulado como los otros, me podía violar las veces que quisiera o pudiera. Casi siempre eran dos: primero con su polla y después con su pistola. Cuando se había corrido, era el turno de su «otro cañón». Le encantaba chuparlo. Se metía en la boca el cañón de su Luger P08, lo lamía para llenarlo de babas y, cuando consideraba que estaba bien lubricado, me lo metía. Era de agradecer: así no sentías dentro el dulce frío de la muerte. Algunos SS me habían violado con pistolas y no eran tan considerados. Siempre me hacía la misma pregunta:

—Te gusta cómo te follamos, ¿verdad?

—Sí, me encanta.

—Dilo otra vez, ahora en español, me gusta oírtelo decir.

—Me volvéis loca, tú y tu pistola; quiero que me folles a la vez, por el coño y por el culo.

Me hacía decirlo primero en alemán y después en español. Llevaba un mes soportando a este animal. Y aquella noche tenía la esperanza de que no viniera a visitarme, ya era tarde para su costumbre, pero me equivoqué. Unos años antes habría deseado que apretase el gatillo y me reventara viva, pero ahora no estaba en mis planes que me mataran. Debía transmitir lo que nos decían. Se escuchaban rumores dentro del campo y eran muy alentadores: la guerra terminaba y los nazis con ella. Ahora no me podía permitir el lujo de morir, necesitaba seguir con vida.

Podía escuchar una y otra vez el sonido de la campanita anunciando que el turno se había acabado, no para mí, pero sí para mis compañeras.

El violador de la pistola se llamaba Fritz Suhren. Más tarde me enteré de que era el comandante del campo. El joven soldado del que Agnes estaba enamorada y, por lo tanto, causante indirecto de la muerte de Teresa, me había «recomendado».

Desde que llegó al campo, Suhren disfrutaba de su poder. No solo se ponía cachondo follándome con la pistola, también le producía un enorme placer exterminar prisioneros matándolos de hambre: les hacía trabajar lo máximo posible y ordenaba que no se los alimentase, o que fuera muy poco, lo mínimo. En parte yo sufría esas mismas órdenes: me hacía trabajar hasta la extenuación. Quería matarme «de placer».También le excitaba buscar prisioneras para proporcionárselas al doctor Loco; al fin y al cabo, éramos sus conejillos de Indias. Sin nosotras no podía experimentar. Estaba segura al cien por cien de que aquella era la causa de su paso por el lupanar, ya que el doctor tenía predilección por las putas. El problema fue que se encaprichó de mí y lo sufría cada noche; por lo menos, mis compañeras no tenían que soportarlo.

Los años empezaban a hacer mella en nuestros maltrechos cuerpos; la cabeza, esa ya hacía mucho que la habíamos perdido. En multitud de ocasiones deseé que me hubieran encerrado en el barracón de las locas, de las «putas chaladas», así se referían a ellas las guardianas. A nadie le importaban. Corría el rumor de que muchas mujeres fingían para conseguir estar allí. No hacía falta tal cosa, lo raro era que algunas siguiéramos cuerdas.

No podría decir con exactitud las veces que escuché el tintineo de la maldita campana. Por fin Suhren decidió que por esa noche ya era suficiente.

Saco la pistola de mi coño, la limpió cuidadosamente y se marchó. Mañana volvería a tener doble sesión. Antes de abandonar la habitación, me pidió que le repitiera en español lo mucho que me gustaba y lo bien que me follaba. Mientras esto hacía, ya con la puerta abierta, esperaba a un muchacho que nunca había visto. Entró en mi habitación rápidamente.

—*Sie können nicht einsteigen. Du musst etwas warten.*

—No entiendo una palabra de alemán —me dijo.

—Eres español —afirmé—. Te he dicho que no puedes entrar todavía, tienes que esperar a que me lave un poco. No querrás acostarte con alguien a quien le acaban de meter una polla nazi y después una pistola, ¿verdad? Es raro ver a compatriotas por aquí. Debes de ser uno de sus capos, un perrito faldero que hace lo que le mandan sus dueños. —Estaba claro que mi tono de voz y mis palabras molestaban a mi aspirante a nuevo amigo.

—Solo quiero hablar, no pretendo abusar de ti. Y no tienes por qué ser tan dura conmigo.

—Lo siento, es este maldito lugar, que me saca de quicio. Cuéntame, ¿por qué estás aquí? Debes de ser un chivato —le reproché.

—No soy ningún chivato, antes prefiero morir que delatar a mis compañeros —dijo con voz altiva—. Y ahora, si quieres te cuento lo que me están obligando a hacer: por las mañanas trabajo en las oficinas del campo, me han elegido para eliminar todas las pruebas, destruyo documentos y, por las tardes, estoy en los hornos crematorios. Están llegando trenes con cadáveres de mujeres provenientes de otros campos para que los hagamos desaparecer. Ahora intentan engañar al mundo con traslados de compañeras a otros lugares. Las muertas en Ravensbrück no aparecen en el registro de bajas, figuran como reclusas trasladadas a Mittwerda.

—No entiendo. —Lo que aquel muchacho me contaba era vomitivo.

—En el campo de Mittwerda casi nadie muere. Por eso, en los papeles reza como un traslado y no como una baja causada por la inhalación de Zyklon B. Los nazis nos están utilizando para blanquear su maldad. No tengo idea de alemán, por eso me han asignado el trabajo, para que no conozca sus planes. Gracias a mi compañero Andreu estoy al tanto de todo. Él lo habla perfectamente, aunque los cuervos no lo saben. A las compañeras que son envenenadas o matadas a palos por guardianas como Agnes, en los registros que nos entregan han apuntado «muerte por causas naturales». Nos dan carpetas de diferentes colores con la información: las carpetas rojas son para destruir y las grises para guardar. Saben que ya es muy difícil que ganen la guerra, el Ejército soviético nos liberará pronto, y están escondiendo sus crímenes contra la humanidad.

—Qué horror... ¿Y qué clase de documentos destruyes? —pregunté.

—Fichas de prisioneros sobre todo, e información del campo: planos, mapas, la situación de algún búnker cercano.... Como te he dicho antes, soy un recién llegado: español, sin patria, y no tengo idea de alemán. El cómplice perfecto. Estoy en el barracón treinta y seis, es el de los recién llegados. Nos llaman «los atontados». Cada noche somos más, no cabe un alfiler, imagino que los barracones de las mujeres deben de estar en las mismas condiciones. Los últimos compañeros llegaron ayer procedentes de Birkenau, la mayoría son turcos y rumanos, tampoco hablan alemán. Lo que peor llevo es la falta de higiene en este campo, es terrible; dormimos siete en cada jergón. Tampoco consigo acostumbrarme a los bichos.

—¿A las guardianas? —pregunté.

—A esas, menos —dijo mi nuevo amigo—. Me refiero a los piojos, son enormes como granos de trigo. Corren por el cuerpo y la sensación que causan es muy extraña; estamos todos infestados, ni durante la Guerra Civil tuve tantos. Las pulgas también pican, pero son más discretas, y las chinches no dejan de perseguirnos. Estoy tan cansado de aplastar a todos esos bichos que ya los dejo correr por donde quieran. Y las ratas, ¿qué me dices de las ratas? Son enormes y tan atrevidas que se llevan la poca comida que conseguimos robar. Tenemos que perseguirlas, pero esas bestias asquerosas no tienen miedo y nos atacan. Ayer, un joven fue mordido en un brazo.

Lo bueno de venir a verte es que he descubierto que, cada vez que decida utilizar el sistema de billetes que me proporciona el Tercer Reich, me hacen pasar por la sala de desinfección. Para que no os peguemos nada.

—Conozco ese sistema, a las putas también nos obligan. Nos están follando sus soldados. No podemos contagiarles nada. Ante todo, quiero que sepas que no elegí ser lo que soy en este campo. Aquí nadie tiene ese privilegio. Yo nunca había sido puta.

—¿Crees que a mí me gusta hacer lo que hago? —dijo el hombre del barracón de los atontados.

—No lo sé —le dije mientras lo invitaba a tomar asiento en mi cama.

—Estoy ayudando a destruir documentación relevante que el mundo no podrá ver ni juzgar. Por las tardes me obligan a cargar cadáveres de compañeras de las cámaras de gas a los hornos crematorios. Los apilo en la nieve. Nada me parece tan triste como dejarlas en la nieve, abandonar sobre ella sus cuerpos todavía calientes. A veces tengo que servirme de un pico y una pala para separar a la que se han quedado pegadas. No te puedes imaginar lo que se siente cuando escuchas el triste rugido del cadáver al arrancarlo del hielo. Lo que más me duele es que no puedo mostrarles mis respetos..., aunque me consuela pensar que soy yo quien las acompaña. Lo peor es meterlas en los hornos.

—Por desgracia, sé lo que sientes. Las putas también hacemos ese trabajo. Me preocupa, y mucho, que estén quemando las fichas de las reclusas. Nadie sabrá quiénes son las mujeres ya incineradas o que esperan su turno.

Mi nuevo amigo se llamaba Gabriel Sevilla Cabasés, de madre catalana y padre andaluz. No podía creer lo que acababa de contarme: la guerra estaba a punto de terminar y yo seguía viva.

—¿No quieres follar? —le pregunté a Gabriel mirándolo fijamente a los ojos.

—Ya te lo he dicho antes: no quiero hacer nada, solo hablar y que me digas tu nombre. Un compañero que te conoce me ha dicho que preguntase por la chica española que tiene nombre de bailarina, pero tu jefa no me ha entendido, y creo que debes de ser la única española por aquí, porque me ha traído hasta la puerta número 7, mi número preferido.

—El mío también —dije emocionada. Me sorprendió a mí misma mi comportamiento con Gabriel, estaba relajada—. Me llamo Isadora y por desgracia no soy la única española del prostíbulo.

El sonido de la campana interrumpió nuestra agradable conversación.

—Hacía mucho tiempo que no me sentía tan cómodo con alguien —me dijo.

—Gabriel, ¿volverás?

—Por supuesto.

Antes de cerrar la puerta, guiñó un ojo.

Sus palabras eran una brisa de aire fresco, trans-
mitían esperanza.

Gabriel empezó a visitarme cada noche; gracias a él
volví a sentirme un ser humano. Era un hombre
muy agradable y me transmitía calma y serenidad.
Nunca me pidió sexo, solo quería hacerme compañía
durante los veinte minutos que duraba el servicio.
Yo conseguía ser un poco más libre y mejor persona
gracias a él.

Nos lo contábamos todo. Era soltero y había vivido con su madre en Barcelona, muy cerca de la
pensión de doña Petra. Dolors, su madre, era viuda
desde que él tenía cuatro años. Joaquín, su padre,
siempre estuvo enfermo, al menos él lo recordaba
así. En enero de 1939 su madre se marchó a un pequeño pueblo de Lleida: su familia era payesa y decidió regresar con los suyos. Gabriel era un hombre
joven y con las mismas ganas que teníamos todos
de derrotar al fascismo. Decidió cruzar a Francia. Desde
luego, su exilio no fue tan cómodo y orquestado
como el mío.

Me contó que la fila de fugitivos cubría kilómetros y kilómetros. Por todas las carreteras que llevaban
a la frontera podía verse la misma riada de personas. Interminables filas de soldados, mujeres, hombres y niños desolados, ancianos taciturnos, heridos
y mutilados. Entre La Junquera y Le Perthus la carre-

tera estaba embotellada por millares de coches, camiones, tartanas, mulos que se abrían paso entre la muchedumbre extenuada.

—Los huidos caminábamos lentamente. Llevaba conmigo lo poco que mi madre y yo habíamos conseguido salvar: una vieja maleta de mi padre y su antiguo y desgastado abrigo. El único abrigo que tenía y que los años habían desteñido; eso y una manta sobre los hombros para amortiguar el frío. Mi madre se había llevado a Lleida lo demás. Lo que más me impresionaba, Isadora, era el silencio que reinaba, un silencio grave y doloroso, únicamente roto por el ruido de los aviones alemanes e italianos que se acercaban volando a baja altura para ametrallar y bombardear a la muchedumbre. Los franquistas, aquel enero del 39, no solo querían la victoria que de sobra sabían que habían conseguido, no les bastaba con eso. Querían aniquilar a todos los rojos.

»Conseguí llegar a mi destino y el ambiente era el mismo; permanecí encerrado en un campo de refugiados, en Argelès. Cuando conseguí salir, me uní a la Resistencia en el sur de Francia. Con el maquis, operando en el medio rural he estado hasta hace poco, hasta que me detuvieron y terminé en un vagón de ganado para llegar aquí. Imagino que como todos. Las historias son similares; el final es el mismo: miles de compatriotas en los campos de concentración de media Europa. Lo demás ya lo sabes.

Al escuchar ese nombre, Argelès, me acordé del *Garçon*, la última persona que vio con vida a mi hermano pasó por el mismo campo. Mismas historias con distintos personajes. Todo tan triste...

Una de las noches que compartía tiempo con Gabriel, *madame* Mirta vino a buscarme.

—Tú, tienes un servicio fuera. Ponte esto y, cuando estés lista, me avisas. ¡Vamos! Y tú lárgate —añadió dirigiéndose a Gabriel con mirada inquisitorial.

—Gabriel, tienes que irte, no sé a dónde me llevan.

—Nos vemos mañana —susurró mientras depositaba un dulce beso en mi mejilla.

«Un servicio fuera». Nunca me habían pedido algo así. Sobre mi cama, Mirta había tirado un vestido de terciopelo granate con el cuello y las mangas blancos y bordados. Era precioso. Me lo puse y la avisé, como me había pedido. Entonces regresó con un liguero, una combinación de raso, unas bragas, un sujetador de encaje negro y unas medias de seda. Tuve que quitarme el vestido para poder engalanarme por dentro. Esa noche sí que parecía una puta, pero no de campo de concentración: una puta de uno de los mejores burdeles de Berlín.

Mirta me maquilló los ojos con una raya negra enorme; seguidamente, sobre mis párpados puso una sombra del mismo tono que el color del vestido.

Pintó mis labios de un carmín intenso y me hizo dos trenzas que recogió a modo de diadema. Entre medias de las trenzas colocó estratégicamente unas pequeñas horquillas con piedrecitas de brillantes colores. Se puso de rodillas y me calzó unos zapatos de tacón negros. Cuando terminó, me pidió que la acompañase.

Recorrimos el pasillo hasta llegar a la puerta principal del burdel, donde un coche me esperaba con dos soldados y el conductor. A punta de fusil fui empujada hacia el automóvil descapotado, en el que me sentaron entre los dos SS. Estaba claro que alguien muy gordo reclamaba los servicios de la puta española con nombre de bailarina, más importante incluso que Suhren y su Luger P08. Seguro que este asqueroso o algunos de sus camaradas le había hablado de la puta española.

El trayecto fue muy corto. Al llegar sonaba una música muy agradable en aquel inmenso *hall* de la entrada, aunque el ambiente no lo era. Richard Zacho me esperaba y agradecí encontrarme con una cara amiga. Era un judío que llevaba en el campo desde siempre. Había sido un importante banquero en Berlín, pero, cuando empezó el ascenso del partido nazi, lo perdió todo. Un alto cargo lo salvó de ser asesinado: era un misterio, nadie entendía el porqué. Lo llevaron a Ravensbrück cuando el campo abrió sus puertas en 1939; y, desde que llegó al puente de los cuervos, era un fiel sirviente de todos los altos cargos que pasaban por allí. Estaba vivo y eso era lo único que a Richard Zacho le importaba. Él fue el encargado de acompañarme a una inmensa sala con dos ventanales por los que se podía ver el humo de los hornos crematorios. «No paran nunca, ni de día ni de noche», pensé.

En la sala había una gran chimenea y, a cada lado, un sillón; junto al de la izquierda había una mesa con una preciosa cajita de madera labrada repleta de cigarrillos, una botella de brandi y dos copas.

El perro que demandaba mis servicios se llamaba Johann Schwarzhuber, todo un experto en campos de exterminio, había pasado por todos desde que empezara como un simple guardia en Dachau. Gracias a sus méritos, había conseguido ascender en un periodo muy corto de tiempo. Primero, consiguió el grado de *Blockführer*, un cargo exclusivo de los campos de reclusión. El *Blockführer* supervisaba el trabajo diario y las raciones de comida, además de ordenar los asesinatos masivos con Zyklon B. Debía de ser un gran asesino cuando ascendió tan rápidamente: en poco tiempo, pasó a ser *Rapportführer*, comandante por encima de los anteriores, como una especie de sargentos mayores que se caracterizaban por su brutalidad. Tales eran sus proezas que lo trasladaban de unos campos a otros y cada vez en un cargo superior. El día que yo llegué a París fue el día que Alemania invadió Polonia; ese mismo día fue trasferido a Sachsenhausen y nombrado *Kommando-*

führer, comandantes de los Rapportführer. El 1 de septiembre de 1941 fue trasladado al gran campo de Auschwitz, donde más judíos se aniquilaban. Era el responsable de la organización de Auschwitz-Birkenau. Después de pasar por todos los grandes campos y llevar las manos manchadas de sangre de miles de inocentes, llegó a Ravensbrück la mañana del 12 de enero de 1945 como segundo de a bordo de Suhren; esa misma noche, reclamó mis servicios. Le gustaba tener una concubina en todos los campos y el violador de la pistola me había recomendado y renunciado a mí, asegurándole que era la mejor chupando la polla. Era un bien muy preciado.

Me esperaba con un cigarro en la mano. De unos cuarenta años, estaba perfectamente afeitado y con su traje militar repleto de galones: quería mostrarme todo su poder y dejar claro quién era el que mandaba. De forma muy educada, me contó todas sus proezas; cuando terminó su carta de presentación, me pidió que me recostara en uno de los sillones y que me subiera el vestido: quería ver mis nuevas bragas de encaje. Sin rechistar, hice lo que me pidió. El asqueroso no tardó en desabrocharse el pantalón y sacar su pene flácido. Comenzó a tocárselo mientras me pedía que me quitase las bragas. Cuando me las quité, me obligó a ponerme de rodillas frente a él, me acercó el pene a la boca y me lo metió para que lo lamiera. Cuando se sintió satisfecho, lo sacó y me exigió que me levantase del suelo. Pasó su mano por mis labios borrando el carmín y se apartó de mí por un momento para coger la bonita caja de cigarrillos de la mesa. Pensé que todo había terminado por esa noche y que me ofrecería un cigarro. Estaba equivocada. Me golpeó en la cara con todas sus fuerzas con la cajita. Mi labio superior comenzó a sangrar, notaba el sabor, el animal me lo había partido. Comenzó a lamer la sangre. Pasaba su lengua por mis dientes una y otra vez. Cuando se cansó, me dio un empujón tan brusco que caí de nuevo en el sillón, del mismo color que mi vestido y del mismo tejido. Me subió la falda y me tapó la cara con ella. Agradecí aquel gesto, mi rostro estaba cubierto, tapado por un delicado y suave terciopelo. Imagino que era una manera de no ver que iba a follar con una puta roja española. Con la escoria, la basura de la basura. No podían evitarlo, les encantaba follar con nosotras, era una forma de demostrarnos su poder.

Fue entonces cuando me penetró. Cuando por fin se corrió, se derrumbó sobre mí, con todo su montón de carne, que me ahogaba. No dijo nada, me destapó la cara y llamó a Richard para que me acompañase a la puerta. Me subí las bragas, me limpié la sangre de la cara con el vestido y esperé a Richard. Cuando me vio en esas condiciones, se quedó mudo, y, antes de que subiera al coche, me cogió la mano y la besó. Agradecí el gesto, me hizo sentir un poco menos puta.

Aquella noche, sin darme cuenta, me convertí en la ramera exclusiva del comandante Johann Schwarzhuber. A la mañana siguiente, un soldado vino a buscarme al barracón, me cogió del brazo y me sacó a empujones, me subió en el mismo coche que me había recogido la noche anterior y me dejó en una pequeña casa al lado de la de Schwarzhuber.

Estaba claro que, en los pocos meses que me quedaban, el comandante había decidido dictar sentencia sin tomarme declaración: sería su concubina y la puta que entretendría a todos los altos mandos del campo. Me quería cerca. De un plumazo, había perdido a mis hermanas y lo peor de todo fue que nunca más volví a ver a Gabriel. Más tarde me enteré de que lo habían matado.

XXII

Reinas de las trincheras

Las SS instalaron una nueva cámara de gas provisional en un barracón al lado del crematorio. Richard se había enterado de que llegaba desde Auschwitz, el «hermano mayor» de Ravensbrück. Nuestro infierno era el mismo, la diferencia es que aquí, en el puente de los cuervos, la mayoría éramos mujeres y las mujeres, como te he repetido tantas y tantas veces, no tienen peso en la historia. Es una desgracia; nos guste o no, es así.

Que los alemanes estuvieran trasladando cámaras de gas desde Polonia solo significaba una cosa: la guerra estaba acabada y yo iba a poder salir para contarlo. Tres largos años de sufrimiento, muertes, violaciones y dolor llegaban a su fin. Había dejado el prostíbulo, pero mi situación era la misma. Tenía más comida y mejores ropas, aunque eso no cambiaba nada: seguía siendo puta y estaba convencida de que lo seguiría siendo de por vida. La mirada de puta no se borra. Con el tiempo, llegué a comprobarlo.

Guardaba toda la comida que me daban y que podía robar para llevársela a mi familia, a las hermanas de mi barracón. Me tenían muy vigilada y la mayoría de las veces pedía a Richard que acercase las provisiones y se las entregara.

Estaba acostumbrada a las noches de cenas, tertulias, copas de brandi y cigarrillos, sexo sucio con un montón de hombres a la vez. La guerra estaría en las últimas, pero los cuervos seguían con su rutina y yo formaba parte de ella. Un día vi que un camión que vino a recogerme estaba repleto de criaturas, mujeres adolescentes, algunas incluso niñas, la puta más vieja que subió al camión era yo. Ninguna venía del burdel del campo ni eran del pabellón de las asociales. Probablemente eran las niñas que utilizaban para curar a los homosexuales. Niñas indefensas, asustadas, a las que vestirían de putas con las ropas y los encajes más bonitos que hubieran visto nunca. Engalanadas, perfectamente maquilladas y preparadas para que los cuervos llevaran a cabo todas sus sádicas fantasías sexuales. No llegaron solas, las acompañaban dos hombres rubios, altos y de grandes ojos claros. Cumplían con el patrón de la raza aria, el problema es que eran un poco «desviados» y, como a las putas, los utilizaban para sus fiestas.

La mañana de los jueves tocaba desinfección, nos preparaban para una noche dura. Esta se efectuaba en un campo a varios kilómetros del nuestro, donde no había más que prisioneros de nacionalidad rusa de todas las edades. Después de una espera de horas en fila junto a un enorme edificio, mis reinas de las trincheras y yo entrábamos en una sala muy caliente. Nos desnudábamos para dirigirnos a las duchas. Teníamos media hora para lavarnos de la cabeza a los pies. A continuación, nos pasaban a otra sala donde esperábamos la ropa que previamente también habían desinfectado. En esa habitación teníamos que espera horas y más horas, desnudas, sentadas una contra otra, mientras entraban alemanes vestidos con batas blancas para examinarnos, no para mejorar nuestra salud, sino para su satisfacción personal. Se burlaban de las más jóvenes. Las reinas eran niñas con sus caras angelicales y repletas de pecas. Las obligaban a acercarse a la trinchera. Se volvían locos acariciando sus frágiles cuerpos de formas armoniosas. Pasaban sus dedos repulsivos por los pechos de las pobres reinas. Como las ventanas estaban a la altura de un hombre de estatura media, decenas de ojos nos observaban. Una vez terminada la desinfección y el supuesto reconocimiento médico, regresábamos a nuestro campo para enfrentarnos de nuevo a la trinchera más dura y dantesca. Estaba a punto de llegar la noche y sabíamos que venía con hambre. Mientras ayudaba a prepararlas, las animaba, les daba los mismos consejos que me dio en su día Maria Radu. El tiempo no ha conseguido cicatrizar esa herida.

Esperábamos todos en la puerta: las jovencitas, los homosexuales y la puta más vieja que era yo. Antes de entrar, Richard me avisó de que la noche sería dura y diferente. Había visto collares como de perros, con cadenas. A Richard le gustaba cuidarme, se había convertido en una especie de padre. Mis miserias y mis miedos pasaron a formar parte de su vida con la misma normalidad con la que a mí me sometían a las más crueles vejaciones.

Cuando se abrieron las puertas del gran salón, el cabrón comenzó a ladrar. «Noche de las perritas», repetía una y otra vez. Nunca le había oído mencionar tal cosa. Pronto pudimos comprobar en qué consistía su nueva crueldad. Nos iban a convertir en perros, literalmente. Al entrar a la gran sala de la depravación, nos obligaron a quitarnos la ropa, solo nos dejaron las medias, nada más. Nos ataron un collar al cuello con piedras de colores y nos obligaron a ponernos a cuatro patas. Toda la noche. Mientras caminábamos, tiraban comida al suelo para que la cogiéramos con la boca, utilizar las manos estaba prohibido, éramos sus perras. Eso suponía agachar la cabeza, así nuestro sexo se veía más; entendían, en su realidad distorsionada, que era una forma de ofrecernos a ellos y nos follaban montándonos como a animales. En ocasiones, me follaban de tres en tres, me metían el miembro en la boca, en el ano y en el coño. A Johann Schwarzhuber le encantaban todas las depravaciones, sobre todo follar con los homosexuales. Ellos también estaban a cuatro patas y tenían su collar.

Niñas a cuatro patas, demonios desnudos, borrachos, sudorosos; con sus penes erectos buscando cualquier agujero, ya fuera de hombre o mujer, para introducirlo. «Perritas y perritos» esperando a ser montados. Te pegaban, te chupaban y se vaciaban encima, donde y como querían. Al fin y al cabo, eran los dueños. Recuerdo las caras de mis pobres reinas, podía ver en sus rostros mi primera vez en la *rue* Lauriston. En situaciones así dejas de tenerle miedo a la muerte porque es lo único que te puede salvar y acabar con el sufrimiento. Pero yo no podía permitirme el lujo de morir, me quedaban cosas pendientes todavía.

Cuando terminaba la bacanal, nos echaban como a los perros que éramos; al salir podía notar el olor a sexo podrido y tabaco de aquella habitación, era irrespirable. Los cuervos se quedaban desnudos, borrachos y exhaustos, tumbados en el suelo, recostados en los sofás..., descansando de su gran festín. Nosotros agradecíamos el aire que entraba al abrir las enormes puertas de salida. Richard nos esperaba para darnos los abrigos. Un camión aparcado se llevaba a las pobres niñas y a los homosexuales a su destino y yo volvía a mi pequeña jaula, la que Johann Schwarzhuber había creado para mí. A veces, Richard, cuando terminaba de limpiar la habitación de la barbarie, venía con una taza de té caliente. Lo esperaba ansiosa; en noches como esas necesitaba un hombro amigo donde llorar sin que ningún nazi me viera. Aguardaba expectante su llegada con el rostro aún lleno de restos de maquillaje, aunque la mayoría había desapareció durante la contienda. El enemigo era demasiado poderoso, ¿quién puede vencer al mismísimo diablo?

Mi rostro reflejaba a la perfección las heridas de otra batalla perdida, una más de tantas. Llevaba demasiadas a mis espaldas y había dejado de contar, no merecía la pena.

Las mañanas eran lo peor. Cuando abría los ojos y era consciente de que lo de la noche anterior no había sido un mal sueño, la pesadilla seguía aún estando despierta. Deseaba que todo terminara de una vez. Richard decía que el final estaba cerca, pero nunca llegaba. Todas las noches que Schwarzhuber me folló habría dado la vida por poder coger su revólver y haberle pegado un tiro en las pelotas. Normalmente eran tres a la semana, ahora cuatro, con su nueva ocurrencia. No quería citas, no me invitaba a cenar: solo me ponía una copa y me follaba frente a la ventana. Le gustaba ver el humo de los hornos crematorios. El cerdo asqueroso se sentía poderoso. Las mujeres para él no éramos más que carne fresca.

Siento hablar así, María. Pensé que aquellos angustiosos días estaban superados y que formaban parte del pasado, pero, cuando vuelven a mi cabeza las imágenes, no puedo evitar ponerme de mal humor. Lo único que pedía era que no me mataran. Cada noche pedía un día más y que en ese día la muerte no se cruzase en mi camino. Estaba en cada esquina, aguardaba expectante y, cuando menos te lo esperabas, te dabas de frente con ella. Intentaba evitarla a toda costa.

Al menos ser la puta de Schwarzhuber y la diversión de sus amigos me concedía ciertos beneficios. En una guerra cualquier cosa, por insignificante que sea, es un beneficio, te lo puedo asegurar. Y yo conseguía enterarme de todo. Con la ayuda de Richard, aprendí a moverme con sigilo e intentaba escuchar todas las conversaciones. Si alguna vez me pillaban, me acercaba con cara y mirada de puta y le lamía la oreja al nazi en cuestión. Le encantaba y olvidaba su enfado o cualquier sospecha que tuviera de mí. Últimamente estaban inquietos, sus rostros habían cambiado, no eran tan relajados como siempre. Ahora se podía observar un atisbo de preocupación, no eran capaces de disimularlo. Las orgías se habían espaciado en el tiempo, cada vez eran menos continuas y yo estaba enormemente agradecida. En parte se lo debía al Ejército Rojo, los soviéticos no paraban de avanzar y esto les preocupaba. Salir de allí tendría consecuencias para todos, eran conscientes de ello y les ponía muy nerviosos. Desde hacía un tiempo, las fiestas no eran más que reuniones de hombres preocupados porque los soldados de la URSS les pisaban los talones. Conseguía nombres, datos que yo consideraba irrelevantes; hablaban de ciudades alemanas, de cómo estaba el *führer*. Yo intentaba retener todos lo que mi cabeza me permitía, para después contárselos a Richard: él era el encargado de pasar la información en los pabellones de la mierda.

En febrero de 1945 las noticias eran esperanzadoras. Richard corrió hasta mi jaula para darme la buena nueva: el Ejército soviético estaba liberando campos como el nuestro en Polonia. El primero fue Majdanek, cerca de Lublin, en julio de 1944, pero nosotros no nos habíamos enterado. Los alemanes, sorprendidos por el rápido avance de los soviéticos, intentaron esconder lo que era evidente. Destruyeron el campo, pero, gracias a su apurada evacuación, las cámaras de gas quedaron intactas, la prueba de que nos estaban aniquilando. Por fin el mundo sería consciente del gran genocidio.

Después llegaron las liberaciones de Belzec, Sobibor y Treblinka. Los alemanes también habían conseguido desmontar estos campos matando a la mayoría de los polacos y los judíos que los habitaban.

En enero, le tocó el turno a nuestro hermano mayo: la liberación de Auschwitz era un hecho, el campo de exterminio y concentración más grande había sido liberado. Las cámaras que consiguieron desmontar eran las que enviaron con premura a nuestro campo. Si Auschwitz había sido liberado, la guerra estaba a punto de terminar. Pero los nazis seguían con su plan de aniquilación, las famosas marchas de la muerte no cesaban. El nerviosismo les hizo aumentar el número de matanzas, quinientas al día. El objetivo era aniquilar más y más rápido, cuanta menos basura quedara para ser liberada, mejor. Nadie podía quedar con vida para contar lo que pasaba. Creían que le estaban haciendo un favor a la humanidad.

Richard se jugaba la vida cada día, escuchaba conversaciones detrás de las puertas y robaba documentación del despacho de Schwarzhuber, y las noticias seguían siendo buenas. Solo había que conseguir mantenernos vivos hasta el final, no quedaba demasiado. Los soviéticos seguían liberando otros campos en los Países Bálticos y en Polonia. A estos se les sumaron las fuerzas británicas, que liberaron el 11 de abril los campos de Neuengamme y Bergen-Belsen, al norte de Alemania. Cada vez estaba más cerca el final. Las fuerzas americanas también se sumaron a la liberación: Buchenwald, Dora-Mittelbau, Flossenbürg, Dachau... La guerra estaba acabada y nosotras a un paso de conseguir la libertad, esa libertad tan añorada y de la que nos hablaba la Radu. «Nadie nos va a follar mejor que la libertad»; nunca olvidaré sus palabras. Ese polvo era el más soñado. Sentir la brisa fresca en la cara, respirar aire puro y no restos de tus hermanas, de tus madres. Caminar

descalza sobre la hierba mojada y, después de per-
mitirme esos pequeños lujos, seguir mi camino.
Pero antes de salir del infierno debía dejarle claro a
Agnes que yo también sabía amar como ella.

XXIII

Nos han dejado vivas

Cuando las voces misteriosas del campo nos confirmaron la liberación de París, sabíamos que el infierno estaba llegando a su fin. Por unos instantes pude imaginarme a la Ciudad de la Luz libre, a los míos reunidos para comenzar a vivir de nuevo: empezar a pensar, a actuar, a amar..., y en un estado de inconsciencia total decidí evadirme. Fantasear con que nada había sucedido y que todos nos reuniríamos en la ciudad donde empezó todo. Francia ya lo había conseguido.

Por la noche, los gerifaltes requirieron mi compañía, solo eso, no querían follarme. Simplemente me limité a encender sus cigarrillos y a poner cara de puta; eso había aprendido a lo largo de todo ese tiempo; eso, y a escuchar todo lo que decían. Tres largos años allí daban para mucho: había conseguido hablar a la perfección dos idiomas, el francés y el alemán, y chapurreaba el inglés y el polaco. Así supe que París que fue liberada en agosto de 1944 y que la libertad de París tuvo muchos nombres: Belchite, Ebro, Guadalajara o Santander. Tantos nombres como las tanquetas que, al anochecer del día 24, rodearon el tiroteado ayuntamiento de la Ciudad de la Luz. Fueron los republicanos españoles de «La Nueve», una de las compañías de la Segunda División Blindada del ejército de la Francia libre los primeros en entrar en País. Cuando el rumor se extendió, muchos compatriotas acudieron a recibirlos. Me gustó que, durante unas horas, las de la liberación, París hablara castellano.

El fin de la guerra estaba cada día más cerca. No pensaba en nada más, lo único que me daba miedo era no llegar viva al final del camino. Schwazhuber estaba muy alterado debido a los acontecimientos y yo temía que, una de las noches en las que reclamaba mis servicios, me pegara un tiro. No podía permitirme ese lujo, debía mantenerme viva para salir de allí. Había pasado demasiado tiempo desde que llegué una noche de invierno y pisé por primera vez aquella tierra miserable; un tiempo en el que descubrí un mundo inhumano, donde cada día la muerte nos acompañaba. Ya estaba cansada de convivir con ella.

El abril de 1945 fue un caos maravilloso: la mayoría de soldados, guardianas y oficiales de las SS estaba desertando. Agnes fue una de las que decidió quedarse hasta el final: estaba tan enamorada de su *führer* que daría la vida por él y el Tercer Reich. Y a mí esta decisión me hizo feliz. Teníamos pendiente una despedida. Había pensado miles de veces en cómo lo haría. Nunca por la espalda, siempre de frente y mirándola a los ojos.

Los nazis que decidieron quedarse no paraban de destruir información. Ya no nos obligaban a cargar compañeros muertos en las carretillas, ahora estaban repletas de documentos: informes del campo, de la enfermería, de los prostíbulos, fichas de reclusas, documentación médica donde se describían con todo detalle las atrocidades que habían cometido... El humo de los hornos crematorios no era de compañeros: estaban quemando la historia, la de miles de mujeres, niñas y hombres que no estaban vivos para contarla. Los hacían desaparecer de un plumazo.

Por las mañanas, quemaban historia; por las noches, seguían aniquilando personas. Pero ya no las quemaban, no había tiempo. Ya no seguían unas pautas. Llegaban a un barracón, sacaban a todos los prisioneros y los fusilaban al borde de una fosa que previamente los que iban a asesinar se habían encargado de cavar. Entre finales de enero y abril de 1945, consiguieron batir su propio récord: gasearon y fusilaron a seis mil prisioneros. Mataban a tal velocidad que los hornos no daban abasto para quemar historia y personas. Por eso, cuando las fuerzas mermaban y ya no podían seguir excavando para esconder su maldad, decidieron habilitar algunos barracones, el treinta y dos, treinta y tres, treinta y cinco, cuarenta y cuarenta y cuatro, para llevar allí todos los cadáveres y quemarlos. Por desgracia, no me libré de aquella imagen dantesca; me obligaron a transportar a mis compañeras inertes. Faltaba mano de obra y Schwarzhuber me obligó a volver al campo.

Un osario sin nombre, cuerpos desnudos, más bien esqueletos, verdaderas momias no vendadas, amarillentas y apergaminadas o violetas y azules, muchas con algunas manchas verdes... Vientres tumefactos, huesos de la pelvis tan visibles que habían atravesado la carne. Pensé que aquello era lo más inhumano que mis ojos podrían ver nunca, pero volvía a estar equivocada: lo más espantoso estaba por llegar. Cuando los barracones estaban completos y preparados para comenzar a arder, decidieron enviarnos a las reinas de las trincheras y a mí al depósito de cadáveres, un búnker apartado de los barracones.

Debíamos hacer lo mismo: transportar cuerpos hasta otro barracón para que el fuego los hiciera desaparecer. Cuando las reinas y yo nos dispusimos a bajar por aquellas siniestras escaleras de frío hormigón, entendí la decisión que había tomado Vicenta la enfermera: el suicidio era lo más coherente.

El hedor era insoportable, desinfectante mezclado con el que desprende un cadáver en descomposición. Brazos y piernas cortados por el suelo... Aquello era una carnicería. Sobre la mesa de autopsias, había un cadáver abierto que ni siquiera sangraba. Un doctor, si así se la podía llamar, estaba descuartizándolo. Mientras nos daba indicaciones, seguía cortando, desgarrando y extirpando el hígado, los pulmones, el corazón, las tripas sacadas del vientre; todo para ver qué hay dentro de una reclusa. Cuando se dio cuenta que todo estaba en orden y era como cualquier cuerpo humano, le devolvió todos sus órganos y rápidamente la cosió.

Se dirigió a nosotras, que estábamos limpiando su carnicería, recogiendo extremidades y metiéndolas en sacos.

—Por favor, señoritas, ¿serían tan amables de quitar de mi mesa de trabajo este maniquí? Tengo prisa, me esperan muchos más —dijo de forma muy educada.

Pasamos tres días en las entrañas del infierno con el doctor desequilibrado.

Rictus terribles con los ojos totalmente abiertos, caras crispadas con los dientes visibles, como si fueran a morder la tierra; los cuerpos de las nuestras entremezclados de cualquier manera. Mujeres asesinadas en el parto con el bebé todavía unido a ellas, con el pequeño cadáver entre las piernas. También había varios montones con los pies de una en la boca de la otra; otras, con las manos retorcidas, las piernas encogidas. En los pechos de algunas podían verse los tatuajes escritos con tinta, era lo único que les permitía conservar su identidad. La inmensa mayoría de los cadáveres que estaban en el depósito eran de las conejas. Después de ser testigo de aquel espectáculo, me sentí muy poca cosa en el puente de los cuervos. Yo podría haber sido una de ellas.

El 30 de abril el Ejército Rojo nos liberaba. ¡Por fin entraron en el campo! La noticia era doblemente buena: Hitler se había suicidado mientras las tropas soviéticas avanzaban peleando hacia la Cancillería del Reich. Richard fue a mi casa, «la casita de la perra», como les gustaba llamarla a los altos mandos nazis, a darme la noticia. Me encontró sentada en una silla, estaba exhausta. Llevaba tres días y tres noches transportando compañeras del depósito para su eliminación.

—Isadora, ¡todo ha terminado! ¡Nos han dejado vivos! —gritó Richard.

Era una mezcla de alegría, incertidumbre y nerviosismo. Mi cuerpo empezó a temblar desde mis pies desnudos hasta la punta de la pañoleta. No me lo podía creer, era libre, podía regresar a mi casa de Madrid, con mi Sole, y esta vez no me estaba exiliando, me estaban liberando.

Necesité un tiempo prudencial para asumir que el día de nuestra liberación había llegado. Richard no dejaba de preguntarme si me había quedado muda, porque no conseguía pronunciar palabra, entré en *shock*. Había fantaseado en miles de ocasiones con la liberación, pero siempre la veía muy lejana y, ahora, ya era una realidad. Cuando conseguí asimilarlo, corrí descalza hasta la casa de Schwarzhuber, Richard corría detrás de mí advirtiéndome de que no quedaba nadie, se habían marchado la noche anterior. Antes de entrar, me paré en seco, mis pies me estaban diciendo que no había nieve. Los meses habían pasado y no había sido consciente. Ya no había nieve sucia, como barro con lentejuelas de color ceniza. Fue justo en ese preciso instante cuando supe que todo había terminado.

—No lo busco a él, Richard, busco armas que hayan podido dejar en la casa—grité mientras subía la enorme escalinata que llevaba a la puerta principal. No sabía lo que me iba a encontrar y necesitaba proteger mi vida. Debía coger todas las armas que pudiera para entregárselas a mis compañeras.

Atravesé el *hall* y subí las escaleras hasta una habitación al final del pasillo, su despacho. Allí estaba el armero repleto de pistolas que tantas veces había visto cuando me obligaba a hacerle felaciones. Las balas no debían de estar muy lejos. Se había llevado una MP40, era de gran eficacia y precisión, y su Walter P38, su favorita, estaba de suerte: las demás seguían allí, detrás de aquel cristal custodiado por un enorme candado. Agarré un bonito cenicero de piedra de encima de su mesa y lo tiré con todas mis fuerzas contra el cristal. Cogí toda las que pude, las metí en los bolsillos de los pantalones, en la cinturilla de estos. Elegí para mí una Walter PPK, pequeña y muy manejable. No tardé en encontrar las balas, cogí todas las que pude y cargué con más armas. Cuando lo tuve todo preparado, le pregunté a Richard qué pensaba hacer con su vida.

—Volver a Berlín y buscar a los míos. De momento, hasta que la cosa se tranquilice, y si los soldados soviéticos me lo permiten, prefiero quedarme aquí. Isadora, deberías dejarte de tonterías y hacer lo mismo. A Teresa no le gustaría lo que vas a hacer.

Richard tenía el síndrome de Estocolmo, llevaba tanto tiempo allí que no era capaz de imaginarse en otro lugar.

—Teresa está muerta. No solo lo hago por ella, lo hago por todas las demás; lo siento, pero no le voy a dar la oportunidad de escapar y que no pague por sus males: Agnes debe morir. Y yo no pienso quedarme un minuto más en el infierno.

Nos fundimos en un fuerte abrazo, me besó y le agradecí todo lo que había hecho por mí durante mi estancia en el averno, nunca lo olvidaría. Nos deseamos buena suerte. Los dos sabíamos que nunca más nos volveríamos a encontrar.

Antes de salir, busqué alguna mochila o algo donde pudiera guardar toda la comida que encontrase en la cocina. Encontré un viejo bolso que los soldados utilizaban para llevar documentos a Schwarzhuber. Lo cargué de pan y de fruta y salí en busca de mi presa. Pero antes debía hacer una cosa.

El campo era un caos. Los soldados soviéticos arrastraban miles de cadáveres, más que cadáveres, sacos de huesos putrefactos que esperaban a ser enterrados dignamente. Metros y metros de surco trazado por millares de pies de mujeres con edemas, pus y sangre. Mujeres que se despertaban cada mañana pensando en que se mantendrían con vida para ver el final.

Corrí hasta mi antiguo barracón a buscar a mis compañeras. Llevaba unos días en el campo, pero no había podido verlas, el caos era lo único que reinaba. Por una de las ventanas se asomaba una mujer descarnada, con la piel pegada a los huesos, los ojos hundidos en sus cuencas, la cabeza cubierta por un gorro. La mujer de la ventana me invitó a entrar. Mi antiguo hogar estaba prácticamente vacío, las pocas compañeras que allí quedaban esperaban su turno tumbadas sobre la paja sucia y con las piernas envueltas por una venda de papel manchado de pus. Los soldados estaban trasladando a las prisioneras vivas que necesitaban cuidados a un hospital de campaña. Había demasiados enfermos de tifus, cólera, malnutridos y con infecciones espantosas debido a los experimentos.

Yo gritaba sin parar el nombre de Josefa.

—¡Josefa la española!, ¿alguien ha visto a Josefa la española?

—¡Isadora! —Una voz familiar pronunció mi nombre.

Me acerqué y la abracé con todas mis fuerzas. Me impresionó ver su estado: en un corto periodo de tiempo no era la misma, le habían rapado el pelo. Estaba tumbada en aquella litera, muy enferma, su maltrecho cuerpo ardía. Le pregunté qué había pasado y me dijo que la sacaron del prostíbulo para experimentar. Con un esfuerzo sobrehumano, conseguí moverla unos centímetros para sentarme en su catre. Alzó los brazos como un pobre pájaro que quiere levantar el vuelo para abrazarme y su vieja y roída manta resbaló. El espectáculo era inenarrable: su cuerpo era una llaga inmensa. La tape hasta el cuello y sus grandes agujeros negros que tenía por ojos me atravesaron, no dejaba de mirarme. Entre una tos y un estornudo, me dijo:

—Empezaron haciéndome cortes en las piernas y en los brazos, me clavaron pequeños cristales en las heridas y, una vez terminada su obra de maldad, me cosieron y me trajeron de nuevo al barracón. He intentado quitar alguno que sobresalía, pero es imposible. Tengo la pierna en muy mal estado y estoy ardiendo, llevo así doce días. No me debe de quedar mucho tiempo. A las compañeras enfermas de tifus se las han llevado esta misma mañana, no hay suficientes camas para todos los muertos vivientes que estamos aquí. Han venido muchos soldados, no podría decirte cuántos, imagino que estaban haciendo un reconocimiento. Iban mirando cada litera, cada rincón y cada esquina de este barracón. Sus caras eran de horror, se tapaban la nariz y la boca con pañuelos o las mangas del uniforme, no soportaban este dulce olor a podredumbre. Debemos de dar mucha pena, Isadora, ¡cómo estaremos para que en sus rostros se refleje el miedo y la desesperación! Seguro que nunca antes habían estado en el infierno. He visto a pocos soldados llorar como a estos en mi vida, no son capaces de distinguir a los vivos de los muertos. Cuando uno de ellos se ha acercado a mí, le he dicho que los mirasen a los ojos, que solo los ojos inquietantes pueden decirte si viven.

Las extremidades de Josefa no eran de un esqueleto, estaba hinchadas, y por cada una de sus heridas supuraba pus, la infección era muy grave.

—Buscaré a alguien que nos ayude. Toma un poco de pan y de fruta, te sentará bien.

—Isadora, me muero. Al menos muero libre, me tranquiliza. No voy a moverme de aquí, el médico vino esta mañana. Ya se llevaron a las mujeres que tienen posibilidad de vivir, he sido yo la que ha pedido que no me trasladasen, que quería quedarme aquí, en el que ha sido mi «hogar» durante estos años. Me han puesto una inyección para amortiguar el dolor. Me han prometido que será una muerte dulce. La dosis debe de ser muy alta porque casi no siento nada. Te agradezco la comida, pero mi estómago no soportaría estos manjares. Muero en paz y tranquila sabiendo que soy una mujer libre. Esta vez hemos ganado y eso para mí es más que suficiente. Dame un abrazo y lárgate. Pero antes, ¿puedo pedirte un favor? —me preguntó.

—Claro, lo que quieras.

—Necesito que acabes con mi vida. Sé que somos libres y eso me basta. Les hemos ganado, Isadora.

—Josefa, no puedes pedirme eso. No soy como ellos.

—Entonces, ¿por qué llevas tantas pistolas? Puedo verlas y puedo adivinar tus intenciones, Isadora. No seas tonta, no dejes que te gane el odio. Ya hemos ganado. Estamos vivas y somos libres.

—Lo siento, pero no puedo consentir que viva, que forme una familia y que críe a hijos sin alma como ella, no puedo. No pretendo que lo entiendas, pero quiero que respetes mi decisión. Nos han tratado como a animales, por eso me voy a comportar con Agnes como un animal. —La besé y le volví a preguntar si estaba segura de su decisión.

—Nunca he estado más segura de nada en mi vida. Me queda poco, no puedo caminar y soy un estorbo. Pero les he ganado. Sé feliz y no cometas ninguna estupidez. No pierdas nunca la esperanza porque es infinitamente mejor que el odio.

A Josefa le quedaba un pequeño aliento de vida; la cogí de la mano y me la acerqué al pecho; después, puse mis labios sobre su frente. Ardía.

Me quedé a su lado con nuestras manos entrelazadas, mirándonos a los ojos. Hubo un momento en que dejé de notar su mano apretando la mía. Josefa se acababa de marchar siendo una mujer libre y en paz. Murió en la miseria, murió de dolor, de fatiga de todo, pero con esa libertad tan deseada que nos acababan de conceder.

Cerré sus ojos y la besé. Puse sus manos sobre su pecho y le dije: «Que la tierra te sea leve, Josefa». Las lágrimas mojaban mis mejillas; me limpié la cara, le di otro beso de despedida y salí en busca de Agnes.

Me marché llorando de aquel barracón —ahora ya éramos libres y estaba permitido llorar—, con un único objetivo: matar a la pequeño demonio.

Recorrí cada barracón, incluida la sala de los ahorcados, y no había ni rastro de mi presa. En el campo, por todas partes, soldados detenían a soldados, muertos vivientes desnudos caminaban pidiendo comida, cadáveres hacinados esperaban a ser enterrados y algunos soviéticos lo documentaban todo en imágenes, con cámaras que recogían las pruebas de la crueldad. Por delante de mí pasaban infinidad de militares de las SS arrastrando cuerpos inertes. Los miembros de la raza aria, a los que no les había temblado el pulso para matar a sangre fría, eran los que cavaban las fosas y enterraban a sus víctimas. Los soviéticos consideraron adecuado que los asesinos enterraran a aquellas pobres criaturas inocentes.

De la valla, como en su día el de Vicenta, aún colgaban cadáveres. Los libertadores los fueron bajando una vez que desactivaron la electrificación. Incluso había bebés. Todos allí arrojados para no malgastar balas ni la energía de los hornos.

Entre ese amasijo de cadáveres encontré a mi pequeño demonio. Arrastraba cuerpos hasta una fosa común. No lo dudé ni un instante: me acerqué a ella y le puse la pistola en la sien. Soltó el cuerpo que arrastraba y me miró de manera desafiante.

—Te falta valor—me dijo con ese tono de superioridad que tanto la caracterizaba.

—No, Agnes. El campo me ha convertido en una persona sin escrúpulos. Valor es lo que me sobra. Valor y amor. Ahora soy yo la que te va a demostrar todo el amor que tengo, un amor puro e incondicional, incluso más fuerte que el tuyo. Vas a conocer el amor verdadero. Al fin y al cabo, todo se reduce al amor. Antes de pegarte un tiro, quiero que sepas que la puta española con nombre de bailarina sabía que Maria Radu era judía. —Intenté apretar el gatillo, pero no fui capaz; no era como ella.

Me guardé la pistola en el pantalón y continué caminando, la deje gritando estupideces como «sabía que no tendrías valor». Ya podía marcharme tranquila. Me sorprendió mucho mi comportamiento, seguro que Teresa y mi madre, también Josefa, estarían orgullosas de mí.

Caminé hacia las puertas del infierno, empezaba una nueva y larga aventura, debía llegar a París. Entre la multitud escuché a alguien gritar mi nombre; de nuevo, una voz familiar.

¡Era Martha Aussoulin!

Nos fundimos en un fuerte abrazo.

A Martha la acompañaba una nueva hermana, Catherine Dior, que no llevaba mucho tiempo allí. La habían detenido la víspera de la liberación de París, trabajaba para la Resistencia y tenía una cita en la plaza del Trocadero con una compañera. En su lugar, aparecieron dos agentes de la Gestapo. Con el paso del tiempo, descubrí que Catherine era hermana del famoso modisto y que uno de sus perfumes lo creó en honor a todas las mujeres de Ravensbrück: Miss Dior huele a cenizas, sangre y libertad.

Antes de salir, nuestra hermana y compañera Ivanova estaba subida a un carro de combate del Ejército Rojo, el suyo. Quiso decir unas palabras a todas las que conseguimos mantenernos con vida hasta el final.

—Mujeres, compañeras y hermanas, hoy, por fin, somos libres. La pesadilla ha terminado para todas: para las que creen en Dios y las que no; para la que sabía por qué la habían deportado y para la que no; para la que tiene familia en su país y para la que no tiene a nadie esperándola; para la que no se dejó embrutecer y rechazó todo compromiso; y también para las que, por azar, por miedo o por ignorancia colaboraron y aceptaron un papel en la jerarquía de las presas; para la resistente, para la criminal, la radical y para la prostituta. Para las que fueron obligadas a realizar trabajos forzados en las fábricas del Reich. Para las locas, las nuevas, las reinas, las gandulas... También para la religiosa, la sirvienta, la mujer obrera, las intelectuales y las campesinas.

»Mujeres de todas las etnias, de todas las naciones, de todas las políticas. Mujeres de todas las edades. Mujeres de Ravensbrück, somos libres. Solo nosotras sabemos lo que nos ha costado la libertad.

Fueron años muy dolorosos, pero nos dejaron la garganta, el puño y los pies. La garganta para gritar lo que allí había sucedido; el puño, para llevarlo siempre en alto, como antes; y los pies para regresar a nuestros países. El día de la liberación fue un día para estar contentas, no para contar muertos, ya habría tiempo para eso.

No teníamos nada salvo la vida, conservamos lo más importante.

Me gusta pensar que sobreviví para contar lo que había sucedido, para trasmitir el mensaje al resto del mundo. No solo para recordar a nuestras familias, las de la sangre y las del campo, a todas. También debíamos contarlo para asegurarnos de que nunca más volviera a pasar algo igual.

Estaba noqueada, la historia del campo superaba con creces a cualquiera de las que mi abuela me había contado. Isadora me pidió un día y yo no pude negarme. Tenía muchas notas que organizar para comenzar a escribir. Por fin podía ponerme con el artículo del periódico. Esteban comenzaba a ponerse nervioso, pensaba que no iba a cumplir mi promesa, pero cada día estaba más alejada del alcohol. No era fácil, cada día me acordaba de él, sabía que ese deseo estaría conmigo el resto de mi vida. Carla estaba orgullosa de mis avances; al comienzo de esta historia no apostó demasiado por mí. Al final tuve que reconocer que no tenía ni idea de cómo abordar un trabajo serio de investigación, pero eso jamás se lo diría a mi amada Carla.

Llegué a casa y comprobé que estaba sola, pensé que era el momento oportuno para llamar a mi madre y decirle que estaba equivocada con Isadora. Cada vez entendía menos sus advertencias. Isadora no solo me estaba contando su historia y la de muchas mujeres y hombres que pasaron por su vida: me estaba dando una lección. Sus valores familiares eran envidiables.

Marqué el número y esperé. Una voz reconfortante me dijo: «Hola, preciosa».

—Tenía muchas ganas de hablar contigo, mamá.

—¿Sucede algo? —preguntó con voz preocupada—. Es por Isadora, ¿qué te ha dicho esa mujer?

—Nada, no te ha mencionado, se ha limitado a contar lo que le sucedió en el campo de concentración. Estás muy equivocada. Sé, porque te conozco, que me escondes algo importante.

—Si ya tienes toda la historia, me gustaría que no volvieras a verla.

—No te entiendo, espero que algún día me lo cuentes.

Me enfadé tanto que colgué. Me había puesto de mal humor. De nuevo, la madre que me parió, a la que adoré de niña, odié de adolescente y admiraba y temía ahora a partes iguales, estaba ocultándome algo. Y siempre era por Isadora. ¿Quizás lo que había encontrado en casa de mi abuela no tenía que ver con el campo y sí con nuestra historia? Demasiado rocambolesco... O no. Puede que Isadora supiera algo que yo desconocía de mi madre, algo lo bastante grave para que se hubiera pasado toda la vida ocultándomelo. ¿Podría tener algo que ver con que dejara sola a la abuela y se marchara a una ciudad como Burgos, una capital de provincia que nada tenía que ver con Madrid? Y encima se casó con mi padre, un fascista convencido de las maravillas del régimen. No fue un mal padre, se limitó a hacer lo que se espera de un hombre aferrado a sus ideas: llevar dinero a casa y poco más.

Aparté de mi mente a mi madre y sus mierdas y me puse a organizar la información para comenzar con el artículo. Tenía para más de uno. Lo de las Feld-Hure era el corazón, pero también sentía curiosidad por el suicidio colectivo de Vigo. Al fin y al cabo, la desaparición de Ignacio había sido el detonante de que las mujeres de su familia terminasen en Ravensbrück.

Me puse manos a la obra y comencé a buscar en los archivos del PARES información sobre el suceso. En el portal de archivos españoles no encontré demasiada información, así que regresé al buscador y tecleé el titular de la noticia que se publicó en 1937 en un diario de Vigo. Google me regaló multitud de enlaces a artículos, blogs y páginas memorialistas de Galicia que hablaban del suicidio colectivo del 37. Los titulares se repetían: «Asalto do Bou Eva (Asalto al buque Eva)», «73 anos do suicidio colectivo máis grande da Guerra Civil (73 años del suicidio más grande de la guerra civil)», «O último gran martirio dos republicanos galegos en Vigo (El último gran martirio de los republicanos gallegos en Vigo)»... Todas las noticias estaban en gallego excepto una que encabezaba su titular con «La nena del Bou revive la pesadilla».

¿Quién era la nena del Bou? Cuando terminé de leer todo lo que la red me había ofrecido, tuve la necesidad de contactar con esta mujer. Me puse manos a la obra y marqué el primer número de teléfono que encontré en una asociación memorialista de Vigo.

—Buenos días, mi nombre en María Tudela, soy historiadora y periodista de investigación y me gustaría contactar con Concha Nogueira, la hija de Anxo Nogueira y de Carmen Miguel Agra.

—Puedo facilitarle un teléfono —dijo un señor llamado Braulio—. Concha estará encantada de que usted la llame, está intentando dar a conocer la historia de su familia. Apunte...

Me despedí del encantador Braulio y me dispuse a llamar a Concha; antes, miré el reloj y no era tarde. Desde que pasaba los días en casa de Isadora, había perdido la noción del tiempo.

Marqué el número de Concha y no tardó en contestarme. Me presenté y acordamos que le enviaría unas preguntas a la asociación para que me las contestase. Concha tenía ganas de que la escucharan y comenzó a relatarme por teléfono parte de su drama.

—Lloraba mucho, mi abuelo no quería contarnos a mi hermana y a mí lo que les había pasado a mis padres, yo lloraba de ver a mi abuela llorar. Enseguida se corrió la voz por todo el barrio. A los pocos días nos llamaban *As nenas do Bou*.

»Mis padres decidieron huir porque la situación era insoportable; tarde o temprano los iban a fusilar. Mi padre estuvo escondido en casa de una vecina desde que comenzó la guerra. Lo pasamos muy mal. La noche anterior a su partida, mi madre se reunió con dos madrileños que viajarían con ellos. Los recuerdos son cada vez más difusos. Intento no pensar demasiado porque, aún hoy, cuando no vigilo el camino que toman mis pensamientos, vuelven los gritos, los llantos de mi abuela, el dedo acusador de los vecinos, el estigma de vivir con la pesada carga de que tus padres no te querían lo suficiente cuando se suicidaron... El mundo en el que vivimos es muy malo; perdón, no es el mundo, son las personas. Mis padres fueron combatientes que hicieron lo que debían. He pasado mucho tiempo en silencio, no quiero irme de esta vida con dolor de sienes, ese dolor que me provocan todas las palabras que abarrotan mi cabeza. Se me están empezando a olvidar cosas de mis padres, y, cuando me doy cuenta de que se me olvida llorarlos, aúllo de dolor.

Su testimonio era desgarrador: cuánto dolor, cuánto sufrimiento tan injusto.

—Concha, me gustaría pedirte un favor. Implica un viaje. Si pudieras venir a Madrid... Es importante que conozcas a uno de los familiares de los camaradas de tus padres.

—No puedo, no estoy muy bien de salud y prefiero contestarte a las preguntas que envíes a la asociación.

Me despedí de ella con cierto mal sabor de boca y le di las gracias por lo que acababa de compartir conmigo.

Carla no llegaba y yo estaba muy cansada, tenía que trabajar en mi artículo y podía empezar con lo que Concha me acababa de contar. Preparé las preguntas y las envié al correo de la asociación.

Decidí no esperar a Carla, me tomé dos ansiolíticos y me metí en la cama.

Un ruido del demonio me despertó. Era la vecina cantando a gritos por la ventana que daba al patio de luces. En parte agradecí sus aullidos que le decían al mundo lo mucho que amaba: «Yo, te amo con la fuerza de los mares...». Consiguió sacarme una ligera sonrisa.

Volvía a tener resaca de ansiolíticos, se había instalado definitivamente en mi vida. Sin apenas darme cuenta, me había convertido en una especie de drogadicta socialmente aceptada. Mitigaba el dolor, la pérdida y las ausencias con lorazepam. No solo los míos, también los de Isadora. Esta resaca no era solo de una ingesta descontrolada de pastillas y peor que las que ya conocía y me acompañaron hasta hacía bien poco: era emocional. Y no se solucionaba con un café ni con los mimos de Carla y una ducha, y no desaparecía al día siguiente. Se enganchan y no te sueltan. Me levanté y Carla no estaba en casa; sobre la encimera de la cocina había una nota:

> Buenos días, cariño. Anoche llegué tarde, tenía tutoría, ya que los exámenes están a la vuelta de la esquina y mis alumnos tienen demasiadas dudas. Esta noche te veo.
> Te quiero.

El día pasó rápido, me faltaban horas para organizar toda la información; por la noche Carla y yo salimos a tomar un refresco para desconectar un poco. Esa noche hicimos el amor.

TERCERA PARTE

EL PURGATORIO

XXIV

DE CAMINO A NINGÚN LUGAR

—Alto. ¿Adónde van? —preguntó un soldado soviético que apenas era un muchacho.

—Nos dirigimos a París. Somos prisioneras de Ravensbrück —contestamos casi a la vez Martha, Catherine y yo.

—Señoras, ya no son prisioneras; son libres, no lo olviden. A diez kilómetros aproximadamente en dirección sur está el resto de mis compañeros, que no dudarán en llevarlas hasta París. Tienen comida y agua. Vayan con cuidado. Los caminos son peligrosos, hay muchos desertores con armas.

—Nosotras también. —Saqué la pistola de la cinturilla del pantalón y se la mostré—. No voy a permitir que me maten, ahora no. Llevamos esperando este momento tres largos años, la guerra no ha podido con nosotras y nada ni nadie va a poder.

Diez kilómetros en nuestras condiciones eran como dos mil. Pero lo peor no era la distancia; lo peor era lo que asomaba como los primeros rayos de sol de un amanecer: los daños en el alma y el corazón. La rehabilitación física era lo de menos, lo que más me preocupaba era la otra, la psíquica. Llegaba lo más duro: enfrentarnos a la realidad y a la nueva normalidad. Una normalidad cargada de búsquedas, enfermedades y penurias; y también de culpa al pensar que podrías haber hecho más por los tuyos.

La angustia me atenazaba, sentía una necesidad de llorar sin tener que esconderme de nadie. Creo que eso me salvó. Mi cerebro, después de tanto horror, no reaccionaba. Le pedí a Martha y a mi nueva hermana que dejásemos de caminar, necesitaba poner en orden mis prioridades y que los malos pensamientos se alejasen; debía empezar de nuevo y no tenía idea de por dónde ni cómo. Me detuve unos segundos, respiré lo más profundo que mis débiles pulmones me permitieron y las animé a seguir caminando. El primer objetivo era llegar a París e intentar contactar con los miembros de la Resistencia que aún estuvieran vivos.

El día había sido largo e intenso y necesitábamos un sitio donde poder cobijarnos. Además, de un momento a otro, la oscuridad nos sorprendería y era mejor buscar un refugio donde pasar la noche que seguir caminado. De repente, comenzamos a escuchar un ruido cada vez más cercano; no había duda, eran disparos, debía de ser alguna reyerta. El soldado nos había alertado de que los caminos eran tan peligrosos como los campos. A lo lejos se apreciaba un bosque; corrimos como pudimos hacia él, aunque más que correr apresuramos el paso, ya que Martha estaba peor que Catherine y que yo. La cogí de la mano.

—Martha, no estamos aquí para que una bala nos mate, debemos llegar a París. ¡Vamos, ya queda poco! —la animé.

Cruzamos una alambrada; las tres nos ayudamos, nos arañamos y ni sentimos el dolor: eran mucho peores los cortes del alma que unos miserables rasguños. Seguimos caminando, la sangre corría por nuestras piernas ajena a nosotras. Los árboles estaban cada vez más cerca y, por desgracia, los disparos también. Con cada tiro que escuchábamos, nos tirábamos al suelo con las manos sobre la cabeza, permanecíamos inmóviles por un momento y volvíamos a levantarnos para continuar caminando hacia el soberbio bosque. Al fin, nos adentramos en la espesura de aquellos frondosos árboles. Los disparos todavía se escuchaban, pero cada vez más lejanos y dispersos. «Menos mal —pensé—, nos hemos librado. La muerte ha seguido otra dirección». No podía asegurarlo, pero creí que estábamos a salvo.

Martha y Catherine decidieron abandonar su ropa rayada, bajo la cual llevaban unos vestidos muy feos pero de civiles. Catherine se los había comprado a una camarada que trabajaba en el servicio de recuperación de los trenes que llegaban al campo. Había pagado por ellos cuatro raciones de sopa y dos pedazos de pan que robó de las cocinas. El de Martha era verde con alegres flores de colores, y el de Catherine, azul oscuro con grandes bordados blancos. Escondimos sus pijamas y nos pusimos en marcha. Comenzamos a caminar entre los árboles cogidas de la mano. Al cabo de una hora más o menos me di cuenta de que estaba muy cansada y de que me dolían los pies; no dije nada y seguimos andando, cada vez el paso era menos ligero. Las pocas fuerzas que nos quedaban empezaban a abandonarnos. Necesitábamos dormir, aunque solo fuera un momento, cerrar los párpados, que pesaban como el plomo. En ese preciso momento, tía Teresa vino a visitarme, recordé sus palabras sobre el sueño y la pérdida de la contienda. Y decidí que debíamos parar a coger fuerzas. Si no, nunca llegaríamos a nuestro objetivo. Buscamos un árbol con tronco hermoso y amplia copa y nos recostamos contra él. A lo lejos distinguí tres sombras que se movían entre la maleza. No eran animales, eran siluetas de personas. Me levanté tan rápido como mi cuerpo me lo permitió.

—¿Quién anda ahí? —pregunté en francés y en alemán—. Somos prisioneras liberadas de Ravensbrück y tengo un arma; de hecho, les estoy apuntando. Si no me dicen quiénes son, no dudaré en disparar.

De entre los arbustos salieron tres jovencitas con las manos levantadas y con el mismo uniforme que Martha y Catherine habían abandonado. Eran unas niñas, mucho más jóvenes que yo, la mayor no llegaba a los veinte. Rondaban la misma edad que las reinas de las trincheras. Caminaron hacia nosotras, en sus rostros se podía observar que compartían las mismas heridas físicas y psíquicas.

—Tranquilas, somos prisioneras de guerra francesas —contestó la más joven en francés—. Mi nombre es Constantine, esta es mi hermana Louise y ella es Batiste. También hemos estado en Ravensbrück y nos dirigimos a París. Llegamos al puente de los cuervos hace poco más de un mes. Llevamos peregrinando por los campos de Polonia y Alemania desde enero, que comenzaron nuestras maratonianas marchas: salimos de Auschwitz.

Las tres formaban parte de las llamadas «marchas de la muerte». Se habían pasado los últimos meses de la guerra siendo trasladadas de un campo a otro. Los alemanes sabían que la guerra había terminado y que los ejércitos aliados estaban más cerca de los campos; fue entonces cuando empezaron a trasladar de manera desesperada a los prisioneros.

Hechas las presentaciones, decidimos pasar la noche en el bosque y continuar juntas el trayecto hasta París, ya que compartíamos destino. Nos recostamos todas muy pegadas las unas a las otras sobre un suelo cubierto de pinaza. Era la primera noche de nuestra libertad y la pasamos con unas desconocidas que habían estado en el mismo campo que nosotras, mecidas por el ruido de los disparos lejanos. No podía dormir, permanecí sentada, la espalda apoyada en el tronco del viejo pino, con la pistola entre las manos, la cabeza de Martha sobre mis piernas huesudas y la de Catherine en el hombro. Los disparos, que ya no eran constantes, no dejaban de preocuparme, temía una emboscada, soldados de las SS dispuestos a pegarnos un tiro.

Al final, el cansancio debió de vencerme porque, de amanecida, Louise me despertó. Traía unas hierbas y un poco de agua en la taza que conservaba de la llamada, la llevábamos colgada del cuello. Durante su estancia en los campos, muchas cosas le salvaron la vida: su resistencia, su fuerza y su suerte, pero también algo tan simple como una taza. Le habían quitado la suya en Auschwitz. Uno de los capos se le arrancó del cuello. Sin taza, no hay comida; no habría podido aceptar la sopa acuosa que se repartía en el campo y probablemente habría muerto de hambre. Pero gracias a Regina, una veterana, recuperó su bien más preciado. Regina le propuso al capo un cambio: un paquete de cigarrillos por la taza.

—Tómate esto —dijo, dirigiendo la taza de la supervivencia a mis manos—, las demás ya hemos desayunado. Mi madre tenía una tienda en Toulouse antes de la guerra. Hacía ungüentos e infusiones con plantas y desde pequeñitas nos enseñó a distinguir las que eran buenas y las que no. Puedes estar tranquila, son muy nutritivas y te ayudarán a llevar mejor esos malditos dolores de estómago que sufrimos todas.

En cuanto terminé de comer las pocas hierbas que flotaban en el agua oscura de la taza que tan amablemente me había proporcionado Louise, pusimos rumbo a París.

Nuestras nuevas hermanas estaban acostumbradas a caminar largas distancias con frío extremo y poco o nada de comida, agua o descanso, por el miedo a ser fusiladas. Gracias a sus fuerzas conseguimos seguir adelante. Recuerdo que Louise propuso ir directamente por la carretera, era más seguro que por los caminos; en ella, como nos habían indicado, estaban los soldados que podrían evitarnos el resto del largo camino a pie, y nos darían algo que echarnos a la boca y un poco de agua.

No teníamos alimentos. La fruta y el pan que había metido en la vieja cartera donde Schwarzhuber guardaba la documentación se había quedado olvidada en mi antiguo barracón cuando fui a despedirme de mi hermana Josefa. Las fuerzas comenzaban a flaquear. Resultaba extremadamente curioso: tres años prácticamente sin probar bocado y ahora echábamos de menos comer.

Llevábamos unos cinco kilómetros caminando cuando comenzaron a aparecer silos a ambos lados de la carretera. No dudamos ninguna de las seis en ir a inspeccionarlos. Saqué mi arma y les pedí que se pusieran detrás de mí. La situación resultaba como poco menos que curiosa: cinco esqueletos caminando en fila tras otro con un arma que pesaba más que todas juntas: habría bastado un soplido para acabar con nuestra maltrecha existencia.

—Compañeras, no hay nada para nosotras aquí.

El primero estaba vacío, alguien debió de llegar antes y saquearlo. El olor era muy característico, olía a patata podrida, alguna se habría quedado por algún rincón de ese enorme silo. El segundo que examinamos también estaba vacío; el siguiente, por desgracia, no. Al abrir sus grandes puertas, el hedor no nos dejó respirar. Estaba repleto de cuerpos en descomposición. No eran soldados de las SS, ni soviéticos ni franceses. Conocía estos uniformes. Parecían británicos, había visto algunos en París antes de la capitulación. Catherine, sugirió echar un vistazo por si alguno estaba vivo; se tapó la nariz con el cuello del vestido y gritó:

—Me llamo Catherine Dior, soy francesa y una mujer libre. El Ejército Rojo me ha liberado de Ravensbrück. Soy vuestra camarada. ¿Hay algún hombre con vida? —preguntó.

Obtuvo la callada por respuesta, la muerte reinaba en aquel lugar. Podíamos oler a nuestra vieja amiga. Aquellos hombres habían corrido peor suerte que nosotras. Sin pensarlo mucho, decidimos sacar partido a la estampa infernal que teníamos delante. El camino a París era duro y no estábamos preparadas para llegar en nuestras condiciones. Las hermanas francesas aún conservaban sus pañuelos y sus uniformes de reclusas con su número y su triángulo. Nos tapamos la nariz con las pañoletas y comenzamos a apartar cadáveres y registrar sus bolsillos, bolsas y zurrones. También tomamos prestado su calzado; aunque grande, era mucho mejor que los zuecos que llevábamos.

Allí fui consciente de que el problema de todas las guerras siempre es el mismo: faltan hombres y sobran uniformes. En París, antes de que nos detuviera la Gestapo, muchas mujeres se dedicaban a lavar los uniformes de los caídos en el frente para dárselos a los nuevos reclutas que aguardaban expectantes a la muerte.

Nosotras no estábamos para enterrar a ningún soldado, escaseaban las fuerzas. Aquellos pobres muchachos se quedarían allí, nadie pasaría a buscar sus ropas porque la guerra había terminado. Todos eran muy jóvenes, la mayoría no pasaba de la veintena. Hijos de una contienda que no buscaron ni quisieron, ni habían comenzado, pero que habían perdido la vida por ganarla. En parte, las mujeres de los campos también fuimos soldados, contribuimos a conseguir la deseada victoria, cada una como pudo. Héroes y heroínas de una guerra sin sentido, unas vivas y otros muertos.

Cogí la gorra de uno de los cadáveres y, sujetándola fuertemente, me dirigí a mis hermanas.

—¿A cuántos de estos hombres han violado? A ninguno—me respondí a mí misma—. Ellos pasarán a la historia como los salvadores ¿y qué sucederá con nosotras? —Me desabroché la camisa y les mostré el tatuaje—. ¿Qué pasará con las putas como yo? Nos olvidarán, a nadie le va a importar lo que nos han hecho, nadie querrá saber que han experimentado con nosotras, que nos inyectaron esperma de chimpancé o que nos metieron ratones en la vagina, ni que perdimos la condición de ser humano... Nadie nos recordará, incluso nosotras dejaremos de recordar. Yo no pienso hacerlo, porque olvidar es peor que morir.

Uniformadas seguimos inspeccionando silos, solo nos faltaba uno. El último, el más pequeño de todos, estaba repleto de patatas. La mayoría podridas, pero si buscabas bien, encontrabas alguna sana. Celebramos nuestro botín saltando entre los montones de basura; el olor era nauseabundo, aunque nada que no pudiéramos soportar: el olor a muerte era mucho peor. Estábamos acostumbradas y aquel aroma nos parecía el más maravilloso del mundo. Las patatas crudas eran un manjar y decidimos pegarnos un festín; no teníamos con qué pelarlas y las disfrutamos a mordiscos: me supieron a gloria. Cuando nuestros pequeños y delicados estómagos estuvieron saciados, cogimos todas las que pudimos para continuar la marcha. Las guardamos en los bolsillos, en la ropa interior, en las bolsas improvisadas con los pañuelos que llevaban las francesas para tapar sus cabezas esquiladas, en los zurrones y en los bolsos que los soldados nos habían «prestado».

Dormíamos en los caminos o en bosques, nos alimentábamos de patatas y bebíamos el agua de los ríos o arroyos que nos íbamos encontrando. Para mitigar el dolor, tomábamos las hierbas de nuestra Louise. Los kilómetros resultaban interminables y los soldados prometidos no aparecieron por ningún sitio, solo los que ya estaban muertos. Gracias a ellos el viaje no fue tan duro.

Estaba ansiosa por llegar a París, cada vez quedaba algo menos para alcanzar nuestro primer destino. No éramos las únicas que deambulábamos por las carreteras, había más compañeros. Y eso era una buena señal, la frontera estaba más cerca. Éramos una inmensa procesión de muertos vivientes desorientados, pero con el mismo objetivo: llegar a la Ciudad de la Luz.

Martha no sabía qué había sido de su marido ni de su pequeño Aaron. Las fuerzas mermaban, pero ella seguía como podía para llegar lo antes posible: con un poco de suerte ellos también estarían vivos y serían libres. Sabía que, si habían sobrevivido, estarían haciendo lo mismo que ella: regresar a su hogar.

Yo me preguntaba qué habría sido de Danielle, de Vicente, del doctor Guillén y de sus hijas, Carlota y Julia; de Dimitri y el *Garçon*..., y de tantos que había dejado en mi segundo hogar. También quería saber de la Sole, Milagros, don Modesto; si mi abuela María seguía viva, de Amancio, el gran amor de Teresa; de Juliana... ¿Seguirían en Madrid? Deseaba llegar y saber de los míos, esperaba que hubieran tenido algo más de suerte y que estuvieran vivos.

Estuvimos caminando casi tres meses... Mis ojos, aunque irritados por la luz abrasadora del sol, se abrieron de par en par cuando llegamos, tratando de encontrar instintivamente, entre tanta gente, a algún camarada conocido. Pero no di con ninguna cara amiga. Lo que más deseaba en ese momento era sentarme en el suelo. Martha y mis nuevas hermanas también se dejaron caer. Era inevitable. Estábamos abrumadas por el cansancio y por la sed. La sed es peor que el hambre, la sensación de ahogo es espantosa.

Una vez que retomamos fuerzas, caminamos juntas hasta la plaza de la Bastilla. Durante el viaje, habíamos decidido despedirnos en un sitio especial, cargado de simbolismo y de historia, ya que nosotras también formábamos parte de ella. Al llegar nos fundimos en un largo y caluroso abrazo: lo habíamos conseguido. Y así, sin más, cada una siguió su camino.

Martha y yo nos habíamos vuelto a quedar solas, y no tardamos en darnos cuenta de que éramos libres, pero no felices. No teníamos nada, ni dinero ni un hogar al que acudir. Oí decir a alguien en las calles que en el hotel Lutetia había una delegación de la Cruz Roja española para atender a los que llegábamos de los campos. Decidimos ir allí; al menos tendríamos comida caliente.

Por desgracia, los privilegios duraban poco. Los que no precisábamos de cuidados hospitalarios pronto tuvimos que olvidarnos de las sábanas limpias y de las abundantes comidas, y buscar trabajo en diversos oficios a lo largo de la geografía francesa, siendo frecuentes los desplazamientos a Toulouse. Era el lugar idóneo para los republicanos antifascistas con un pasado de lucha que les condujo a los campos y con una liberación que no acarreó la conquista de su condición de personas libres, sino el inicio de un largo camino hasta poder integrarse de nuevo en el mundo.

El día que nos echaron a Martha y a mí del hotel decidí buscar al doctor Guillén: esperaba que estuviera vivo, era lo único que me quedaba en esa ciudad. Quería creer que seguiría al pie del cañón, dando guerra en la misma casa, esa casa que un día fue nuestro lugar de reunión.

En mis años en la Resistencia, el viejo doctor siempre nos decía lo mismo: «Pase lo que pase cuando todo esto termine, tendremos que reunirnos para celebrar que conseguimos derrocar el nazismo». Estaba esperanzada con que todos nos reuniríamos en casa del doctor Guillén. Lo que más me aterraba era que estuviera muerto o que las circunstancias le hubieran hecho dejar su hogar. Él era el único que podría ayudarnos.

Martha y yo llegamos a la preciosa mansión a las afueras de París que un día fue nuestro centro de operaciones, el lugar desde donde intentamos, cada uno como pudo, derrocar al nazismo. En parte lo habíamos conseguido, pero el precio que pagamos había sido excesivamente alto. Miles de víctimas a nuestras espaldas, compañeros muertos en los campos y, por lo que conseguimos saber en la delegación de la Cruz Roja, las cosas en España estaban como cuando la dejé. Nuestros compañeros seguían siendo abono para los campos; al menos algunas de sus semillas continuábamos con vida. Lo que más me dolía era saber que Franco seguía impune, los republicanos con los que coincidimos al llegar a París se lamentaban de lo mismo. Nuestra patria seguía en manos del fascismo, aniquilando compatriotas.

Llamé al timbre con la poca esperanza que me quedaba, crucé los dedos y cerré los ojos, apretando fuertemente mis párpados. Cuando una voz familiar preguntó quién llamaba, respiré aliviada. Por fin, la suerte comenzaba a estar de nuestro lado: el doctor seguía viviendo en el mismo domicilio,

—Soy Isadora, doctor —dije con voz entrecortada.

No tardó en abrir. Una cara conocida al fin. La guerra tampoco lo había tratado bien, parecía un anciano. El tiempo y las desgracias habían borrado la sonrisa de su cara y teñido por completo su pelo de un blanco grisáceo como la nieve cuando se mezclaba con las cenizas de mis compañeras en la tierra de Ravensbrück.

—¡Hija, qué alegría, pensé que no te volvería a ver! —susurró mientras de sus ojos brotaba un mar de lágrimas.

Nos invitó a entrar. Su casa no parecía la misma. También habían sufrido el terror nazi. Nada quedaba de aquella preciosa casa que desbordaba alegría, esperanza y camaradería por los cuatro costados.

—Nos enteramos por Vicente de que os detuvo la Gestapo, pero nada más. ¿Qué ha sido de tu tía y de tu madre?

—Están muertas. —Me asombró la frialdad con la que pronuncié aquella frase—. Las asesinaron a las dos. ¿Qué ha sido de su familia, doctor?

—A ellas tampoco les concedieron la oportunidad de seguir en este mundo —dijo entre sollozos—. Las mataron aquí, en este mismo salón, y tuve que soportar ver cómo las violaron delante de mí. Abusaron de ellas y, seguidamente, les pegaron un tiro. Yo tuve la mala suerte de seguir vivo. Están enterradas en el jardín, las tres juntas.

—Lo siento mucho. Todos hemos perdido a nuestros seres queridos, no nos queda nada salvo la vida y eso implica seguir con la lucha. Nosotras terminamos en Ravensbrück, sé lo que es una violación, he llegado a sufrir veinte al día. —Me desabroché los tres botones de la camisa y le mostré en lo que el Tercer Reich me había convertido—. Doctor, estoy marcada de por vida. Soy y seré una puta de campo de concentración siempre, pero ellos no saben que esta puta tiene aún mucha guerra que dar y no se va a quedar parada: el fascismo debe caer.

—Lo siento, Isadora, pero Europa hace mucho que se olvidó de nuestro país. Franco fue inteligente, optó por no entrar en el conflicto y seguir persiguiendo comunistas, algo que a los yanquis y a los europeos les parece más que bien: ahora no se van a meter con él. Bastante tiene el mundo como para mirar por España.

Sus palabras me dejaron helada: estaba claro que el doctor, el día que perdió a su familia perdió las ganas de seguir. No conseguía entenderlo, pero lo respetaba. Su parte más revolucionaría había muerto con ellas. Puede que estuviera enterrada en el jardín. Pude darme cuenta de que le producía un inmenso dolor hablar de nuestra España y decidí aparcar el tema.

—Doctor Guillén, no estamos aquí para lamentarnos de la mala suerte que ha corrido nuestra patria. Veníamos no solo a verle, también a pedirle asilo.

—Esta casa también es vuestra —respondió.

Así fue como el doctor volvió de nuevo a tener familia; no era la suya, la de la sangre, pero conseguía mitigar el profundo dolor de su pérdida. Era perfecto para todos: Martha y yo teníamos un techo, una cama con sábanas limpias. Martha podía seguir buscando, y el doctor no sentía tanto el vacío de la soledad.

En París no había más que miseria, soledad y un silencio desesperante. Era mucho peor que el de antes de la invasión alemana. La ciudad estaba de luto por sus muertos y por los del mundo entero.

Los días pasaban y Martha no encontraba lo que tanto deseaba: no había ni rastro de su familia. Recorrimos cada pensión, cada orfanato, cada casa que acogiera a niños de los campos, pero no encontramos nada. Se los había tragado la tierra. Realmente, Martha no sabía si salieron con vida de la *rue* Lauriston aquella Navidad. Lo único que sabía con certeza era que se había quedado sola. Que su niño seguramente estaba muerto y su marido también. La pena la estaba matando, había sobrevivido al infierno con la esperanza de poder abrazar a su familia, fantaseando con su querido chiquillo, que ya sería un hombrecito de casi nueve años.

Mi situación no era mejor que la de la Martha Aussoulin. No me quedaba nada, pero al menos sabía qué había sido de mi familia, todos estaban muertos. Una tarde, al volver de nuestra búsqueda, nos esperaba una visita: el incansable Vicente López Tovar seguía vivo y lo acompañaba una sorpresa: Amancio, el gran amor de Teresa.

—¡¡Hola, preciosa!! —dijo Vicente. Me cogió en brazos mientras me besaba—. Estás tan delgada que pesas menos que un gorrión. ¡Isadora el gorrión, te llamaré!

Consiguió sacarme una sonrisa. No sé por qué me puse colorada, intenté deshacerme de mis mejillas ruborizadas bebiendo un poco de agua. No podía creer lo que mis ojos estaban viendo. El gran amor de la roja del pelo rojo había conseguido llegar, había cruzado la frontera para estar junto a mi tía.

—Amancio, ¿desde cuándo estás en París? —le pregunté.

—Antes de contestarte, deberías darme un abrazo.

Lo abracé con todas mis fuerzas y me disculpé por mi mala educación. Se me había olvidado por completo hacer las presentaciones pertinentes. Martha esperaba a mi lado a que le dijese quiénes eran esos dos hombres.

—Señores, esta es mi hermana Martha Aussoulin. Martha, estos señores son Vicente, el que me enseñó todo lo que sé, y el gran amor de mi tía, Amancio.

—Es un placer —dijo Martha. Y al estrechar la mano del amor de mi tía le dijo—: Teresa te quería con toda su alma y luchó para seguir viva hasta el final por ti, vivió con la esperanza de poder volver a verte algún día.

—¿Y desde cuándo estás aquí? —insistí.

—Llegué a París una semana después de vuestra detención gracias a Vicente. No podía creer que os hubieran cazado, llevamos toda la guerra intentando dar con vosotras.

—Debes estar orgulloso de ella. Quiero que sepas que nunca dejó de pelear, incluso montó su pequeña Resistencia en el campo: los nazis pensaban que eran unas vagas y lo que estaban haciendo era inutilizar la munición que fabricaban para que sus balas no matasen a ninguno de los nuestros. «El comando de las gandulas», las llamaban.

Me dirigí a Vicente y le pregunté por mi querida Danielle Casanova.

—Veo que el doctor no te ha puesto al día—dijo Vicente. Negué con la cabeza.

—¿Qué le ha pasado?

—La detuvieron el 11 de febrero de 1942 cuando entraba en el escondite de una pareja judía, los Politzwer, en el 170 de la *rue* de Grenelle, en el Séptimo Distrito. La policía francesa de la Brigada Especial Anticomunista la había estado siguiendo desde el 23 de enero después de verla llevar una maleta enorme a ese mismo edificio. La llevaron, junto con esa pareja de judíos, al cuartel general de la Brigada Especial, donde fueron interrogados durante tres meses. Nos enteramos porque Danielle consiguió enviar una carta a su madre. A finales de marzo la trasladaron a la sección alemana de la cárcel de La Santé. En agosto fue trasladada de nuevo, esta vez a Fort de Romainville.

—Vicente, ¿qué es Fort de Romainville?

—Es un campo de tránsito. Estuvo allí hasta enero de 1943, en que se la llevaron a Auschwitz en un vagón de ganado, como a vosotras; llegó tres días después. Ella tuvo más suerte, fue asignada a la enfermería junto con la señora Politzer. Murió de tifus en mayo de ese mismo año. Las compañeras que dejaron vivas nos entregaron una carta de Danielle contándolo todo. Llegó unas semanas antes que vosotras.

Cuánto dolor...Aquella tarde también me contaron que a Dimitri y al *Garçon* no les dio tiempo de llegar a ningún campo. Los asesinaron en la calle en plena misión. Todos estaban muertos, probablemente Aaron y el señor Aussolin también lo estaban. El nazismo me estaba dando otra puñalada y, en plena conversación, tomé una decisión que no dudé en compartir con todos ellos.

—Señores, me vuelvo a España. Martha, estarás bien con el doctor, pero siento que aquí no hago nada.

—Niña, ¡tú has te has vuelto loca! —dijo Vicente.

—No, Vicente, siento que estoy perdiendo el tiempo. Los días pasan sin sentido. Espero que el partido pueda echarme una mano.

—Es muy peligroso.

—Me da lo mismo. En tiempos convulsos como los nuestros, viejas y nuevas resistencias han de conjugarse para descubrir renovados sentidos a la vida: unión y esperanza, expresados en el internacionalismo y en el futuro soñado por los deportados a los campos de la muerte. Yo me voy a España a labrarme ese futuro, por mí y por todos los que hemos dejado atrás.

Mis palabras emocionaron al viejo doctor.

—Por la documentación, no hay problema, ya te la conseguí una vez —dijo Guillén—. Pagué tu exilio y pagaré lo que haga falta para que consigas tu propósito; cuenta conmigo y con un poco de dinero.

—Antes de marcharme, debo gritarle al mundo lo que nos han hecho a las mujeres en Ravensbrück. Vicente, ¿tienes contacto con algún periodista? Quiero que me hagan una entrevista y mostrar mi tatuaje, será la prueba. El mundo entero debe saberlo.

XXV

La verdad es espantosa

Vicente seguía siendo el mismo, mantenía ese espíritu de lucha de siempre. No había pasado tantas penurias como el resto y le gustaba seguir peleando, como a mí. Nunca nos rendíamos.

Se dedicaba a formar guerrilleros en una escuela que el Partido Comunista había creado en el Picdu Cagire, muy cerca del Valle de Arán. Pero echaba de menos París, era su casa y todos los meses iba a visitarnos.

Martha y yo seguíamos buscando y le hacíamos compañía al viejo doctor. Ambos encontraron un calmante a su pérdida, les iba bien. A mí no me servía nada, no conseguía amortiguar el dolor, estaba inquieta, deseaba volver a Madrid lo antes posible y reencontrarme con los míos.

Vicente sería el encargado de cruzar conmigo. Conduciría hasta Zaragoza y no se movería de la ciudad hasta verme subida en el tren con destino a Madrid.

Pilar Prieto de Leza, la señorita de familia acaudalada que en agosto de 1939 se marchó a darle gracias a la Virgen de Lourdes, regresaba a Madrid.

Los nazis me habían registrado en Ravensbrück con ese nombre, pero probablemente mi documentación había sido destruida; nunca me llamaron Pilar, mi nombre falso: durante tres años fui la puta española con nombre de bailarina. El doctor Guillén estaba convencido de que no levantaría sospechas. Antes de partir, debía engordar un poco, estaba en los huesos. Las señoritas en España también pasaban hambre, pero no estaban como yo, demacradas. Martha se ocupaba de alimentarme bien, siempre comíamos lo mismo: patatas, arroz, sopa de pan y poco más. El dinero del doctor comenzaba a escasear y había que administrarse. Para él, era mucho más importante emplearlo en documentación y permisos falsos para los compañeros que gastarlo en comida. Intentaba comer todo lo que Martha me cocinaba, pero mi cuerpo lo rechazaba, tenía náuseas y unos dolores estomacales muy severos.

Mi gran amiga Sole se había enterado de todo por el partido; ella y los demás seguían trabajando en la clandestinidad. Yo estaba impaciente por volver a disfrutar de sus achuchones. Vicente me contó que llevaba años esperando saber de nosotras. Seguía al pie del cañón, ella tampoco había desistido ni abandonado la lucha. Se comunicaban mediante los pocos enlaces que quedaban. Me moría de ganas de verla, de abrazarla; lo necesitaba, al igual que recuperar lo poco que me quedaba de mi familia: el libro de mi padre y las fotos de antes de la guerra. Pero, antes de marcharme, tenía algo pendiente: la entrevista.

Mi adorado Vicente consiguió concertar una cita con un periodista de un nuevo diario, *Le Monde*, un periódico francés de centroizquierda inaugurado un año antes, en 1944, por Hubert Beuve-Méry a instancias del general Charles de Gaulle y los dirigentes del Movimiento Republicano Popular. El doctor y él gestionaron todos los detalles de la entrevista. Todos estábamos de acuerdo: el mundo entero debía saber.

La cita fue el 15 de octubre de 1945. Era lunes. Vicente y yo habíamos quedado con el mismísimo Beuve-Méry: estaba claro que a *Le Monde* le interesaba mi historia. Llegamos temprano a la cita, el director ya nos esperaba, impaciente por escuchar lo que iba a contarle. Nos ofreció un café y unos bollos. No pude resistir la tentación, ¡bollos! Creo que no había probado un dulce desde 1936, antes de empezar la Guerra Civil española. Me supo a gloria, me comí cuatro mientras ellos me miraban asombrados.

—Señorita Ramírez, ¿está usted preparada? —dijo el señor Beuve-Méry.

No pude contestarle, tenía la boca llena de aquellos deliciosos bollitos rellenos de crema; me limité a asentir con la cabeza. Cogí los tres que quedaban en la bandeja, los envolví en la servilleta de papel que venía con aquellos deliciosos dulces y los guardé en mi bolso, no sin antes pedirle permiso al director. Estaba hambrienta, pero no era una maleducada.

—Puedes coger todos los que quieras, le diré a mi secretaria que te prepare una bandeja para que te los lleves a casa.

—Muchas gracias, señor, a Martha y al doctor les encantarán. —Los mencioné como si él también los conociera—.Tengo hambre, incluso más que cuando estaba en el infierno. Mi estómago estaba acostumbrado a recibir a horas fijas la misma cantidad de comida, una sola vez al día. Ahora tengo la sensación de tener un agujero en él, tengo hambre a todas horas. Hasta mis sueños son de carácter gastronómico y, cuando despierto, siento una sensación de vacío y un doloroso calambre que recorre todo mi estómago. Esa sensación creo que es lo que hace que me despierte bruscamente. Cuando consigo conciliar el sueño de nuevo, mis deseos vuelven a visitarme; a veces, sueño que estoy asando un pollo y se me quema. Despierto bruscamente y percibo el olor del crematorio. Ese maldito olor no se me olvidará jamás.

No dijo nada, se limitó a esperar a que terminase. Estaba sentado frente a mí, no dejaba de mirarme, su cara era un remanso de paz y contaba con cierto aire aristocrático. Vestía un impecable traje azul marino de raya diplomática y camisa blanca con corbata azul a juego. Era un hombre muy educado y servicial.

—Señor, ya estoy lista, cuando usted quiera, podemos empezar.

—Tómese su tiempo. ¿Necesita algo más? ¿Un vaso de agua, un café...?

—Un vaso de agua estaría bien, muchas gracias.

Muy amablemente, la secretaria trajo una bonita jarra de cristal y un vaso. Lo llené de agua, le di un buen trago, respiré profundamente y comencé a relatar lo que los cuervos nos hicieron.

—La experiencia vivida en el infierno es difícil de contar. Tan solo los que la hemos vivido sabemos lo que es. El horror, la grandeza, la bajeza y la nobleza de cuanto vimos y vivimos combaten sin cesar en nuestros recuerdos. Yo fui una de las muchas mujeres que tuvo que pasar por esa prueba, una prueba de vida. Creo que soy una privilegiada por haber sobrevivido y estar aquí para contarle lo terrible que fue.

»Las horas de sufrimiento y de amargura fueron compensadas por el sentimiento de solidaridad, por el descubrimiento del respeto profundo y del amor al prójimo. Las mujeres que pasamos por el puente de los cuervos seremos recordadas como cuerpos triunfantes de sombras desfiguradas. No podemos permitir que la grandeza de cada una se convierta en indiferencia y olvido. Por eso estoy aquí. Para recordar a todas mis compañeras, mujeres que murieron sarnosas, con los ojos y el corazón consumidos por la tristeza: ellas serán quienes, con mi testimonio, resuciten del tormento. Se convertirán en el cemento que fortalezca nuestros corazones, la saliva de nuestro lenguaje, las orantes de nuestros afanes. Serán, ante todo, mujeres. Madres de otra generación, maniquís desnudos, mujeres herramienta. Serán sombras de otro mundo, de otra vida cabalgando sobre la muerte. Debemos conseguir que mañana *sean*, al igual que hoy *son*. La historia no las puede olvidar, las encontrará cuando la razón quiera saber y comprender. Pero eso será dentro de algún tiempo, ahora aún está demasiado reciente. Las mujeres y los hombres que hemos conseguido sobrevivir somos los depositarios de la historia. Solo nosotros hemos conocido el horror, por eso no podemos olvidar. Un solo testimonio es mucho más profundo que una tesis de mil páginas. Usted me recordará como la mujer que fue obligada a ejercer la prostitución en un campo de concentración. Hablará con sus colegas de que, tal día, «Isadora me lo contó». «Tal día» no es un hecho histórico, pero puede que mañana el de hoy sea recordado y se cuente en los colegios y en las universidades, se cuente y se transmita todo lo que allí nos sucedió.

»No pretendo, con la experiencia vivida, inculcar un sentimiento de venganza o de odio, ni siquiera de rencor. Pero sí creo que es conveniente que los franceses, gracias a usted y a su periódico, comprendan lo que nos ha pasado y, sobre todo, no olviden.

—¿Puedes contarme alguna de esas experiencias, Isadora? —me preguntó el señor Beuve-Méry.

—Por supuesto —respondí—. Recuerdo, que a los pocos días de llegar, cuando aún no estás acostumbrada a convivir con el dolor, la muerte y el sufrimiento, me encargaron un «trabajito». Las putas hacíamos de todo; aparte de tener siempre la vagina preparada para cuando los soldados quisieran, también éramos transportadoras y enterradoras. Una mañana sucedió algo horrible: en una carretilla, mi hermana Josefa y yo llevábamos a tres mujeres muertas para dejarlas con el resto a la puerta de los hornos crematorios. «Las nuevas clientas», les llamaban las guardianas. Al depositar a nuestras compañeras con el resto, una mujer desnuda se levantó chillando de entre las muertas, salió corriendo y se desplomó sobre la nieve. Había pasado toda la noche en el montón de cadáveres, entre las compañeras muertas, estando aún con vida. Había resucitado de entre los cuerpos helados, helándose ella misma de horror. Sobrecogida de miedo y loca de terror, corría por el campo como si pudiera escapar. Agnes, una de las guardianas, rápidamente le pegó un tiro. Su resurrección duró apenas unos instantes. Estos «accidentes» se debían a que, a veces, se quedaban cortos con el gas Zyklon B y algunas no morían, solo perdían el conocimiento. Su agonía era más dolorosa...

Se lo conté todo, desde el día en que comenzó la guerra de España, el 18 de julio de 1936, hasta la liberación de Ravensbrück, el 30 de abril de 1945: la muerte de mi padre, la desaparición de mi hermano, y su posterior suicido en España, el exilio pagado por el doctor, la colaboración en la Resistencia, mi detención, el viaje con un destino incierto, la muerte de mi madre y la de mi tía, los experimentos de la enfermería, el comando de las gandulas, las vejaciones... Le hablé de las niñas, de los homosexuales, de las locas, de las guardianas, de los recién llegados, de la morgue, de las reinas... Creo que no me dejé nada. Tan solo omití un detalle: el nombre que el partido me asignó en mi documentación falsa para exiliarme en 1939. En cuestión de días regresaba a España y no vi conveniente darle mi nombre falso, era una cuestión de seguridad. Sobre todo, le dejé muy claro que el mundo debía saber lo que hacían con las mujeres y que somos parte de la historia, que hemos peleado y luchado como cualquier hombre, que a veces nos ha tocado sacrificar mucho más que ellos y que hemos tenido que dejar que abusaran de nuestros cuerpos una y otra vez sin piedad para conseguir que nos dejasen vivir.

La entrevista duró toda la mañana y parte de la tarde, tuvimos que hacer un descanso para comer. El señor Beuve-Méry nos acompañó en el almuerzo, estaba fascinado, tenía la gran historia para su reciente periódico, su cara era una mezcla de respeto y asombro. Había escuchado muchas historias: las que contaban sus colegas, que habían entrevistado a soldados, a otros prisioneros, a algún republicano español proveniente de los campos, pero ninguna contada por una mujer sometida a tal aberración. No dejaba de hacer preguntas, incluso en la hora de la comida. No solo le interesaba lo sucedido en Ravensbrück, también lo que ocurrió antes, los años de la Resistencia, pero lo que más le interesaba era la situación política de España y su falsa no intervención en el conflicto bélico.

—Isadora, la culpa de que los españoles terminaseis en los campos la tiene tu Gobierno.

—Mi gobierno no, señor: yo no tengo nada que ver con ese gobierno del que usted habla. Yo solo soy fiel a la República, todo lo que me ha sucedido ha sido por pelear directa e indirectamente por ella, defendiéndola. Pretendo seguir con la lucha, con el puño bien alto, peleando hasta acabar con ese reducto del fascismo que es el gobierno de Franco.

—Estoy totalmente de acuerdo, jovencita.

—Una no puede dejar de sentir animadversión por esos ideales tan repulsivos. El fascismo y el nazismo, que viene a ser lo mismo, se llevó mi juventud. Llegó como un tornado arrasando todo a su paso, dejando miles de víctimas con heridas incurables, y no me refiero a las físicas, señor Beuve-Méry, esas son las menos dolorosas; me refiero a las del alma. Le aseguro que nunca terminan de curar.

—Por eso es tan necesario que el mundo conozca tu historia, Isadora.

—No es solo mía, es la historia de millones de personas, muchas de ellas sin voz porque decidieron que no eran dignas de vivir en el infierno. ¿Sabe lo que me resulta más triste de todo esto, señor Beuve-Méry? Que, con el paso del tiempo, nuestra historia, la de las mujeres, se olvidará. Solo será un artículo de investigación, o como demonios se llame. La gente lo leerá y se le encogerá el corazón, pero se terminará olvidando. Le prometí a mi tía que no iba a permitir que me matasen para poder contar nuestra historia. Por eso es tan importante para mí que nuestras vivencias, la de Vicenta la enfermera, la de Maria Radu, la de la roja del pelo rojo y las de miles de mujeres no se olviden.

Cuando terminó nuestro almuerzo, regresamos al periódico para continuar. Después de casi cuatro horas de intensa conversación, me pidió que le enseñase el tatuaje. No tuve inconveniente, quería mostrarle al mundo de lo que habían sido capaces los nazis. Me desabroché los botones de mi vestido negro y separé ambos delanteros con las manos para que el señor Beuve-Méry pudiera verlo bien. Me pidió una foto y no tuve inconveniente en concedérsela, con dos condiciones: la primera, que mi rostro no se mostrase en la columna del domingo. El mundo no necesitaba un rostro, con mi pecho bastaba; y la segunda, que quería una copia de esa foto antes del miércoles, pensaba llevarla conmigo aunque sabía que era muy arriesgado.

No me preguntes por qué razón quise guardar aquella foto; solo ahora lo he entendido. Gracias a esa foto tú estás aquí, María.

Vicente fue puntual: a las cinco de la madrugada estaba como un clavo llamando a la puerta de la casa del doctor. Los tres estábamos esperando que viniera a recogerme. Esa noche no dormimos, nos quedamos alargando la despedida. Sabíamos que, probablemente, no nos volveríamos a ver, aunque la vida suele ser muy caprichosa. Por eso decidimos disfrutar los unos de los otros la última noche. Me abracé con todas mis fuerzas a Martha y le pedí que no desistiera de su búsqueda, y al viejo doctor, ¡qué podía decirle! Él lo había sido todo. Sus valores familiares eran tan fuertes como los míos, por ellos apostó por nosotras, dándonos la oportunidad de viajar a París persiguiendo un soplo. Un soplo que se fue con el viento. Dejé París llorando; dejaba, posiblemente para siempre, la ciudad donde encontré la libertad. También la que me la robó. Aunque en realidad no me robó nada: me dio grandes amigos que se convirtieron en familia.

Vicente me mantuvo entretenida gran parte del viaje.

—No llores más, me vas hacer llorar a mí también y podemos tener un accidente. Toma, límpiate.

Ahora a pensar en Madrid y en ver a la Sole, que te vendrá bien.

Vicente se parecía mucho a mi padre, siempre pensando en la lucha. Sus méritos durante la guerra fueron increíbles. Cada historia que me contaba me fascinaba más que la anterior, su espíritu combativo era inigualable. Había conseguido huir tras ser avisado de la ocupación nazi de Toulouse en noviembre de 1942. Estuvo durante toda la guerra en busca y captura por parte de la Gestapo. Participó en la creación de una empresa de carbón de leña como tapadera para la concentración y adiestramiento de guerrilleros. Poco más tarde fundó la Brigada de la GE (Guerrilla Española), una organización del Partido Comunista francés que englobaba al maquis español tras la ocupación nazi de Francia. Durante la Segunda Guerra Mundial, alcanzó el grado de coronel, también fue jefe de la XV División de la AGE y comandante de las seis brigadas de la Cuarta División de esa misma asociación guerrillera. A pesar de todos los nombramientos, nunca dejó la Resistencia francesa, y su grupo consiguió sabotear el tráfico ferroviario de la Dordoña, Lot y Corrèze. El 31 de marzo de 1945 fue nombrado caballero de la Legión de Honor por el Gobierno francés, presidido por Georges Bidault, así como también fue galardonado con la Cruz de Guerra y la Medalla de la Resistencia.

—Vicente, no has perdido el tiempo, la guerra se te ha hecho muy corta —le dije.

—La guerra no ha terminado. La lucha continúa. No hace falta un fusil y un campo de batalla, las partidas se juegan en la clandestinidad, como en tus años de la Resistencia. La Sole te pondrá al tanto de todo en cuanto llegues. Ahora, más que nunca, hay que estar bien organizados.

El viaje de París a Zaragoza dio para mucho. Me interesaba saber qué sería de Amancio: se quedaba con él instruyendo guerrilleros cerca del Valle de Arán. La figura del maquis era fundamental en esos tiempos.

Sin apenas darnos cuenta, estábamos a punto de llegar a nuestro destino, Zaragoza. Cruzamos la frontera de noche y no tuvimos problemas. El guion de la primera vez sirvió también para entrar de nuevo en España. Pilar Prieto de Leza regresaba, seis años después, de darle las gracias a la Virgen de Lourdes porque el caudillo seguía fiel a su grandísima cruzada.

Llegamos con tiempo de sobra, aún faltaba una hora y media para la salida de mi tren. Vicente me advirtió: debía ir con mucho cuidado, no hacerme notar.

—Si sigues mis consejos, nada irá mal. No eres consciente de la suerte que tienes, la mayoría de nosotros no podemos volver a España, estaríamos muertos en cuestión de horas. Las cosas están muy jodidas aquí, las cárceles siguen a reventar de gente que no ha hecho nada y los fusilamientos no cesan, por eso te digo que te andes con ojo. Si das un mal paso, no caes tú sola, caemos todos.

—Puedes estar tranquilo, no me pasará nada y, si caigo, no pienso abrir la boca. Estoy acostumbrada a los duros interrogatorios, recuerda que he estado en el infierno. —Mientras le decía esto, le guiñé el ojo izquierdo para quitarle hierro al asunto. Era un código que habían inventado entre ellos: el puño en alto se castigaba con la pena de muerte, pero un guiño, de momento, no tenía condena alguna—. Vicente, ¿puedo hacerte una pregunta?

—A estas alturas no tienes que pedirlo, tú pregunta y ya veré yo si debo o no contestar.

— ¿Nos volveremos a ver?

—Seguro que sí, Isadora —contestó guiñando su ojo izquierdo. Antes de marcharse, me dio un beso y me susurró al oído—: Nos volveremos a ver.

XXVI

Heridas y puñales

El viaje de vuelta dolía; dolía mucho más. En 1939 me marché acompañada y con un sueño: estar todos juntos. Seis años después regresaba sola, derrotada, envejecida y demasiado cansada.

El revisor anunció a los viajeros de primera que Madrid estaba cerca. Me puse nerviosa. No, no era eso exactamente: era una sensación de alivio y derrota a la vez, y era completamente incontrolable, me producía un cosquilleo en el estómago propio de un estado de nerviosismo, de miedo, de no saber lo que me iba a encontrar. Demasiados sentimientos mezclados en mi corazón.

Mi compañero de compartimento, un joven seminarista llamado Manuel, me ayudó con mi escaso equipaje. Mi vida me la había dejado en Madrid, y tan solo traía pedazos de otra que no me pertenecía. En la vieja maleta que me prestó el doctor Guillén, no había más que seis años de guerra y muchas mentiras. La maleta formaba parte de mi atrezo:

realmente regresaba vacía, los sueños se habían esfumado y las esperanzas mermaban.

El viaje resultó un tanto peculiar, el seminarista fue mi primera prueba. Charlamos de todo, de la situación de Franco, del glorioso alzamiento, de que los rojos habían destruido nuestra bella nación... Me había acostumbrado a mentir, era muy buena, otra de las cosas que me enseñó la guerra: las mentiras ayudan a sobrevivir. Vicente y yo, de camino a Zaragoza, nos habíamos inventado una vida, otra de tantas, aunque había tenido ya tres y en las tres me seguía faltando lo más importante.

Manuel mordió el anzuelo, el pobre cándido se tragó todo lo que le conté. Le dije que era profesora de piano en Barcelona. Lo del piano no fue idea de Vicente, eso era de mi propia cosecha. Decidí hacerle un pequeño homenaje a mi tía Teresa, que siempre decía que todas las señoritas ricas sabían tocar el piano; si no lo tocabas, no eras una señorita como Dios manda. Le conté que, cuando terminó la guerra, decidí irme a vivir a la ciudad con una tía. La pobre se había quedado sola cuando los rojos mataron a su marido y a su hijo, mi primo, el señorito Javier. Le quitaron su casa y la dejaron en la calle. Gracias al valeroso Ejército español, doña Petra consiguió recuperar su pisito en la parte alta de Barcelona. Había estado con ella para que no se sintiera tan sola y paliar su dolor. Todos los días la acompañaba a misa, confesábamos y comulgábamos, no solo por nuestros familiares, lo hacíamos por todos los caídos que gloriosamente dieron la vida por Cristo Rey y por España. —Las palabras que salían por mi boca era repugnantes—. Y ahora que ya estaba todo arreglado, había decidido volver a Madrid con la otra hermana de mi madre, doña Soledad. Mis tías eran lo único que tenía y, como las cosas ya iban estando como deberían haber estado siempre, había tomado la determinación de atender a mi otra tía y retomar las clases de piano en Madrid. Manuel escuchaba asombrado todas las mentiras que salían por mi boca. Sentía pena de la pobre Pilar Prieto de Leza.

—Seguro que nuestro Padre Celestial sabrá recompensar tu sacrificio y tu amor a la causa, a tus tías y sobre todo a nuestro Caudillo. —Cada vez que nombraba al tal padre celestial, cogía un escapulario que me dejó el doctor, lo besaba y me santiguaba. Eso daba mucha más fuerza y veracidad a mi historia. El cura estaba fascinado con mis proezas.

También le conté que a mis padres los mataron en la guerra. Eso era verdad, no hacía falta mencionar quiénes fueron los asesinos.

—Hija mía, habéis sido muy valientes —me decía una y otra vez el aspirante a cura—, seguro que el Altísimo te agradecerá todo lo que has hecho y todo lo que has sufrido; eres una mujer buena y abnegada y eso Dios lo sabe. Debes estar tranquila, los tuyos están a la derecha del Padre con los que sacrificaron su vida por España. Y los malditos rojos, donde deben estar: en las cárceles, esperando a que les den su merecido. Gracias al Señor y a nuestro valeroso Caudillo, a quien no le tiembla el pulso, puedes estar tranquila: España está en las mejores manos.

Deseaba llegar cuanto antes, el cura fascista me estaba poniendo enferma, de los nervios, la cabeza me iba a estallar de un momento a otro. ¿Caídos por España? La guerra la empezaron ellos, los verdaderos caídos por España era gente como el viejo doctor Guillén, que tuvo que soportar cómo violaban a su familia y la mataban; mi tía Teresa, mi madre, mi padre, mi hermano, con el que seguía muy enfadada, mis abuelos, mis compañeros de los campos... y tantos y tantos otros. Ellos sí que eran mártires de España, de esa España que tuvieron que abandonar porque tarde o temprano gente como este cura los terminaría denunciando y acabarían fusilados y enterrados en una fosa común. Por eso no les quedó otra que seguir peleando por España fuera de España. ¿Y de qué había servido? Por desgracia, de nada. Los vencedores fueron los mismos de siempre. Los pobres seguíamos siendo pobres al servicio de los señoritos, de los militares y de los curas cabronazos como el que me estuvo dando la tabarra durante todo el viaje.

Un pitido ensordecedor anunció nuestro destino, por fin iba a poder abrazar a mi querida Sole y librarme del aspirante a sacerdote: la última media hora fue insoportable.

Me levanté y tomé mi maleta, que ya llevaba tiempo en el pasillo del vagón. El seminarista se había ofrecido a ayudarme y a acompañarme hasta encontrar a mi Sole. ¡Qué pesado, madre! No iba a ser fácil quitármelo de encima. Bajó conmigo del tren. Al poner los pies en mi adorado Madrid y respirar, llegaron a mi cabeza infinidad de bonitos recuerdos: mi ciudad tenía un olor característico, olía a hogar. Poco me importaba el joven cura: en cuanto vi a lo lejos a la Sole, le quité de la mano mi maleta, se la besé, le hice una reverencia y salí pitando a abrazarla.

—¡Muchas gracias, Eminencia Reverendísima! —dije con sorna mientras me alejaba del maldito cura—. ¡¡Sole, Sole!! —grité corriendo hacia ella.

Cuando me vio, sus ojos comenzaron a brillar, brillaban tanto que me cegaban. Estaba feliz como una jovencita con zapatos nuevos y eso se notaba incluso de lejos.

—¡Isadora, mi niña, qué ganas tenía de verte! Desde que los que tú y yo sabemos —hablar del partido en la calle estaba prohibido por seguridad— me dieron la noticia, he contado los días, los he *tachao* del almanaque que tengo *colgao* en la cocina. La foto del *jodío* almanaque es una Virgen del Carmen... ¿Cómo te quedas, niña? Loca perdía, ¿a que sí?

—Sole, no me jodas, ¿una Virgen en la pensión?

—Chica, ahora somos *toas mu* cristianas, tengo
hasta un San Antonio *colgao* encima de la cama
—dijo la Sole riéndose, mientras hablaba de su nueva fe—. Toda precaución es poca...Vamos a dejarnos
de santos y¡¡dame un abrazo, leche!!

Y allí, entre maletas, viajeros, curas, fascistas, Vír-
genes del Carmen y demás, volví a sentirme de nuevo querida; llevaba esperando ese abrazo mucho
tiempo, por fin estaba en casa.

—Sole, necesitaba volver, me he quedado sola.

—Lo sé.

—¿Sabes lo que le sucedió a Ignacio?

—Sí, nenita, no hace mucho que nos enteramos;
ahora que la guerra ha pasado a un segundo plano y
es más importante la lucha clandestina, un camarada llegó con la noticia una tarde al partido. Juliana
está destrozada, todos lo estamos. Lo siento en el
alma.

—Sole, ¿me das la mano? —No dijo nada, se limitó a coger mi mano, la apretó con fuerza y la llevó
hasta sus labios, la besó y ya no me soltó.

Subimos la calle de Atocha desde la estación, ¡la de
veces que habría hecho ese recorrido! Sola, con Teresa, con Milagros cuando veníamos de ver a su madre
en la cárcel, con mi madre, a llevarle el hatillo a mi
padre... Me conocía cada rincón de esa calle como la
palma de la mano. Y seguía igual que cuando la dejé:
en muchos edificios aún eran visibles los daños de la
guerra. Y no solo en los edificios: el semblante de los

viandantes era diferentes, podía sentir el miedo en ellos, sus miradas recelosas. Nada había cambiado, España seguía siendo la misma: con miedo, tristeza y oscuridad, la misma que dejé seis años antes.

Al subir la cuesta, llegaron a mi cabeza el sonido de los primeros bombardeos, que fueron para mí como mi primera violación. Nunca te acostumbras, aunque lleguen muchas más veces, es imposible. Aún estaban en mi cabeza los ruidos estremecedores de algo que, al principio, pensábamos que era un avión, sin más, que pasaba encima de la ciudad. En 1936, nosotras no teníamos idea, no sabíamos de qué iba todo esto de la guerra. Seguidamente, llegó el estruendo y, a los pocos segundos, la detonación. Recuerdo mi adorada calle cuando salíamos del refugio: solo había humo, fuego y destrucción. Heridas que una no ha conseguido curar.

El paseo se me hizo muy corto, parecía que el tiempo no había pasado por mi malograda calle. Algunos de sus edificios estaban en ruinas, esperando que les llegara su hora para volver a recuperar ese esplendor tan castizo que hacía un tiempo los caracterizaba. Era como si el tiempo se hubiera detenido, como si todavía estuviéramos en agosto de 1939. Sin apenas darme cuenta, estaba frente a la farmacia El Globo: seguía sufriendo las heridas de lo vivido, pero se mantenía en pie, como todas nosotras.

La pensión estaba como siempre, con sus coloridas baldosas y sus canarios colgados en los balcones, que cantaban sin cesar, ajenos a lo que había sucedido. Sus cánticos anunciaban la buena nueva: Isadora ya estaba en casa.

Lo que sí había cambiado eran los inquilinos, ninguna cara me resultaba familiar. Sole hizo las presentaciones: Maruja, florista; Blasa, viuda de guerra que buscaba a su hija, que estaba desaparecida desde 1941; y los hermanos Espinosa de la Vega, dos maquis que habían bajado de la sierra y esperaban documentación y salvoconductos falsos para cruzar la frontera. No cabía duda de que el apellido Espinosa de la Vega era otra mentira, sonaba demasiado rimbombante para dos guerrilleros, seguro que ni eran hermanos, pero no pregunté, claro está.

Los de siempre ya no estaban. Desde la noche de la detención del Hortelano, de Benito y de Milagros, la maestra, la pensión dejó de ser la misma. Nunca regresaron.

—Sole, ¿qué ha sido de don Modesto y mi querida Milagros?

—Han muerto, niña. Los doctores dijeron que un infarto mató al profesor y a Milagros una gripe mal curada, pero yo no creo que fuera eso. Fue la pena negra que se les enganchó el día que nos dijeron que sacaban a su madre. —«Otra herida para mi colección», pensé—. La sacaron a mediados de septiembre del 39, poco después de vuestra marcha; tras su muerte, ninguno de los dos levantó cabeza. Don Modesto no tuvo fuerzas para ir al juicio, yo tuve que acompañar a la pobre Milagros. El juicio, como te puedes imaginar, fue una verdadera vergüenza: un alférez, el abogado de los imputados, ¿dónde se ha visto eso? —me decía enfadada, mientras calentaba un poco de agua para hacer unas sopas de pan, el mismo el menú de siempre, eso no había cambiado—, pedían la pena de muerte por pertenecer al sindicato de la enseñanza y ser enemigos de España. El juicio no duró ni cinco minutos, no los dejaron defenderse.

»Salió en la saca del 17 de septiembre, con veintitrés maestros más, de los cuales diecinueve eran mujeres. Aún guardo la carta de despedida que escribió para todos los de la pensión y la que escribió para su hija y su marido. Al día siguiente de su fusilamiento, Lucila, una de las funcionarias con alma, mandó *recao*. Tuvimos que ir a la cárcel a recoger su hatillo, y entre sus cosas encontramos las cartas.

La Sole se acercó hasta un armario de la cocina y sacó un sobre, lo dejó encima de la mesa y me dijo que esa carta también estaba dirigida a mí.

—¿A mí, Sole? —pregunté.

—Sí, niña; Milagros sabía lo importante que eras para su hija y quiso agradecértelo.

Dentro de aquel sobre había dos cuartillas, ambas escritas por las dos caras y en cruzado...

—María, no sé cómo las llamáis los historiadores ni qué terminología utilizáis para la correspondencia de los presos en las cárceles del franquismo. Los presos tenían muchas cosas que decir antes de ser fusilados y el papel estaba limitado porque había carencia, así que inventaron una técnica que llamaron «cartas cruzadas»: cuando terminabas tu papel y aún tenías cosas que decir, ponías la cuartilla en horizontal y seguías escribiendo encima de lo que ya habías escrito, no sé si me entiendes.

—Sí, los historiadores las llamamos cartas con escritura en reja —dijo María.

El caso es que Sole me dio un pequeño papel, casi transparente, parecía el que se utiliza para liar cigarrillos. Cuando comencé a leerla, sentí que aquella carta podía ser perfectamente de mi madre. Era la que yo habría necesitado el primer día de 1942 cuando la asesinaron.

Madrid, madrugada del 16 de septiembre de 1939
Queridas compañeras:
Al alba, me fusilarán, pero muero tranquila y orgullosa de lo que soy. Me he pasado la vida dedicada a la enseñanza, a inculcar valores y a pelear por los derechos de las niñas. Espero que mi muerte algún día sirva de algo. Os confío lo más grande que tengo: mi hija y mi marido.
El destino me separa de todas vosotras. Los salvadores han decidido eliminarme de la vida. Lo afronto con entereza porque sé que he sido una buena persona y honrada. Sé que me queda muy poco, estoy escribiendo esta carta desde la capilla de la prisión, nos han traído aquí para que confese-

mos nuestros pecados. No pienso confesarme de nada porque no he hecho nada y muero con la conciencia tranquila.

Solo os pido que veléis por mi familia, que ahora también es la vuestra. Si algún día regresan las hermanas García e Isadora, quiero que lean esta carta porque también han formado parte de mi vida y las quiero como a todas vosotras. Con un amor limpio y puro.

No lloréis, por favor, yo estoy tranquila, incluso más que nunca, y si no me creéis, fijaos en mi letra: no me tiembla el pulso porque sé que muero por lo que tanto he peleado.

¡Adiós, queridas mías! Hasta la eternidad.

Se despide, vuestra amiga, hermana y compañera, Milagros Robledo Almansa

Mis lágrimas no dejaban de caer sobre la carta de Milagros; al fin y al cabo, todas sufrimos lo mismo, unas en una cárcel de Madrid y otras en Alemania a miles de kilómetros. El dolor no entiende de fronteras, era el mismo, al igual que los causantes. Las emociones no habían hecho más que empezar: no solo me aguardaba la carta de la madre de mi mejor amiga, Sole también había guardado durante seis años, jugándose la vida, lo que mi madre y yo le pedimos que custodiara: los recuerdos de mi familia.

—Isadora, ¿te acuerdas de la mañana que viniste tan temprano a casa a pedirme un favor?

No pude hablar, un nudo se había alojado en mi garganta y me impedía pronunciar una palabra; asentí con la cabeza. Me cogió de la mano y me llevó hasta su cuarto, donde separó de la pared su viejo armario.

—Niña, ayúdame.

Allí, en un hueco que la Sole había hecho, estaba lo único que me quedaba de mi familia: las fotos que guardó mi madre en un sobre y el libro que me regaló mi padre.

Le pedí a Sole que me dejara sola unos instantes, aquel reencuentro no quería compartirlo con nadie. Era mi pedacito de cielo. Allí estaba la familia Ramírez García al completo con enormes sonrisas, ajenos a lo que estaba por llegar. Apreté las fotos contra mi pecho y, lloré por todos. Lo que más me dolía es que no estaba Teresa. No tenía nada de la roja del pelo rojo. Su imagen solo estaba en mi cabeza: volví a llorar porque me daba miedo olvidarla. La Sole tocó a la puerta, no sé cuánto tiempo había pasado, mucho, porque ya era de noche. Los reencuentros con la familia suelen ser así: demasiado que contar y quieres abrazar, aunque solo fueran fotos y un libro.

—Sole, ¿tienes alguna foto de tía Teresa?

—Guardo algunas: una que nos hicimos un par de semanas después de que tu madre llegara a Madrid, y otra en la que también salís tú y Milagros. Las guardo como oro en paño.

Se fue un momento y, cuando regresó, toda la habitación se iluminó. Allí estaban las hermanas: «las

García Moreno» y la que se encontraron nada más llegar a la capital. Sus caras irradiaban felicidad. Estaban relajadas, contentas, sin preocupación alguna. Lo que más me gustaba es que estaban las tres juntas. Eran muy jóvenes.

Esa noche, la primera desde mi regreso, las sentí cerca, tan cerca que podía notarlas junto a mí.

—Isadora, ya es muy tarde. Esta noche, si te parece, duermes conmigo y mañana vamos a tu casa: sigue tal y como la dejasteis.

Sole me tendió su mano y me ayudó a levantarme del suelo, tenía las piernas entumecidas, era lo de menos.

Cenamos, tuvo que volver a calentar la sopa de agua y pan, se había quedado fría y, más que una sopa, era un engrudo, pero me supo a gloria. En cuanto la terminamos, nos fuimos a dormir, esa noche no cabía un alfiler en la cama de la Sole. La familia Ramírez García durmió al completo con nuestra querida compañera, ella también era parte de mi familia.

—Isadora, hay algo que deberías saber —me dijo antes de que me quedara dormida. Pero como estaba agotada, le respondí:

—Sole, mañana me lo cuentas.

XXVII

SIGO SIENDO PUTA

Cuando me desperté, la Sole estaba mirando mi pecho. El cuello del viejo camisón de algodón que me prestó era demasiado grande y podía verse el tatuaje. No sé el tiempo que llevaba observándome.

—¿Qué estás mirando? —le pregunté.

—Mi niña, ¡qué te han hecho!

—Sole, ¿crees que tengo mirada de puta?

— ¡No digas barbaridades! ¡Tú nunca has sido puta!

Me senté en la cama y bajé las mangas de aquel viejo camisón. Le mostré la prueba de lo que era.

—Aquí lo dice bien claro, Sole: Feld-Hure. ¿Sabes lo que significa? Que soy puta, una puta de un campo de concentración. Me guste o no lo seré de por vida. Los nazis se han encargado de recordármelo. Me han marcado para que no pueda olvidar en la vida lo que me pasó allí. No es solo el tatuaje. Me siento una puta, no queda nada de la Isadora que se marchó de Madrid con la única esperanza de encontrar a su hermano y empezar una nueva vida todos juntos. Se lo ha llevado la guerra. Me he convertido en un ser lleno de rabia y dolor. Me han hecho cosas horribles. Nunca volveré a ser la misma.

—Tú no eres puta, mi niña —dijo Sole—. Tu padre estaría orgulloso de ti. No confundas ser puta con ser valiente y enfrentarse a la vida. Te ha tocado vivir momentos muy duros. Necesitas tiempo, el tiempo pone las cosas en su sitio y esa rabia que dices que tienes hoy desaparecerá tarde o temprano, dejarás de guardar rencor. No pido que lo olvides, eso nunca, pero debes quedarte con las poquitas cosas buenas que pudo ofrecerte aquel lugar. Si no lo haces así, el odio y la pena negra te machacarán y acabarán contigo. No puedes permitirlo, eres demasiado joven y queda mucha vida por delante. Se me está ocurriendo una idea: tu tía y yo teníamos una «caja de los feos recuerdos», y ya es hora de volver a abrirla.

—Una caja ¿de qué? —pregunté—. ¿Eso qué es?

—Es una caja donde guardábamos todos nuestros recuerdos malos. Todo lo que la guerra y lo que vino después nos hizo. Teresa y yo escribíamos en un papel las desgracias que nos sucedían y las metíamos en esa caja, cerrada con llave. Amortiguábamos nuestro dolor de esa manera. Los feos y malos recuerdos se quedaban encerrados de por vida. No es demasiado efectivo, pero consuela. Sacas de tu cuerpo todo el dolor y el sufrimiento que llevas.

La Sole se levantó de la cama.

—¿Adónde vas? —pregunté.

—A por un poco de papel, lápiz y a buscar esa caja.

—Gracias, Sole, pero no quiero seguir hablando de esto.

—Yo no te he pedido que hables, te he pedido que lo escribas, que escupas todo el dolor que llevas dentro y después lo guardemos con los feos recuerdos de la familia.

Regresó rápido con unas pocas cuartillas de papel y un lápiz desgastado.

—¡Al lío! Mientras tanto, voy a calentar un poco de leche. Todos los días no se consigue, pero sabiendo que venías, he hecho uno de mis chanchullos *pa* conseguir una poquita.

Mientras se marchaba por el pasillo, yo me quedé a solas con mis feos recuerdos. Comencé a plasmarlos en el papel, eran demasiados y tuve que escribirlos como la carta de despedida de Milagros, cruzados. Nombres, situaciones, experiencias vividas. En mi cabeza estaban amontonados todos los recuerdos horribles, esperando a ser escupidos. Todos muy precisos. Con cada frase que escribía, podía escuchar a mis hermanas, las del campo, hasta percibía el olor a muerte, a cenizas, ese olor nauseabundo de cadáveres en descomposición. El olor a sexo putrefacto y repulsivo, ese olor a sudor; podía sentir cada gota que caía sobre mi frente cuando me follaban. Y, entre todos ellos, los dos momentos más dolorosos: la pérdida de las hermanas. Cerré los ojos por un instante y sin mucho esfuerzo pude ver a mi madre despidiéndose de mí, y a la incansable roja del pelo rojo hablándome de su pequeña Resistencia y de lo cara que le salió. Las lágrimas se habían instalado en mis ojos hacía rato, pero hasta aquel preciso instante no me dejaron seguir escribiendo.

La verdad es que sanar, no sanaba, pero aliviaba. Fue la primera vez en mi vida que me enfrenté a ellos e hice un ejercicio de memoria. Perdí la noción del tiempo escribiendo. Cuando terminé, metí en la caja la foto que me habían hecho en París y la cerré. Me sentía agotada.

Escuché la voz de la Sole desde la cocina, hablaba con alguien; pensé que estábamos solas en la pensión. La noche anterior me contó lo que hacían los nuevos inquilinos. Maruja, la florista, se levantaba muy temprano para ir a vender sus flores a la calle. «En los tiempos que corren, la gente no está *pa* flores», dijo Sole, pero de vez en cuando conseguía vender alguna y llevaba algún dinerillo a la pensión. La Sole no les cobraba. El piso era herencia de su tío y salían adelante como podían. Las flores de la señora Maruja eran preciosas, las hacía con retales que había por la casa o con periódicos que ella misma recogía de la calle cuando los señoritos los dejaban abandonados en los bancos. Con muy poquitas cosas y mucha paciencia, conseguía unos trabajos excelentes.

La Blasa se iba cada mañana muy temprano a seguir buscando, no tenía nada más que hacer en la vida: estaba sola como yo y desesperada por saber el paradero de su hija.

Los hermanos Espinosa de la Vega tampoco estaban. Dejaron la pensión de madrugada; creí que estaba soñando, pero no: escuché murmullos y la Sole no estaba en la cama. Estaba asistiendo al funeral de aquellos dos pobres muchachos. Las cosas estaban tan feas que no podían permanecer mucho tiempo en el mismo sitio, se ponían demasiado en peligro, debían estar cambiando de escondite constantemente.

Me levanté y me dirigí a la cocina con la caja entre las manos.

—¡Buenas!

Dos mujeres desconocidas me dieron los buenos días, estaban sentadas alrededor de la mesa. Debía de ser muy importante lo que se traían entre manos porque levantaron un momento los ojos de aquellos papeles y siguieron afanosas en su labor. Pude distinguir pequeños panfletos con vítores a la República. Era la Resistencia madrileña, conocía el funcionamiento y el trabajo laborioso que todo eso conllevaba.

La Sole hizo las presentaciones.

—Estas son Loles y Carmela, son hermanas y colaboran con el partido. Ella es mi sobrina, Isadora.

—Mucho gusto —contesté. Era reconfortante escuchar que aún seguía teniendo familia.

—Encantadas —respondieron educadamente las dos a la vez.

—Sole, ya he terminado —le dije mientras le entregaba la caja de los feos recuerdos de las mujeres de la familia.

Sacó de su pecho un cordón rojo que llevaba enganchado a la combinación; de él colgaba una llave. Cerró la caja y la dejó encima de la mesa.

—Ahora, cuando terminemos de desayunar, la guardamos. Tómate las sopas, que la leche ya se enfrió hace tiempo y tiene nata, con lo poco que a ti te gusta la nata; recuerdo las pequeñas discusiones matutinas con tu madre.

Consiguió sacarme una sonrisa.

—Ahora la nata me parece un manjar... No me has contado tu chanchullo para conseguir la leche.

—Estas dos, que son unas magníficas. No solo pelean, también nos traen buenas viandas. No preguntes, nunca lo cuentan —me dijo la Sole.

—Por cierto, ¿qué es eso que querías contarme anoche?

—Es un tema delicado sobre tu abuela. Ahora, cuando terminemos, te lo cuento.

—No importa, Sole, seguro que ellas también están acostumbradas a bailar con la muerte. Ha fallecido, ¿verdad?

—Hace unos días encontré en el buzón una carta de la señora Micaela. Es la única correspondencia que he guardado, lo demás eran pamplinas. Están todas las cartas en tu casa, sobre el taquillón del salón. Tu abuela os ha estado escribiendo hasta que murió. He contestado a todas en vuestro nombre, como tu madre me dejó dicho. Nunca ha notado vuestra ausencia. Micaela, en la última carta, me dijo que murió tranquila y que no sufrió. Se fue de este mundo pensando que sus hijas y sus nietos eran felices.

Necesitaba leer esa carta cuanto antes y despedirme de mi abuela, aunque fuera leyendo las letras de la señora Micaela.

—Sole, quiero irme a mi casa. Voy a vestirme y me acompañas, ¿harás eso por mí?

—Sabes que haré lo que me pidas, pero ¿estás segura? ¿No crees qué es muy pronto? ¿Quieres que me acerque yo y te la traigo en un momento?

—No, y no he estado más segura en toda mi vida. Necesito irme a mi casa.

Recogí las pocas pertenencias que tenía, junto con las fotos y el libro de mi padre, mientras Sole guardaba la caja de los feos recuerdos y se despedía de sus compañeras, disculpándome por no despedirme yo misma.

Mientras bajábamos las escaleras, me dio la llave y me dijo dónde guardaba la caja.

—Toda tuya. Cuando la necesites, no tienes más que abrirla y meter todas las mierdas en ella.

Agradecí que el aire me diera en la cara. La mañana estaba fría, por un momento me recordó al invierno helado en el que había pasado tanto tiempo.

—¿Estás bien, Isadora?

—Tranquila, Sole, no es nada, pasará. La cabeza a veces me juega malas pasadas.

Caminamos en silencio calle arriba hasta llegar a la ermita de Santa Cruz. Sin apenas darme cuenta, había llegado a mi casa, a la casa que tanto había añorado. Subimos las escaleras en silencio y, al abrir la puerta, me desmayé. Cuando volví en mí, estaba tumbada en el sofá de la esquina con todas las almohadas que encontró la Sole bajo los pies.

—No debí hacerte caso —me recriminó—. Es *demasiao* duro. Ya estoy muy mayor *pa* estos sustos, leñe.

—Lo siento, ha sido por la emoción. Una bofetada de recuerdos y realidad. Tenía que venir a mi casa, no puedo vivir en la pensión, no puedo y no quiero, y cuanto antes, mejor. Es mi hogar, donde nací, me crie y fui feliz. Esa misma felicidad me ayudará a seguir adelante.

Debido a mi leve mareo, no habíamos subido las persianas. Le pedí a la Sole que lo hiciera por mí. La habitación se llenó de vida, la que a mí me faltaba; en ese momento fui consciente de que mi alma estaba rota, enredada en tristeza. Allí estaba mi vida tal y como la dejamos en 1939. La de recuerdos que pasaron por mi mente en cuestión de segundos: mi madre bailando con mi padre en aquel salón, mientras mi hermano y yo los mirábamos embobados; Teresa dando sus discursos feministas y contándonos las bondades de la República, las cenas en familia... Una vida repleta de momentos inolvidables con las personas que quiero y querré siempre, con mi familia, esa que amaba la libertad. Por desgracia, no quedaba nada de ella.

Mi pobre e incansable Sole no podía verme así. No sabía lo que hacer para paliar tanto sufrimiento.

—A grandes males, grandes remedios —dijo—. Si te vas a quedar aquí, necesitas compañía y yo te la voy a dar.

Me trajo un vaso de agua de la cocina y me preguntó si estaba bien.

—Sí, ha sido un simple mareo, lo mismo tenías razón y era demasiado. Ya he conseguido sacarme el puñal que se me ha clavado en el pecho al abrir la puerta. ¿Se puede saber qué compañía me vas a ofrecer?

—Es una sorpresa. ¿Seguro que estás bien?

—¡Que sí!

—Entonces, coge el abrigo, que nos vamos.

—¿Adónde me llevas?

—Al mercado de la calle Santa Isabel. Magdalena vende unos canarios preciosos que cantan como los ángeles. O eso dice, porque segura estoy de que esos cabrones no existen.

La Sole era única, capaz de conseguir que las heridas no dolieran tanto. Hice caso y volvimos a la calle a por mi canario; no era mala idea, me haría compañía y no me sentiría tan sola.

—Sole, ¿pero no era una sorpresa?

—Es verdad —dijo, echándose las manos a la cabeza mientras soltaba una enorme carcajada—. Lo siento, niña.

XXVIII

Todo arde

La calle era un hervidero de gente: puestos de flores, ropa, verduras y frutas, canarios y jilgueros de colores entonando sus cánticos, gallinas... Era tal y como lo recordaba, como si el tiempo se hubiera detenido. Como si la guerra nunca hubiera pasado y los comerciantes de la calle Santa Isabel siguieran felices, ofreciendo su género a todo aquel que se pasara por allí. Por desgracia, la contienda se notaba en sus rostros: vacíos, repletos de pérdidas. Silenciosos, escondiendo la pena mostrando sus mejores y amplias sonrisas. Sonrisas amargadas por los acontecimientos acaecidos.

Caminamos entre el bullicio hasta encontrar el puesto de la señora Magdalena. Era como la farmacia El Globo, todo lo aguantaba. La guerra también la había dejado sola, pero nunca perdió esas ganas de vivir que tanto la caracterizaban. Conservaba su dulce sonrisa, la de antes de la guerra. La conocía desde niña como «Magda la pajarera». Mi padre me llevaba al mercado para ver los pájaros tan bonitos que tenía y sus alegres plumajes.

Después de estar dudando un rato, me decidí por un canario amarillo con pintas negras en la cabeza.

—Canta como los ángeles —dijo Magda.

Sole y yo nos miramos y no pudimos evitar echarnos a reír. Magda no entendía nada, se limitó a preguntarnos si necesitábamos una jaula para aquel pequeñín.

—Debo de tener alguna en la pensión, recuerdo que había una blanca, estará por algún sitio.

Magda metió a mi pequeño amigo en una cajita de cartón con unos agujeros que previamente había hecho con un viejo y oxidado punzón y alargó la mano para dármela.

—Espero que sea una hora cortita —me dijo.

—¿Una hora cortita, Magda? ¿Qué demonios está diciendo?

—Hija, mi madre fue partera toda la vida y se nota a la legua que tú estás preñada. No tienes mucha tripa, con el hambre que hay es normal; espero que el niño no te salga raquítico.

—Isadora, ¿tienes algo que contarme? Te has quedado blanca como la nieve. ¿No estarás preñada? —dijo Sole, estaba tan asombrada como yo.

—No —contesté rápidamente—. En el campo, nada más llegar, el doctor Loco me inyectó un líquido en el cuello del útero para no quedarme embarazada, nunca tuve la regla desde que entré.

Solo de pensarlo me daba angustia, y allí, en medio de toda esa gente, en la calle, vomité. El semblante de Sole había cambiado. Sacó de su bolsillo un pañuelo y me limpió.

—Isadora, ¿no has pensado en esa posibilidad? Magda nunca se equivoca con esas cosas, imagino que tu madre te lo contaría en alguna ocasión. Las mujeres, cuando les faltaba el periodo, antes de ir al médico iban a ver a la madre de Magda y nunca fallaba. Hija mía, ¿estás segura de que no estás encinta? Tendremos que ir al médico.

—He dicho que no. Fin de la conversación. No vamos a ir a ningún sitio porque no estoy preñada. No me he acostado con nadie desde que salí del campo.

—Y... ¿cuánto hace de eso? —dijo Sole, no dejaba de hacer preguntas, me estaba poniendo nerviosa.

—Exactamente el dos de mayo.

—El dos de mayo, el dos de mayo... —repetía una y otra vez Sole—.¿Cuándo fue la última vez qué...?

—¿Te refieres a la última vez que me violaron? Unos días antes de que llegaran los rusos. No lo recuerdo.

Empezó a contar con los dedos de una mano y después de la otra. Se paró en medio de la calle, llevó su mano hacia mi vientre.

—Niña, si estás preñada, estás de seis meses más o menos —dijo—. Debemos ir a visitar a un galeno que conozco, es de confianza.

—Sole, ¡basta ya! No estoy embarazada y punto, habría notado algo y no noto nada. Lo único que quiero es que subas a la pensión y me bajes esa jaula, que me voy a mi casa.

No permití que me acompañara de nuevo a mi hogar. Caminaba con paso liguero, con mi canario ya metido en la jaula blanca y oxidada que me había prestado la Sole. Cuando llegué, las náuseas y los sudores volvieron a apoderarse de mí. Corrí hasta el baño pero no me dio tiempo. Volví a vomitar en el pasillo. Limpié el vómito y me dirigí al espejo de la habitación de mis padres, me desabroché la chaqueta, levanté la blusa, puse las manos en mi vientre y, de pronto, noté algo. Sentí asco. Mi cabeza no dejaba de pensar en el sucio Johann Schwarzhuber y sus apestosos camaradas, me acordaba de los golpes, de aquellos hombres tocando mi cuerpo; recuerdo su silbido para llamarme como si fuera su perra, cómo apretaba mi cuello hasta que faltaba el aire mientras me violaba y recuerdo cómo me escupía en la cara para recordarme la basura humana que era.

No podía estar embarazada. Si dentro de mí estaba creciendo una vida, no la quería. No podía y no quería ser una coneja. Me pasé todo el tiempo que estuve en el campo temiendo que me preñaran, intentando poner en práctica todas las técnicas que me había enseñado la Radu. El monstruo que llevaba dentro era el resultado de una violación tras otra. Violaciones de un puñado de cuervos venidos del mismísimo infierno. No quería nada que tuviera que ver con ellos.

Pasé la noche en vela escribiendo para guardarlo más tarde en la caja de los feos recuerdos de Sole y mi tía. No podría decir las horas que dormí esa noche, pocas, el sueño se debió de apoderar de mí casi al alba.

Mi nuevo compañero me anunció con su alegre canto que un nuevo día comenzaba. Decidí volver a ver a Magda, esta vez sola. La busqué por todo el mercado, recorrí la calle un par de veces, pero ni rastro. Me había dado por vencida cuando alguien si dirigió a mí.

—Oye, niña, ¿a quién buscas?

—¿Es a mí? —respondí—. A la señora Magdalena.

—Magda la pajarera vino muy temprano, como cada día, pero antes de montar su puesto, vinieron a llamarla. La mujer de Pedro, el carnicero, se ha puesto de parto y al parecer fue a atenderla.

—Muchas gracias. Y usted, por casualidad, no sabrá dónde vive Pedro el carnicero, ¿verdad?

—Cómo no, en la calle Embajadores tiene la carnicería, al lado de la plaza de Cascorro, donde se pone el tío Herminio a vender tabaco. ¿Sabes dónde digo, muchacha?

—Sí, muchas gracias, señor, ha sido muy amable.

—Nada de señor, aquí estamos *pa* servir a las muchachas guapas como tú. —El comentario de aquel hombre me dio asco. No soportaba que me dijeran guapa. Me lo habían llamado tantas veces mientras me follaban que esa palabra me resultaba repulsiva.

Tenía que ver a la señora Magdalena; además de pajarera, había heredado de su madre el oficio de partera. Debía ir hasta la casa de Pedro el carnicero y hablar con ella.

De repente, me paré en mitad de la calle, sabía que tenía que seguir, pero el miedo y los recuerdos se habían apoderado de mí. Sabía que basta con poner un pie delante del otro, sin plantearme la cuestión de saber si es mejor empezar por el izquierdo o el derecho. Como pude me recompuse y comencé a dar pequeños pasos, como si no quisiera llegar a la calle de Embajadores. Caminaba inmersa en mis pensamientos. Y, sin esperarlo, llegué a mi destino. Estaba enfrente de la casa de Pedro el carnicero.

Esperé en la puerta de la carnicería Las Candelas, pregunté al amable señor que estaba al lado del establecimiento vendiendo su tabaco, supuse que sería el tío Herminio. Le pregunté si sabía algo de un parto. Me dijo que sí, que la Paquita estaba pariendo desde hacía rato y que la partera aún seguía dentro.

Decidí esperarla. Al meter las manos en los bolsillos del viejo abrigo de mi padre, encontré una moneda. La saqué y comprobé que en ella aparecía el rostro de una mujer que representaba a la República. Estaba nerviosa y le pregunté si me vendía uno de sus cigarrillos.

—¿Me da uno, por favor?

—¡Y tanto, jovencita! —Otra palabra que no soportaba, todo me recordaba a los cuervos grises.

Alargué la mano para pagarle con aquella moneda y, cuando la vio, se puso muy nervioso.

—Muchacha, ¡esconde eso!, es dinero rojo, ¡como te pillen, te fusilan! Te regalo el cigarro, pero con la condición de que te deshagas de eso. Por menos he visto matar a la gente. Por una rubia de esas te pegan un tiro aquí mismo.

—No me importaría —le contesté. «En realidad, sería lo mejor», pensé.

—Toma el pitillo, y vete de aquí ahora mismo, no quiero líos.

Me aparté del cigarrero, su rostro me resultaba demasiado familiar, reflejaba miedo. Ese miedo frío y oscuro que yo había experimentado en infinidad de ocasiones. En realidad, no había fumado en la vida, no sé por qué se lo pedí, debían de ser los nervios.

La corta conversación con el tío Herminio me había abierto los ojos: no tenía nada, necesitaba ponerme a trabajar. Desde que salí de España, el partido, las medallas que nos colgamos en nuestro particular funeral y el viejo doctor Guillén habían corrido con mis gastos. Ahora estaba de vuelta y la Sole no podía hacerse cargo de mí. En ese instante, me acordé del collar de perlas de mi abuela Ignacia. Había visto a mi madre meterlo en el bolsillo de la Sole el día que nos despedimos. La intención inicial de mi madre, cuando me hizo llevarlo a la pensión para que lo guardara con las fotos y el libro, era dejarle en Madrid por si alguna vez regresábamos y necesitábamos dinero. Pero Sole me había dicho que mejor que lo vendiera en París. En cualquier caso, el collar no había salido de Madrid. ¿Qué habría hecho Sole con él? Le preguntaría, ni ella ni yo nos habíamos acordado de él.

En aquella esquina de la calle Embajadores con la plaza de Cascorro, fui consciente del problema que tenía: estaba sola, sin dinero y probablemente preñada de un alto cargo nazi. Era curioso que la carnicería estuviera allí; el destino, a veces, es así de caprichoso. El héroe de Cascorro, Eloy Gonzalo, había sido abandonado sin bautizar en la inclusa de la calle Mesón de Paredes nada más nacer; la de veces que me habían contado esa historia. Seguramente volvería a repetirse si estaba preñada. Un niño abandonado en una inclusa, y este no sería ningún héroe; este sería el mismísimo demonio porque venía del infierno.

Por fin vi a Magda salir de la carnicería, corrí hasta ella y le pregunté si se acordaba de mí.

—¡Claro que me acuerdo de ti! Y no solo me acuerdo, sé quién eres, la hija de Carmen la bailarina, la que se fue al pueblo a cuidar de su madre. Me alegro de que estéis de vuelta.

—Solo he regresado yo, es una historia muy larga para contarla en la calle. He venido para preguntarle algo.

—¿Sobre tu embarazo?

—Es que no sé si lo estoy.

—Vamos a hacer una cosa: te vienes a mi casa, me aseo un poco y allí lo vemos, vivo muy cerca de aquí, ¿te parece bien? No tardaremos mucho en llegar.

El silencio se apoderó de nosotras, no era buena idea hablar de ciertas cosas en la calle. Cuando llegamos a su casa, me invitó a entrar y me pidió que me tumbara en el sofá. Me desabrochó el abrigo, me subió el viejo jersey y me pidió que lo sujetase. Abrió la bolsa que nos había acompañado en el trayecto de la carnicería a su casa y sacó una especie de trompetilla, un extremo lo colocó en mi vientre y la parte más estrecha en su oído. Con la otra mano me daba golpecitos en el vientre.

—Estoy llamándolo, ¡aquí está el *jodío* niño! —dijo tras insistir un par de veces—. Ha costado escucharlo, debe de ser un poco tímido, como su madre, que no dice nada. ¿No te alegras? Un hijo es siempre una bendición.

Le pedí que lo dejáramos, le conté una mentira, le dije que no me encontraba bien, bajé mi jersey y me puse de pie.

—Señora Magdalena, no puedo pagarle, no tengo dinero.

—Tampoco te lo he pedido. No te preocupes por nada, que todo saldrá perfecto; si me necesitas para lo que sea, ya sabes dónde encontrarme, y por el dinero, ni te preocupes, niña. Dale recuerdos a tu madre. Toma muchas infusiones de manzanilla y aliméntate lo mejor que puedas, es difícil en estos tiempos, pero fundamental. Estas muy delgada y, si no consigues coger un poco de peso, perderás a la criatura.

Ya era un hecho, en mi vientre llevaba al hijo de uno de los demonios de Ravensbrück.

Mi cabeza no dejaba de darle vueltas a lo que Magda me había confirmado. De un momento a otro iba a explotar. Estaba preñada de un nazi. Me fui derecha a la pensión, esa noche no podía pasarla sola. De camino, pensé en Gabriel. Si hubiera querido utilizar alguno de sus billetes, habría un atisbo de esperanza, cierto consuelo en que lo que llevaba dentro de mí pudiera ser hijo de un ser humano. Pero la verdad era mucho más dura.

Al llegar, otra cara conocida abrió la puerta. Aquella sí que era una sorpresa y de las buenas.

—¡Justo!

Me abalancé sobre él y lo abracé con todas mis fuerzas.

—Oye, chico, deja algo *pa* las demás.

Esa voz tan peculiar la necesitaba más que nunca. Era la de Juliana.

—¡Juliana! ¡Pensé que os habían fusilado a los dos! —le dije, mientras no dejaba de besarla.

—¡No podrán con nosotros! —dijo Justo—. Aquí hay cuerda *pa* rato.

—No os podéis imaginar lo agradable que es ver caras amigas.

—¿Cómo va todo?

—La cosa está más fea que cuando os fuisteis, perdemos a muchos compañeros cada día. Los grandes líderes están en el exilio y aquí vamos un poco como pollo sin cabeza, intentando sobrevivir y seguir con la lucha. Es muy complicado. El partido necesita todo el apoyo y está buscando gente afín que colabore. La lucha es más necesaria que nunca.

—Y ¿qué habría que hacer exactamente? —Me interesaba volver, necesitaba tener la mente ocupada.

—Para empezar, formarías parte del aparato propagandístico. Lo hacemos con una imprentilla infantil, cuesta menos de cinco duros y se pueden imprimir cientos de pequeños papeles. Los repartimos por todo Madrid, en las calles, por los lugares públicos y, a veces, cuando el partido dispone de fondos, los hacemos en papel engomado y los pegamos por todas partes. Escribimos frases cortas como «¡Muerte a Franco!» o «¡Viva la República!». La mayoría somos viejos conocidos que no estamos fichados.

No me lo pensé dos veces, era una forma de sentirme útil, ya lo había hecho en París y, si me cogían, no tenía mucho que perder: igual con un poco de suerte de una paliza conseguía deshacerme de la bestia que llevaba dentro.

—Contad conmigo, compañeros.

XXIX

SALTAR AL VACÍO

Cuando Juliana y Justo se marcharon, le pedí a Sole que si, por favor, podía quedarme a dormir en su casa y le dije que lo que me pasaba necesitaba ser escrito y guardarlo en la caja de los feos recuerdos. Pero antes de escribirlos quería que fuera conocedora de las nuevas circunstancias.

—He ido a ver a la señora Magdalena. No voy a andarme con contemplaciones, Sole, estoy preñada y no me voy a quedar con él. Tienes que ayudarme a darlo en adopción en cuanto nazca, no debe de quedar mucho.

La Sole se quedó blanca como la nieve que me había acompañado durante tres años, cogió la primera silla que encontró y se sentó, me pidió que me acercase a la cocina a por un vaso de agua. Cuando regresé, exclamó: «¿Qué vamos a hacer?». Agradecí la pregunta en plural, no pensaba dejarme sola. Así era la Sole, siempre metida en faena, dispuesta a hacer lo que hiciera falta. Lo mismo preparaba folletos antifascistas en su casa que se planteaba la opción de criar a un pequeño nazi.

—Isadora, ¿te estás escuchando? Llevas una criatura dentro y hablas con un odio terrible. No te reconozco, mi niña. No puedo imaginar lo que te hicieron allí. Tampoco te juzgo, pero de aquí a que nazca podrás pensártelo. Yo me ocupo de los dos, un bebé siempre es una alegría.

—Te he dicho que no quiero nada que tenga que ver con Ravensbrück. No quiero a ese niño.

—La criatura que llevas dentro no tiene culpa ninguna. Piensa en tus valores, los que te inculcaron tus padres. Os fuisteis de Madrid con la esperanza de recuperar a la familia, la poca que os quedaba, y ahora que la vida te da la oportunidad de tener la tuya propia, ¿vas a darle la espalda?

—Es un nazi, fruto de la violencia. No creo que eso tenga nada que ver con la familia. Mi hijo es el mismísimo diablo. En cuanto nazca, lo dejaré en la inclusa porque no voy a encontrar a nadie que quiera sacármelo de dentro. Ojalá nazca muerto, nos quitaríamos un problema de encima. Además, ahora que voy a empezar a colaborar con el partido no puedo estar pendiente de una bestia. Está decidido, Sole.

—Isadora, tienes que olvidarte de lo del partido, no puedes meterte en ese jaleo en tu estado. No solo es la propaganda. Se está preparando algo muy gordo y, como salga mal, vamos todos al paredón de fusilamiento. La guerrilla urbana antifranquista está planificando un ataque en el desfile falangista previsto para el 20 de noviembre en conmemoración del noveno aniversario de la muerte de José Antonio Primo de Rivera. Se pretende que este ataque sea el detonante de un levantamiento armado en Madrid. Justo y Juliana no solo han venido a verte, estaban aquí para contarme que han detenido a Cristino García, el cerebro de la operación, y aún no se sabe qué va a pasar. Estamos seguros al cien por cien de que no cantará, pero ahora el asunto se ha vuelto aún más peligroso. Si comienzas por la propaganda, el partido te pedirá más, eres joven y puedes aportar mucho a la lucha. Pero ahora no es el momento.

»Además... Ese bebé no tiene culpa ninguna de las circunstancias que lo engendraron ni de las que sufrimos cuando llegue a este mundo. Como lo abandones, no te lo vas a perdonar jamás. La vida ha sido muy puta contigo, has sufrido demasiado para lo joven que eres. Es así de puta y caprichosa. Pero, aunque no te lo creas, te está dando una oportunidad. Debes tener y criar a ese niño. Llegará el día en que yo no esté aquí, espero que haya Sole *pa* rato, deseo morirme de vieja y no de un tiro de un fascista, pero, por desgracia, cuando yo deje este mundo, tú estarás sola.

—¿Piensas que la mejor manera de olvidar es traer a otro nazi al mundo? No puedo, Sole. Cada vez que vea al niño me acordaré de los golpes, de los soldados encima de mí, dentro de mí, de cómo me metían sus pistolas en el coño y me preguntaban si apretaban el gatillo... La decisión está tomada, no lo quiero y me desharé de él con o sin tu ayuda. Espero que sepas entenderlo. Todas las guerras dejan secuelas y si, además, en una de ellas te toca ser puta, dejas de sentir, es un mecanismo de desconexión para soportar todo lo que te trae la vida e intentar conseguir no tener miedo. Me he convertido en un ser sin sentimientos; lo siento, ya está decidido. Cuando regrese Justo, o Juliana, me gustaría hablar con ellos. Si la operación sigue adelante, quiero formar parte de ella y matar a Franco.

—No soy nadie para darte consejos, Isadora. No ha sido fácil seguir sin vosotras estos años. También sé que no puedo comparar tu dolor y sufrimiento con el mío. Lo que he pasado aquí no es nada con lo que te han hecho. Pero, si pretendes ser una heroína, deberías comenzar siendo madre y darle una oportunidad a esa criatura.

—¿Has terminado, Sole? La decisión está tomada. Me voy a dormir; si no quieres que me quede esta noche en tu casa, lo entiendo.

—Muy bien, solo te diré que respetaré tu decisión, pero que un día, no muy lejano, te darás cuenta y, entonces, me temo que será demasiado tarde. Mañana, cuando vuelva Justo, puedes asegurarle que cuenten contigo. Yo no quiero saber nada, prefiero quedarme fuera.

Y, a continuación, se hizo el silencio.

No me levanté de la cama hasta bien entrada la tarde del día siguiente, no tenía ganas de ver a nadie y menos de seguir discutiendo con la cabezota de la Sole. No conseguí dormir en toda la noche, pude escucharla meterse en la cama y susurrarme al oído: «Decidas lo que decidas, siempre estaré contigo».

Me hice la dormida, no tenía ganas de seguir con la conversación. Pero lo agradecí, sabía que tu abuela nunca me iba a fallar. Decidí dejar aparcada por el momento la idea de la guerrilla urbana, al menos hasta deshacerme del crío.

Cristino nunca dijo nada, no delató a sus compañeros de lucha, nunca consiguieron dar con la guerrilla. Franco siguió celebrando desfiles y días de la Victoria. Alardeando de su poder, de su España una, grande y libre. Siguió disfrutando de los cacareos y vítores de la muchedumbre al glorioso movimiento nacional. Los desfiles eran en su honor, ya no los compartía con el Ejército, ni con Falange. Los que creyeron que Franco albergaba alguna intención de ceder el poder a la monarquía o a un grupo de militares —el famoso directorio militar soñado por Mola— estaban muy equivocados. Ya era hora de que los incautos abrieran los ojos. Franco había creado un régimen a su medida por la gracia del Altísimo. Un régimen donde demostraría lo ególatra, tirano y malvado que era. Un pequeño dictador, rollizo y de figura ridícula, un general de bolsillo que se había hecho con el poder absoluto en toda España. Una España obsoleta, caduca, llena de retratos y lemas adulando al Generalísimo. Una España que dejaba entrar a su Caudillo bajo palio a las iglesias. Estaba muy claro que Franco era indiscutible, Franco mandaba y había que obedecer.

Al compañero Cristino lo juzgaron casi un año después de su detención. El 9 de febrero de 1946 se lo condenó a muerte, junto a nueve compañeros, tras un consejo de guerra sumarísimo. En la madruga del 21 de febrero del mismo año, lo fusilaron en las tapias del cementerio de Carabanchel Bajo.

Por el compañero y por tantos otros, la guerrilla siguió plantando cara. Franco continuó con su cruzada y nosotros también lo hicimos, sin Cristino y como siempre. Desde las sombras.

XXX

SE APAGA EL FUEGO

Los meses pasaban rápidos, deseaba parir y deshacerme del problema lo antes posible. La guerrilla urbana tampoco estaba atravesando sus mejores momentos, al igual que mi relación con Sole.

Decidí hacer algo que me hubiera encantado que alguien hiciera conmigo. El embarazo se me estaba haciendo cuesta arriba, pero mi decisión al menos me mantendría entretenida. Necesitaba dejar de pensar en lo que crecía dentro de mí. La caja de los feos recuerdos estaba llena y, por desgracia, aún quedaba mucho que contar.

No había pasado ni un día en que no me acordara de todas las mujeres de Ravensbrück, de mis hermanas que no consiguieron sobrevivir, y también de Martha y su pequeño. ¿Seguiría o habría conseguido encontrar a su marido y a Aaron? Entonces se me ocurrió que podía intentar contactar con las familias de las compañeras fallecidas. El tiempo que me quedaba para dar a luz lo iba a emplear en contar la historia de las mudas, las silenciadas; de las que se quedaron para siempre en el puente de los cuervos.

Comencé con mi labor, también era una manera de seguir en la lucha, quería enviar una carta a todas las familias que consiguiera localizar. El viejo doctor Guillén me ayudaría a encontrar la forma de hacerlas llegar a cada uno de ellas. Para poner en marcha mi plan, tuve también que pedir ayuda a la Sole, necesitaba que sus enlaces en París contactaran con el doctor.

En cuestión de un mes ya tenía la primera dirección para comenzar a contar la historia de las compañeras y que no se olvidara.

Janine Lejart murió en Ravensbrück. Tenía diecisiete años. No quería que sus padres pasasen otros diecisiete años buscando a su hija. Así que envié la primera carta; después llegarían muchas más.

Madrid 16 de noviembre de 1945
Querida, señora:
Mi nombre es Isadora Ramírez García, soy española y conocí a su hija en Ravensbrück. El motivo por el que me pongo en contacto con usted es para que su corazón de madre ya no sufra, que pueda estar tranquila y descansar sabiendo lo que le sucedió a su querida Janine.
En marzo de 1945, una noche que me escapé, fui a ver a mis antiguas compañeras de barracón. Entre Josefa y Paulette estaba su hija. Me llamó la

atención lo hermosa que era aun estando muy enferma. Conservaba su larga cabellera negra y esa ingenuidad que a todas nos caracteriza cuando somos tan jóvenes. Paulette y Josefa la cuidaban y mimaban con gestos y muestras de cariño. También la cubrían lo mejor que podían.

Janine era muy querida por todas; observé que, todos los días, muchas compañeras, al igual que yo, desafiábamos cada noche la prohibición de salir de nuestras barracas para ir a ver a su hija. Intentábamos llevarle algún alimento que conseguíamos robar.

Y así pasaron los días, fueron largos porque Janine no conseguía mejorar.

Una noche me preguntó con voz aparentemente muy fresca quién era. Aquella pregunta me extrañó, ya que nos conocíamos, pero Janine había decidido olvidar porque sabía que no había muchas esperanzas. Le respondí que era una madre. «Yo no quiero una madre cualquiera, quiero a la mía», me respondió su hija. Mientras pronunciaba aquellas palabras, dos gruesas lágrimas cayeron por sus mejillas. La cogí entre mis brazos y le dije: «Duerme, pequeña, déjame que te dé un beso por tu mamá».

Su hija durmió toda la noche tranquila y durante unos días se dejó cuidar, limpiar. Comía y bebía. Intentamos que nunca le faltase nada dentro de nuestras pocas posibilidades.

Recuerdo que un día me preguntó por qué la cuidaba y por qué la quería. Yo le dije: «Porque aquí todas somos familia». Fue entonces cuando su hija me contó que vivía en Dijon, me habló de usted y de su padre y de lo mucho que los quería.

Esa noche la cosa se complicó y, a la mañana siguiente, Janine comenzó a respirar con mucha dificultad, se ahogaba constantemente. No podíamos sentarla porque su litera era una de las de abajo, no había espacio.

La bajamos al suelo y entre paja la sentamos apoyando su espalda a la pared, era la única manera de que no se ahogara. Me senté a su lado y puso su cabeza sobre mi hombro, y así, en silencio, llegó su final. No sufrió, estaba tranquila. Me esforcé en vano por no llorar, pero mis lágrimas mojaron su hermoso cabello.

Aquella noche, entre todas las compañeras, decidimos dejar el cuerpo de su hija escondido y ocultar su muerte para que no la tirasen inmediatamente al montón. Así podríamos velar el cuerpo de la joven Janine. Pasamos la noche todas juntas, con ella. Sin apenas darnos cuenta, debido a las bajas temperaturas, su cuerpo comenzó a enfriarse hasta convertirse en mármol.

Cantamos por ella y por todas las que no consiguieron sobrevivir, porque fue nuestra hermana e hija del sufrimiento.

Querida, señora, seguramente que cuando lea esta carta para usted será terrible, para mí también lo fue, pero creo que es justo que sepa que su hija descansa en paz y que la enterramos para que no quemaran su cuerpo y lo convirtieran en humo de chimenea.

Las que conocimos este dolor no debemos olvidarlo, hay que contarlo.

Un fuerte abrazo y espero que consiga descansar porque Janine ya lo ha hecho.

La hermana de su hija,

Isadora Ramírez García

Cuando terminé, puse la dirección que me habían proporcionado desde el partido y se la entregué a la Sole. Ella sabía lo que tenía que hacer.

A la madre de Janine no le conté que su hija también llevaba tatuadas en su pecho las mismas palabras que yo.

Conseguí enviar treinta cartas. No puedo decir con exactitud las horas y horas que dediqué a mi labor, me resultaron muy dolorosas, pero dulces a la vez. Me hacían sentir mejor persona. Estaba convencida de que las cartas eran una gota de ese bálsamo reparador que solo las que salimos vivas podíamos verter, como un calmante inmediato para las familias de nuestras queridas compañeras.

Siempre terminaba mis cartas con las mismas palabras: «Las que conocimos este dolor, no debemos olvidarlo, hay que contarlo».

María, guardo una copia de cada carta; si quieres, puedes entregarlas a la asociación de la que me has hablado, la que sigue trabajando por recuperar nuestra historia. Debí continuar con esa labor como hizo Neus Català y no recluirme cuando parí.

XXXI

Aprendiendo a estar tan sola

Dicen que el demonio es el mimo de Dios, le gusta imitarlo. Mi hija nació un 25 de diciembre, igual que Jesucristo, y el mismo día que los nazis de la Gestapo violaron a su madre por primera vez en la calle Lauriston.

Era evidente que había parido al propio diablo. Yo no era creyente, nunca lo había sido, pero eran demasiadas casualidades. Igual, el dios al que mi madre le rezaba me estaba castigando por ser puta y roja, o quizás porque no hice nada cuando se llevaron a mi madre a la cámara de gas. La criatura era mi expiación. Había conseguido salir con vida del infierno, pero ahora me aguardaba algo mucho peor: el purgatorio.

La mañana del 24 comencé con malestar en el bajo vientre, empezaba justo debajo del ombligo y se extendía hacia los riñones. Estuve todo el día tirando, aguantando los dolores que me desgarraban por dentro. Sobre las nueve de la noche, ya eran insoportables y las contracciones se repetían cada muy poco tiempo. A las once menos diez empezó todo, se abrían de nuevo las puertas del averno. Malditos cuervos, ni en Nochebuena me iban a dejar cenar en paz. La cena no era gran cosa, una de pobres, como la última que hizo mi madre en París la noche que nos detuvieron.

Cuando fui a coger el plato principal, unas patatas hervidas con agua y sal que aguardaban en una bandeja de cristal muy antigua de la madre de la Sole, para llevarlo al comedor, sentí un dolor muy agudo en la espalda y no pude evitar que la bandeja cayera al suelo. Las patatas se mezclaron con los cristales. Acababa de fastidiar el festín de pobres y uno de los pocos tesoros que Sole conservaba de su madre.

—Sole, creo que he roto aguas, es como si me hubiera *meao*. Llama a Magda la pajarera, que el monstruo ya viene —me dirigí a ella con mis ojos expulsando un reguero de lágrimas. No sabía si lloraba porque la hora había llegado o porqué había roto aquel bien tan preciado.

—Hija mía, no digas eso, no es un monstruo, es tu criatura, que ya quiere ver la cara de su madre —dijo la Sole mientras corría por el pasillo en dirección a la escalera.

Ni mencionó el accidente y lo agradecí. Intenté seguirla para pedirle perdón pero no pude. Y allí, en medio del pasillo donde tú vives ahora, comenzó el parto.

Avisé a Juliana, que estaba cenando con nosotras, y gracias a ella y a las otras mujeres que vivían en la pensión, conseguimos llegar hasta la cocina y me senté a esperar el siguiente dolor. Pero no podía estar sentada, la bestia empujaba para poder salir. Entre todas lograron ponerme de pie y, en volandas, me llevaron a la habitación de la Sole. Me quitaron los zapatos y me tumbaron en la cama; después me despojaron de las medias y las bragas y me dejaron allí aullando. Se marcharon con mucho apremio: unas a buscar sábanas y toallas, y las otras a calentar agua en el hornillo.

Todo debía estar a punto para darle la bienvenida al demonio. Yo, mientras tanto, seguía rugiendo y maldiciendo a todos los nazis que me habían violado. Eran las primeras Navidades que pasaba en libertad y el demonio venía a fastidiármelas. Desde niña concebía esa época como una época de alegría y amor. No porque naciera el hijo del dios al que le rezaba mi madre, sino porque nos reuníamos toda la familia a celebrar la vida. Aunque las celebraciones quedaban muy lejanas, gracias a la Sole y a la labor que estaba haciendo para que mis cartas llegasen a su destino, había conseguido recuperar algo de paz. Pero estaba claro que los demonios nunca me iban a dejar descansar.

Sentía la garganta oprimida al acordarme de todos aquellos a los que quería. Qué lejos quedaban ya y cómo dolía recordar, y más aún cuando estabas a punto de parir a una aberración. Por fin llegaron la Sole y Magda, ya estaba todo listo. La partera se lavó las manos en una palangana que Juliana tenía preparada, me subió la falda y me cubrió con una sábana. Metió la cabeza debajo de esta para examinarme.

—Ya viene, puedo ver su cabecita —dijo—; cuando yo te diga, empujas con todas tus fuerzas. Si te duele mucho, muerde la almohada.

—Sole, dame la mano, no te separes de mí. Esto es lo más difícil que voy hacer en mi vida.

—Tranquila, niña. Tu tía Sole no te va a dejar ni un instante.

El dolor era insoportable, no podía evitar chillar, pensé que no sería tan duro parir al hijo de un cabrón, pero cada vez que empujaba, llegaban a mi cabeza multitud de recuerdos tremendamente precisos y crueles. Recordé la primera noche en el campo, la cuarentena, la primera felación; cómo el maldito capo empujaba con su mano mi cabeza para que su pene estuviera completamente dentro. Me ahogaba y no podía respirar, y sentí lo mismo al parir. El perverso bebé me estaba ahogando, no dejaba que el aire pesado y denso de la habitación llegase a mis pulmones.

Al cabo de dos horas, por fin nació. Magdalena dijo que, para ser primeriza, había sido muy rápido. Yo sabía por qué había ido tan rápido: por las ganas que tenía de deshacerme del bicho.

Ya estaba aquí, entre nosotros, una niña, la hija de las bestias, que pesaba dos kilos. Magda la cogió y la puso sobre una romana para comprobarlo con exactitud. Para nacer de una madre tísica y escuálida, la demonio tenía un buen color de cara y estaba sonrosada, me dijo Juliana. También me dijo que sus ojos eran verdes como dos esmeraldas, y el pelo rubio, casi blanco. Era la prueba evidente de que una pequeña nazi había llegado a nuestras vidas.

Sole la cogió entre sus brazos y quiso ponérmela en el pecho: cuanto antes se agarrase a él, mejor. Aparté la cara, no quería saber nada de ese diminuto demonio.

—Sole, no, por favor, no quiero verla.

—Hija mía, si es la cosa más divina que he visto en mi vida. La pobre está *asustaíca* —dijo la Sole.

—No seas ingenua, no es más que una bestia con ojos de bebé aterrado. Que no te engañe.

En ese instante fui consciente de lo que los cuervos y su puente hicieron conmigo. Me habían separado del mundo, y en mí no quedaba ni una pizca de humanidad. Yo, al igual que mi aberración, también pertenecía al infierno, mi comportamiento sin nombre era realmente propio de él. Cuando llevas mucho tiempo viviendo entre demonios, aprendes a normalizar algo que, desde luego, no es normal. Comencé a gritar como una posesa que se llevasen a la cerda, que la quitasen de mi vista, que era basura, porquería.

Sole no daba crédito a lo que salía por mi boca.

—Isadora, es una criatura sin culpa alguna.

—No, Sole, es un demonio.

Mi comportamiento me parecía de lo más normal. Estaba familiarizada con el odio y la miseria. Era algo tan corriente y mezquino como que las guardianas abrieran la boca de tus hermanas ya muertas para ver si tenían alguna pieza de oro y arrancársela. Para las que estuvimos allí, la brutalidad inconcebible era algo ordinario. Por eso, aún odié más a mi hija en el instante en que la escuché llorar. A ella no podía arrancarle los dientes, pero deseaba que se ahogara en su llanto desconcertante y odioso.

Las mujeres que me asistieron no entendían mi forma de actuar. Las escuchaba cuchichear. Es doloroso reconocerlo, había normalizado que los hijos de las putas debían desaparecer, no podían vivir, es lo que hacían con los bebés de las conejas en Ravensbrück.

En ese instante fui consciente de lo que era, me había convertido en un ser despreciable. Era como ellos y tenía que actuar como ellos, deshaciéndome de mi hija. Era lo que había que hacer, lo que se hacía siempre en el puente de los cuervos. No quería verla, otra vez estaba jugando a lo que mejor sabía hacer, esconderme, me escondía de mi propia hija, que era fruto de noches del sexo sucio y corrompido.

Podía escuchar a Magda decir que la niña estaba sana pero muy débil, que debían alimentarla lo antes posible; si no, podía morir. Lo deseé con todas mis fuerzas.

—María, no puedo más, ¿podemos dejarlo para mañana? Esta es la parte más dura, incluso más que la del infierno: no quería a mi hija. Con el tiempo, me arrepentí de aquel comportamiento tan mezquino.

—Como quieras, Isadora. —No me atreví a preguntar lo que llevaba un tiempo intuyendo. ¿Sería posible que mi abuela no fuera la Sole y yo fuera la nieta del fruto de una violación?

Quedamos para el día siguiente, yo también necesitaba salir de allí y que el sol de otoño me diera en la cara, necesitaba un cigarro más que nunca y necesitaba a Carla.

En cuanto baje la escalera, la llamé, tenía una crisis muy gorda y no descartaba emborracharme. Antes de salir de la finca de Isadora, me miré al majestuoso espejo que adornaba la entrada. Mis facciones no eran para nada como las de mi abuela, a mi madre y a mí siempre nos habían dicho que si éramos suecas o danesas. Recuerdo que una vez, en la playa, nos confundieron con alemanas.

Me entraron unas ganas tremendas de vomitar. No podía esperar y, justo en la puerta de Isadora, eché la pota.

DOS MENTIRAS Y UNA VERDAD

Madrid de 2008

Agradecí que mi novia Carla estuviera en casa. Necesitaba leer la nota, todo comenzaba a tener sentido; aunque eran conjeturas, el puzle encajaba a la perfección a mis ojos. Le conté a Carla mis sospechas y alucinó; alucinó y tampoco lo veía como una idea descabellada. Había que encontrar la caja de los feos recuerdos, allí estaban todas las respuestas.

Nos pusimos manos a la obra otra vez. Isadora había mencionado un hueco en la pared detrás del armario de nuestro cuarto, allí guardó Soledad durante todo el tiempo en que Isadora estuvo fuera el libro de su padre y las fotos de la que probablemente fuera mi familia.

Fuimos a la habitación e intentamos mover el armario: era demasiado pesado. Me pregunté cómo mi abuela podía moverlo. Empujamos a la vez y una pata se rompió, el armario se nos vino encima, nos retiramos y lo dejamos caer. La habitación parecía un campo de batalla, el estruendo fue tremendo, no descarté que algún vecino viniera a quejarse. Era lo de menos, necesitaba encontrar la caja para comprobar de qué otra manera yo formaba parte de aquella historia. Comenzamos a inspeccionar la pared, dimos pequeños toques con los nudillos y volvió a sonar a hueco, como la pared del salón donde teníamos el mural de la investigación.

Carla corrió a por el martillo.

Picamos, y de aquel agujero salió lo que buscábamos desde que apareciera la nota. Rescaté la caja del agujero e intentamos abrirla. Era bastante grande, de madera labrada y con una cerradura de latón. Decidí vestirme y llevármela conmigo, se notaba perfectamente que estaba llena de recuerdos feos y negros por el peso. Dicen que la pena siempre es más pesada. Bajé las escaleras de la pensión Soledad llevando conmigo la carga de la historia increíble de aquellas mujeres; sus penas, que ahora también eran las mías.

Caminé con paso firme hasta llegar a mi destino, no quise pensar demasiado, respiré y toqué el timbre. Enseguida me contestó e inmediatamente abrió la majestuosa puerta del edificio. Era casi tan pesada como la caja que me acompañaba y la documentación que llevaba en mi bolsa.

Subí por las escaleras y al llegar al descansillo del 3.º C, comprobé que la puerta estaba abierta, desde fuera se escuchaba una vieja canción, *Le chant des partisans*, interpretada por Anna Marly; su voz era tan peculiar que cualquiera podía reconocerla.

Estaba claro que Isadora estaba impaciente por contarme el final de la historia. En nuestra primera entrevista, se había vestido de manera especial para decirme que estaba hecha de pedazos de su familia, y aquel escenario que había preparado, con Anna Marly de fondo, no era casualidad. Como hija de bailarina, sabía escoger el decorado y la banda sonora de lo que quedaba por contar. El último acto estaba a punto de comenzar y yo no sabía si realmente quería formar parte de él. Mi papel también era de los principales, no el de primera bailarina, pero se le acercaba. El último acto me pertenecía, aunque no era yo quien lo estaba escribiendo y no conocía del todo mi papel. Así que no iba preparada. Tendría que improvisar.

Saludé y desde el fondo escuché su voz pidiéndome que cerrase la puerta; caminé por el pasillo con la caja de los feos recuerdos entre mis manos temblorosas y con el bolso colgado al hombro: en él guardaba una carpeta con lo que había descubierto de su hermano, que probablemente era mi tío abuelo. El contacto de Conchita, su entrevista y la noticia que salió publicada en 1937.

Cuando llegué al salón, estaba sentada en el sillón donde acostumbraba, con el rostro sereno, aparentando una calma apacible. Yo, sin embargo, estaba inquieta, con la cara desencajada. Me invitó a sentarme con voz tranquila; otras veces, cuando me contaba sus oscuras vivencias, se le había entrecortado, pero hoy era perfecta. Había contado su historia y al parecer eso la tranquilizaba; su ejercicio de memoria por fin había concluido, salvo por un detalle.

—María, ¿cómo te encuentras?

Antes de que me diera tiempo a contestar, se dio cuenta de lo que llevaba, la reconoció de inmediato.

—¿Qué haces tú con eso?

—La encontré, Isadora. He pensado que te gustaría tenerla.

—Me parece que nos va a hacer falta a ambas —dijo Isadora—. Sé que sabes que no he sido totalmente sincera contigo. He ocultado algo que podía haberte dicho desde el principio, es mi pequeño gran secreto. Siempre hubo una parte de mí ansiosa por decírtelo. Antes de contarte lo que creo que intuyes, quiero hacerte una pregunta: ¿tú crees que sigo siendo puta?

Me quedé perpleja.

—Yo creo que no has sido puta nunca, sino una mujer muy valiente.

—¿Valiente, eso crees? No te he preguntado por mi valentía, te he preguntado por mi mirada. ¿Crees que tengo mirada de puta? El día que parí a mi hija me di cuenta de que siempre seguiría siendo una puta de campo y que nunca conseguiría salir del infierno. No de Ravensbrück, sino del mío. Nunca me marché, continué allí; en realidad, creo que hoy será el día en que por fin consiga dejar atrás el puente de los cuervos de una vez por todas. Todos estos años he vivido con ese sentimiento. Sole me repetía multitud de veces que yo no era una puta ni tenía mirada de puta; por desgracia, había algo peor que no se ha borrado después de tantos años: la mirada de la Sole. Esa mirada pura y limpia que cambió para siempre el día que nació mi hija. Seguimos siendo las mismas, pero algo se perdió ese 25 de diciembre de 1945. La Sole, mi gran apoyo, mi pilar, me juzgó, imagino que era inevitable. Por eso saqué la foto de la caja de los feos recuerdos y se la di. Para que nunca olvidase en lo que me había convertido y lo que me hicieron. Hoy, por fin, me voy a liberar. He querido recibirte con la canción de los partisanos. ¿Conoces la letra?

—No, por desgracia no hablo una palabra de francés. Conozco la canción, quién no la conoce, y su significado. Es un canto libertario.

Isadora comenzó a cantarla en español para mí:

Sacad de la paja los fusiles de metralla, las granadas.
Amigo, ¿oyes el vuelo de los cuervos sobre nuestras
    llanuras?
¿Oyes los gritos sordos del país que encadenan?
Simpatizantes, trabajadores y campesinos, ¡es la alarma!
Esta noche el enemigo conocerá el precio de la sangre
    y de las lágrimas...
Somos nosotros los que rompemos las rejas de la prisión
    para nuestros hermanos.

*El odio nos pisa los talones y el hambre nos impulsa
    a la miseria.
Hay países donde la gente en el hueco de la cama se hace
    sueños...
Mañana sangre negra se secará al sol en las carreteras.
Cantad, compañeros, en la noche, la libertad nos escucha...*

Cuando terminó de entonar aquella vieja canción me dijo:

—Siempre hay un día en que la vida se parte por la mitad y, como pasa con los terremotos, no lo ves venir; yo, por desgracia, tuve unos cuantos días de esos en mi vida. El primero, cuando nos enteramos de que padre había muerto; el segundo, en el que supe del suicidio de mi hermano; el tercero, el de la muerte de mi madre; el cuarto, el del asesinato de Teresa... Y el más doloroso, ese del que llevo toda la vida huyendo. Dicen que las heridas duelen menos cuando se enfrían, esta lleva doliéndome toda una vida, casi sesenta años. Creo que ya es hora de cerrarla. María, soy tu abuela.

No sabía qué decir, estaba muda. Solo pude acercarle la caja de los feos recuerdos y decirle si necesitaba escribirlo.

—No, eso ya está escrito. No puedes imaginarte las vueltas que le he dado para intentar contártelo. Cuando apareciste en mi casa, pensé que ya lo sabías, que tu madre te lo había contado, pero pronto me di cuenta de que no conocías el gran secreto de esta familia. Ese que puede trastocar los cimientos de una casa. El día que parí a Carmen no era consciente de que mi pobre niña también era una víctima, igual que yo, igual que todas. Una más de las muchas que causó el Tercer Reich. Pasaron algunos días hasta que pude darme cuenta de eso. Caí en un pozo sin fondo cada vez más oscuro y lleno de basura, intentaba mirar hacia arriba y no conseguía ver la luz. Entonces lo entendí todo, mi única luz era mi hija Carmen.

»Me armé de valor y me fui a la pensión. Cuando llegué, mi pequeña seguía allí, amamantándose de una completa desconocida que encontró la Sole. Apenas tenía dinero para comer y el poco que tenía lo utilizó para pagar a aquella nodriza. Agradecí con todas mis fuerzas que no la hubiera dejado en la inclusa la noche en que la dejé con ella y me fui. Le pregunté con tono inquisidor qué hacía aún la niña en la pensión. Toda mi vida he sido una cabezota, y en aquel momento no podía mostrarle a la Sole lo agradecida que estaba por no haberla abandonado. Mi hija me miraba, me buscaba, era imposible que algo tan diminuto buscase con aquellos ojos verdes a la mujer que la había traído al mundo, al ser despreciable que días antes había renegado de ella y quería abandonarla a su suerte. Imagino que debía de conocer mi voz. En aquel instante, sentí pena, no por mi hija; sentí pena por mí. Por no ser consciente del regalo que la vida me había hecho. La pobre había escuchado el llanto y los gritos de su madre cuando la violaban. Y yo la había abandonado. Nunca me había sentido tan sucia como en aquel momento.

»Sole se sintió orgullosa de mí, pero nunca me volvió a mirar como antes de parir a Carmen. Aunque le dije que no la iba a abandonar, también le dejé claro que no sabía cómo criaría a mi hija. La Sole, esta vez sin la ayuda del partido, había ideado un plan. La pequeña se quedaría en la pensión, yo me trasladaría a vivir allí por un tiempo y contaríamos a todo el mundo que nos la encontramos una mañana de Reyes en la puerta de la pensión y que no quiso abandonarla. No teníamos mucho dinero, no sabía cómo la íbamos a criar, pero la Sole ya tenía la solución a ese problema. Como yo sospechaba, el collar de mi abuela Ignacia no salió de Madrid: estaba dentro de la bolsita que creía reconocer el día de nuestro funeral, y que mi madre había dejado caer en el bolsillo del abrigo de Soledad. El collar llevaba instrucciones, las mismas que la testadura de mi madre me había dado cuando me hizo llevarlo a la pensión: «Guárdalo, y si conseguimos volver y no tenemos dinero, entonces lo vendes o lo empeñas, mientras tanto quiero que seas tú quien custodie lo poquito que nos queda».

—Pero, Isadora... El collar está en la pensión, lo tengo yo.

—Sabía que lo encontrarías. Se lo regalé a tu madre cuando cumplió la mayoría de edad, el collar nos salvó de pasar muchas miserias. La Sole lo empeñó para sacar a tu madre adelante y con mucho esfuerzo conseguimos recuperarlo. Era consciente de la importancia de esa joya que había pertenecido a las mujeres de mi familia desde hacía dos generaciones.

»Así que... esta fue nuestra gran mentira. Contamos a todos que a Carmen nos la trajeron los Reyes Magos. Mi niña creció con esa farsa y, cuando decidí decirle quién era y de dónde venía, tu madre renegó de mí y de su historia. Escondió el collar en algún rincón de la pensión y en cuanto tuvo oportunidad, se casó con el primer gilipollas que se cruzó en su camino y nos abandonó. Fue entonces cuando recogí todas mis cosas y regresé a esta casa, a recluirme en mi dolor. ¿Entiendes ahora por qué Carmen no quería que vinieras a verme?

Solo pude asentir con la cabeza, las lágrimas no me permitían pronunciar palabra alguna, tan solo conseguía sollozar.

—Ahora que ya sabes quién soy, quiero pedirte un favor. No debe de quedarme mucha vida, estoy cansada; no pretendo recuperar el tiempo perdido contigo, probablemente tú tampoco me perdones. Por eso, el día que la muerte venga a por mí, quiero que me incineren: en la cómoda del cuarto de mi madre, entre las sábanas, hay dinero suficiente para el funeral. No quiero flores ni misas, ni nada por el estilo, quiero irme sin hacer ruido, en silencio, pero con la tranquilidad de que todo está en su sitio y que nuestra historia no se borrará jamás. Solo deseo que se respete mi última voluntad: también he apartado el dinero suficiente para que se pueda cumplir, pues implica un viaje. Quiero que me incineres y que con mis cenizas viajes a Ravensbrück. Cerca del campo está el gran lago donde reposan todas las mujeres que se quedaron allí, los cuervos tiraban sus cenizas al lago. De hecho, está considerado la fosa común más grande de Europa. Y yo quiero descansar en el lugar que me corresponde, junto a todas ellas. Deseo estar con mis hermanas.

»El día en que te conocí sabía que te encargarías de todo: de escuchar, de buscar y de dejarme en el sitio al que pertenezco. He tenido infinidad de oportunidades antes de que llegaras a mi vida, muchos periodistas movidos por el morbo ya lo habían intentado, pero no quise dejar mi historia en manos de cualquiera. Ahora estoy tranquila. Sé que puedo confiar en mi nieta.

Probablemente mi abuela esperaba un abrazo, pero no conseguía moverme, parecía que me habían clavado a aquel sillón.

Los secretos no duran para siempre

—María, los secretos no duran para siempre.

—Desde luego que no, no sé qué decirte. Creo que estoy enfadada, más con mi madre por intentar arrebatarte de mi vida a toda costa, pero también contigo: sabías donde vivía, sabías que cada domingo iba a la casa de mi abuela Sole, ¿por qué no me lo contaste?, ¿y por qué mi abuela tampoco lo hizo?

—Porque yo se lo pedí, por eso escondió todo lo que tenía relación conmigo y te pudiera traer hasta mí. Tu madre nos dejó claro que no te podías enterar.

—No la entiendo, quiero que sepas que no estás sola, tienes una nieta que sabe que su abuela fue una mujer valiente que supo plantarle cara a las adversidades de la vida, que luchó como una jabata por lo que creía y por la familia, con unos valores inigualables inculcados por sus padres. Por eso he traído conmigo la caja de los feos recuerdos, para que me dejes leerlos y pueda completar nuestra historia.

—Me parece que este capítulo de mi vida no lo voy a escribir sola, no podría, necesito que tú me ayudes. Una vez escrito, ya estaré completa —dijo Isadora—. Además, quiero que te quedes con la caja.

Se descolgó un cordón rojo que llevaba al cuello y me lo entregó. Allí estaba la llave que abría todos los malos recuerdos de tres mujeres admirables: la incansable Sole, la roja Teresa del pelo rojo e Isadora, la puta libre, como a ella le gustaba llamarse y que resultó ser mi abuela.

—Hoy empieza mi nueva vida, sin secretos ni mentiras. Al fin podré descansar. Creo que descansaremos todos: los vivos y los muertos. Y lo que tengo que contar a partir de ahora no pienso escribirlo y meterlo en esa caja. Porque no es un mal recuerdo. María, ¿qué piensas hacer con nuestra historia?, ¿la publicarás en el periódico?

—Si tú me dejas, contarla. Creo que es merecedora de un libro. Debo contarle al mundo que hay una mujer en la calle Atocha que es mi abuela y que un día fue obligada a ejercer la prostitución en un campo de concentración, que estuvo en el infierno y que consiguió salir de él, que luchó por las mujeres y que no he conocido en la vida a nadie tan valiente y generosa. Eso es lo que voy a contar; siempre que me des permiso, claro. No me gustaría que esta historia se olvidase. Nunca saldrá en los libros de texto, pero puede ayudar a miles de mujeres a seguir adelante.

»Hoy no hay campos de concentración tal y como los conociste en la Segunda Guerra Mundial, pero puedo asegurarte que hay muchas mujeres que en pleno siglo XXI están sufriendo lo mismo que sufriste tú. Viven en un infierno constante y salen de sus países persiguiendo un sueño, un fantasma que no se llama Ignacio Ramírez García, se llama hijos, padres, deudas, miseria... Los nazis ahora se llaman proxenetas y ellas no están tatuadas, pero sufren como tú has sufrido.

—Tienes mi permiso, María. ¿Puedes hacerme un último favor?

—Los que quieras, abuela.

—¿Puedes pedirle a tu madre que venga a visitarme alguna vez?

Agradecimientos

A todas las mujeres que, de una forma u otra, hacen la revolución: a las de ayer, a las de hoy y a las que están por venir. Esta novela está hecha de retales de muchas mujeres que llevan demasiado tiempo en el olvido. Algunas consiguieron sobrevivir y han vivido con la sensación de haber perdido tres guerras: la Guerra Civil española, la Segunda Guerra Mundial y la más dolorosa: la del olvido. Sarah Helm decía que «ignorar Ravensbrück no solo es olvidar la historia del campo de concentración mismo, sino también la de las mujeres».

Esta novela es la consecuencia de sus vivencias, de sus miedos, de sus silencios, de sus sentimientos y de sus sensaciones. Es el trabajo de muchas horas de investigación por mi parte que ha finalizado en un homenaje a todas las que permanecieron en la sombra, que pasaron a la historia como las grandes perdedoras; por eso, hoy más que nunca, es tan necesario reivindicar el derecho a recordar. Solo puedo decir: gracias infinitas por vuestro coraje y valentía. Deseo que no caigan en el olvido esas guerras perdidas. Por fin hemos conseguido ganar la cuarta, la nuestra.

Va pues este libro por vosotras, por todas las mujeres que, tras probar las mieles de la libertad, tuvieron que probar la hiel de la tiranía: ya sabéis quiénes sois, tanto las vivas como las muertas. Gracias por confiarme vuestras vivencias.

A mis hijos, Marc y Juan Pablo, por aguantar tantos silencios, por su comprensión y porque sin su paciencia esta novela no habría sido posible. Sois el motor de mi mundo, ese mundo que vale la pena habitar solo por estar a vuestro lado. Sin vosotros no habría descubierto la inmensidad del amor. Sois más que unos hijos; sois infinitos.

A Marisa Somoza por abrirme los ojos, por sus consejos y por dar el primer paso para que esta historia fuera publicada. Sabes que sin ti no hubiera sido posible.

Y por último quiero dar las gracias a Rosa Pérez Alcalde y a David Cebrián por brindarme esta oportunidad, por creer en mi trabajo, por cuidarlo y tratarlo como se merece.